MARY LOUISE KELLY

Vor ihren Augen

W0314708

GOLDMANN
Lesen erleben

Buch

Es sollte nur eine Routineuntersuchung sein, doch dann kommt der unglaubliche medizinische Befund: Im Hals von Caroline Cashion steckt eine Revolverkugel. Die 37-jährige Dozentin für französische Literatur ist völlig verwirrt: Das ergibt keinen Sinn, denn noch nie wurde auf sie geschossen. Außerdem hat sie keine Eintrittswunde, keine Narbe – nichts. Doch als sie am Abend ihre Eltern auf die Kugel anspricht, erfährt sie die schreckliche Wahrheit: Sie ist ein Adoptivkind, ihre leiblichen Eltern wurden ermordet, als sie drei Jahre alt war. Und sie war bei der Bluttat anwesend, wurde auch getroffen und schwer verletzt. Die Chirurgen konnten die Kugel damals nicht entfernen, ohne das Leben des kleinen Mädchens zu gefährden. Deshalb haben sie die Wunde versorgt – und die Kugel blieb im Hals, was ihre Adoptiveltern nicht wussten.

Als Caroline den Polizisten ausfindig macht, der damals ermittelt hat, wird ihr erst die volle Tragweite bewusst: Der Mörder wurde nie gefasst. Aber nun gibt es ein wichtiges Indiz: Die Kugel, die in Carolines Hals steckt, ist dieselbe, die ihre Mutter mit einem Durchschuss tötete. Ein Vollmantelgeschoss, Kaliber .38, an einem Ende sorgfältig abgeschrägt. Und anhand der Kugel könnte problemlos die Tatwaffe identifiziert werden – und damit der Täter. Caroline ist sofort bewusst, dass sie den Mörder finden muss, bevor er sie findet, und eine hektische, verzweifelte Jagd beginnt …

Informationen zu Mary Louise Kelly
finden Sie am Ende des Buches.

Mary Louise Kelly

Vor ihren Augen

Thriller

Deutsch
von Eva Bonné

GOLDMANN

Die Originalausgabe erschien 2015
unter dem Titel »The Bullet« bei Gallery Books,
a Division of Simon & Schuster, Inc., New York.

Dieses Buch ist auch als E-Book erhältlich.

MIX
Papier aus verantwortungsvollen Quellen
FSC® C014496

Verlagsgruppe Random House FSC® N001967
Das FSC®-zertifizierte Papier *Pamo House* für dieses Buch
liefert Arctic Paper Mochenwangen GmbH.

1. Auflage
Taschenbuchausgabe Februar 2016
Copyright © der Originalausgabe 2015
by Mary Louise Kelly.
Copyright © der deutschsprachigen Ausgabe 2016
by Goldmann Verlag, München,
in der Verlagsgruppe Random House GmbH
Gestaltung des Umschlags: UNO Werbeagentur München
Umschlagfoto: Arcangel Images/Benjamin Harte
Redaktion: Friederike Arnold
BH · Herstellung: Str.
Satz: omnisatz GmbH, Berlin
Druck und Bindung: GGP Media GmbH, Pößneck
Printed in Germany
ISBN: 978-3-442-48386-0
www.goldmann-verlag.de

Besuchen Sie den Goldmann Verlag im Netz:

Für meine Mutter,
die immer geglaubt hat, dass ich alles schaffen kann.

Und für meinen Vater,
der sein ganzes Leben lang hart gearbeitet hat,
damit ich die Möglichkeit bekomme zu beweisen,
dass sie recht hatte.

Und wir Geschichtsstudenten lernen vor allem das eine, dass die Menschen sehr kompliziert sind und dass sie nicht gut oder schlecht sind, sondern gut und schlecht, und das Gute erwächst aus dem Schlechten und Schlechtes aus dem Guten, und den Rest holt der Teufel.

Robert Penn Warren, *Das Spiel der Macht*

Du glaubst, die Menschen zu kennen, bei denen du aufgewachsen bist, die dir das ganze Leben lang zur Seite standen. Du kennst ihre Stimmen, ihre Hände, du weißt, was sie zum Lachen bringt. Du kennst sie, weißt, was sie tief im Herzen bewegt.

Doch wie sich herausstellt, kanntest du ihre Gedanken nicht. Nicht wirklich, nicht alle. Jeder Mensch hat Geheimnisse – nicht nur Dinge, die er dir nicht verrät, sondern er hütet auch Geheimnisse *über dich*. Und alle hoffen, dass du sie nie erfährst. Obwohl du mit jemandem dein Leben teilst, den banalen Alltag, die Seife, die Zuckerdose, die Schuhe – bist du ahnungslos.

Du glaubst, den anderen zu kennen.

Und dann, eines Tages, du kannst es kaum fassen, fliehst du. Du rennst, so schnell du kannst, deine Lunge brennt, die Füße berühren kaum den Boden. Du wagst es nicht, stehen zu bleiben und dich umzudrehen.

Wie sich herausstellt, war ich mein ganzes Leben gerannt, ich hatte es bloß nie gemerkt.

Lassen Sie mich erzählen, wie es sich anfühlt.

Lassen Sie mich Ihnen etwas über Angst erzählen.

Erster Teil

Washington

Eins

Mein Name ist Caroline Cashion, und obwohl es schwer zu glauben ist, bin ich die Heldin dieser Geschichte. In Anbetracht der Gewalt, die hier geschildert wird, hätten Sie bestimmt mit einer anderen Frau gerechnet. Mit einer Lara Croft, jung und atemberaubend schön, mit straffen Muskeln und einem Pistolenhalfter am Oberschenkel. Richtig? Geben Sie es ruhig zu.

Ja, mag sein, ich sehe ganz gut aus. Ich habe langes dunkles Haar, große schokoladenbraune Augen und eine Sanduhrfigur. Ich merke, wie die Männer mir nachglotzen, aber an meinen Schenkeln sitzen keine Pistolenhalfter, außerdem bin ich schon siebenunddreißig. Das ist nicht alt, noch nicht, aber zu alt für so einen Unsinn.

Und dann wäre da noch die Frage, wie ich meine Zeit verbringe. Nämlich in der Bibliothek, wo ich die Texte längst verstorbener Männer studiere. Ich bin Akademikerin und unterrichte an der Georgetown University im Fachbereich Literatur und Linguistik. Mein Spezialgebiet ist die französische Literatur des neunzehnten Jahrhunderts: Balzac, Flaubert, Stendhal, Zola. Die Universität ist so großzügig, mir etwa einmal im Jahr einen Flug nach Paris zu bezahlen, doch die meiste Zeit verbringe ich in der Hauptbibliothek auf dem Campus, eine Brille auf der Nase und den Kopf über alte Bücher gebeugt. Alle paar Stunden verlasse ich meinen Arbeitsplatz, halte eine Vorlesung am anderen Ende des Campus oder schimpfe mit einem Studenten, weil er den Abgabetermin für eine Hausarbeit nicht einhalten kann. Dann kehre ich zu meinen Büchern zurück.

Beim Lesen mache ich es mir auf dem weichen blauen Polstersessel in meinem sonnigen Büro im dritten Stock bequem. Auch die Abende verbringe ich meistens dort. Ich schreibe, nippe an meinem Tee, benote Hausarbeiten. Bekommen Sie langsam eine Vorstellung von meinem Alltag? Mein Leben könnte öder nicht sein.

Und dann, eines Tages vereinbarte ich einen Arzttermin, der alles verändern sollte.

Mein Handgelenk schmerzte, seit Monaten schon. Am Anfang hatte es nur gekribbelt. Aus dem Kribbeln wurde ein stechender Schmerz, der mir bis in die Fingerspitzen schoss. Der Schmerz wurde schlimmer und schlimmer, bis meine Finger so steif und mein Griff so kraftlos waren, dass ich kaum noch meine Taschen tragen konnte. Die Diagnose meines Arztes lautete: zu viel Arbeit am Computer. Schlechte Sitzhaltung. Um genau zu sein – und ich bin gern genau –, diagnostizierte er KTS. Karpaltunnelsyndrom. Er empfahl mir, die Tastatur zu erhöhen und nachts eine Schiene zu tragen. Das half, aber es half nicht viel.

Und so fand ich mich eines Morgens im Wartezimmer einer Radiologiepraxis wieder. Ich wartete auf das MRT, um »eine Arthritis auszuschließen und der Sache auf den Grund zu gehen«, wie mein Arzt es formulierte.

Es war Mittwoch, der 9. Oktober. Der Tag, an dem alles begann.

Zwei

Mittwoch, 9. Oktober 2013

Das Wartezimmer der Washington Radiology war ein merkwürdiger Ort. Dort fanden sich der obligatorische Zeitschriftenständer voll zerfledderter Magazine, die übliche Box mit Papiertaschentüchern, daneben ein Spender mit Desinfektionsmittel. Wegen der vielen Röntgenapparate war das Wartezimmer durch eine massive Stahltür von den Behandlungsräumen abgetrennt. Ein riesiges Schild warnte die Patienten: ACHTUNG! KEIN ZUTRITT – STARKES MAGNETFELD – GESUNDHEITSGEFAHR! Damit die Botschaft auch wirklich ankam, wurde der Warnhinweis durch das Piktogramm eines riesigen Magneten ergänzt, von dem zuckende Blitze ausgingen. Während ich dort saß, beschlich mich das Gefühl, auf einen Termin im Kernkraftwerk zu warten.

Ich blätterte in einer Broschüre. Die Praxis bot Mammografien, Ultraschalluntersuchungen, Biopsien und so etwas Ominöses wie »Nuklearmedizin« an. Zudem wurden Kernspintomografien durchgeführt. Deswegen war ich gekommen.

»Mrs Cashion?«

Ich stand auf.

Eine junge Frau in einem Schwesternkittel brachte mich durch die Stahltür in die Umkleidekabine. »Ziehen Sie sich bitte aus«, sagte sie. »Die hier lässt sich auf der Vorderseite zubinden.« Sie reichte mir eine zusammengefaltete Papiertunika und ein Paar Einweg-Überschuhe und verschwand.

Ich legte meine Kleidungsschichten aus Kaschmir und Wildleder ab. Ein Exfreund hat einmal zu mir gesagt, ich sei wie geschaffen für den Winter; selbst im nackten Zustand bewege ich mich wie in Samt gehüllt. Er hatte nicht unrecht. Das ganze Jahr hindurch trage ich nur Pflaumen-, Tabak- und Rotweintöne. Von Pastellfarben lasse ich die Finger.

Die Röntgenassistentin kam zurück und erklärte mir, wie die Untersuchung ablaufen würde. Ich würde auf einer schmalen Bahre in eine riesige Röhre hineingeschoben werden, wo ich vierzig Minuten lang still liegen musste. Weder durfte ich mich bewegen noch die Augen schließen. Nicht einmal tief atmen durfte ich. Sie gab mir Ohrstöpsel und einen Panikknopf, falls ich einen klaustrophobischen Anfall bekam.

Ihre Sorge war unbegründet. Ich fand das MRT himmlisch. Was gibt es Schöneres, als an einem gewöhnlichen Arbeitstag reglos in einer warmen, kleinen Kapsel zu liegen? Der Apparat summte und klopfte laut und rhythmisch. Fast wäre ich eingeschlafen.

Nach der Untersuchung begleitete die Assistentin mich zurück zur Umkleidekabine. Sie räusperte sich, beäugte mich neugierig. »Dann schicken wir die Bilder also an Dr. Zartman? Er ist Ihr Hausarzt, richtig?«

Ich nickte. Immer noch betrachtete sie mich unverhohlen fasziniert. »Ist noch etwas?«

»Nein, nein.« Sie kicherte verlegen. »Ich habe nur … ich meine, wo haben Sie die her?« Sie berührte sich leicht im Nacken.

»Was soll ich woher haben?«

»Die … Sie wissen schon, die hier.« Wieder die Handbewegung.

»Tut mir leid, ich weiß nicht, wovon Sie sprechen.«

»Die Kugel«, sagte sie. »Wie ist die Kugel in Ihren Hals gekommen?«

Erstaunlich, nicht wahr? Wie schnell sich das ganze Leben ändern kann, einfach so, auf die Worte einer Fremden hin. Später denkt man an den Augenblick zurück und sagt sich: Das war der Moment, in dem das Leben in zwei Teile zerfiel, in ein *Bevor* und ein *Danach*.

Doch ich war noch nicht so weit. Ich glaubte immer noch fest ans *Bevor*.

Ich ging über die K Street zum Campus zurück, ein schöner Spaziergang an einem frischen Oktobertag. Bis zur Bibliothek war es keine halbe Stunde zu Fuß. Ich war nicht in Eile. Das nächste Seminar würde ich erst nach der Mittagspause geben. Die Unterhaltung mit der Röntgenassistentin hatte mich eher belustigt als beunruhigt. Denn selbstverständlich steckte keine Kugel in meinem Nacken. Dazu hätte jemand auf mich schießen müssen. Was ganz offensichtlich nie passiert war. So etwas hätte ich nicht vergessen. Sicher hatte die Assistentin nur wenig Berufserfahrung. Wahrscheinlich hatte sie einen Schatten auf der Aufnahme falsch interpretiert. Eines stand fest, bei der nächsten Dinnerparty hatte ich eine lustige Anekdote zu erzählen.

Ich nahm mein Handy heraus, um meinem Arzt die Neuigkeit mitzuteilen. Ich mochte Will Zartman. Ärzte wie er waren selten: Er nahm jeden meiner Anrufe entgegen, hörte immer aufmerksam zu, und die meisten Rezepte konnte ich mir einfach abholen. Wahrscheinlich lag das nicht zuletzt daran, dass ich fast nie krank war und ihn nur selten belästigte. Bevor mein Handgelenk zu schmerzen begann, hatte ich ihn monatelang nicht gesprochen.

Wie immer hörte er aufmerksam zu, dann bat er mich zu warten. Als er wenige Minuten später wieder in der Leitung war, klang er nachdenklich. »Ich habe gerade Ihr MRT vor mir. Die Praxis hat es gemailt. Da ist … die Frau hatte recht, da ist irgendetwas.«

»Sie meinen einen Schatten?«

»Nein … sieht eher nach einem Stück Metall aus.«

»Das ist unmöglich.«

»Es sitzt direkt an Ihrer Halswirbelsäule. Kaum zu erkennen. Wurden Sie jemals an Hals oder Schultern operiert?«

»Was? Nein!«

»Manchmal gehen bei Operationen kleinere Gegenstände verloren, wissen Sie. Instrumente, Klammern, solche Sachen. Der Chirurg bemerkt es nicht und näht den Patienten einfach wieder zu. Jedenfalls brauchen Sie sich keine Sorgen zu machen. Die Röntgenaufnahme wird Klarheit bringen.«

»Jetzt soll ich auch noch zum Röntgen?« Ich seufzte.

»Ja, besser wäre es. Ich werde einen Termin für Sie vereinbaren.«

Ich bedankte und verabschiedete mich. Mein Handgelenk schmerzte. Wie ärgerlich, dass ich nun zu einer weiteren Untersuchung musste. Aus einem auf eine Stunde angesetzten Termin konnte schnell ein halber Tag werden. Dann wiederum war meine Arbeitsbelastung in diesem Semester überschaubar. Ich würde die Zeit finden. Außerdem konnte ich mir nicht helfen – ich war neugierig geworden.

An dem Abend war ich bei meinen Eltern zum Essen eingeladen.

Das kommt öfter vor als bei anderen Leuten, immerhin bin ich eine gestandene Frau von siebenunddreißig Jahren. Doch meine Eltern und ich stehen uns sehr nah. Wir telefonieren einmal täglich, manchmal noch häufiger. Wenn ich morgens nach dem Aufstehen in der Küche herumkrame und darauf warte, dass das Teewasser kocht, rufe ich meistens meine Mutter an. Wir tauschen uns über die neuesten Schlagzeilen aus oder über das Buch, über dem wir am Vorabend eingeschlafen sind.

Sie müssen wissen, ich lebe allein. Ich bin eine alte Jungfer. Die Bezeichnung ist aus der Mode gekommen, aber auf mich trifft sie zu. Ich bin weder verheiratet noch geschieden. Mir ist nie ein Mann begegnet, den ich unwiderstehlich gefunden hätte. Für mich ist das in Ordnung so; ich bin mir selbst die beste Freundin. Nicht dass ich schüchtern wäre, ganz im Gegenteil. Ich bin einfach nur introvertiert. Die wenigsten Menschen verstehen den Unterschied.

Statt eines Ehemannes habe ich mir einen engen Kreis aus guten Freundinnen zugelegt. Wenn mir danach ist, suche ich mir einen Liebhaber. Wieder so ein altmodisches Wort, und wieder passt es genau. Meine Eltern besuche ich häufig. Sie leben nicht weit entfernt in Cleveland Park, einer Gegend mit breiten Bürgersteigen und alten Villen, in denen überwiegend Journalisten, Anwälte und andere Vertreter der geschwätzigen Berufsgruppen wohnen. Das Haus meiner Eltern ist mit gelben Holzschindeln verkleidet, hat eine schattige Veranda und einen unverbauten Blick auf die Türme der Washington National Cathedral. In diesem Haus sind meine Brüder und ich aufgewachsen, eine Straße weiter steht die Schule, in der wir lesen und schreiben gelernt haben. Meine Brüder sind inzwischen über vierzig, meine Eltern über siebzig. Sie scheinen allerdings nicht vorzuhaben, sich zu verkleinern. Ich glaube, sie mögen es, wenn ihre Enkel durchs Haus toben und ihre Lacrosse- und Baseballschläger gegen dieselben ramponierten Türrahmen knallen, die schon unter meinen Brüdern zu leiden hatten. Das Holz neben dem Waschbecken im Dachgeschoss hat einen Brandfleck, weil ich als verträumter Teenager ein heißes Bügeleisen dort abgestellt habe und zu einer Übernachtungsparty entschwunden bin. Um es kurz zu machen: Das Haus meiner Eltern fühlt sich immer noch wie ein Zuhause an.

Es gefällt mir dort, und ich genieße ihre Gesellschaft und esse mehrmals pro Woche bei ihnen, wobei die Kochkünste meiner Mutter eine nicht unerhebliche Rolle spielen. Sie kocht ohne jede Rücksicht auf Cholesterinwarnungen und Kalorientabellen und hat sich auf Aufläufe und Schmorgerichte aus Kochbüchern spezialisiert, die seit 1970 nicht mehr im Druck sind. An diesem Abend zog sie eine Hühnchenpastete aus dem Ofen. Ich wusste aus Erfahrung, dass die Pastete unter anderem eine Tüte tiefgefrorene Erbsen und Karotten sowie kiloweise Butterschmalz enthielt und köstlich schmecken würde.

Ich wartete, bis wir alle am Esstisch Platz genommen hatten und der Wein eingeschenkt war, bevor ich begann: »Ihr werdet nicht glauben, was mir heute Morgen beim Arzt passiert ist. Es war zu seltsam!«

»Oh nein, schon wieder dein Handgelenk?«, fragte meine Mom. »Geht es dir immer noch nicht besser?«

»Nein. Aber sie finden gerade heraus, was los ist und warum die Schiene nicht hilft. Heute Morgen musste ich also zum MRT …«

»Welches Handgelenk war es gleich?«, unterbrach mich mein Vater.

»Das rechte.« Ich hob die Hand. »Das MRT wurde allerdings vom ganzen Oberkörper gemacht, nur so kann man sehen, ob etwas geschwollen oder ausgerenkt ist. Ich war schon fertig und wollte gerade gehen, als die Assistentin mir ganz aufgeregt nachlief. Und dann fragte sie mich – echt verrückt! –, sie fragte: ›Wie kommt die Kugel in Ihren Hals?‹« Ich hielt dramatisch inne. »Eine *Kugel in meinem Hals*. Könnt ihr euch das vorstellen?«

Man musste meinen Dad schon sehr gut kennen, um zu bemerken, dass er zusammenzuckte. Sein Kiefer verspannte sich, und seine Augen flackerten. Ich warf meiner Mom einen verstohlenen Blick zu. Sie hatte die Augen niedergeschlagen, war auf ihre Pastete konzentriert und jagte mit der Gabel eine Erbse über den Teller.

Beide schwiegen. Das war nicht die Reaktion, mit der ich gerechnet hatte.

»Du liebe Güte«, brachte mein Dad schließlich heraus. »Was hast du zu ihr gesagt?«

Ich sah ihn fragend an. »Ich habe natürlich gesagt, dass sie sich irren muss. Während des Scans darf man sich nicht bewegen. Wahrscheinlich habe ich gezuckt. Vielleicht kann man es auf dem Bild erkennen, als unscharfe Stelle oder dunklen Fleck.«

Er nickte. »Ja. Nun, klingt nach einem aufregenden Tag.« Er wandte sich an meine Mom. »Das Hühnchen ist ganz ausgezeichnet. Könnte ich bitte noch mehr haben?«

Beide aßen weiter.

»Das war's?«, fragte ich. »Mehr habt ihr nicht zu sagen? Ich dachte, ihr fallt vor Lachen vom Stuhl.«

»Nun, du hast es bereits erklärt. Wahrscheinlich hat sich die Arzthelferin bloß geirrt«, sagte mein Vater.

»Mein Schatz, wir machen uns einfach nur Sorgen um dich«, fügte meine Mom hinzu. »Ich kann den Gedanken nicht ertragen, dass du Schmerzen leidest. Ich hoffe, dass dein Handgelenk bald wieder in Ordnung kommt.«

Ich seufzte. »Ich auch. Und jetzt muss ich noch einmal hin und mich röntgen lassen. Wenn die mit mir fertig sind, trage ich einen Ganzkörpergips.«

Meine Eltern tauschten einen Blick aus.

»Das war nur ein Witz. Mir geht es prima!«

Meine Mom öffnete den Mund, wie um etwas zu sagen, doch dann überlegte sie es sich anders. Wir aßen weiter und kamen auf einen alten Film mit Marlon Brando zu sprechen, den die beiden kürzlich gesehen hatten. Doch als mein Dad uns Wein nachschenkte, sah ich seine Hand zittern. Er bemerkte meinen

Blick und beugte sich hinunter, um den Hund zu streicheln. »Das Alter«, sagte er, richtete sich wieder auf und schnitt eine Grimasse. »Bald kommt die Demenz hinzu.«

Als wir vom Tisch aufstanden, schauten sich die beiden abermals an. Lange verheiratete Ehepaare entwickeln eine Art Geheimsprache, die ohne Worte auskommt. Ich konnte nicht ganz entziffern, was sie zueinander sagten, doch etwas verstand ich: Sie hatten beschlossen, mir etwas zu verschweigen.

Drei

Donnerstag, 10. Oktober 2013

Die Röntgenuntersuchung war unglaublich.

Im Gegensatz zu meinen großen Brüdern war ich ein ruhiges Kind, das nicht zu Knochenbrüchen oder spätabendlichen Besuchen in der Notfallaufnahme neigte. Ich fahre weder Ski noch Mountainbike, ich reite nicht und halte mich auch sonst von potentiell gefährlichen Freizeitaktivitäten fern. Wie ich schon sagte, ich bin keine Lara Croft. Aus diesem Grund wurde ich, abgesehen von Kontrolluntersuchungen beim Zahnarzt, die verschwommene Bilder meiner Backenzähne erbrachten, noch nie geröntgt. Noch nie hatte ich einen Blick hinter die Kulissen meines Körpers geworfen.

Ich war fasziniert vom Spiel aus Licht und Dunkelheit, von den Schattierungen in Silber und Kohlenschwarz und Kalkweiß. Ich sah die langen, verzweigten Wurzeln meiner Zähne, die viel besser zu erkennen waren als auf den Zahnarztbildern; der Röntgenapparat musste von überragender Qualität sein. Unterhalb des Kiefers war meine leicht gekrümmte Halswirbelsäule zu erkennen, Wirbel für Wirbel ordentlich aneinandergereiht. Haut und Muskeln erschienen als gespenstische Schemen. An und für sich betrachtet war die Röntgenaufnahme wunderschön.

Und völlig unzweideutig. Das MRT vom Vortag hatte ich nicht gesehen, deswegen konnte ich keinen Vergleich anstellen, doch die Röntgenassistentin hatte vollkommen recht gehabt.

Die Kugel leuchtete. Strahlend weiß, heller noch als die Metallfüllungen in meinen Zähnen. Je kompakter ein Objekt ist, desto heller erscheint es auf der Röntgenaufnahme. Und dieses Ding bestand offensichtlich aus Blei. Es war einen guten Zentimeter lang und lief an einer Seite spitz zu. Die Spitze zeigte abwärts, Richtung Schultern. Das abgeflachte Ende saß dicht an meiner Schädelbasis.

Ungläubig studierte ich die Aufnahme. Es war einfach unmöglich. Ich blinzelte, schaute beiseite, schaute noch einmal hin – doch sie war immer noch da, strahlte mir grell entgegen. Mein Verstand ruderte mit den Armen und rang um kartesianische Logik; die Akademikerin in mir konnte nicht anders. *Je pense, donc je suis*. Ich denke, also bin ich. Ich bezweifele die Existenz der Kugel, also existiert sie. Nein, das war falsch. Ich war zu verwirrt, um zu begreifen. Dann wiederum hatte René Descartes beim Philosophieren keine Kugel im Hinterkopf gehabt.

Eine Kugel. Großer Gott. Ich saß auf dem Untersuchungstisch im ersten Stock eines Ärztehauses an der M Street. Auch die Praxis von Dr. Zartman war hier untergebracht; er hatte einen befreundeten Radiologen angerufen und einen Termin in der Mittagspause für mich vereinbart. Nun blickte der Radiologe zwischen mir und dem Röntgenbild auf dem Flatscreen hin und her. Er hatte die Augen weit aufgerissen, sein Gesicht glühte vor Aufregung und Entsetzen.

»Und Sie hatten wirklich keine Ahnung?«

»Nein.«

»Sie sagten, Sie wären beim MRT gewesen … haben Sie die Aufnahmen dabei?«

»Nein.« Ich runzelte die Stirn. »Die sind bei Dr. Zartman. Sie könnten ihn bitten …«

»Ehrlich gesagt sollten Sie das in Zukunft vermeiden.«

»Wie bitte?«

»Gehen Sie nie wieder zum MRT. Der Apparat ist im Grunde genommen ein riesiger Magnet. Dafür steht das M. Und Sie tragen ein Stück Metall mit sich herum … dann wiederum ist Blei nicht magnetisch.« Er legte den Kopf schief und dachte nach. »Dennoch, das Projektil könnte eine Legierung haben … oder andere metallische Anteile …«

Er betrachtete wieder das Röntgenbild. »Nein, das Risiko ist zu groß. Die Kugel sitzt dicht am Rückenmark und ist von Blutgefäßen umgeben. Sie darf nicht bewegt werden.«

Ich musste schlucken. Ich hatte das Gefühl, als rückten die Wände näher.

»Darf ich?« Er legte seine Hand an meinen Nacken und tastete mich vorsichtig ab. »Keine Erhebung. Keine subkutanen Narben, jedenfalls keine fühlbaren. Wo befindet sich die Eintrittsstelle?«

»Das weiß ich nicht.«

»Hier vielleicht?« Seine Finger wanderten aufwärts, massierten meinen Hinterkopf.

»Ich weiß es nicht, das sagte ich doch. Ich wusste ja nicht einmal von der Kugel.«

»Dann haben Sie also keine Ahnung, seit wann sie dort steckt?«

»Nein. Ich habe keine Ahnung. Ich weiß nicht, was ich sagen soll.«

Er kniff die Augen zusammen. »Das ist wirklich … ungewöhnlich. Angeschossen zu werden ist doch ein denkwürdiges Ereignis. Und dann noch in den Kopf.«

»Ich bin ganz Ihrer Meinung. Was wollen Sie mir sagen?«

»Ich möchte sagen, dass ich … Verzeihung, wie drücke ich mich am besten aus … ich finde es schwer zu glauben, dass Sie eine Kugel mit sich herumtragen und behaupten, nichts davon zu wissen.«

Wütend sah ich ihn an. »Nun, dann sind wir schon zwei. Zwei, die finden, dass das hier« – energisch klopfte ich gegen den Flatscreen – »absolut keinen Sinn ergibt.«

»Tja, von Schusswaffen habe ich verdammt noch mal keine Ahnung. Und von Munition auch nicht. Aber das da ist garantiert keine OP-Klammer.«

Will Zartman und ich saßen nebeneinander vor dem Monitor, unsere Blicke klebten am Abbild meines Halses. Für einen Arzt war Will noch ziemlich jung, kaum älter als ich. Ich kannte ihn nicht besonders gut, doch seine Reaktion tröstete mich. Er war ebenso bestürzt wie ich und wusste nicht, was jetzt zu tun war. Sollte er mich in die nächste Klinik bringen oder in Anbetracht dieser absurden Lage zu kichern anfangen?

»Und Sie sagen, Sie haben wirklich nichts geahnt?«

So langsam dämmerte mir, dass ich diese Frage noch öfter hören würde. »Nein, ehrlich nicht.«

»Und Sie haben keine Schmerzen? Keinen steifen Nacken, kein Kribbeln?«

»Na ja …« Ich hob die rechte Hand, drehte sie vorsichtig hin und her. »Das Problem ist Ihnen ja bekannt. Keine Ahnung, ob da ein Zusammenhang besteht.«

»Nun, das weiß ich auch nicht.« Er wandte sich wieder dem Bildschirm zu. »Die Frage ist jetzt wohl, ob man versuchen sollte, die Kugel zu entfernen. Mir fallen sofort viele Argumente ein, die dagegen sprechen. Dann wiederum erscheint es mir ebenso riskant, sie zu lassen, wo sie ist. Bleivergiftung, zum Beispiel.« Er machte sich eine Notiz. »Ich glaube, als Nächstes müssen Sie zum Neurochirurgen. Darf ich?«

Er scheitelte mein Haar am Hinterkopf und beugte sich vor. »Ich sehe keine Narbe.«

»Ich weiß.«

»Wissen Sie, ich habe Sie das schon einmal gefragt … aber Sie wurden wirklich noch nie operiert? Oberhalb der Taille?«

»Nein. Ich wurde noch nie operiert. Und die nächste Frage kann ich Ihnen auch gleich beantworten: Nein, ich wurde nie angeschossen. Ihr Radiologe hat mich bereits darauf hingewiesen, dass man so etwas eigentlich nicht vergisst.«

Dr. Zartman holte tief Luft und lehnte sich zurück. »So etwas habe ich noch nie gesehen. Eine Kugel materialisiert sich doch nicht aus dem Nichts. Und auch diese hier muss irgendwann in Ihren Hals eingedrungen sein. Sie haben wirklich keine Erklärung?«

»Sie können gern immer weiter fragen. Meine Antwort bleibt nein.«

»Was sagen Ihre Eltern?«

»Sie …« Ich zögerte. »Sie scheinen nichts zu wissen.«

Ich klang wenig überzeugend, und er sah mich schief an. »Wie meinen Sie das, sie scheinen nichts zu wissen?«

»Nun, gestern Abend habe ich ihnen davon erzählt. Dass auf der MRT-Aufnahme so etwas wie eine Kugel zu sehen ist. Es kam mir so aberwitzig vor. Ihre Reaktion war … ich weiß auch nicht, irgendwie seltsam.«

»Wie denn?«

Ich suchte nach den richtigen Worten. »Betreten. Sie wirkten betreten. Aber das ist doch normal, oder?« Auf einmal hatte ich das Gefühl, sie verteidigen zu müssen. »Es ist doch normal für Eltern, sich Sorgen zu machen, wenn ihre Tochter Schmerzen hat und Untersuchungen über sich ergehen lassen muss, die zu merkwürdigen Ergebnissen führen. Ich meine, wie würden Ihre Eltern denn reagieren, wenn sie erfahren würden, dass Sie eine Kugel im Kopf haben?«

Er nickte. »Ja, das sehe ich ein. Dennoch, irgendjemand kennt die Wahrheit. Sie sollten noch einmal mit ihnen sprechen.«

Beklommen fuhr ich zu meinen Eltern.

Die Unterhaltung konnte zwei Richtungen einschlagen. Möglicherweise – höchstwahrscheinlich – wussten sie nichts. Was nur ein kleiner Trost wäre. Immerhin steckte in meinem Nacken tatsächlich eine Kugel. Und wer außer meinen Eltern könnte mir sagen, wie sie dort hingekommen ist?

Viel verstörender war die Möglichkeit, dass sie doch etwas wussten. Ich erinnerte mich an die zitternde Hand meines Dads. Und wie meine Mom die Erbse über den Teller geschoben und jeden Blickkontakt vermieden hatte. Ich würde keine fröhliche Schilderung einer Begebenheit zu hören bekommen, in deren Verlauf sich ein Projektil in meinen Kopf gebohrt hatte. Dann wiederum – wie schlimm konnte es schon sein? Was immer auch passiert war, ich hatte offensichtlich keine bleibenden Schäden davongetragen. Warum hätten sie mir etwas verschweigen sollen?

Die einzig denkbare Erklärung war, dass meine Brüder etwas damit zu tun hatten. Heute sind beide verheiratet und angesehene, engagierte Mitglieder des Country Clubs. Zusammen haben sie sechs Kinder, sie zahlen Eigenheime ab, besitzen Aktien und gehen regelmäßig zum Golf, kurz gesagt, es ist nicht von der Hand zu weisen, dass sie Männer mittleren Alters sind und der oberen Mittelschicht angehören. Doch als Kinder waren sie wild. Bis zum heutigen Tag spricht die Nachbarin von gegenüber kein Wort mit ihnen. Seit fünfunddreißig Jahren hegt sie einen Groll gegen sie. So lange ist es her, dass meine Brüder ihr Schlafzimmerfenster zerschossen haben. Ich war damals noch ein Kleinkind und kann mich deswegen nicht an den Vorfall erinnern. Aber meine Brüder haben mir erzählt, dass ihnen ein Onkel zu Weihnachten fahrlässigerweise zwei Luftgewehre geschenkt hatte. Beide waren miserable Schützen und übten, indem sie das Eichhörnchen, das in dem Magnolienbaum vor unserem Haus wohnte, ins Visier nahmen. (Die Familienlegende besagt, dass sie immer besser wurden, das Eichhörnchen schließlich erlegten und der Nachbarin, vermutlich zur Wiedergutmachung, auf die Fußmatte legten. Vielleicht war sie einfach nur klug genug gewesen, meinen Brüdern jahrelang aus dem Weg zu gehen.) Aber um auf die ursprüngliche Frage zurückzukommen: Wäre es denkbar, dass sie auch auf mich geschossen hatten? Damals, als ich klein war, zu klein, um mich zu erinnern?

Unwahrscheinlich. Wenn man ihnen den Schuss auf ein Nachbarfenster nicht verziehen hatte, hätte man ihnen einen Schuss auf die kleine Schwester erst recht nicht verziehen. Auch das wäre zu einem Familienmythos geworden, solch eine Geschichte hätte man sich immerzu wieder erzählt, hätte sie ausgeschmückt und bei Hochzeitsansprachen und runden Geburtstagen herausgekramt. Nie im Leben wäre mir so etwas verborgen geblieben. Außerdem war da noch das Projektil; über Waffen und Munition wusste ich noch weniger als Dr. Zartman, aber die Kugel in meinem Hals sah größer und gefährlicher aus, als dass man damit eine Spielzeugpistole hätte bestücken können.

Auf dem Weg nach Cleveland Park hielt ich immer wieder an, um einen Blick auf das Röntgenbild zu werfen. Der Radiologe hatte mir eine Bilddatei geschickt. An jeder roten Ampel starrte ich auf mein Smartphone. Die Kugel ließ sich heranzoomen, bis sie den ganzen Bildschirm ausfüllte. Verkleinerte man sie wieder, war sie nichts weiter als ein winziger weißer Fleck zwischen grauen Halswirbeln.

Am späten Nachmittag bog ich in die Einfahrt meines Elternhauses ein. Das Tageslicht schwand. Ich verriegelte das Auto und betrat das Haus, wie ich es immer tat: Ich klopfte flüchtig an, schon während ich den Schlüssel im Schloss umdrehte.

Mein Dad saß am Küchentisch über ein Kreuzworträtsel gebeugt. Sein Beagle, er hieß Hunt, ignorierte mich wie immer. Dads Gesicht hellte sich auf. »Caroline! Ich hatte gehofft, dass du vorbeikommst. Weißt du ein Wort mit sieben Buchstaben für …«

»Dad.« Meine Stimme zitterte. Ich wusste nicht, wie ich beginnen sollte, also zog ich mein Handy heraus und hielt ihm die Röntgenaufnahme vors Gesicht.

Seine Augen verrieten mir alles, was ich wissen musste. »O du lieber Gott. Mein kleiner Liebling. Wir wussten nicht, dass sie immer noch da ist.«

Vier

Sie finden, ich reagiere zu gefasst? Sie finden, eine Frau, die erfährt, dass sie mit einer Kugel im Körper herumläuft, dass sie *angeschossen* wurde, sollte sich ein bisschen hysterischer aufführen?

Nun, es war so weit.

Als ich dastand und mein Vater anfing, in der Küche herumzuwirbeln (»Liebes, setz dich doch, ich werde dir einen Tee kochen …«), verlor ich die Nerven.

»Was soll das heißen, ihr wusstet nicht, dass sie noch da ist?«, kreischte ich. »Was wusstet ihr denn? Warum habt ihr mir nichts erzählt?«

»Wir hatten nicht … wir dachten … wir sind einfach davon ausgegangen, dass sie entfernt wurde. Wir haben nie nachgefragt.«

»Wen habt ihr nie gefragt? Wovon redest du?« Ich klammerte mich an der Stuhllehne fest, schlug sie ein paarmal laut gegen die Tischkante. »Dad? Wovon redest du da?«

Normalerweise neige ich nicht zu Gefühlsausbrüchen, ich bin kein reizbarer Mensch. Doch die ausweichenden Antworten meines Vaters verstörten mich mehr als die medizinischen Aufnahmen. Die kamen mir unwirklich vor, wie Requisiten eines merkwürdigen Traumes, aus dem ich jeden Moment erwachen würde. Wogegen mein Vater … ich war hergekommen, damit er sich über die Geschichte lustig machte. Ich wollte, dass wir herzlich darüber lachten und er anschließend das Rätsel löste: Die Röntgenaufnahmen waren vertauscht worden, und nun lief irgendein armer Mensch (Achtung, an dieser Stelle wird Gelächter eingespielt) mit einer Kugel im Hals herum.

Stattdessen griff er zum Telefon und murmelte, er müsse dringend meine Mutter anrufen.

»Dad …«

Er hob den Zeigefinger, bedeutete mir zu warten. »Frannie, Caroline ist hier. Bitte, komm sofort nach Hause … Hm-hmm, ja.« Er legte auf. »Sie ist in zwanzig Minuten da.«

»Dad, was immer es auch ist, du musst es mir erzählen.«

»Was soll's. Wir brauchen keinen verdammten Tee.« Er nahm zwei Gläser aus dem Schrank und holte eine Flasche Scotch, die auf dem Kühlschrank stand.

»Ich möchte keinen Whiskey!«, sagte ich und machte eine ablehnende Geste. »Ich möchte wissen, was hier los ist. Wie konntet ihr …«

»Trink«, befahl er, und gehorsam ergriff ich das Glas. Mit zittriger Hand schenkte er den Whiskey aus. »Das wird dich beruhigen. Es tut mir leid, dass du solch einen Schock bekommen hast. Sobald deine Mutter hier ist … wahrscheinlich wäre es das Beste, auch deine Brüder anzurufen.«

»Warum? Waren sie es?«

»Wer war was?«

»Martin und Tony. Haben sie auf mich geschossen?«

Mein Dad sah verwirrt aus.

»Mit ihren Luftgewehren. Das Eichhörnchen.«

Ein überraschtes Lächeln huschte über sein Gesicht. »Nein, deine Brüder haben damit nichts zu tun. Dabei haben sie es wahrscheinlich versucht. Gott bewahre!« Sein Lächeln verblasste, er wurde wieder ernst. »Du kannst dich wirklich nicht erinnern? An gar nichts?«

»Woran sollte ich mich erinnern?«

»An deine frühe Kindheit.«

Ich schüttelte den Kopf, wartete.

»Wir haben uns das immer gefragt. Wir wollten dich nicht bedrängen. Die Ärzte haben uns seinerzeit geraten, keine schlafenden Hunde zu wecken.«

»Dad, du machst mir Angst.«

»Bitte verurteile uns nicht, Caroline. Wir lieben dich. Wir werden dich immer lieben. Egal, was auch passiert, du bist unsere Tochter.«

Ich starrte ihn an. So etwas Beängstigendes hatte ich noch nie gehört.

Eine Stunde später hatte sich die ganze Familie im Wohnzimmer versammelt.

Wenn ich vorstellen darf:

Meine Mutter Frannie Cashion kennen Sie bereits. Eine attraktive, lebhafte Frau. Eifrig kümmert sie sich um die Blumenarrangements der Kirchengemeinde und kommandiert ihre Schwiegertöchter samt wachsender Kinderschar herum.

Mein Vater, Thomas Cashion. Als Anwalt praktiziert er schon länger nicht mehr, nur gelegentlich ist er beratend tätig, außerdem hat er in jüngster Zeit eine lästige Kreuzworträtselsucht entwickelt. Er joggt fünf Kilometer täglich, seiner Ansicht nach die beste Verteidigung gegen die mächtigen Pasteten meiner Mom.

Anthony, das mittlere Kind. Er ist Anwalt wie Dad und war der Lauteste und anstrengendste von uns drei. Er war wie immer in Hochform, tigerte durchs Haus und beschwerte sich darüber, dass man ihm kein Bier anbot. Der Familienrat solle bitte nicht länger als eine Stunde tagen, weil er für acht Uhr eine Reservierung im Rasika habe, und überhaupt, ob wir wüssten, wie schwer es sei, dort einen Tisch zu bekommen?

Mein ältester Bruder Martin bat ihn wie so oft, den Mund

zu halten. Martin arbeitet in der Finanzbranche. Mehr als einmal hat er versucht, mir seinen Job zu erklären, aber mein Blick wird sofort glasig, wenn er von maximierter Liquidität durch Joint-Venture-Kapitalaufstockung und Steuerersparnis durch Konsortialbildung spricht. Welche Sprache ist das?, möchte ich ihn fragen. Er bekommt einen ähnlich trüben Blick, wenn ich erkläre, dass man Balzac ohne Roland Barthes' semiotischen Code und die Pluralität des Textes unmöglich lesen könne. Doch auch wenn wir unterschiedliche Interessen haben, mögen Martin und ich uns zum Glück sehr gern.

Nun ließ er sich neben mir aufs Sofa fallen. »Schwesterherz! Ist alles in Ordnung? Du siehst furchtbar aus.«

»Martin, also bitte«, sagte meine Mom.

»Im Ernst, was ist los? Warum dieses Treffen? Und warum ist Caroline so still?«

Ich stierte meinen Vater unverhohlen an. Er sollte den Anfang machen.

Dad räusperte sich. »Eure Schwester hat heute eine Entdeckung gemacht.« Seine Stimme klang leise und besänftigend. Mit dieser Stimme hatte er sich wahrscheinlich vor Gericht Respekt verschafft. Zu Hause sprach er sonst nie so. »Eine Entdeckung, mit der sie nicht gerechnet hat, genauso wenig wie ich oder eure Mutter. Nun stehen viele Fragen im Raum, die wir am besten im Kreis der Familie beantworten.«

Meine Mom nickte. Martin runzelte die Stirn und beugte sich vor. Sogar Tony hielt inne und setzte sich.

»Caroline war heute beim Röntgen. Und wie sich herausstellte« – Dad berührte seinen Nacken –, »wie sich herausstellte, hat sie …«

»Das hier«, ging ich dazwischen und zeigte Martin das Foto auf meinem Smartphone. Er musterte es, zoomte den Fleck mit den Fingern heran.

»Was ist das?«

»Mein Hals.«

Er hielt sich das Handy vors Gesicht und verengte die Augen. »Dein Hals?«

Tony beugte sich vor und riss ihm das Handy aus der Hand. »Was ist das?«, fragte er und zeigte auf die linke untere Ecke.

»Eine Kugel.«

Meine Brüder sahen mich an, als hätte ich den Verstand verloren.

»Es ist ein Projektil.« Dad nahm das Smartphone an sich. »Und es tut mir leid, uns beiden tut es so leid« – er zeigte auf meine Mom –, »dass du es auf diese Weise erfahren musstest. Wir wussten nichts davon. Wir wussten nur …« Er holte tief Luft. »Wir wussten, dass du angeschossen wurdest. Im Alter von drei Jahren.«

Schweigen. Tony ergriff zuerst das Wort. »Wo? Wie?«

Meine Mom kam zu mir und umfasste meine Hände. »Bevor du zu uns kamst. Bevor du zu unserem kleinen Engel wurdest.« Eine Träne rollte über ihre Wange.

Ich verstand immer noch nicht. »Bevor ich zu euch kam? Wovon redest du da? Bevor ich zu euch kam? Dad sagte, ich sei drei gewesen. Da war ich schon drei Jahre hier.«

»Ohhhhh.« Martin atmete langsam aus. »War das der Grund, Mom?«

Sie ignorierte ihn, hielt ihren Blick auf mich gerichtet. »Wir haben dich adoptiert, Caroline. Deine Eltern sind … gestorben. Wir haben versprochen, dich zu lieben und zu beschützen wie unser leibliches Kind. Und das haben wir getan. Bis heute.« Sie drückte meine Hände mit aller Kraft. »Ich weiß, du hast eine Menge Fragen. Aber eins sollst du wissen: In dieser Familie wird sich nichts ändern. Nichts. Du bist unsere Tochter. Du hast zwei Brüder. Punkt.«

Sie warf meinen Brüdern einen strengen Blick zu, der sagte: *Oder?*

Martin räusperte sich, drehte sich umständlich um und sah mich an. »Genau. So ist es. Nichts wird sich ändern.« Hilfesuchend blickte er Tony an.

»Ja, klar.« Tony blinzelte ungläubig. »Ehrlich gesagt habe ich seit Ewigkeiten nicht mehr darüber nachgedacht. Wir waren noch klein, als du zu uns kamst. Aber Mom, Dad, ich muss schon sagen, das ist eine ziemlich seltsame Art, es ihr beizubringen …«

»Du hast es gewusst?« Ich starrte ihn an. »Und du auch?« Ich drehte mich zu Martin um.

Natürlich hatten sie es gewusst. Ich konnte Kopfrechnen. Tony war sieben und Martin neun Jahre alt gewesen, als ich in die Familie kam.

Klingt es seltsam, wenn ich sage, dass mich dieser Betrug in diesem Moment am meisten schmerzte? Und nicht die Tatsache, dass ich im Alter von siebenunddreißig Jahren erfuhr, dass ich ein Adoptivkind und nicht der Mensch war, der ich zu sein glaubte. All die Jahre hatten meine Brüder geschwiegen. Sie hatten das Geheimnis so lange vor mir bewahrt, dass es fast schon in Vergessenheit geraten war. Dann wiederum waren sie, o Gott, nicht einmal meine Brüder.

Ich fing zu zittern an.

Dad streckte die Hand nach mir aus.

Ich wich zurück und floh aus dem Zimmer.

Die nächsten zwei Stunden schloss ich mich in meinem alten Badezimmer im Dachgeschoss ein. Ich übergab mich, zitternd saß ich auf dem Badewannenrand, ein Handtuch um die Schultern.

Von unten hörte ich Geräusche, Schritte, die von einem Zimmer ins nächste gingen. Ich stellte mir vor, wie meine Mom weinte, wie meine Brüder ihre Frauen anriefen und ihnen mitteilten, es gebe eine Familienkrise, es werde länger dauern. Das war übrigens eine sehr interessante Frage – wussten die Frauen meiner Brüder Bescheid? Hatten in dieser Familie alle außer mir Bescheid gewusst?

Ich versuchte mich zu erinnern. Meine Kindheit war ganz normal verlaufen, wenigstens fand ich das. Allerdings fiel mir zum ersten Mal auf, dass es von mir keine Babyfotos gab. Auf dem Kaminsims im Wohnzimmer standen Silberrahmen mit Fotos, die die Familiengeschichte dokumentierten. Das Hochzeitsfoto meiner Eltern und die meiner Brüder, Bilder, die uns drei jeweils beim College-Abschluss zeigten. Links auf dem Sims standen Babyfotos von Anthony und Martin, dicke, kahle Babys im Taufkleid. Als ich nach meinem fragte, hatte meine Mom abgewinkt: »Das traurige Schicksal des Nachzöglings. Ich war zu beschäftigt damit, deine Brüder im Zaum zu halten, um Fotos zu knipsen.«

Jetzt fühlte ich mich wie eine Idiotin.

Ich hörte ein Rascheln vor der Badezimmertür, jemand klopfte an.

»Möchtest du reden?«

Martin. Böse funkelte ich die Tür an.

Er versuchte es noch einmal. »Schwesterherz?« Der Türknauf wurde gerüttelt. Das Schloss gab nicht nach. Ich hörte, wie er sich an der Tür heruntersinken ließ. Nun saß er auf dem Teppich, am Kopf der Treppe.

»Ich an deiner Stelle würde durchdrehen. Falls dir das weiterhilft. Unglaublich, dass jetzt alles rauskommt, nach so vielen Jahren.«

Ich schwieg und konzentrierte mich darauf, feindselige Strahlen durch die Tür auszusenden. Minuten verstrichen.

»Weißt du, ich kann den ganzen Abend hier sitzen bleiben. Hier oben hat es mir immer schon gut gefallen. Vergiss nicht, der Whiskey ist auf der falschen Seite der Tür, nämlich hier bei mir. Hörst du das?« Ein Klirren, Eiswürfel in einem schweren Glas. »Jede Wette, du könntest jetzt einen Schluck brauchen?«

Ich wurde schwach. »Geh weg. Ich mag keinen Whiskey.«

»Tja. Stell dir einfach vor, es wäre Champagner. Oder Bordeaux oder Sancerre oder was auch immer ihr froschfressenden Frankophilen am liebsten trinkt.«

»Bitte, geh.«

Er blieb sitzen, und nach einer Weile sagte er: »Weißt du, zum letzten Mal hast du dich da drinnen eingeschlossen, als du diesem Loser nachgeweint hast. Wie hieß er gleich? Dieser dickliche Typ?«

»Halt die Klappe, Martin.«

»Ach, komm schon. Wann war das, in der Highschool? Du hast gekocht vor Wut, weil er dich mit dieser Blondine betrogen hat. Josh irgendwas, richtig? Oder Jack?«

»Jeff Benton.« Ich konnte nicht anders.

»Ja, genau. Mein Gott, was für ein Vollpfosten! Was war eigentlich passiert? Hat er dich kurz vorm Schulball sitzenlassen?«

»Ja.« Eine längere Pause. »Ja, hat er. Und deswegen hast du mit Tony seine Autoreifen zerstochen und mit Flüssigdünger *Wichser* auf den Rasen vor seinem Haus geschrieben.«

»Tja, wozu hat man große Brüder.«

Brüder. Mein Magen krampfte sich zusammen. Ich zog mir das Handtuch enger um die Schultern.

»Caroline. Willst du nicht rauskommen?«

»Nein.«

In dem schmalen Spalt unter der Tür erschienen vier Fingerspitzen.

»Lass das!«, drohte ich.

Die Finger zwängten sich unter der Tür durch. »Komm schon. Bevor sich die Splitter in meine Finger bohren.«

»Ich trete drauf!«

»Nein, tu das nicht. Ich will an diesem Wochenende noch zum Squash.«

Ich musste lachen. Es klang eher nach einem Krächzen, aber es tat gut. »Martin?« Ich zögerte. »Was ist mit meinen Eltern? Mit meinen … richtigen Eltern?«

»Deinen leiblichen Eltern«, korrigierte er mich. »Ich weiß es nicht. Ich weiß nur noch, dass man uns sagte, wir würden eine kleine Schwester bekommen, und dann eines Tages warst du da. Mom und Dad waren glücklich, also waren wir es auch. Ich kann mich nicht erinnern, dass sie jemals das Wort *adoptiert* benutzt hätten. Alles war ganz normal. Die Cashions hatten zwei Kinder, und dann eines Tages hatten sie drei. So wie in allen anderen Familien, die ein drittes Kind bekommen. Tony hatte recht, irgendwie haben wir es vergessen. Die Umstände deiner Ankunft, meine ich. Ehrlich. Es ist ja nicht so, als würden wir hinter deinem Rücken über dich tuscheln.«

Ich wusste nicht, ob ich ihm glauben sollte, aber ich entspannte mich. Ich stand auf und öffnete die Tür.

Martin erhob sich.

Ich beäugte meinen schlanken, blonden, blauäugigen Bruder. »Weißt du, wir sehen uns kein bisschen ähnlich.«

»Das fällt dir jetzt erst auf?«

»Nein, aber trotzdem, warum finde ich es zum ersten Mal seltsam?«

»Keine Ahnung. Ich kenne viele Leute, die ihren Geschwistern nicht ähnlich sehen.«

»Ja, aber du und Tony, ihr könntet Zwillinge sein. Männermodels in einem Katalog von Brooks Brothers …«

»Ach, komm schon!«

»Ich hingegen … ich sehe aus wie Salma Hayek, nur größer und mit mehr Oberweite.«

Er schnaubte. »Glaub nicht, du kämst mit so was durch, bloß weil du einen Horrortag hinter dir hast. Nichts gegen Salmas Oberweite.«

Ich boxte ihn in die Schulter.

Es fühlte sich an wie immer, nur hohler. Als hätten wir etwas unendlich Kostbares verloren.

Fünf

Von da an wird die Geschichte düster.

Die dunkelsten, erschreckendsten Details kamen erst kurz vor Mitternacht ans Licht.

Wir saßen zu fünft im Wohnzimmer, meine Brüder hatten rechts und links von mir auf dem Sofa Platz genommen, als wollten sie mich beschützen. Zusammen mit meinem Dad hatten sie die Whiskeyflasche geleert und eine zweite geöffnet. Mom und ich hielten uns an Tee. Ich fühlte mich jetzt schon wie ein Wrack, mein Nervenkostüm hatte sich praktisch aufgelöst, ganz ohne Zugabe von Whiskey. Es gab so oder so keinen idealen Zustand – betrunken, nüchtern, irgendwo dazwischen –, um die Geschichte, die Dad vor mir ausbreitete, zu ertragen.

Er erzählte mir, ich sei in Atlanta zur Welt gekommen.

Meine Eltern waren jung und noch nicht lange verheiratet gewesen. Boone und Sadie Rawson Smith. Boone arbeitete als Pilot bei Delta Airlines. Sadie Rawson war Hausfrau, blieb daheim und zog mich groß. Sie hatten sich im College kennengelernt. Kurz vor meiner Geburt waren sie von Charlotte nach Atlanta umgezogen. So stand es in der Traueranzeige.

Sie waren zusammen gestorben, erschossen aus nächster Nähe. Boone in den Kopf, Sadie Rawson ins Herz. Ermordet. Meine Eltern waren im Herbst des Jahres 1979 ermordet worden. Beide waren sechsundzwanzig Jahre alt gewesen. Man fand ihre Leichen in der Küche eines weiß gestrichenen Backsteinhäuschens, das sie gekauft hatten. Es stand in einer gepflegten Wohnstraße in einem Viertel namens Buckhead.

Ich war auch in dem weißen Häuschen gewesen. Auch auf mich war geschossen worden. Ein Schuss in den Hals, ich habe nur knapp überlebt. Nachdem die Polizisten die Tür eingetreten hatten, fanden sie mich auf dem Küchenboden, ich hatte blaue Lippen und atmete kaum noch. Ich wurde ins Krankenhaus gebracht, zusammengeflickt, bekam eine Bluttransfusion. Es war ein Wunder. Doch der Fall wurde nie gelöst, der Mörder nie gefasst. Boone und Sadie Rawson Smith wurden beerdigt, das Haus verkauft und ich nach Washington gebracht.

»Mehr wissen wir eigentlich nicht«, schloss mein Dad. »Als du zu uns kamst, liefen die Ermittlungen noch. Die Polizei hat uns nicht mehr verraten, als in den Zeitungen stand. Und dann verging die Zeit ... Jahre ... und irgendwann schien es nicht mehr so wichtig.« Er hatte mit grimmiger Entschlossenheit gesprochen; nun wurde seine Stimme sanft. »Du warst so verängstigt, Caroline. Du hast wochenlang kein Wort gesprochen.«

»Unser Arzt war in großer Sorge, du könntest einen Hirnschaden davongetragen haben«, flüsterte meine Mutter. (*Meine Mutter*. Ich sollte mich wohl klarer ausdrücken. Mit *meine Mutter* meinte ich Frannie Cashion. Die Frau, die hier im Wohnzimmer saß.) Sie schüttelte den Kopf. »Aber ich wusste, er irrte sich. Ein Blick in deine Augen hat genügt, um zu erkennen, was für ein aufgewecktes Kind du warst. Du hast einfach nur ein bisschen Zeit gebraucht.«

»Außerdem dachten wir, dass du sicher noch Schmerzen hast«, sagte Dad. (*Dad*. Thomas Cashion. Der Dad, der mich großgezogen hat. Mein Gott, es war zu seltsam.) »Du warst schwer verletzt. Angeblich wurdest du zwei Mal operiert, du hast es gerade so ... überlebt. Aber aus keiner der Krankenakten, die uns übergeben wurden, ging hervor, dass da noch etwas in deinem Hals stecken könnte. Wir haben einfach ...«, er warf meiner Mutter einen hilflosen Blick zu, »wir haben angenommen, die Kugel wäre entfernt worden.«

»Aber ich habe keine Narbe.« Zum ersten Mal seit einer Stunde machte ich den Mund auf.

»Doch. Früher hattest du eine Narbe.« Meine Mom beugte sich vor und berührte mich am Hinterkopf, knapp neben meiner Wirbelsäule. »Man konnte sie durch dein Haar sehen. Aber dann wurden deine Haare von Jahr zu Jahr kräftiger. Mit sechs hast du die Windpocken bekommen, danach war dein Körper voller Narben, und ich habe den Überblick verloren. Sie sind alle verblasst. Selbst diese hier.« Einen Moment berührte sie meinen Kopf, dann legte sie die gefalteten Hände in den Schoß.

Ich drehte mich zu Dad um. »Es ist doch absurd, dass die Ärzte die Kugel nicht erwähnt haben. Ist das nicht eine wichtige Information, wenn man vorhat, ein Kind zu adoptieren?«

»Es ist skandalös«, pflichtete er mir bei. »In medizinischer wie auch in juristischer Hinsicht. Aber, Caroline, du befandest dich damals in Schutzhaft des Staates Georgia. Die Akten waren … sie lagen unter Verschluss. Wegen der polizeilichen Ermittlungen. Wir haben deine Ärzte nie persönlich kennengelernt. Vielleicht waren sie der Ansicht, dass das Projektil deine Gesundheit nicht mehr unmittelbar gefährdete, als wir die Adoptionspapiere unterschrieben, und hielten es deshalb nicht für notwendig, uns zu informieren. Und später dann … ich weiß auch nicht. Vielleicht ist es untergegangen, als die Akten von Georgia nach DC transferiert wurden.«

»Sicher, wir hätten auf Herausgabe deiner Krankenakte klagen können«, sagte Mom. »Besonders nach Einstellung der Ermittlungen. Aber … Dad hat recht. Monate, Jahre verstrichen, und du warst glücklich hier. Du bist aufgeblüht. Du warst vollkommen gesund. Wir dachten nicht daran, irgendwelche alten Akten auszugraben.«

Es war zu viel für mich. Ich konnte es nicht ertragen und klammerte mich an kleine, konkrete Details. Wie die fehlende Narbe oder den Namen der Stadt.

»Atlanta«, hörte ich mich sagen. »Da war ich noch nie.« Der Name ließ mich an *Vom Winde verweht* denken, an Scarlett O'Hara in einem Reifrock aus Vorhangstoff. Was noch? Coca-Cola; der Stammsitz von Coke befand sich in Atlanta. Die Olympischen Spiele. Atlanta war Gastgeber der Olympischen Spiele gewesen, als ich noch aufs College ging. Ich erinnerte mich an die Übermacht des US-Teams, Michael Johnson war allen davongelaufen und hatte zwei Goldmedaillen errungen. Doch von der Stadt selbst hatte ich keine Vorstellung. Aber offenbar war ich doch schon einmal in Atlanta gewesen. Ich hatte dort gelebt, für mehrere Jahre, und hatte alles vergessen.

Martin schien meine Gedanken zu erraten. »Du kannst dich an nichts erinnern? An deine … an die Smiths? Oder wie du zu uns gekommen bist?«

Nein, konnte ich nicht.

»Alles andere wäre ungewöhnlich«, warf Dad ein. »Wir haben uns informiert. Die wenigsten Menschen können sich an die Zeit vor ihrem vierten Lebensjahr erinnern. Falls doch, sind es oft keine echten Erinnerungen, sondern selbstgeschaffene Bilder, zusammengesetzt aus bekannten Fotos und nacherzählten Geschichten. Wir haben es immer vermieden, über die Zeit vor Carolines Ankunft zu sprechen. Und Fotos besaßen wir keine.«

»Abgesehen davon hattest du eine traumatische Erfahrung hinter dir.« Mom blickte mich an. »Selbst ein viel älteres Kind hätte das verdrängt.«

Ich nickte. Es war logisch. Meine Eltern klangen wie die vertrauten, vernünftigen Menschen, die ich kannte, sah man von dem irrsinnigen Sachverhalt ab, dass ich mit einer neuen, umgeschriebenen Lebensgeschichte konfrontiert wurde, einer Geschichte, in der ein Doppelmord vorkam, zwei Elternpaare und eine Kugel, die unter meiner Haut steckte. Mom hatte recht: Ich sollte eine Menge Fragen haben. Doch in dem Moment fiel mir keine einzige ein. Mein Handgelenk schmerzte noch stärker als sonst. Ich wollte mich einfach nur hinlegen und die Augen schließen.

»Dad.« Das Wort schien das Zimmer zu elektrisieren, als wäre es eine Lüge, als warteten wir alle auf einen Widerspruch. Ich zwang mich, es zu wiederholen. »Dad. Wäre es in Ordnung, wenn ich heute hier übernachte?«

»Aber ja, natürlich, mein Schatz.«

Ich stand auf, ging zu ihm und küsste ihn auf den Scheitel. Dann umarmte ich meine Mutter und warf meinen Brüdern zwei matte Kusshände zu. Sie würden über mich sprechen, sobald ich das Zimmer verlassen hatte. Es war mir egal. Ich drehte mich um und stieg die Treppe zu meinem alten Kinderzimmer hinauf, während ich mit meiner gesunden Hand das schmerzende Handgelenk fest umklammerte.

Sechs

Unglaublicherweise konnte ich einschlafen. Zum Glück schafft der Körper es immer wieder, sich gegen das Gehirn durchzusetzen, ihm selbst in Krisenzeiten gelegentliche Ruhepausen aufzuzwingen. Fünf Stunden lang versank ich in segensreiche Bewusstlosigkeit, bevor ich plötzlich die Augen aufriss. Noch nie im Leben bin ich orientierungslos aufgewacht, und auch diesmal wusste ich sofort, wo ich mich befand, obwohl es noch nicht einmal hell war.

Viele Fragen mussten mir beim Schlafen durch den Kopf gegangen sein, aber diese eine hatte mich aufgeweckt: *Hieß ich immer schon Caroline?*

Ich schlich die Treppe hinunter.

In der Küche stieß ich auf meine Mutter und Tony. Beide wirkten, als hätten sie nicht so viel Schlaf abbekommen. Mom trug einen blauen Flanellpyjama und einen Morgenmantel, Tony einen uralten, ausgeleierten grauen Sweater mit dem Logo seines Highschool-Ringerteams. Wahrscheinlich hatte er ihn in irgendeiner Kommode gefunden, zwanzig Jahre nachdem er verschwitzt vom Training nach Hause gekommen war und den Sweater in den Wäschekorb gepfeffert hatte.

Als sie mich im Türrahmen entdeckten, verstummten sie.

»Wie ist mein richtiger Name?«, fragte ich rundheraus.

»Dein richtiger Name?«, wiederholte Mom.

»Heiße ich wirklich Caroline?«

»Ach, verstehe. Ja. Ja, natürlich.«

»Aber nicht Caroline Cashion?«

»Nein. Na ja, doch, natürlich. So heißt du jetzt offiziell. Aber geboren wurdest du als Caroline Smith. Wir haben damals beschlossen, deinen Vornamen nicht zu ändern. Caroline ist ein schöner Name, so anmutig. Außerdem passt er gut zu Cashion, und … wir dachten, dass es dann vielleicht nicht so eine Umstellung für dich wird, emotional. Wenn du weiterhin bei dem Namen gerufen wirst, den du kennst.«

Darüber musste ich nachdenken. »Habt ihr meine Geburtsurkunde?«

»Ja.« Meine Mom machte eine unbestimmte Handbewegung in Richtung Zimmerdecke. »Sie liegt oben bei den Akten. Wir mussten sie aufbewahren, ebenso wie die Adoptionspapiere, um deinen ersten Reisepass zu bekommen. Wenn du möchtest, kann ich sie dir zeigen.«

»Ja, gerne.«

Ich biss mir auf die Unterlippe. Tony stand auf und schenkte sich noch einen Kaffee ein. Dann entschuldigte er sich. Er müsse jetzt nach Hause, duschen, den Kindern vor der Arbeit noch hallo sagen. Er drückte meine Schulter. »Halte durch. Ich rufe dich später an, okay?«

»Ja. Übrigens, hübsches Sweatshirt.«

Er sah an sich hinunter. »Glorreiche Highschoolzeit.«

»Ja, das war schön. *Go Bulldogs*.«

Einen Moment lang wusste er nicht, ob er darauf eingehen sollte, doch dann setzte sich die Gewohnheit durch, der durch jahrelangen Geschwisterstreit antrainierte Reflex. »Ich muss dich wohl daran erinnern, dass wir in meinem letzten Schuljahr fast die Mid-Atlantic Prep Championships gewonnen hätten.«

»Fast?«

»Jawohl.«

»Das heißt, ihr seid Zweite geworden?«

»Dritte. Kein Wunder, dass die Frauen sich nicht zurückhalten konnten.«

Grinsend zog er mich an sich. »Meine besserwisserische Schwester. Es tut mir so leid. Ich rufe dich später an.«

Er ließ die Küchentür hinter sich zufallen. Meine Mom drehte sich um und machte sich daran, Eier in eine Schüssel zu schlagen. Sie wühlte im Kühlschrank herum, nahm Speck und Toastbrot heraus. Betretenes Schweigen machte sich in der Küche breit.

»Was ist mit dem Rest der Familie?«, fragte ich nach einer Weile. »Ich meine, ich möchte nicht undankbar klingen, aber habe ich Großeltern? Warum haben die mich damals nicht aufgenommen?«

»Die Frage habe ich mir auch gestellt. Bevor wir die Adoptionspapiere unterschrieben haben. Aus egoistischen Gründen, muss ich heute zugeben. Ich wollte nicht, dass später irgendjemand kommt und versucht, Ansprüche auf dich zu erheben. Man hat uns versichert, dass du keine direkten Angehörigen mehr hast. Die Eltern deines Vaters waren schon lange verstorben. Und die deiner Mutter … ich glaube, sie waren geschieden und bei schlechter Gesundheit. Das war kein Umfeld für ein traumatisiertes kleines Mädchen. So beschlossen die Behörden, dir eine neue Familie zu suchen. Es ging ganz schnell. Sie haben sich nicht an den offiziellen Dienstweg gehalten; niemand wollte, dass du in die Mühlen der Bürokratie gerätst.«

»Aber wollten sie mich denn nie besuchen? Meine Großeltern, meine ich.«

»Ein Mal wollten sie dich besuchen.« Mom schlug die Augen nieder. »Deine Großmutter hat uns geschrieben und um ein Treffen gebeten. Wir hielten es für zu früh. Wir dachten, es würde dich nur verwirren. Sie hatte ohnehin keine offiziellen Rechte mehr, nicht nachdem die Adoption rechtskräftig war.« Sie zögerte. »Ein paar Jahre später habe ich ihr geschrieben. Der

Brief kam ungeöffnet zurück. Sie und dein Großvater waren inzwischen gestorben.«

Ich zuckte zusammen. Erst nach einer Weile konnte ich weitersprechen. »Und warum … warum ihr? Warum bin ich ausgerechnet hier gelandet?«

Mom schaute an mir vorbei. »Wusstest du, dass es bei Anthonys Geburt Komplikationen gab?«

»Ja.« Ich wusste nicht, woher; in der Familie wurde nie offen darüber gesprochen.

»Nach seiner Geburt ging es mir eine ganze Weile sehr schlecht. Wir mussten wochenlang im Krankenhaus bleiben. Alles kam in Ordnung, aber danach konnte ich keine weiteren Kinder bekommen. Und ich hatte mir so sehnlich ein Mädchen gewünscht. Ich wollte unbedingt ein Mädchen haben.« Sie lächelte. »Also sind wir zu einer Adoptionsagentur gegangen. Wir waren nicht sicher, was dabei herauskommen würde, und jahrelang geschah tatsächlich nichts. Wir wussten ja, dass wir ganz unten auf der Liste standen, schließlich hatten wir schon zwei gesunde Kinder. Aber wie sich herausstellte, war das in deinem Fall ein Vorteil. Auf einmal standen wir ganz oben auf der Liste. Die Sozialarbeiter wünschten sich für dich Eltern mit Erfahrung. Eine glückliche, stabile Familie, die dich aufnehmen würde. Ich musste ihnen Bilder von dem Kinderzimmer zeigen, das ich für dich eingerichtet hatte, ganz in Rosa, nur für den Fall. Eine Woche später erhielten wir den Anruf.«

An das rosa Kinderzimmer konnte ich mich noch gut erinnern. Der Traum eines jeden Mädchens. Mittendrin stand ein großes Himmelbett, das einer Prinzessin würdig gewesen wäre, und daneben ein kleines für meine Lieblingspuppe. Der Plattenspieler aus Plastik konnte fünfundvierziger Singles abspielen, und der Kinder-Elektroherd hatte ein Loch in den rosa Teppich gebrannt (angeblich waren Brandlöcher meine Spezialität, als ich klein war). Doch mir wollte partout nicht einfallen, wann ich dieses Zimmer zum ersten Mal gesehen hatte. Ich hatte nie darüber nachgedacht, war einfach davon ausgegangen, dass vor dem Himmelbett eine Wiege darin gestanden hatte. Meine Wiege. Das wäre der natürliche Ablauf gewesen, so wie das Himmelbett in meiner Pubertät einem schlichten Doppelbett mit Kopfteil gewichen war, das bis heute in dem Zimmer stand und in dem ich die letzte Nacht verbracht hatte. Der Teppich war ersetzt worden, die Wände längst in einem geschmackvollen Grauton überstrichen.

Mom stellte zwei Teller auf den Tisch und ließ sich neben mir auf einen Stuhl sinken. Während ich in Erinnerungen schwelgte, hatte sie ein Omelett gebraten. Speck, Eier, Parmesankäse. Sie weiß, wie sehr ich Speck liebe. Schweinefleisch in jeder nur erdenklichen Form. Für eine gute Chorizo würde ich meilenweit laufen. Doch nach dem ersten Bissen spuckte ich das Essen wieder aus.

Meine Mutter warf mir einen leicht irritierten Blick zu.

»Tut mir leid. Es schmeckt nach Pappe.«

»Ach so.« Sie tätschelte meine Hand. »Das kann passieren, wenn man unter Schock steht.«

Überrascht starrte ich auf meinen Teller. »Ich dachte immer, das sagen die Leute nur so. Oder es wäre in einem übertragenen Sinn gemeint. Faule Schriftsteller denken sich ständig traurige Hauptfiguren aus, die keinen Appetit mehr haben und sich darüber beschweren, dass alles nur noch nach Pappe schmeckt. Ich wusste gar nicht, dass es stimmt.« Meine Zunge war belegt. Ich trat an die Spüle und spuckte noch einmal aus. Ich hielt die Hände unter kaltes Wasser, wusch mir das Gesicht, bis meine Haare nass waren und das Wasser auf den Fliesenboden tropfte. Zitternd stand ich da. Meine Mutter erhob sich und legte mir die Hand auf den Rücken.

Nach einer Weile richtete ich mich auf. »Warum habt ihr mir nie etwas gesagt?«

»Wie sollten wir? Dir war etwas Furchtbares passiert. Mehr, als ein Kind ertragen kann.«

»Aber später? Als ich erwachsen war? Meine Güte, ich bin siebenunddreißig Jahre alt!«

»Man … man hat uns geraten, dir nichts zu sagen. Die Leute von der Adoptionsagentur. Sie haben gesagt, es würde dich nur verwirren. Caroline, damals wurde das so gemacht. Adoptionen waren fast immer anonym. Sogar Kinder mit … mit weniger traumatischer Vergangenheit erfuhren nicht, wer ihre leiblichen Eltern waren. Viele Kinder sind aufgewachsen, ohne jemals zu erfahren, dass sie adoptiert sind.«

Ich machte mich von ihr los. »Du hättest es mir erzählen müssen.«

Zum ersten Mal wirkte sie ungeduldig. »Mein Schatz, hätte dich das nicht bloß unglücklich gemacht? Was hätte es dir genützt?«

Später an dem Morgen unterrichtete ich wie immer meinen Freitagskurs. FREN 388, *Der französische Roman im neunzehnten Jahrhundert*. Krankmeldungen werden an der Universität nicht gern gesehen, außerdem war es eine Erleichterung, mich mit etwas zu befassen, das ich verstehen und kontrollieren konnte.

An dem Tag ging es um Flauberts *Madame Bovary*, ein Buch, das ich immer gern mit meinen Studenten bespreche. Dieses Porträt einer Frau, die in ihrer langweiligen Ehe gefangen ist, war bahnbrechend für den Feminismus. Zu seiner Zeit sorgte es sogar für einen Skandal: 1857 wurde Flaubert wegen Unsittlichkeit und »Angriff auf die öffentliche Moral« vor Gericht gestellt. Dabei hatte sich natürlich nur seine Hauptfigur Emma

Bovary unmoralisch verhalten. Sie betrügt ihren Ehemann und schenkt ihrem Liebhaber ein Zigarettenetui und eine Reitpeitsche mit silbernem Griff. Sie ist jedoch eine charmante Person, und ich lasse mir üblicherweise viel Zeit, mit meinen Studenten über ihre Verführungskünste und ihre Eitelkeit zu sprechen. Aber heute war ich unruhig. Emmas Sünden schienen nichts im Vergleich zu der Enthüllung, die ich in den vergangenen vierundzwanzig Stunden erfahren hatte. Emma Bovary meinte, sie hätte Probleme? Immerhin wusste sie, woher sie stammte, niemand hatte ihre Eltern ermordet, und sie lief auch nicht mit einer Kugel im Hals durch die Gegend.

Ich brachte den Unterricht hinter mich, indem ich mich an meine Aufzeichnungen hielt. Ich schloss mit einer Lobrede auf Flaubert, der die gesellschaftlichen und politischen Turbulenzen im Frankreich der 1850er Jahre so treffsicher dargestellt hatte. Meinen Studenten schien es zu gefallen; alle schrieben fleißig mit. Ich belohnte sie und machte ein paar Minuten früher Schluss. Dann sammelte ich meine Unterlagen zusammen, schaltete das Licht aus und trat in den menschenleeren Flur hinaus. Und jetzt? Normalerweise kehrte ich freitags nach dem Seminar in meine Bibliotheksnische im dritten Stock zurück, um den ganzen Nachmittag Hausarbeiten zu korrigieren und Kräutertee zu trinken. Ich dachte an meinen blauen Sessel, an den Wasserkocher, meinen *I-❤-NPR*-Becher, der sauber ausgespült neben der Spüle stand. Doch es ging nicht. Statt in der Bibliothek fand ich mich auf der breiten Eingangstreppe des White-Gravenor Buildings wieder.

Auf dem Rasen vor dem Hauptgebäude war viel los. Die Studenten warfen Frisbees, begrüßten ihre Freunde, schmiedeten Pläne fürs Wochenende. Der Tag war sonnig, aber kühl. Ohne ein bestimmtes Ziel vor Augen, machte ich mich auf den Weg. Ich wollte mich einfach nur bewegen. Ich hatte den Ausgang des Universitätsgeländes und die Statue von John Carroll schon fast erreicht, als meine Knie plötzlich nachgaben, und im nächsten Moment lag ich auf dem Boden. Ich hatte seit dem Vortag nichts gegessen, doch das war keine Ohnmacht. Ich fühlte mich, als wäre ein Schalter umgelegt worden. Der Körper hatte über den Kopf gesiegt.

Eines hatte ich noch nicht gelernt: Wenn ein Mensch unter Schock steht, denkt er, er funktioniert weiter, doch das stimmt nicht. Lassen Sie es mich erklären. Es war mir unmöglich aufzustehen. Ich schaffte es lediglich, mich auf dem kalten Gehweg aufzusetzen und mir darüber klar zu werden, was für ein Bild ich abgeben musste mit meinen gespreizten Beinen, dem wirren Haar und der ausgeleerten Tasche. Ein kleiner Teil von mir genoss das Spektakel. Die Studenten machten einen weiten Bogen um mich. Ich fragte mich verwundert, wie lange es dauern würde, bis jemand sich bückte und sich nach meinem Befinden erkundigte.

Was sollte ich dann sagen?

Sieben

Samstag, 12. Oktober 2013

Am Samstagmorgen fing die Kugel an zu pochen.

Es war kein permanenter Schmerz wie in meinem Handgelenk. Es fühlte sich dumpfer und doch fordernder an. Der Schmerz kam und ging, doch wenn er sich meldete, war er wie ein Stich ins Fleisch. Ich stellte mir die Kugel als ein lebendiges, pulsierendes Organ vor.

Als ich ein Kind war, lag das ganze Land im *Star Wars*-Fieber. Als der erste Film in die Kinos kam, war ich noch ein Baby, ich kann mich jedoch daran erinnern, wie ich weinte, als *Die Rückkehr der Jedi-Ritter* lief. Zu der Zeit musste ich etwa sechs oder sieben Jahre alt gewesen sein. Tony und Martin durften sich den Film ansehen, ich hingegen war noch zu klein und musste zu Hause bleiben. Ich fand das so ungerecht. Danach ärgerten meine Brüder mich wochenlang und unterhielten sich in der Yoda-Sprache (»Ich dir gesagt habe, bitte die Kartoffeln du reichen mir!«). Außerdem behaupteten sie bei jeder Gelegenheit, »ein Ungleichgewicht in der Macht« zu spüren. Es klingt albern, aber auf einmal hatte ich wieder diesen Satz im Kopf. Ich spürte tatsächlich so etwas wie ein Ungleichgewicht der Macht. Als ginge von der Kugel eine Kraft aus, die meinen ganzen Körper verstörte.

Ich stellte mir die Adern und Muskeln in meinem Hals vor. Jahrelang waren sie gewachsen, hatten sich an das Blei angeschmiegt wie Baumwurzeln, die in der Tiefe auf einen Findling stoßen.

Ich war im Alter von drei Jahren angeschossen worden.

Drei.

Was bedeutete, dass die Kugel länger Bestandteil meines Körpers war als meine Zähne.

Am späten Nachmittag rief ich meinen Arzt an.

Wäre es denkbar?, fragte ich. Konnte es sein, dass eine so alte Verletzung unvermittelt zu schmerzen anfing?

»Unwahrscheinlich«, sagte er. »Wie würden Sie den Schmerz denn beschreiben?«

Ich dachte kurz nach. »Wie ein Brennen. Als wäre die Stelle heiß.«

»Nun, das ist sie definitiv nicht. Es sei denn, das Gewebe hätte sich entzündet, aber davon habe ich bei der Untersuchung neulich nichts bemerkt.«

»Okay, aber … es pulsiert tatsächlich. Ich kann das Metall spüren. Sein Gewicht. Als würde es in mein Fleisch drücken.«

»Das ist wahrscheinlich psychosomatisch.«

»Ich bilde mir das nicht ein, Dr. Zartman.«

»Nennen Sie mich Will. Und ich behaupte auch gar nicht, Sie würden es sich nur einbilden. Die Reaktion ist vollkommen normal. Nun, da Sie von der Kugel wissen, können Sie sie spüren. Möglicherweise hat sie auch ihre Position verändert. Vielleicht drückt sie auf einen Nerv.«

»Warum sollte sie gewandert sein?«

»Das weiß ich nicht.«

»Wäre das eine Erklärung dafür, dass mein Handgelenk plötzlich schmerzt?«

Langes Schweigen. »Auch das kann ich Ihnen nicht erklären. Die Hälfte meiner Patienten mit Karpaltunnelsyndrom hat leichte Schmerzen. Die Ursache ist fast immer eine schlechte Haltung bei der Computerarbeit. Deswegen bin ich auch in Ihrem Fall davon ausgegangen. Aber wenn die Kugel auf einen Nerv drückt – ja, das wäre eine Erklärung. Dann zeigen sich womöglich Symptome im Handgelenk.«

»Und das erklärt auch den Schmerz in meinem Nacken.«

Er ignorierte mich. »Ich werde noch einmal im Labor anrufen. Die sollen sich mit Ihrem Blutbild beeilen. Ich möchte wissen, ob Sie erhöhte Bleiwerte haben. Das Labor arbeitet die ganze Woche, vielleicht liegt schon morgen ein Ergebnis vor.«

»Vielen Dank.«

»Und bis Montag sollte sich auch Marshall bei mir gemeldet haben, der Neurochirurg. Ich konnte ihn gestern nicht erreichen, aber er ist der beste in der Stadt. Ich werde einen Termin für Sie vereinbaren.«

»Und dann?«

»Wir werden abwarten müssen, was er sagt. Konnten Sie in der Zwischenzeit mit Ihren Eltern sprechen? Können die sich erklären, woher die Kugel stammt?«

Ich stieß ein gereiztes Lachen aus. »Sie hatten vollkommen recht. Sie wussten Bescheid.«

»Und?«

Wieder lachte ich. »Wie viel Zeit haben Sie denn?«

Er hörte mir fast eine Stunde lang zu. Nachdem ich aufgelegt hatte, machte ich einen langen Spaziergang durch Georgetown, ohne Zusammenbruch diesmal. Ich nahm nichts wahr als das Geräusch meiner Stiefelabsätze auf dem Asphalt und in meinem Hals den grellweißen Fleck, die Kugel, die pulsierte, pochte.

Das Tombs ist eine Institution in Georgetown, ein großes, dunkles Backsteingewölbe nur einen Block vom Campus entfernt. Im hinteren Teil befindet sich eine Bar, im vorderen ein Restaurant voller lärmender Studenten. Es ist die Art von Lokal, wo sich Studenten am Samstagabend mit ihren Zimmergenossen treffen, um Buffalo Wings zu essen und literweise Bier zu trinken. Am nächsten Morgen sind sie verkatert und treffen sich hier mit ihren Eltern zum ausgiebigen Brunch. Es ist eine Tradition, an seinem einundzwanzigsten Geburtstag um Mitternacht zur Tür hereinzukommen. Alle schlagen einem auf die Schulter, und man bekommt das erste legale Bier aufs Haus.

Ich überlegte zweimal, ob ich mich an einem Samstagabend dort überhaupt blicken lassen konnte. Möglicherweise traf ich Bekannte von der Universität, und auf Plaudereien hatte ich keine Lust. Doch der Gedanke, allein zu Hause zu sitzen, war zu deprimierend. Außerdem liegt der Laden gleich um die Ecke, und ich wollte mich nicht schick machen und ein piekfeines Lokal aufsuchen. Also rief ich Martin an und bat ihn, sich im Tombs mit mir zu treffen.

Wir wählten eine Sitznische am hinteren Ende und ließen uns wortlos auf die Lederbänke fallen. Martin kannte mich zu gut, um mit Smalltalk anzufangen. Stattdessen winkte er einen Kellner heran, bestellte Artischocken-Dip und Bier und für mich einen Weißwein.

Was ich vorhin über Whiskey gesagt habe, dass ich ihn nicht mag, stimmt nicht ganz. Rye Whiskey schmeckt mir. Scotch kann ich nicht ausstehen, doch vor ein paar Jahren lernte ich einen Mann aus Kentucky kennen, der Sazeracs mit Rye aus einer Destillerie in seinem Heimatort trank. Rye schmeckt wie Bourbon, nur besser. Pfeffriger und weniger süß. Ich gewöhnte mich an den Geschmack und trinke ihn bis heute, wenn ich schnell betrunken werden will. Martin wusste Bescheid. Er zog die Augenbrauen hoch, als ich keinen Wein nahm und stattdessen um einen doppelten Bulleit bat, ohne Eis.

Er sagte nur: »Bringen Sie uns zwei.«

Schweigend nippten wir an unseren Getränken. Nach einer

Weile sagte er: »Seltsam, nicht wahr? Dass das neuerdings in Mode ist?«

»Was?«

»Rye Whiskey.«

»Der ist in Mode?«

»Gehst du nie aus? Der ist jetzt gerade total hip. Laura und ich waren neulich sogar zu einer Verkostung eingeladen. All diese Vierzigjährigen, die höchstens mal eine Flasche Bordeaux entkorken, solange sie fünfundsiebzig Dollar kostet. Und jetzt trinken sie plötzlich Schnaps und behaupten, sie würden Aromen von grünem Apfel und Tabak herausschmecken.«

»Ich trinke ihn einfach, weil ich ihn mag.«

»Siehst du, genau das meine ich. Wie authentisch du bist.« Er trank einen weiteren Schluck, sah mir in die Augen. »Damals, als du zu uns gekommen bist, hattest du Albträume. Nachts bist du oft zu mir ins Bett gekommen und hast dich an mich gekuschelt und geweint. Wenn ich am nächsten Morgen aufgewacht bin, warst du weg. Kannst du dich nicht erinnern?«

»Mein Gott, ich kann diese Frage nicht mehr hören.«

Martin wirkte verletzt.

»Tut mir leid, Martin, wirklich. Aber weißt du, gerade deinetwegen finde ich die Sache so schlimm.« Ich zeigte auf ihn und dann auf mich. »Du und ich. Zu erfahren, dass … dass du nicht wirklich mein Bruder bist.«

»Aber ich *bin* dein Bruder!«

»Du weißt, wie ich das meine.«

»Du sprichst von Blutsverwandtschaft.«

Ich nickte.

»Darüber habe ich auch schon nachgedacht.« Er sah sich um, griff zu dem Steakmesser, das vor ihm auf dem Tisch lag. Er streckte einen Finger aus und zog das Messer glatt darüber. Ein Blutstropfen quoll heraus.

Er hielt mir das Messer hin. *Jetzt du.*

Entgeistert starrte ich ihn an.

»Komm schon, vertrau mir. Gib mir deine Hand.«

Ich gehorchte. Der Schnitt tat mehr weh, als ich dachte.

Martin legte das Messer beiseite und presste seinen Finger auf meinen. »Nun sind wir blutsverwandt. Ich bin dein Bruder.«

Zum ersten Mal, seit ich von der Sache wusste, musste ich weinen.

Es war nur eine Geste, aber in diesem Moment hatte ich das Gefühl, dass noch nie im Leben jemand so nett zu mir gewesen war. Wir saßen Hand in Hand da, die Tränen liefen mir über das Gesicht. Martin wickelte unsere Hände in eine Serviette ein und drückte fest zu.

»Martin, ich wollte nicht …«

»Psst. Du brauchst nichts zu sagen.«

Er fing den Blick des Kellners auf. *Noch zwei.*

Zögerlich sah der Kellner mich an, wahrscheinlich dachte er, dass ich auch ohne Alkohol schon aufgelöst genug wirkte. Doch er trottete davon und holte uns noch zwei Gläser. Der Whiskey floss durch meine Kehle. Nach der dritten Runde fing ich zu grinsen an.

»Was ist denn?«, fragte Martin.

»Wir trinken Bulleit.«

»Na und?«

»Bulleit. Klingt wie *bullet*.«

»Das ist nicht lustig.«

»Ach komm schon, es ist zum Totlachen.« Ich stieß mit ihm an.

Da verzog er das Gesicht zu einem Grinsen. »Na ja, so gesehen trinken wir Shots. Verstehst du? Schüsse!«

»Das ist nicht lustig«, sagte ich, aber dann musste ich doch lachen.

Wir lachten und lachten, und der Raum fing an sich zu drehen.

Irgendwann muss Martin bezahlt und mich aus dem Tombs geschleift haben, hinaus auf die 36. Straße und bis nach Hause in mein Bett. Für so etwas sind Brüder gut.

Acht

Sonntag, 13. Oktober 2013

Falls Sie jemals von einem Bus überrollt wurden, wissen Sie ungefähr, wie ich mich am nächsten Morgen fühlte. Ich wäre niemals aus dem Bett gekrochen, wenn nicht mein Telefon pausenlos geklingelt hätte.

»Habe ich Sie geweckt?«, fragte Will Zartman.

»Nein, nein, ich habe nur … ja, ehrlich gesagt. Wie spät ist es?«

»Kurz vor elf.«

»Du liebe Güte. Ach so. Ich habe … ich glaube, ich war gestern Abend lange aus.«

»Oh. Bei einer Party?«

»Nein, nur in einer Bar.« Ich stöhnte. »Ich glaube, ich habe mein halbes Körpergewicht in Whiskey zu mir genommen.«

»Rye ist gerade in Mode.«

»Das habe ich auch gehört. Ich hoffe, ich muss das Zeug nie wieder trinken.«

»Sie brauchen ein Gegengift«, sagt er.

»Wie bitte?«

»Trinken Sie eine Bloody Mary. Dann geht es Ihnen besser. Ein probateres Mittel gegen Kater kenne ich nicht. Aber das ist nur meine persönliche Meinung. Als Ihr Arzt muss ich Ihnen raten, eine Tasse Kaffee zu trinken und sich wieder hinzulegen. Und natürlich sollten Sie nie mehr als vier Drinks an einem Abend zu sich nehmen.«

»Ach so.«

»Mit wem waren Sie denn aus?«, fragte er beiläufig. »Mit einer Freundin?«

Bildete ich es mir nur ein, oder sprach aus seiner Frage mehr als medizinisches Interesse?

»Mit meinem Bruder.«

»Oh. Wie nett.« Er musste selbst gemerkt haben, dass er zu weit gegangen war, denn er räusperte sich und verfiel in eine andere Tonlage. »Tut mir leid, dass ich Sie am Sonntagmorgen störe. Und ich überbringe nur ungern schlechte Nachrichten, aber heute Morgen sind Ihre Laborergebnisse eingetroffen. Da ist nichts, was uns akut Sorgen bereiten muss, aber die Bleiwerte in Ihrem Blut sind erhöht.«

»Erhöht?«

»Neunundzwanzig Mikrogramm Blei pro Deziliter Blut. Bei einem Erwachsenen gilt alles über fünfundzwanzig als erhöht. Ab da fangen die Patienten an, Symptome aufzuweisen: Kopfschmerzen, Gereiztheit, verlangsamte Reaktionen, so was in der Art.«

»Na toll«, sagte ich niedergeschlagen. »Ein weiteres Problem. Das hat mir noch gefehlt.«

»Das Blei könnte natürlich völlig anderen Ursprungs sein. Wo wohnen Sie?«

»In Georgetown.«

»Aha. In einem Altbau?«

»Baujahr 1895.« Georgetown ist ein denkmalgeschützter Distrikt; fast alle Häuser dort sind hundert Jahre alt oder älter.

»Nun, da haben Sie die Erklärung. Möglicherweise haben Sie Bleifarbe an den Wänden, oder das Gebäude hat noch Bleirohre. Trinken Sie Leitungswasser?«

»Täglich.«

»Widerliches Zeug. Da schwimmen Mikroben drin, von denen Sie lieber gar nichts wissen wollen. Außerdem war es jahrelang mit Blei verseucht. Aber hören Sie, vergessen Sie das jetzt. Das Problem lösen wir zu gegebener Zeit. Es ist nur einer von vielen Faktoren.«

»Einer von vielen?«

»Die wir bei der Entscheidung berücksichtigen müssen, ob wir einen Termin beim Chirurgen vereinbaren, um die Kugel entfernen zu lassen.«

Die Google-Suche erbrachte nur wenig.

Ich hatte es immerhin geschafft, aufzustehen und mir eine Kanne Tee zu kochen. Dann setzte ich mich im Wohnzimmer mit dem Laptop aufs Sofa und versuchte, so viel wie möglich über Sadie Rawson und Boone Smith herauszufinden.

Es war schon seltsam. Heutzutage hat selbst der letzte Idiot ein Dutzend Einträge, und sei es, weil er in den Fotos seiner Freunde getaggt ist. Meine leiblichen Eltern waren jedoch gestorben, fünfzehn Jahre bevor das Internet erfunden wurde. Sie ließen sich nicht googeln.

Sicher hatte die wichtigste Zeitung in Atlanta, die *Journal-Constitution*, über den Doppelmord berichtet. In den großen Städten der USA waren die Kriminalitätsraten damals höher als heute, aber ein Doppelmord und ein lebensgefährlich verletztes Kleinkind hatten doch bestimmt Aufsehen erregt. Doch das Online-Archiv der *Journal-Constitution* reichte nur bis ins Jahr 1990 zurück. Alle älteren Artikel lagen wahrscheinlich nur noch auf Mikrofiche vor und sammelten in irgendeinem dunklen Kellerloch Staub an.

Der einzige Suchtreffer fand sich auf der Website der Universität von North Carolina in Chapel Hill. Die Absolventenliste des Jahres 1974 war im Frühjahr aktualisiert worden, in Vorbereitung auf das für nächstes Jahr geplante vierzigjährige Klassentreffen. Unter dem Link »In Erinnerung an unsere

Kommilitonen, die seit dem Abschluss verstorben sind« entdeckte ich ein Dutzend Namen, darunter auch die von Boone und Sadie Rawson Smith. Ich fand keine weiteren Informationen, nicht einmal ein Todesdatum.

Das war's. Keine Hochzeitsanzeige, keine beruflichen Einträge, keine Fotos.

Ich sah mir die Geburtsurkunde an, die meine Mutter für mich herausgesucht hatte. Angeblich war ich im Piedmont Hospital in Atlanta auf die Welt gekommen. Die Anschrift meiner leiblichen Eltern war mit Eulalia Road angegeben, einer Straße im Nordosten der Stadt.

Ich gab die Adresse bei Google Maps ein und wählte die Straßenansicht. Eine Minute später hatte ich ihr Haus vor Augen. Die Eulalia Road lag offenbar in einer ruhigen Wohnsiedlung. Mein erstes Elternhaus lag in der Mitte des Blocks und war ein eingeschossiger Bungalow mit separater Garage, die ein Stück nach hinten versetzt war. Auf dem Rasen vor dem Haus stand ein großer Baum, der die Sicht auf die Tür blockierte. Doch ich konnte erkennen, dass das Haus gut in Schuss war. Die Fassade und die Fensterläden wirkten frisch gestrichen.

Ich wusste nicht, ob meine leiblichen Eltern in diesem Haus umgekommen waren. Sie waren drei Jahre nach meiner Geburt ermordet worden. Vielleicht waren wir inzwischen umgezogen. Dennoch konnte ich den Blick nicht abwenden. Als ich das Bild näher heranzoomte, verschwamm es und wurde so unscharf, dass ich keinen Blick durch die Fenster ins Haus werfen konnte. Ja, sicherlich war die Einrichtung nicht mehr dieselbe. Vielleicht hatte das Haus seit 1979 unzählige Besitzer gehabt. Hier würden sich keine Spuren mehr von mir oder von meiner ersten Familie finden.

Trotzdem kehrte ich im Laufe des Tages immer wieder an den Laptop zurück, klickte auf *Neu laden* und stellte mir das kleine Mädchen vor, das auf dem Rasen vor dem Haus Purzelbäume schlug.

Normalerweise bin ich nicht gerade für meine Entschlussfreude bekannt. Ich treibe meine Freunde in den Wahnsinn, weil ich über bestimmte Fragen wochenlang nachgrübeln muss, bis ich mich dann schließlich zu einer Entscheidung durchringe. Es liegt in meiner Natur, und auch mein Körper folgt diesem Tempo. Ich bewege mich langsam und überlegt, wie eine Tänzerin im tiefen Wasser. Ich glaube, deshalb fühle ich mich so zu Texten aus vergangenen Jahrhunderten hingezogen. Mir gefällt es, wenn Marcel Proust auf dreißig Seiten beschreibt, wie seine Hauptfigur sich im Bett herumwälzt, bevor sie endlich einschlafen kann. Und das ist noch eine der spannenderen Stellen in *Auf der Suche nach der verlorenen Zeit*. Er lässt sich sechs Bände Zeit, bevor er endlich zum Schluss kommt. Ein großartiges Werk. Im Vergleich dazu ist mir die Gegenwartsliteratur viel zu hektisch.

Überflüssig zu sagen, dass ich nichts für spontane Kurzreisen übrig habe. Aber an dem Abend musste ich immer wieder an das Haus in Atlanta denken und fragte mich, welche Farbe die Fensterläden hatten, als meine Eltern dort lebten. Und wie hoch der Baum vor dem Haus gewesen war, welches Auto in der Garage gestanden hatte. Ich wollte es sehen. Ich wollte hinfahren, das Haus besichtigen und die letzten Überreste meines ersten Lebens zusammenraffen.

Der Wunsch wurde übermächtig. Je länger ich darüber nachdachte, desto sicherer war ich mir, dass der Alltag mich ab morgen wieder fest im Griff haben würde. Noch nie hatte ich bei der Arbeit gefehlt; ich konnte mich nicht erinnern, in so vielen Jahren an der Universität auch nur einen Tag wegen Krankheit ausgefallen zu sein. Sicherlich handelte es sich jetzt um einen Notfall? Es geht mir tatsächlich schlecht, dachte ich und berührte meinen Nacken. Es würde nicht einfach werden, denn das Herbstsemester war in vollem Gange. Allein für die kommende Woche hatte ich vier Vorlesungen vorbereitet. Bis Thanksgiving würde es keine freien Tage mehr geben, bis zum Ende des kommenden Monats. Wenn ich bis dahin warten musste, würde ich durchdrehen.

Ich dachte eine Weile nach, massierte mit kreisenden Bewegungen mein Handgelenk. Dann warf ich einen Blick auf die Uhr – kurz nach neun, noch nicht zu spät, um anzurufen – und suchte die Telefonnummer von Madame Aubuchon heraus.

Hélène Aubuchon ist die wunderbare Chefin des französischen Seminars an der Georgetown. Sie ist schon über sechzig, doch ihre Haltung (ganz zu schweigen von ihren Beinen) beschämt selbst ihre Studentinnen, die vier Jahrzehnte jünger sind als sie. Die Franzosen haben ein Akronym, um den Typ der aristokratischen Frau zu beschreiben, CPCH. Die Abkürzung steht für *collier de perles carré Hermès* – für eine Frau, die niemals das Haus ohne Perlenkette und Halstuch verlassen würde. Hélène musste ihren Stil im Paris der sechziger Jahre perfektioniert haben. Seither gab sie immer eine makellose Erscheinung ab. Ich respektierte sie, hatte sogar ein bisschen Angst vor ihr.

Sie meldete sich nach dem vierten Klingelzeichen. *»Allô?«*

»Bonsoir, Madame Aubuchon? Je suis désolée de vous déranger …« So viele Jahre arbeiteten wir schon zusammen, doch ich siezte sie immer noch. Meiner Erfahrung nach hatte Hélène nichts für Vertraulichkeiten übrig.

»Es tut mir so leid, Sie zu Hause zu stören«, sagte ich hastig auf Französisch. »Doch in meiner Familie gab es einen Notfall. Ich werde mir ein paar Tage freinehmen müssen.«

»Oh. Ab wann?«

»Nun ja, eigentlich ab morgen.«

»Non. Tout à fait impossible«, sagte sie streng. »Aber das wissen Sie selbst. Wir sind mitten im Semester.«

»Ich habe eben erfahren, dass ich adoptiert wurde, als kleines Kind. Ich wusste es nicht.«

»Oh là, là, ma chère, das muss ein Schock für Sie sein. Dennoch, ich brauche Sie am Mittwochabend bei der Informationsveranstaltung zum Auslandssemester. Und ich brauche Sie im Unterricht, *surtout* als Tutorin …«

»Ich wurde adoptiert, nachdem meine Mutter und mein Vater ermordet wurden.«

Schweigen.

»Und darf ich Ihnen verraten, wie ich davon erfahren habe? Nur weil die Ärzte eine Kugel in meinem Nacken entdeckt haben. Sie sitzt direkt an der Wirbelsäule. Der Mörder meiner Eltern hat auf mich geschossen.«

Wieder Schweigen. Dann sagte sie: *»Mais je ne comprends pas.«* Ich verstehe nicht. »Eine Kugel?«

»Ja. In meinem Nacken.«

»Aber … aber Sie … Sie wollen doch nicht etwa sagen, dass sie immer noch dort steckt?«

»Doch. Wenn Sie möchten, schicke ich Ihnen die Röntgenbilder. Die Kugel ist der leuchtend weiße Punkt.«

»Und Ihre Eltern wurden … Sie sagen, sie wurden ermordet?«

»Ja. Meine leiblichen Eltern.«

Sie seufzte. *»Oh là, là, là, là, là, là.«* Ich stellte mir vor, wie sie den Knoten ihres Hermès-Tuches löste und sich Luft zufächelte. *»Je m'excuse*. Nehmen Sie sich so viel Zeit, wie Sie brauchen.«

Eine kurze Internetrecherche ergab, dass fast stündlich Flüge vom Ronald Reagan National Airport nach Atlanta gingen. Sie waren auch nicht übertrieben teuer. Ich wählte einen für den nächsten Morgen aus, Delta 1139.

Dann klappte ich einen kleinen Koffer auf und warf Pullover, Leggings, meinen karamellbraunen Wildlederrock hinein. Was packte man für so eine Reise? Was war die angemessene Garderobe, wenn man Blumen auf dem Grab seiner unbekannten Eltern ablegen wollte? Als ich den Flug buchte, wollte die Website von mir wissen, ob ich geschäftlich reiste oder zu meinem Vergnügen. Nun ja, keins von beidem. Nicht einmal ansatzweise.

Ich schrieb eine Liste mit den Namen aller Leute, die ich vor dem Abflug informieren musste. Meine Familie natürlich. Eine Doktorandin, die ich betreute. Und Will Zartman. Bei seinem Namen zögerte ich. Nächste Woche hatte ich einen Termin bei seinem Kollegen, dem Neurochirurgen. Ich betastete meinen Nacken. Heute war der Schmerz weniger intensiv. Will hatte wahrscheinlich recht: Ich bildete mir alles nur ein. Der Termin beim Neurochirurgen konnte warten. Die Kugel hatte vierunddreißig Jahre in meinem Nacken gesteckt, da kam es auf ein paar Tage mehr oder weniger nicht an.

Langsam dämmerten mir die Konsequenzen meiner unglaublichen Entdeckung. Nach dem Telefonat mit Will gestern war mir zum Beispiel bewusst geworden, dass ich mein ganzes Leben lang arglos die Arztformulare ausgefüllt und angegeben hatte, dass es in meiner Familie keine Fälle von Diabetes oder Herzkrankheiten gab. Und nun stellte sich heraus, dass möglicherweise alle vier meiner Großeltern an einem Herzinfarkt gestorben waren. Ich hatte keine Ahnung, wie es um die Krankengeschichte meiner leiblichen Familie bestellt war.

Auf einmal wurde ich wütend auf meine Eltern. Meine Adoptiveltern, wenn ich das so sagen darf. Mit welchem Recht hatten sie mir die Wahrheit so lange vorenthalten? Wie waren sie auf den Gedanken gekommen, das Ganze würde mich nicht interessieren? Dass ich meinen Eltern so nahestand, machte alles nur noch schlimmer. Die beiden kannten mich in- und auswendig. Und ich hatte immer angenommen, diese absolute Offenheit würde auf Gegenseitigkeit beruhen.

Ich spürte eine Veränderung. Einen Bruch. Die Entkoppelung der Seelen.

Du glaubst, die Menschen zu kennen, bei denen du aufgewachsen bist, die dir das ganze Leben lang zur Seite standen. Du kennst ihre Stimmen, ihre Hände, du weißt, was sie zum Lachen bringt. Du kennst sie, weißt, was sie tief im Herzen bewegt.

Doch wie sich herausstellt, kanntest du ihre Gedanken nicht. Nicht wirklich, nicht alle. Jeder Mensch hat Geheimnisse – nicht nur Dinge, die er dir nicht verrät, sondern er hütet auch Geheimnisse *über dich*. Und alle hoffen, dass du sie nie erfährst. Obwohl du mit jemandem dein Leben teilst, den banalen Alltag, die Seife, die Zuckerdose, die Schuhe – bist du ahnungslos.

Du glaubst, den anderen zu kennen.

Und dann, im Alter von siebenunddreißig Jahren, wirst du plötzlich erwachsen.

Neun

Montag, 14. Oktober 2013

Ich wachte hungrig auf – ein gutes Zeichen, denn ich hatte seit vier Tagen nichts gegessen.

Am liebsten esse ich zum Frühstück Croissant mit Schinken und Käse aus der Pâtisserie Poupon an der Wisconsin Avenue. Es ist ein kleines, nettes, sonniges Café, immer voll und der einzige Laden in ganz Washington, der Baguettes und Croissants herstellt, die denen aus Paris annähernd gleichkommen. Außerdem gibt es dort eine Schinkenquiche, die – glauben Sie mir – Ihr Leben verändern wird. Erstaunlich, was ein Bäcker vollbringen kann, wenn er keine Angst vor Butter, Salz und Schmalz hat. Das ist wohl auch das Geheimnis des *croissant jambon fromage*. Meinen Oberschenkeln zuliebe versuche ich, die Pâtisserie Poupon nicht öfter als zweimal pro Woche aufzusuchen.

Sie liegt nur wenige Gehminuten von meinem Haus entfernt. Ich hatte also noch genug Zeit, dort ein Croissant zu kaufen, einen Tee zu trinken, nach Hause zurückzukehren und fertig zu packen. Doch als ich vor dem Eingang stand, sah ich das Schild: *Montags geschlossen*. Nein, nein, nein. Immerzu vergesse ich dieses winzige Detail. Ich drückte mir die Nase an der Schaufensterscheibe platt, spähte hinein und wäre nicht davor zurückgeschreckt, einen zufällig anwesenden Mitarbeiter anzuflehen, zu öffnen und mir die Reste vom Vortag zu verkaufen. Doch die Bäckerei war menschenleer und sauber gefegt, die Stühle standen kopfüber auf den Tischen, und das Sonnenlicht schimmerte auf den leeren Auslagen des Verkaufstresens. Weit und breit kein Croissant.

Enttäuscht ging ich nach Hause zurück. Ich würde mich mit einem pappigen Bagel am Flughafen zufriedengeben müssen, der nach nichts schmeckte. Doch dann fiel mir ein, dass es gleich hinter der Sicherheitskontrolle ein Café gab, das anständige Paninis mit Prosciutto verkaufte. Doch in welchem Terminal? Ich dachte noch darüber nach, als ich um die Ecke bog und einen Mann vor meiner Haustür stehen sah.

Es war Will Zartman. Mein Arzt drückte heftig auf meinen Klingelknopf und wirkte sehr aufgebracht.

»Dr. Zartman? Sind Sie das? Was zum Teufel tun Sie hier?« Ich warf einen Blick auf die Uhr; es war noch nicht einmal neun.

»Caroline! Hallo. Ich habe Ihnen doch gesagt, Sie können mich Will nennen.« Er seufzte. »Ich dachte schon, ich hätte Sie verpasst.«

»Haben Sie auch fast. Ich wollte nur schnell meinen Koffer holen. Aber warum sind Sie …«

»Ich habe Ihre Nachricht erst heute Morgen abgehört und versucht, Sie anzurufen. Ich habe es bestimmt fünfmal probiert. Gehen Sie denn nie ans Telefon?«

Mein Handy lag auf meinem Koffer. Ich gehe oft ohne aus dem Haus. Nicht weil ich vergesslich wäre, sondern weil ich zu viel Zeit mit jungen Studenten verbringe, die sich nicht auf ein fünfminütiges Gespräch konzentrieren können, ohne ständig aufs Handy zu linsen. Ich mag meine Freunde wirklich gern, doch ich sehe nicht ein, warum ich ihnen ein Dutzend Mal am Tag meine Gedanken twittern sollte. Wer immer mit mir sprechen möchte, kann auch mal eine oder zwei Stunden warten. In meinem Job kommt es nicht auf Schnelligkeit an. Also, nein – meinen Morgenspaziergang mit Croissant mache ich am liebsten ohne Handy.

»Warum sind Sie hier? Ist etwas passiert?«

»Was passiert ist? Sie meinen, abgesehen davon, dass Sie Schmerzen im Hals haben und in Ihrem Nacken ein Projektil steckt? Sie hatten sich doch bereiterklärt, diese Woche zu Marshall zu gehen, dem Chirurgen. Sie sollten mit ihm sprechen.«

»Das werde ich auch. Sobald ich zurück bin.«

»Nein. Die Stadt zu verlassen ist keine gute Idee. Deswegen habe ich angerufen. Sie dürfen nicht verreisen. Ich mache mir Sorgen, Sie könnten …«

»Warum machen Sie sich Sorgen? Vor einer Woche kannten Sie kaum meinen Namen, und jetzt stehen Sie auf einmal vor meinem …«

»Ich kannte Ihren Namen. Jeder Mann unter neunzig, der halbwegs Herr seiner Sinne ist, würde Sie bemerken.«

Ich zog die Augenbrauen hoch.

Zu meiner Überraschung wurde er weder rot, noch machte er einen Rückzieher. Ganz im Gegenteil, er beugte sich vor und ergriff mein Handgelenk. »Hören Sie, Sie müssen das ernst nehmen. Ein Projektil an der Wirbelsäule ist nichts, womit man herumspaßt.« Er drehte meinen Arm und musterte das Handgelenk. »Sie tragen die Schiene nicht mehr?«

»Es geht mir schon viel besser.«

»Das glaube ich Ihnen nicht.«

»O mein Gott! Ich weiß selbst am besten, ob mein Handgelenk schmerzt oder nicht. Außerdem geht Sie das überhaupt nichts …« Ich biss mir auf die Zunge. Natürlich ging mein Handgelenk ihn etwas an. »Ich werde meinen Flug verpassen«, sagte ich ruhig. »Ich werde Ihren Kollegen aufsuchen, das verspreche ich, Ende der Woche. Wenn Sie mich jetzt bitte entschuldigen würden.«

Ich schloss die Haustür auf, holte Koffer und Handy aus dem Flur und zog die Tür wieder zu.

Will stand immer noch da. »Wie kommen Sie zum Flughafen?«

»Mit dem Taxi. Ich werde mir an der M Street eins heranwinken.«

»Bei dem Berufsverkehr? Mit viel Glück vielleicht.« Er holte sein Handy heraus und überprüfte die Uhrzeit. »Mein erster Patient kommt um zehn. Mein Auto steht gleich hier. Ich könnte Sie fahren.«

»Zum National Airport?« Die Fahrt war nicht lang, höchstens zwanzig Minuten. Dennoch. »Danke, es geht schon.«

»Um Gottes willen, steigen Sie schon ein.«

Ich gehorchte. Er hatte recht; es herrschte dichter Verkehr. Wir kamen nur im Schneckentempo voran und schwiegen. Wegen eines Unfalls war die Memorial Bridge für Autos, die nach Virginia hineinfuhren, bis auf eine Spur gesperrt. Unter uns schob sich der braune Fluss träge dahin.

Auf der Rückbank von Wills Jeep lagen ein Baseballhandschuh und ein Tennisschläger. Im Radio lief NPR. Die Nachrichtensprecher von *Morning Edition* lasen die grausamen Neuigkeiten aus Mali, Syrien und vom Capitol Hill vor. Seltsamerweise verbesserte das meine Stimmung. So viele Menschen auf der Welt hatten größere Probleme als ich. Als die Rede auf eine Ölkatastrophe kam, die die Küste Norwegens bedrohte, musste ich breit grinsen.

Will sah mich irritiert an. »Sie finden das lustig?«

»Nein, aber ehrlich, hören Sie sich das an.« Ich schüttelte den Kopf. »Wenn wir nicht an Umweltgiften sterben, werden wir von militanten Islamisten aus dem Nahen Osten überrannt. Es gibt keine Hoffnung.«

Auch er musste grinsen. »NPR hatte ich nur eingestellt, um Sie zu beeindrucken. Möchten Sie lieber Musik hören?«

»Klar. Was immer Sie mögen.«

Er zögerte. »Ehrlich gesagt höre ich am liebsten Country. Das finden Sie wahrscheinlich geschmacklos. Aber ich liebe Country-Musik. Waylon Jennings, Johnny Cash, Hank Williams, das ganze Honky-Tonk-Zeug. Garth Brooks ist auch nicht übel.«

»Im Ernst? Garth Brooks?«

»Na ja, meistens höre ich C-SPAN. Natürlich. Im Gegensatz zu Ihnen bin ich der Meinung, dass einen morgens nichts besser in Schwung bringt als eine spannende Live-Übertragung aus dem Landwirtschaftskomitee.«

Ich musste lächeln. Wir schwiegen weiter, doch es war eine angenehme Stille. Ich betrachtete Wills Hände am Steuer. Kein Ehering.

Will Zartman war nicht mein Typ. Ich habe eine Schwäche für unterernährte, verkrachte Akademiker. Sie kennen die Sorte Mann: blass, intellektuell, ein Kettenraucher in schmal geschnittener Jeans und schwarzem Rollkragenpullover. Das ist krankhaft, ich weiß. Ich habe zu viele Jahre in Paris verbracht, wo mein romantischer Geschmack sich herausbildete. Meine Schwäche für den europäischen Schick hat mir von Seiten meiner Brüder viel Spott eingetragen; wann immer ich einen neuen Freund mit nach Hause brachte, verschwanden sie in der Küche, um die Sprockets-Sketche aus *Saturday Night Live* nachzuspielen. Ganz besonders Tony konnte Mike Myers Gezappel hervorragend imitieren (»Now is se time wenn we dance!«).

Ärgerlicherweise hatte ich so eine Ahnung, dass Tony und Martin Will sympathisch finden würden. Er wirkte robust und gesund, typisch amerikanisch eben. Er mochte Country-Musik, ausgerechnet. Er war definitiv nicht mein Typ.

Will hielt genau zweiundfünfzig Minuten vor Abflug vor dem Terminal. Ich hatte kein Gepäck aufzugeben und würde den Flieger gerade noch erwischen.

»Danke, dass Sie mich hergefahren haben. Das war wirklich sehr nett von Ihnen.«

Als ich am Türgriff zog, zuckte ich vor Schmerz zusammen. Sicher hatte Will es bemerkt.

»Einen Moment.« Er sprang aus dem Auto, eilte zur Beifahrertür und öffnete sie. »Wie ein Gentleman. Bitte sehr.«

Ich war gleichermaßen entzückt wie irritiert. »Okay. Na dann, danke schön.«

»Ich werde einen Termin für Sie bei Marshall Gellert vereinbaren. Gegen Ende der Woche?«

»In Ordnung.«

»Und Sie kommen ganz bestimmt zurück?« Fragend musterte er mich.

Ich nickte. »Am Mittwoch oder Donnerstag, schätze ich. Ich brauche ein paar Tage in Atlanta, um die Sache abzuschließen. Ich möchte unser altes Haus sehen oder was davon übrig ist. Wahrscheinlich nicht besonders viel.«

»Okay. Aber, Caroline, falls die Kugel auf einen Nerv drückt … falls sich Ihr Handgelenk deswegen entzündet hat … dann sollten Sie das wirklich bald untersuchen lassen. Bevor es zu größeren Schäden kommt. Versprechen Sie mir das.«

»Versprochen, hoch und heilig.«

Und dann, noch bevor ich ganz begriffen hatte, was passierte, stellte er sich dicht vor mich. Er roch nach Seife und Kaffee und noch nach etwas anderem. Der Duft war irgendwie tierisch, so als hätte er bis eben neben einem schwitzenden Hund gesessen. Er strich mir eine Haarsträhne aus der Stirn, wickelte sie um den Finger und hielt inne. Mir stockte der Atem. Die Geste war unglaublich intim.

Vorsichtig legte er die Locke auf meine Schulter und trat einen Schritt zurück. »Passen Sie gut auf sich auf.«

»Das mache ich.« Mir fiel nichts mehr zu sagen ein, ich drehte mich um und lief auf das hell erleuchtete Terminal zu. Die Glastüren schoben sich lautlos auf und hinter mir wieder zu. Ich warf keinen Blick zurück, und die nächsten zwei Tage dachte ich nicht mehr an Will Zartman.

Zweiter Teil

Atlanta

Zehn

Ich wünschte, ich könnte berichten, wie aufregend es war, zum ersten Mal wieder vor dem Haus in der Eulalia Road zu stehen.

Am frühen Montagnachmittag lenkte ich meinen Mietwagen an den Bordstein. Das Haus lag im Schatten, in der Straße war es still. Entweder lebten hier nur wenige Kinder, oder sie waren noch in der Schule. Der Wind rauschte durch die Blätter der prächtigen Ulme vor dem Haus. Wie alt war dieser Baum? Fünfzig Jahre? Fünfundsiebzig? Der Stamm war so dick, sicher hatte die Ulme beim Einzug der Smiths schon hier gestanden. Wahrscheinlich hatte ich unter ihren Ästen gespielt, hatte versucht, meine drallen Ärmchen um den Stamm zu schlingen. Ich wartete auf eine Eingebung, auf einen Erinnerungssplitter, der sich löste und sich mir offenbarte.

Aber nein: Es war nur ein Baum, das Haus nur ein Haus.

Ich fühlte nichts.

Ich überquerte den Rasen, stieg die fünf Stufen zur Veranda hoch und klopfte an.

Keine Reaktion.

Ich klopfte noch einmal und dachte eben, dass niemand zu Hause war, als die Tür einen Spalt breit geöffnet wurde.

»Ja?« Die Stimme einer älteren Frau. Ich erkannte einen grauen Schopf hinter der Sicherheitskette.

»Hallo, bitte entschuldigen Sie die Störung. Mein Name ist Caroline, ich habe früher einmal hier gelebt, als Kind.«

Die Frau schwieg.

Ich wühlte in meiner Handtasche nach einer Visitenkarte mit dem Logo der Universität, um mich als Dozentin auszuweisen. In der Vergangenheit hatte ich öfter die Erfahrung gemacht, dass es von Nutzen war, sich als Professorin zu erkennen zu geben. Selbst in der Regierungsstadt Washington, wo jeder durchschnittliche Praktikant wahrscheinlich mehr zu sagen hat als ich, verschafft so ein Titel Respekt. Die Leute hören das Wort Professorin und fühlen sich in ihre Studienzeit zurückversetzt, als die Uni-Dozenten die oberste Autorität darstellten.

Und tatsächlich, die Kette fiel, die Tür wurde geöffnet, und eine hagere, nervöse ältere Dame stellte sich mir als Nan Dorminy vor. Sie sagte, sie liebe das Haus, besonders am Morgen sei das Licht wunderschön. Sie habe es vor neun Jahren gekauft, nachdem ihr Ehemann sie verlassen habe. Er sei ein guter Mensch, erklärte sie, weil sie mein erschrecktes Gesicht falsch deutete. Ich dürfe nicht schlecht über ihn denken. Er brauche einfach seinen Freiraum.

Ich nickte höflich. Waren Südstaatler immer so direkt zu Fremden? »Manche Männer sind eben so«, beeilte ich mich zu sagen und hoffte, dass meine Reaktion angemessen war.

Offenbar ja, denn Nan Dorminy klatschte in die Hände, als hätten wir eine Unstimmigkeit aus der Welt geräumt. Sie wollte wissen, wann genau ich hier gelebt habe und wie sie mir helfen könne.

»Vor vierunddreißig Jahren«, sagte ich.

»Oh, ich habe keine Ahnung, wer zu der Zeit hier gewohnt hat.«

»Meine Eltern hießen Smith. Boone und Sadie Rawson Smith.« Ich lauerte auf ein Zeichen. Sicher waren diese Namen in der Gegend allen bekannt.

Doch die Frau schüttelte nur den Kopf.

Ich versuchte es noch einmal. »Sie wurden … das ist eine schreckliche Geschichte. Aber ich glaube, sie sind in diesem

Haus gestorben. Sie wurden ermordet. Damals, in den Siebzigern.«

Die Frau hob das Kinn. »Oh. Oh, ja. Die alte Mrs Carter hat es mir erzählt, als ich hier eingezogen bin. Damals ist eine ganze Familie umgekommen, auch ein kleines Mädchen. Doch seither hat das Haus mehrfach den Besitzer gewechselt.«

»Ja, genau diese Familie meine ich. Ich war das kleine Mädchen. Ich wurde … ich wurde schwer verletzt. Aber ich habe überlebt. Ich wohne jetzt woanders.«

»Du liebe Güte!« Die Frau schlug die Hand vor den Mund.

Schweigend standen wir eine Weile da.

»Diese Mrs Carter«, sagte ich schließlich, »von der Sie gesprochen haben. Ist sie eine Nachbarin? Kannte sie meine Eltern?«

»Gut möglich. Sie ist leider verstorben, letzten Sommer. Oder war es vor zwei Jahren? Ihre Nichte hat das Haus geerbt.« Die Frau runzelte die Stirn. »Mir fällt niemand in dieser Straße ein, der schon so lange hier wohnt. Vierunddreißig Jahre, das ist eine lange Zeit.«

Sie erklärte sich bereit, mich durch das Haus zu führen, falls ich meiner Erinnerung auf die Sprünge helfen wolle. Doch sie hatte recht. Vierunddreißig Jahre sind eine lange Zeit. Das Haus war renoviert worden. Stolz zeigte sie mir den hinteren Teil, wo die Vorbesitzer die Rückwand herausgeschlagen und eine großzügige Wohnküche angebaut hatten. Sie selbst hatte im Obergeschoss zwei kleinere Zimmer zu einem großen Badezimmer zusammengelegt. Die ehemalige Speisekammer war jetzt eine Waschküche. Keine der Innenwände stand am ursprünglichen Platz.

Nur einmal fragte ich sie, was sich hinter einer Tür im Obergeschoss befinde.

»Ach, da geht es nur zum Dachboden«, murmelte sie. »Da oben ist es im Sommer höllisch heiß.« Sie öffnete die Tür, und ich sah eine dunkle Stiege. Die abgetretenen Holzstufen waren mit Farbdosen, vertrockneten Pinseln und Malerpaletten zugestellt. Offenbar benutzte die Frau die Stiege als Rumpelkammer für unvollendete Renovierungsprojekte. Aber etwas an der Treppe, an dem Geruch nach Staub und unbehandeltem Holz berührte mich, und ich schloss die Augen und atmete tief ein. In meiner Erinnerung flackerte etwas auf. Auf einmal meinte ich zu wissen, dass sich irgendwo links ein Lichtschalter befand, kein moderner, sondern eine altmodische Kette, an der man zog, um Licht zu machen. Ich schaute um die Ecke und entdeckte sie prompt.

Doch Mrs Dorminy zog mich bereits zurück. »Der Dachboden wurde längst ausgeräumt, falls Sie sich das gerade fragen«, sagte sie in freundlichem Ton. »Ich lagere dort oben meine alten Kleider ein. Ich könnte mir niemals vorstellen, in ein Haus voller Gerümpel einzuziehen.«

Und schon machte sie die Tür wieder zu.

Danach saß ich im Mietwagen und starrte die Ulme an. Sie war eben doch nur ein Baum. Rinde und Äste, in denen sich keine Offenbarungen verbargen. Mir fiel eine berühmte Zeile von Faulkner ein: *Die Vergangenheit ist niemals tot. Sie ist nicht einmal vergangen.* William Faulkner wird es gewusst haben. Südstaatler spüren das Gewicht der Vergangenheit intensiver als andere Menschen, nehmen es deutlicher wahr. Nicht einmal Proust, nicht einmal Joyce kann da mithalten.

Aber in diesem Fall lag Faulkner wohl daneben.

Die Vergangenheit war vergangen. Was immer ich an Liebe und Lachen und Kummer und Sorgen in diesem Haus erfahren hatte, war verloren. Das Mädchen, das diese Dachbodentreppe hinaufgeklettert war, war nichts als ein Geist.

Elf

Dienstag, 15. Oktober 2013

Mein Termin bei der *Atlanta Journal-Constitution* war gleichermaßen aufschlussreich wie schmerzlich.

Ich hoffte, dass ich im Archiv der Zeitung auf weitere Namen stoßen würde. Sicherlich waren in den Artikeln von 1979 die Namen der Zeugen aufgeführt, die die Smiths kannten, Freunde und Bekannte. Ich hegte das vage Gefühl, mit allem meinen Frieden machen zu können, sobald ich auf jemanden traf, der meine Eltern persönlich gekannt hatte und mir ein paar Geschichten erzählen konnte. Und selbst wenn nicht, würde ich im Zeitungsarchiv Antworten darauf finden, unter welchen Umständen – und warum – meine Eltern gestorben waren.

Wie ich bereits erwähnte, reichte die Website nur bis ins Jahr 1990 zurück. Am Vortag, nach meinem Besuch in der Eulalia Road, hatte ich die Redaktionszentrale angerufen. Die Mitarbeiter dort gaben sich kurz angebunden und feindselig wie in einer Behörde, was ich seltsam fand, immerhin sollte eine Zeitung doch eigentlich mit ihren Lesern und mit der Gesellschaft kommunizieren. Zweimal flog ich aus der Leitung, und unzählige Male landete ich bei einem Anrufbeantworter, bis es mir schließlich gelang, eine gewisse Jessica Yeo an den Apparat zu kriegen.

Anfangs war auch sie wenig hilfsbereit. Es werde eine Weile dauern, einen Artikel aus den siebziger Jahren herauszusuchen. Das Einfachste sei, eine E-Mail mit meinem Anliegen an den Kundenservice zu schicken. Dann werde sich später jemand bei mir melden. Angesichts meiner Erfahrung mit der Telefonvermittlung der Redaktion hatte ich da so meine Zweifel. Ich versuchte, der Frau klarzumachen, dass es um eine sehr persönliche Angelegenheit ging, woraufhin sie noch desinteressierter klang. Wahrscheinlich riefen in der Redaktion alle möglichen Spinner an, die über vermeintlich heiße Tipps verfügten, die sie unbedingt persönlich loswerden wollten.

»Hören Sie«, sagte ich schließlich, kurz bevor sie auflegen wollte. »Ich bin nur für ein paar Tage in der Stadt. Falls es Sie interessiert, ich komme von der Georgetown. Ich unterrichte dort und …«

»Sie unterrichten an der Georgetown?«

»Ja. Professorin Caroline Cashion.«

Ah, der Professorentrumpf. Er wirkte Wunder. Die Frau seufzte und sagte, möglicherweise habe sie morgen früh ein paar Minuten Zeit für mich.

So kam es, dass ich um neun Uhr morgens vor einem schwarzen Glaskasten hielt, in dem die *Journal-Constitution* untergebracht war. Zu meiner Überraschung lag die Redaktion nicht in der Innenstadt, sondern in einem Vorort, mitten in einem labyrinthartig angelegten Gewerbegebiet, wie man es mittlerweile in jeder größeren Stadt in Amerika findet. Ein schlichtes, leicht zu übersehendes Schild wies mir den Weg zu Atlantas ehrwürdigster Zeitung. Kurz fragte ich mich, ob ich vor einem Nebengebäude stand; vielleicht waren hier nur die Druckerei und der Vertrieb untergebracht, nicht die eigentliche Redaktion. Ich überprüfte die Adresse: Perimeter Center Parkway. Nein, hier war ich definitiv richtig.

Und auch Jessica Yeo, der ich in der Lobby begegnete, sah überhaupt nicht so aus, wie ich es erwartet hatte. Ich hatte mir die Archivarin der Zeitung irgendwie mehr vorgestellt wie eine … nun ja, wie eine Archivarin. Flache Schuhe, Lesebrille an einer

Kette, karierter Rock. Doch Jessica sah aus, als hätte sie bis gestern in einem coolen Coffeeshop in Berkeley gearbeitet. Sie war jung und trug einen weiten, geblümten Hippie-Rock, der so gar nicht zu dem Herbstwetter passte. Ergänzt wurde ihr Look durch blauen Nagellack, Piercings in Nase und Augenbrauen und einer wilden Mähne aus störrischen schwarzen Locken.

Aus ihrem Blick zu schließen, entsprach auch ich nicht ihrer Vorstellung. Ich trug ein schwarzes Lederkleid, dazu Leggings und Stiefel mit Stilettoabsatz. Das Schwarz passte zu meiner Stimmung, die Stiefel verliehen mir Selbstbewusstsein, und noch einmal: Falls es eine passende Bekleidung für diesen Anlass gab, hätte ich zu gern gewusst, wie sie aussah. Wir musterten einander und gaben uns die Hand, bevor sie mich durch die Lobby führte.

Genau genommen war sie keine Archivarin, sondern Rechercheurin in der Nachrichtenredaktion. Sie überprüfte die Geschichten der Reporter, tat Quellen auf und suchte Telefonnummern heraus. Mit schnellen Schritten ging sie vor mir her, die Absätze ihrer Cowboystiefel klapperten laut auf dem Fliesenboden, während sie mir über die Schulter hinweg erklärte, sie habe nur ein paar Minuten Zeit für mich. Wenn um halb zehn die Redaktionskonferenz ende, sei hier der Teufel los. Am Ende des Flurs hielt sie ihre Ausweiskarte vor einen Scanner, und eine Schiebetür öffnete sich mit einem Klicken. Wir betraten einen hässlichen, beige gestrichenen Raum, wo sich in Aktenschränken Zeitungen bis an die Decke stapelten.

»Unser Archiv. Oder so ähnlich«, sagte Jessica. »Um welches Datum geht es?«

»Um den Herbst 1979, Oktober oder November. Die Namen, nach denen ich suche, lauten Boone Smith und Sadie Rawson Smith.«

»Hmm, der Name Smith ist zu weit verbreitet. Da werden wir

eine Million Artikel finden. Doch vielleicht bringt Boone uns weiter, und wie lautete der andere Name? Rawson?«

»Genau. Sadie Rawson.«

»Und Sie suchen einen bestimmten Artikel?«

»Das weiß ich ehrlich gesagt nicht. Ich hoffe auf mehr als einen. Die Sache hat sich möglicherweise über ein paar Wochen hingezogen.«

Seufzend drehte sie sich zu einem Regal mit breiten, in dunkelblaues Leinen gebundenen Aktenordnern um. Am hinteren Ende fanden sich zwei mit der Aufschrift *1979*. Die Buchrücken wurden mit Klebefolie zusammengehalten.

»Unser hochmoderner Hightech-Index«, murmelte sie, zog einen Bürostuhl auf Rollen heran und ließ sich darauf fallen. »Theoretisch sollten die Namen aller Personen, die in dem Jahr in der Zeitung standen, hier verzeichnet sein. Aber nur theoretisch.« Sie blätterte in den vergilbten Ordnern. Offenbar handelte es sich um maschinengeschriebene Seiten; alle Buchstaben waren zu einem rötlichen Braun verblasst.

Jessica hatte recht. Für den Nachnamen Smith gab es Millionen von Einträgen. Doch am Ende der Liste, ganz unten, fanden sich *Smith, Sadie Rawson und Boone*, dazu ein Datum. Vier Daten, um genau zu sein, daneben die Angaben zum Ressort, in dem die Artikel erschienen waren, sowie eine Seitenzahl. Der erste Artikel war am 7. November 1979 erschienen.

»Bingo!«, rief Jessica. »Also schön, schauen wir mal, was wir da haben.«

Sie wühlte in Schubladen und nahm Kisten mit Mikrofiches heraus, während sie die Absätze ihrer Cowboystiefel in den Teppich bohrte und sich voranschob. Vor einer riesigen Maschine, die 1979, als der Artikel erschienen war, auf dem neuesten Stand der Technik gewesen sein musste, kam sie zum Stehen. Geistesabwesend tippte Jessica mit dem Fuß gegen das

Metallgestell des Gerätes, während sie den Mikrofilm einlegte und vorspulte. Minuten verstrichen. Die Maschine ächzte bei dem Versuch, Namen ans Licht zu befördern, die so lange im Dunkeln gelegen hatten.

Endlich erkannte ich die passende Ausgabe auf dem Bildschirm. Über dem Artikel eine schlichte Überschrift: *Paar in Buckhead erschossen.* Jessica zoomte den Text größer, und wir begannen zu lesen.

Atlanta – ein Pilot der Delta Airlines und seine Ehefrau sind am Dienstagnachmittag in ihrem Haus in Buckhead umgekommen. Die Polizei sucht nach Hinweisen, aus welchem Motiv das Paar überfallen wurde.

Boone und Sadie Rawson Smith, beide 26 Jahre alt, wurden vermutlich nach fünfzehn Uhr erschossen, sagte ein Polizeisprecher.

»Möglicherweise handelte es sich um einen Einbruchdiebstahl, der zu einer Schießerei eskalierte«, sagte Lieutenant Steve Meadows, Leiter der Mordkommission beim Atlanta Police Department. »Wir können im Moment nichts ausschließen.«

Bis zum Dienstagabend gab es laut Meadows keine Tatverdächtigen. Die Polizei bittet die Bevölkerung um Mithilfe. Das Verbrechen geschah in der Eulalia Street südlich der Peachtree Road im Nordosten von Atlanta.

Jessica biss sich auf die Unterlippe. »Sie haben gesagt, es handele sich um eine persönliche Angelegenheit. Kannten Sie diese Leute?«

Meine Kehle schnürte sich zu. »Sie waren meine Eltern.«

Jessica wirbelte auf dem Drehsessel herum und starrte mich entsetzt an. »Ihre Eltern?«

»Ja.«

»Du lieber Gott. Das tut mir so leid.«

»Es ist schon okay, ich meine, es ist natürlich nicht okay. Aber ich war damals noch sehr klein. Ich kann mich an nichts erinnern.« Ich musste husten. »Ich bin woanders aufgewachsen und habe ehrlich gesagt erst vor kurzem davon erfahren. Eine lange, seltsame Geschichte.«

»Meine Güte!«

»Wie dem auch sei.« Ich wich ihrem Blick aus. »Ich wollte wissen, was über den Fall geschrieben wurde. Könnten Sie mir eine Kopie ausdrucken?«

»Natürlich.«

»Gibt es noch andere Artikel?«

Jessica spürte zwei weitere Artikel auf, in denen meine leiblichen Eltern erwähnt wurden. Am folgenden Tag, dem 8. November 1979, war eine Hintergrundreportage erschienen. Neue Ermittlungsergebnisse lagen nicht vor, doch der Reporter hatte recherchiert und herausgefunden, dass die Opfer sich in Chapel Hill in North Carolina am College kennengelernt und eine dreijährige Tochter hatten. Der Name des Kindes oder wo es untergebracht worden war, stand nicht da. Keiner wusste, was aus mir geworden war.

Die dritte Geschichte war am Montag, dem 12. November, erschienen. Am Tag der Beisetzung. Ein paar Nachbarn und Freunde wurden zitiert. Ich musste nach Luft schnappen, als ich das Foto sah. Auf dem grobkörnigen, großformatigen Bild war ein junges Paar zu sehen, das eng umschlungen neben einem Grill stand. Der Mann hielt eine Grillzange in der Hand und grinste breit. Er sah sympathisch aus. Ich kannte ihn nicht. Aber sie, mein Gott, sie. Mir wurde so schwindlig, als hätte ich in einen Zerrspiegel geblickt. Als stünde ich in einem Billigkaufhaus in der Umkleide und sähe plötzlich fünf Kilo leichter oder fünf Kilo schwerer aus. Als würde mein Gesicht verzerrt, so dass ich einerseits aussah wie ich und andererseits verstörend fremd.

Vielleicht klingt diese Beschreibung zu verworren. Jedenfalls sah sie aus wie ich. Sie hatte anderes Haar, es war dunkler als meins und zu einer *Drei Engel für Charlie*-Frisur geföhnt, was damals wohl in Mode war. Möglicherweise war sie ein paar Zentimeter kleiner als ich. Aber die Augen, die Lippen, das Lächeln waren identisch. Und auch die Figur, die ich unter dem engen Top und der Schlaghose erkennen konnte. Ich hätte dieses Foto jedem meiner Freunde zeigen können, und jeder hätte mich gefragt, ob ich mich für eine Siebziger-Jahre-Party verkleidet und mir einen Mann mit Grillzange angelacht hätte.

Ich streckte die Hand zum Bildschirm aus. »Ich habe sie noch nie gesehen«, flüsterte ich.

»Sie sieht aus wie Sie. Oder, Sie sehen aus wie sie. Im Ernst.«

Ich fing an zu weinen. Zunächst leise, und dann schluchzte ich hemmungslos. Vielleicht hatte ich es bis zu diesem Moment nicht wirklich geglaubt. Es gibt einen Unterschied zwischen wissen und mit dem Herzen begreifen. Ich hatte meine Geburtsurkunde gesehen, das MRT und die Röntgenaufnahme, aber das alles hatte nicht dieselbe unmittelbare Wucht wie dieses Gesicht, das meinem so ähnlich war. Das Gesicht meiner Mutter. Unbestreitbar mein Fleisch und Blut. Zum ersten Mal seit dreißig Jahren lächelten ihre Augen mich an.

Jessica scheuchte mich in ein Konferenzzimmer am Ende des Korridors und brachte mir einen Kaffee. Er war kochend heiß und roch unangenehm nach Süßstoff, doch ich trank ihn trotzdem. Ich putzte mir mit einer Papierserviette die Nase.

»Geht es schon besser?«

»Ja. Sorry, ich wollte nicht anfangen zu heulen.«

»Seien Sie nicht albern.«

»Ich war auf das Foto nicht vorbereitet.«

»Wie auch? Wer könnte auf so was vorbereitet sein? Es ist unvorstellbar.«

Jessica tätschelte mein Bein und sagte mir, ich solle für eine Weile sitzen bleiben. Als sie zurückkehrte, hatte sie einen Ausdruck dabei. Die Kopien der Artikel.

»Da war noch einer«, sagte sie und reichte mir die losen Blätter. »Er ist ein paar Tage nach der Beerdigung erschienen. Es geht darin um Details zu den Ermittlungen und um einen Tatverdächtigen, der befragt und wieder freigelassen wurde. Der Name des Mannes wird nicht genannt. Außerdem steht da etwas über Sie. Aber auch Ihr Name wird nicht erwähnt. Da steht nur, das Kleinkind sei bei der Schießerei verletzt worden und auf dem Weg der Besserung.«

Ich blätterte in dem Stapel.

»Vielleicht sollten Sie das später lesen?«, schlug Jessica sanft vor. Sie war nett, aber sie musste jetzt wirklich zurück an die Arbeit.

»Klar. Das ist ... das ist wenig, oder?«

»Wie meinen Sie das?«

»Na ja, sie waren nicht reich oder berühmt oder so. Aber vier kurze Artikel? Das scheint ein bisschen wenig. Sicher war es ein spektakuläres Verbrechen. Ein gutaussehendes junges Paar und ein süßes Kleinkind, kaltblütig erschossen im eigenen Heim, in so einer hübschen Wohngegend. Ich bin einfach nur verwundert, dass nicht mehr darüber berichtet wurde.«

Jessica überlegte. »Möglicherweise wollte die Polizei nicht zu viele Informationen preisgeben, um die Ermittlungen nicht zu gefährden. Alles, was in der Zeitung erscheint, kann auch der Täter lesen. So läuft das doch immer. Normalerweise wissen die Reporter mehr, als sie schreiben dürfen. Und werfen Sie mal einen Blick auf das Jahr.« Sie tippte mit dem blau lackierten Fingernagel auf den Seitenrand. »1979. Damals hatte die Polizei ein Dutzend Mordfälle pro Monat zu bearbeiten. Atlanta war, was die Mordrate anging, die Hauptstadt der USA.«

»Tatsächlich?« Das hatte ich nicht gewusst.

»Oh, ja. An die Kindermorde von Atlanta können Sie sich doch bestimmt erinnern? In den Wäldern und später auch am Fluss wurden immer wieder Kinderleichen gefunden. Das war eine schreckliche Geschichte. Wir haben, kurz nachdem ich hier angefangen habe, ein großes Feature darüber gebracht. Warten Sie kurz, wann war das genau?« Sie überlegte kurz. »Vor vier Jahren, genau. Dreißig Jahre nachdem es geschehen ist. Bitte sehr, 1979.«

Sie schien stolz darauf zu sein, dass sie es ganz allein herausgefunden hatte. »Wir haben die Story damals mit unglaublichen Fotos aus den Archiven bebildert. Absolut gruselig. Aber möglicherweise beantwortet das Ihre Frage. Die Polizisten waren einfach hoffnungslos überfordert. Bei den Ermittlungen gab es einen massiven Rückstau, die Kindermorde haben im ganzen Land für Schlagzeilen gesorgt. Sicher waren die Ermittler zu sehr damit beschäftigt. Vielleicht kamen Ihre Eltern in diesem ganzen Durcheinander zu kurz.«

»Vielleicht.« Ich dachte nach. »Glauben Sie, dass auch die Kriminalreporter überfordert waren? Denn das würde erklären, warum nur so wenige Artikel erschienen sind.«

»Vermutlich. Wer hat denn über Ihre Eltern berichtet?« Sie griff nach den Kopien. »Klar! Komisch, dass mir das nicht eher aufgefallen ist. Ich kannte sie nicht persönlich.« Sie zeigte auf den Namen unter der ersten Story, Janice Fleming. »Aber dieser hier. Leland Brett. Er ist mittlerweile einer unserer Herausgeber.«

»Wie, er ist noch hier?«

»Er ist schon seit Ewigkeiten dabei. Wahrscheinlich sitzt er jetzt in diesem Moment in seinem Büro im fünften Stock.«

Die Redaktion war verstörend hell und modern.

Ich hätte mir ein Büro vorgestellt wie das der *Washington Post* in dem Film *Die Unbestechlichen*. Einen Kaninchenbau mit alten Schreibtischen, die sich unter Haufen Papier durchbiegen, ratternde Schreibmaschinen, Flachmänner voll mit Whiskey. Einen Ort, an dem unrasierte Reporter heißen Spuren nachgehen, Informationen aus dubiosen Quellen zusammentragen. So wie eine Zeitungsredaktion eben aussehen sollte. Aber die Räume der *Journal-Constitution* erinnerten mich eher an ein Reisebüro oder eine Bank. Alles war in einem fröhlichen Blau und Orange gehalten, die Trennwände waren aus Glas, die Stühle von Aeron. Alles wirkte schlicht und steril und orthopädisch sinnvoll.

Alles außer dem Büro von Leland Brett.

Er schien die Sanierungsaktion verschlafen zu haben. Sein Schreibtisch stand in einem dunklen, miefigen Winkel. Uralte rosa Post-its klebten zwei oder drei Schichten dick am Fenster und an den Glaswänden, so dass kaum Licht eindringen konnte. Jessica hatte angeklopft, mich zur Tür hineingeschoben und so kurz wie möglich vorgestellt (»Sie ist Professorin an der Georgetown; Sie haben vor Jahren mal über ihre Familie geschrieben.«) und war verschwunden. Mit den Blättern in der Hand stand ich da und fragte mich, wo ich anfangen sollte. Was genau wollte ich von diesem Mann?

Glücklicherweise gab er sich durchaus höflich, bat mich herein und bot mir einen Stuhl an. Ich musste den Impuls unterdrücken, vor dem Hinsetzen die Sitzfläche abzuwischen.

»Nun, was haben wir da, eine hübsche Lady?« Leland Brett war klein und untersetzt, und sein blondes Haar war zu ein paar blassen Strähnen ausgedünnt, die quer über seinem Schädel lagen. Er schob die Lesebrille zurecht, und als er die Hand nach den Ausdrucken ausstreckte, streifte er mein Knie. Hübsche Lady? Und hatte er wirklich mein Knie berührt? Ganz sicher wurden solche Verhaltensweisen selbst im tiefsten Georgia nicht mehr geduldet. Oder vielleicht doch? Ich runzelte die Stirn und erklärte kurz und bündig, meine Eltern seien 1979 in Atlanta ermordet worden. Ich selbst sei adoptiert und hätte erst vor kurzem davon erfahren, und er habe damals den Artikel für die *Journal-Constitution* geschrieben.

»Sicher habe ich für das *Journal* geschrieben«, korrigierte er mich. »Die Redaktionen wurden erst viele Jahre später zusammengelegt. Das *Journal* war die Abendzeitung; die *Constitution* erschien morgens. Mal sehen, was wir da haben.«

Konzentriert überflog er die ersten beiden Artikel, dann hob er den Kopf. »Ich kann nicht behaupten, dass ich mich daran erinnern könnte. Ich habe im Laufe der Jahre viele Kriminalstorys geschrieben, tut mir leid. Und Sie sagen, diese Leute waren Ihre Eltern?«

»Ja.«

»Eine Schande. Wie schade.«

Er las weiter. Beim dritten Artikel – der mit dem Foto – fingen seine Augen an zu glänzen. »Wissen Sie, vielleicht erinnere ich mich doch. Gutaussehende Leute. Der Täter wurde nie gefasst, oder?«

Er fuhr mit dem Finger über die Seite. »Stimmt, stimmt. Sie hatten ein kleines Mädchen. Das werden dann wohl Sie gewesen sein, habe ich recht?« Er sah mich an und ließ seinen Blick wohlwollend an mir abwärtsgleiten.

Oh je. Dann war das mit dem Knie wohl kein Versehen gewesen. »Ja, ich war das. Mr Brett, wissen Sie vielleicht, wie ich die Zeugen, die Sie in dem Artikel zitieren, finden könnte? Offenbar haben Sie mit vielen Nachbarn gesprochen und mit einer Frau, die mit Sadie Rawson angeblich eng befreundet war. Ich würde gern mit ihr reden.«

»Ich habe keine Ahnung.« Er kratzte sich am Kopf, brachte die blonden Strähnen durcheinander, bis sie nach allen Richtungen abstanden. »Sie könnten überprüfen, ob die Nachbarn noch dieselben sind. Was die Freundin betrifft … wie hieß sie noch?«

Ich zeigte auf ein Zitat im dritten Artikel, das einer Frau namens Cheral Rooney zugeschrieben wurde.

»… nein, Madam, der Name sagt mir gar nichts.«

»Haben Sie vielleicht noch Ihre alten Aufzeichnungen? Auf Papier? Damals gab es ja noch keine Computer.«

Er warf einen Blick zu einem Pappkarton hinüber, der in der Ecke stand und aus dem kleine Spiralblöcke herausragten. »Ich bewahre tatsächlich alles auf. Aber nicht aus jener Zeit. Wir sind vor drei Jahren umgezogen. Das meiste habe ich bei der Gelegenheit weggeschmissen.«

Ich war beeindruckt, wie er es geschafft hatte, im Laufe von nur drei Jahren so viel Papier anzuhäufen. »Was ist mit den Ermittlungen? Ich würde gerne verstehen, warum die Smiths umgebracht wurden. Sie haben einen Polizisten zitiert, der sagte, möglicherweise habe es sich um einen missglückten Einbruch gehandelt?«

»Klingt logisch. Ich weiß es nicht mehr genau, aber diese Leute steckten anscheinend nicht in Schwierigkeiten. Niemand hatte einen Grund, sie umzubringen.«

»Sie haben einen Polizisten interviewt, der ausgesagt hat, man habe einen Tatverdächtigen verhört …«

»Habe ich das?«

Ich tippte auf die entsprechende Textstelle. »Sehen Sie mal, hier. Aber der Mann wurde wieder freigelassen.«

»Na ja, vermutlich wurden damals viele Leute befragt. Ich weiß es ehrlich gesagt nicht mehr. Und lassen Sie mich offen sein: Ich war damals noch ein Kind. Ich war, warten Sie, vierundzwanzig, höchstens fünfundzwanzig Jahre alt. Ich habe für alle möglichen Ressorts gearbeitet und alles übernommen, was die Redakteure mir aufgeladen haben. Ich hatte keine Quellen bei der Polizei. Ich habe mir angehört, was die Leute zu sagen hatten, und dann habe ich es zu einem Artikel zusammengeschrieben.«

»Doch dieser Ermittler, den Sie zitiert haben« – ich suchte nach seinem Namen –, »Steve Meadows, leitender Ermittler der Mordkommission. Mit dem müssen Sie doch gesprochen haben.«

»Ja, sicher habe ich das. Aber das war vor vierunddreißig Jahren. Wer weiß? Möglicherweise habe ich das Zitat auch nur bei einer Pressekonferenz mitgeschrieben. Ich wünschte, ich könnte Ihnen erzählen, ich hätte einen heißen Draht zum Polizeichef gehabt, ehrlich. Nicht dass mir das viel genützt hätte. Früher ging es bei der Polizei von Atlanta noch chaotischer zu als heute. Die sind immer noch vollkommen unterbesetzt. Und damals schon stand ihnen das Wasser bis zum Hals. Meadows oder wie immer er hieß, hatte vermutlich keinen blassen Schimmer, wer Ihre Eltern auf dem Gewissen hat.«

Das war eine ziemlich unsensible Ausdrucksweise, und ich warf ihm einen wütenden Blick zu.

»Sorry. Aber das ist die Wahrheit.«

Ich holte tief Luft und zwang mich weiterzusprechen. »Ihre Kollegin Jessica« – ich drehte mich halb zum Großraumbüro um – »hat gesagt, Reporter wüssten oftmals mehr, als sie schreiben dürfen.«

»Da hat sie vollkommen recht. Aber was immer ich seinerzeit über die Sache wusste, habe ich längst vergessen. Es tut mir leid, Schätzchen.«

Er lehnte sich zurück und ließ seinen Blick abermals an meinen Beinen hinunterwandern. »Ich sage Ihnen was. Ich werde eine unserer Praktikantinnen auf den Fall ansetzen. Vielleicht findet sie die Telefonnummer eines ehemaligen Nachbarn heraus, der Ihre Eltern persönlich kannte. Außerdem habe ich eine Idee.«

Ich wartete.

»Ich glaube, Sie sind selbst eine große Story wert. Wir könnten Sie interviewen, ein Porträt über Sie schreiben, wie Sie nach all den Jahren nach Atlanta gereist sind, um die Wahrheit über Ihre Familie herauszufinden. Es wäre ein nettes kleines Update.«

Ich schüttelte den Kopf.

»Warten Sie, hören Sie mich an. Vielleicht gibt es da draußen Leser, die Ihre Eltern kannten. Sicherlich können sich unsere älteren Abonnenten noch erinnern. Eine furchtbare Zeit war das. Ende der siebziger, Anfang der achtziger Jahre kamen jeden zweiten Tag Meldungen über einen neuen Mordfall herein. Wäre doch schön, wenn wenigstens einer ein glückliches Ende nehmen würde. Nach so langer Zeit.«

»Ein glückliches Ende? Meine Eltern sind tot.«

»Stimmt. Mein Beileid, ich wollte nicht respektlos sein. Ich wollte damit nur sagen, dass aus Ihnen trotz allem etwas geworden ist. Obwohl Ihrer Familie etwas so Schreckliches zugestoßen ist. Sie sind Universitätsprofessorin und eine Schönheit noch dazu.«

»Nein«, lehnte ich entschieden ab.

»Wir könnten uns beim Abendessen ausführlicher darüber unterhalten.«

»Nein, vielen Dank.« Ich kniff die Augen zusammen, um ihm zu signalisieren, dass sich das Nein ebenso auf die Story bezog wie auf seine Einladung zum Abendessen.

»Wie Sie möchten. Aber denken Sie daran: Vielleicht lesen Freunde Ihrer Eltern die Story und melden sich bei Ihnen. Oder alte Kollegen von Ihrem Dad. Wer weiß, wer sonst noch? Falls meine Mitarbeiter nicht fündig werden, wäre das Ihre letzte Chance, Bekannte Ihrer Eltern aufzuspüren.«

Das stimmte. Ich kniff die Lippen zusammen. »Danke für das Angebot. Ich werde drüber nachdenken.«

Von der Redaktion fuhr ich zum Friedhof.

In dem Artikel, den Leland Brett über die Trauerfeier geschrieben hatte, wurde der Name des Friedhofs genannt. Der Arlington Memorial Park lag in einem Wohnviertel namens Sandy Springs, nur zehn Fahrminuten von der Redaktion entfernt. Der Friedhof war hübsch. Ein geschmackvoller Brunnen, kleine, künstlich angelegte Seen. Hätten nicht überall Mausoleen und Marmorsteine herumgestanden, hätte das Gelände fast als schicker Golfplatz durchgehen können.

Ich meldete mich bei der Verwaltung, die in einem niedrigen Gebäude gleich hinter dem Eingangstor untergebracht war.

»Hallo«, begrüßte ich die Frau hinter dem Tresen. »Ich bin auf der Suche nach bestimmten Gräbern.«

»Tragen Sie die Namen der Verstorbenen bitte hier ein«, antwortete sie. »Mal sehen, ob einer meiner Kollegen Zeit hat, die Nummer der Grabstelle herauszusuchen.«

Fünf Minuten später erschien eine Frau in einem schwarzen Hosenanzug. Sie hielt einen Lageplan mit rosa Markierungen in der Hand. Ich wollte schon danach greifen, als sie schroff fragte: »Sind Sie mit dem Auto hier?« Sie hatte einen nasalen Akzent. New York vielleicht oder New Jersey.

»Ja.«

»Am besten folgen Sie mir einfach. Die Grabstellen sind nicht gut markiert. Die Leute verfahren sich hier und irren stundenlang herum. Ich wollte sowieso gerade Zigarettenpause machen.«

Ich setzte mich wieder in meinen Mazda und folgte ihr. Etwa fünf Minuten lang fuhr sie auf einem ebenen asphaltierten Weg, der von Kiefern und Magnolien gesäumt war, vor mir her. Ich hörte Vögel zwitschern, ein Rotkehlchenpaar flatterte zwischen den Autos hindurch. Irgendwann fuhr sie an den Rand und ließ die Seitenscheibe herunter. »Es müsste da hinten sein.« Sie zeigte auf eine Reihe von Gräbern, in die kleine, kreisrunde Steinplatten eingelassen waren. »Soll ich aussteigen und Ihnen beim Suchen helfen?«

»Nein, das schaffe ich allein. Haben Sie vielen Dank.«

Seit ich am Morgen das Hotel verlassen hatte, war es immer wärmer geworden. Ein ungewöhnlich milder Luftzug fuhr mir durchs Haar, als ich aus dem Auto stieg. Der Asphalt reflektierte das helle Sonnenlicht. Ich zog meine Jacke aus, legte den Schal ab und warf beides auf den Fahrersitz. Ich nahm die Rosen, die ich für diesen Besuch gekauft hatte, und machte mich auf den Weg.

Ich fand ihre Gräber auf Anhieb. Sie waren bescheiden, aber gepflegt. Boone und Sadie Rawson Smith lagen Seite an Seite unter einem Granitstein. Darauf waren ihre Geburtsdaten und der Todestag eingraviert. Sonst nichts, kein Grabspruch. Ich strich mit den Fingerspitzen über die Lettern. Bei einem Floristen hatte ich zwei Dutzend weiße Rosen mit einer rosa Schleife binden lassen – Rosa für das kleine Mädchen, das diese Menschen einmal geliebt und drei Jahrzehnte gebraucht hatte, um zu ihnen zurückzufinden. Ich legte die Blumen ins Gras und richtete mich wieder auf.

Ich hatte erwartet, dass dieser Moment der schwierigste auf meiner Reise sein würde. Ich hatte gedacht, ich müsste weinen. Doch nach dem Besuch in der Redaktion hatte ich keine Tränen mehr. Stattdessen fühlte ich mich leer und schämte mich, weil ich auf einmal sehr hungrig war. Mein Magen knurrte.

Ich stand noch eine Weile herum, wartete darauf, dass ein Gefühl mich überwältigte. Nichts passierte. Das Foto meiner Mutter hatte mich mehr getroffen als dieses sonnige, friedliche Grab. Nach ein paar Minuten war ich bereit zu gehen. Ich drückte einen Kuss auf meine Fingerspitzen und legte sie zum letzten Mal an den kühlen Stein, der die Namen meiner Eltern trug.

Falls ich angenommen hatte, in Atlanta die Vergangenheit hinter mir zu lassen, so hatte ich mich getäuscht.

Zwölf

Als ich wieder in mein Hotel kam, rief Leland Brett mich auf dem Handy an.

Ich hatte ein Zimmer im St. Regis gebucht, einem beeindruckend schicken Etablissement, das weit über meinem üblichen Reisebudget lag. Die Klientel bestand zum großen Teil aus Geschäftsleuten, die in maßgeschneiderten Anzügen durch die Lobby schwebten und mit ihren Platinkarten von American Express wedelten. Ich rechtfertigte den Luxus mir gegenüber damit, dass ich ein verstörendes Erlebnis hinter mir und es damit verdient hatte, mich zu verwöhnen. Den ganzen Tag würde ich mit der Erfüllung trauriger Pflichten verbringen, Gräber besuchen und Nachrufe lesen. Nur die Aussicht auf ein gutes Hotel mit frischen weißen Laken, in das ich am Abend zurückkehren konnte, verlieh mir die nötige Kraft dazu.

Das Handy klingelte, gerade als ich dem Parkwächter meine Autoschlüssel überreicht und die Lobby betreten hatte. Ich lehnte mich neben den Aufzügen an die Wand und lauschte Leland Bretts Vorschlag.

»Je länger ich darüber nachdenke, desto wichtiger erscheint es mir, Ihre Geschichte für unsere Leser aufzuschreiben«, erläuterte er. »Und auch für Sie wäre es nur von Vorteil. Wie wäre es, wenn ich nach der Arbeit in Ihrem Hotel vorbeischaue, Sie auf einen Drink einlade und wir zusammen darüber nachdenken? Wo wohnen Sie?«

Der Mann war hartnäckig, das musste man ihm lassen. Keine Frage, das war ein wertvoller Charakterzug für einen Reporter. Aber ihm beim Cocktail gegenüberzusitzen, während er »versehentlich« unter dem Tisch seine Knie gegen meine Beine drückte, war das Letzte, worauf ich jetzt Lust hatte.

»Liebend gern«, log ich, »aber heute Abend habe ich schon etwas vor.« Wieder gelogen. »Und die Idee von einem Portrait gefällt mir gar nicht.« Immerhin war das die Wahrheit.

»Tja, wie schade. Aber während Sie noch mit dem Schicksal hadern, habe ich Ihnen einen kleinen Gefallen getan. Ich habe jemand beauftragt, die Telefonnummer von Cheral Rooney herauszufinden, der Freundin Ihrer Mutter. Wie sich herausgestellt hat, lebt sie immer noch in Atlanta. Sie war Lehrerin an einer der großen Privatschulen und ist gerade erst in Rente gegangen. Können Sie mitschreiben?« Er diktierte mir eine Telefonnummer und eine Adresse. »Wenn ich unsere Praktikanten auf den Fall ansetze, machen sie ganz bestimmt noch andere Beteiligte ausfindig. Alte Nachbarn und Freunde der Familie zum Beispiel. Außerdem kann man natürlich nicht wissen, wer sich bei uns melden würde, wenn ein Artikel über Sie erschienen ist.« Er hielt inne, stieß ein leises Pfeifen aus. »Nein, nein. Das kann man nicht wissen. Solange man es nicht versucht.«

Diese Ratte. Das war offensichtliche, schamlose Manipulation. Umso ärgerlicher, dass er recht hatte.

»Was genau wollen Sie denn über mich wissen?«, fragte ich misstrauisch.

Da wusste er, dass er mich im Sack hatte.

Ich hielt an meinem Entschluss fest, ihn auf keinen Fall an diesem Abend zu treffen. Er überredete mich jedoch zu einem Frühstück am nächsten Morgen um acht Uhr im Hotelrestaurant. Das Interview würde eine Stunde dauern.

»Eines sollten wir vorher noch klären«, sagte er. »Wir brauchen ein Foto von Ihnen. Mein Fotograf wird zur goldenen Stunde eines schießen wollen, kurz vor Sonnenuntergang, dann ist das Licht am schönsten. Wir sollten es vor Ihrem ehemaligen Elternhaus aufnehmen. Wo war das noch?«

»Eulalia Road. In der Nähe des Lenox.« So langsam gewöhnte ich mich an den Slang von Atlanta; Lenox Square war ein riesiges Einkaufszentrum, das hier offenbar jeder kannte.

»Wunderbar. Wie lautet die Hausnummer? Wir werden die neuen Bewohner anrufen und uns anmelden müssen.«

»Oh, die Dame heißt Dorminy. Ich habe sie gestern kennengelernt. Sie hat mich durchs Haus geführt.«

»Tatsächlich? Dann kennen Sie sie also schon. Hoffentlich hat sie nichts dagegen, wenn der Fotograf ihr Haus als Hintergrund verwendet. Rein rechtlich gesehen könnten wir von der Straße aus fotografieren, ohne auch nur einen Fuß auf ihr Grundstück zu setzen. Aber es schadet nie, höflich zu sein.«

»Und Sie sind sicher, dass Sie ein Foto von mir brauchen?«

»Meine Liebe, Ihr Foto wird das Beste an der ganzen Geschichte sein. Die Überschrift schreibt sich praktisch von selbst: *Dunkelhaarige Schönheit von Tragödie heimgesucht* – die Leser werden die Story verschlingen. Nun, ich wünsche Ihnen eine gute Nacht. Wir sehen uns morgen.«

Dreizehn

An dieser Stelle möchte ich einen Zwischenbericht über den Zustand meines Handgelenks und meines Nackens einfügen. Nichts ist anstrengender, als Leuten zuzuhören, die pausenlos über ihre Krankheiten jammern, und aus diesem Grund habe ich Ihnen viele überflüssige Details erspart. Es muss reichen, wenn ich sage, dass mein Handgelenk immer noch schmerzte, und zwar fast die ganze Zeit.

Der Schmerz war zu einer Art Hintergrundgeräusch geworden, zu einem chronischen Ärgernis, das ich zu ignorieren lernte. Man gewöhnt sich an fast alles. Mit einer Hand Auto zu fahren war einfach. Sich die Haare zu waschen schon weniger. Ein Steak zu schneiden oder irgendetwas zu essen, das den Einsatz von Messer und Gabel erforderte, sah nicht schön aus, war aber machbar. Das Einzige, was ich einhändig nicht konnte, war Tippen. Doch in diesem Punkt hatte ich Glück. Tippen – jene Handbewegung auszuführen, die für die meisten Fälle von Karpaltunnelsyndrom verantwortlich ist – störte mich nicht. Ich hätte den ganzen Tag tippen können, ohne auch nur mit der Wimper zu zucken.

Mein Nacken hatte zu schmerzen aufgehört. Nein, das stimmte nicht ganz. Er schmerzte immer noch, doch das Brennen und Stechen war abgeebbt, wie ein wildes Tier, das müde geworden ist und beschlossen hat, sich eine Weile auszuruhen. Ich durfte mich einfach nur nicht zu viel bewegen. Der Schmerz meldete sich zurück, sobald ich den Kopf drehte, besonders nach rechts, also gewöhnte ich mir die Bewegung ab. Wenn ich zur Seite schauen wollte, drehte ich meinen Oberkörper herum. Wahrscheinlich sah ich aus wie eine Greisin mit einer unsichtbaren Halskrause, doch so kam ich zurecht.

Doch ein viel größeres körperliches Problem bereitete mir an diesem Dienstagnachmittag mein Hunger. Nach fünf Tagen ohne warme Mahlzeit war ich an meine Grenzen gelangt. Ich rief den Zimmerservice an und bestellte Essen für eine vierköpfige Familie. Dann legte ich mich aufs Bett und erledigte ein paar Anrufe. Zunächst rief ich Mom an. Mein Bauchgefühl sagte mir, dass es sie bestürzen würde, wenn sie erfuhr, dass Sadie Rawson wie meine Schwester aussah. Ich hielt meine Mom zwar nicht für eifersüchtig, aber ich fürchtete, sie könnte sich … übergangen, ausgeschlossen fühlen. Also berichtete ich ihr ausführlich von meinem Besuch in der Zeitungsredaktion und auf dem Friedhof, wie hübsch und friedlich es dort gewesen sei. Ich erzählte Mom von den Blumen und dass ich den Stein mit den eingemeißelten Namen berührt hatte. Zum hundertsten Mal bot sie mir an, ins Flugzeug zu steigen und mir zur Seite zu stehen.

»Ich könnte dir Gesellschaft leisten«, sagte sie. Meine liebe Mom. Die Versuchung nachzugeben war groß. Doch sie hätte mich abgelenkt, außerdem hatte ich das Gefühl, meine Mission allein erfüllen zu müssen. Ich versicherte ihr, dass es mir gut gehe. Ich bräuchte nur noch einen weiteren Tag und würde am Donnerstagmorgen nach Washington zurückfliegen.

Martin hinterließ ich eine Nachricht. Zuletzt nahm ich all meinen Mut zusammen und wählte die Nummer, die Leland Brett mir gegeben hatte. Niemand meldete sich, nur ein Anrufbeantworter mit einer sympathischen Männerstimme, die mich aufforderte, eine Nachricht für Rick und Cheral zu hinterlassen. Mein Gott, wo sollte ich anfangen? Ich legte auf, dachte kurz nach, rief noch einmal an und hinterließ eine kurze Nachricht, gab meinen Namen und meine Telefonnummer an und erklärte, es gehe um eine alte Freundin von Cheral.

Als der Zimmerservice mit dem Essen kam, bat ich den Kellner, alles auf den Sofatisch zu stellen. Er legte zwei gestärkte Servietten und Besteck für zwei dazu, weil er davon ausging, dass ich das alles nicht alleine essen wollte. Es war lächerlich viel: Caesar Salad, Tomaten-Basilikum-Suppe, frisches Obst, ein Korb mit Brötchen, Pommes frites, ein Stück Kuchen und ein Cheeseburger. Genau genommen ein prächtiger Doppelcheeseburger mit Speck, aus dem Senf und Fett heraustropften. Ich verschlang ihn und wünschte, ich hätte einen zweiten bestellt. Stattdessen gab ich mich damit zufrieden, auch den Rest zu vernichten. Das Essen war köstlich. Und kein einziger Bissen schmeckte nach Pappe.

War es taktlos, angesichts der jüngsten Entwicklungen, des traurigen Anlasses meiner Reise nach Atlanta mit so viel Genuss zu essen? Es fühlte sich ein bisschen so an. Ich suchte das Foto heraus, das Jessica für mich ausgedruckt hatte, und betrachtete es noch einmal. Meine leiblichen Eltern sahen glücklich aus, wie sie da lachend neben dem Grill standen. Die Sonne brannte, die Frau blinzelte, als hätte sie Qualm in die Augen bekommen. Auf einem Tisch hinter ihnen standen Gläser mit Senf und Mayonnaise, daneben eine Platte mit Hamburgern. Plötzlich musste ich grinsen. Wahrscheinlich hatte ich mich deswegen den ganzen Tag lang nach einem Cheeseburger gesehnt. Ich hatte das Foto am Morgen gesehen, und der Gedanke an gegrilltes Rindfleisch hatte sich in mein Bewusstsein eingegraben.

Seltsam, aber als ich nun darüber nachdachte, wurde mir klar, dass wir Cashions niemals Hamburger gegrillt haben, als ich klein war. Tony und Martin bevorzugen Steak oder Hühnerfleisch. Mom ebenfalls, und Dad ist ein Auflauf-Liebhaber.

Aber Boone und Sadie hatten offenbar für ein ordentliches Stück Hackfleisch etwas übriggehabt, und sie hatten ihre Vorliebe an ihr einziges Kind weitergegeben. Es war albern, doch ich fühlte mich durch die vielen Jahrzehnte hindurch mit ihnen verbunden. Plötzlich spürte ich eine heftige Trauer um alles, was hätte sein können. Und dann kam ich zu der Einsicht, dass sie mich, wenn sie mich hier sehen könnten, wie ich mir das Fett von den Fingern leckte, überhaupt nicht taktlos gefunden hätten. Nein, sie hätten sich gewünscht, dass ich ihnen zu Ehren noch einen Burger aß, oder zwei.

Ich musste immer noch lächeln, als ich eine Stunde später ins Bett kroch, mich in die weißen Laken kuschelte und in einen tiefen Schlaf fiel.

Vierzehn

Mittwoch, 16. Oktober 2013

Am Mittwoch überschlugen sich die Ereignisse.

Brett erschien pünktlich zum Frühstück, und fairerweise muss ich sagen, dass er ein sorgfältiges und umfassendes Interview führte. Er hatte mich um eine Kopie der Adoptionspapiere gebeten, die bewiesen, dass ich tatsächlich einmal Caroline Smith gewesen war, die Tochter von Boone und Sadie Rawson. Er musterte das Dokument, schien zufrieden, fragte mich über meine Arbeit, meine Hobbys, meine Familie aus. Welche Sportarten gefielen mir? (Äh, keine.) Welche Musik hörte ich am liebsten? (Klassik, Hiphop, Aerosmith. Alles außer Country.) Leland hatte seine Hausaufgaben gemacht und sich die Homepage meiner Universität angesehen. Er wollte wissen, ob ich Französisch spreche und wie oft ich in Paris gewesen sei. Ich hatte das Gefühl, dass er mit diesen Fragen das Eis brechen wollte. Er spielte mir leichte Bälle zu, damit ich mich entspannte und mein Misstrauen ablegte, bevor er auf das eigentliche Thema zu sprechen kam. Als das Frühstück serviert wurde, waren wir immer noch nicht bei den Ereignissen von 1979 angelangt.

Unglaublicherweise hatte ich schon wieder einen Mordshunger. Ich hatte die Spezialität des Hauses bestellt, Pancakes aus Süßkartoffeln, die mit heißer Whiskeysauce, kandierten Pecannüssen und Würstchen serviert wurden.

Leland war beeindruckt. »Wie ich sehe, haben Sie einen gesunden Appetit.« Er beäugte mich und meine Pfannkuchen gierig. »Das gefällt mir an einer Frau.«

Meine Güte, ging das schon wieder los. Ich runzelte die Stirn. »Nur für den Fall, dass ich einen falschen Eindruck erweckt habe, muss ich klarstellen, dass es sich hier um … um einen geschäftlichen Termin handelt, okay? Ich bin hier, um Ihnen bei dem Artikel zu helfen.«

Er spielte den Ahnungslosen. »Oh, natürlich. Und ich bin nur hier, um meine Arbeit zu machen, was an diesem Morgen bedeutet, dass ich mit einer attraktiven Frau frühstücke. Das ist doch nicht verboten, oder?«

»Nein«, antwortete ich mit zusammengebissenen Zähnen.

»Aber das führt uns gleich zum nächsten Thema. Sind Sie verheiratet?«

»Um Gottes willen.«

»Der Artikel! Ich frage doch nur wegen des Artikels!« Ich war praktisch schon dabei, aufzustehen und ihn sitzen zu lassen, doch er schmunzelte nur. »Ganz ruhig, Schätzchen. Ich beiße nicht. Ich mache mich nur ein bisschen lustig. Andernfalls wäre die ganze Sache einfach zu morbide, das müssen Sie doch zugeben.«

»Sie *ist* morbide, ob ich es nun zugebe oder nicht«, giftete ich ihn an.

»Das stimmt. Nun, beruhigen Sie sich, essen Sie Ihre Pfannkuchen, und dann erzählen Sie mir in aller Ruhe, warum Sie nach so vielen Jahren nach Atlanta zurückgekehrt sind.«

Ich funkelte ihn böse an, doch dann gab ich mich geschlagen. Als er hörte, dass ich erst vor kurzem vom Tod meiner leiblichen Eltern erfahren hatte, zog er ein überraschtes Gesicht.

»Was glaubten Sie, was ihnen zugestoßen ist? Ein Autounfall?«

»Nein, Sie haben immer noch nicht verstanden. Ich kann mich nicht an sie erinnern. Ich wusste nicht, dass ich adoptiert bin.«

»Du liebe Güte. Ihre Eltern – die Cashions, meine ich – haben es Ihnen also nie erzählt?«

»Nein. Sie hielten es für klüger … Wie hat mein Vater es ausgedrückt? Keine schlafenden Hunde zu wecken. Von Boone und Sadie Rawson Smith habe ich am vergangenen Donnerstag zum ersten Mal gehört.«

Vor Erstaunen riss Leland die Augen auf.

»Es war ein ziemlicher Schock.«

»Das kann ich mir vorstellen.« Er schüttelte den Kopf. »Haben sie gesagt, warum sie es Ihnen ausgerechnet jetzt erzählt haben?«

Ich wusste, dieser Moment würde kommen. Ich hatte es tunlichst vermieden, die Kugel anzusprechen; Leland Brett wusste von nichts. Über meinen Nacken zu reden war mir unangenehm. Ich stehe nur ungern im Mittelpunkt, und die Vorstellung, dass alles, was ich jetzt sagte, in der Zeitung stehen würde, hätte selbst einen eher extrovertierten Menschen abgeschreckt. Aber, verdammt noch mal, ich hatte mich darauf eingelassen. Und mich an die Öffentlichkeit zu wenden schien tatsächlich die beste Möglichkeit, zu Menschen Kontakt aufzunehmen, die meine Familie gekannt hatten. So erzählte ich Leland Brett von meinem schmerzenden Handgelenk, vom MRT und von der Überraschung, die die Röntgenuntersuchung zu Tage gefördert hatte.

Er ließ die Gabel fallen. »Sie wollen doch nicht etwa behaupten, dass sie immer noch dort drinsteckt?«

Ich nickte.

»Ein Projektil? Eine Kugel? Seit dem Tag, als Ihre Eltern erschossen wurden?«

Ich nickte abermals. »Angeblich befindet sie sich seither in meinem Nacken. Seit vierunddreißig Jahren. Sie hat mich nie gestört. Es ist keine Narbe zu sehen.«

»Gütiger Gott im Himmel.« Aufgeregt kritzelte er etwas in seinen Spiralblock. »Und Sie sind ganz sicher? Haben Sie die Röntgenaufnahme dabei?«

»Ich habe ein Foto in meinem Smartphone. Wenn Sie es unbedingt sehen wollen.«

»Mein Gott, das ist die verrückteste Geschichte, die ich je gehört habe. Und ich habe schon viele verrückte Geschichten gehört.« Er bombardierte mich mit Fragen, versuchte, den Ablauf zu verstehen. Auf einmal klingelte mein Handy.

Ich warf einen Blick aufs Display. Will Zartman rief von seiner Praxis aus an. Sicher wollte er mir den Termin beim Neurochirurgen durchgeben. Der Anruf wurde auf die Mailbox weitergeleitet; ich würde Will später zurückrufen.

Ich wandte mich wieder Leland zu. »Wo waren wir stehengeblieben?«

»Ich sagte, ich habe noch ein paar Fragen. Warum begleiten Sie mich nicht in die Redaktion? Wir könnten dort weiterreden, und dann …«

»Unmöglich. Nach dem Frühstück fahre ich rüber zu Cheral Rooney.«

»Dann war die Nummer richtig?«

»Ja. Sie hat mich heute Morgen zurückgerufen, kurz bevor ich mein Zimmer verlassen habe. Ich glaube, sie hat mich nicht ganz verstanden. Die Ärmste, sie klang noch verblüffter als Sie.«

»O Gott, Sie sehen ihr ja so ähnlich. Die gleichen Augen. Sie haben nichts von Boone an sich.«

Cheral Rooney saß in ihrem Wohnzimmer und musterte mich aufmerksam. Sie hatte mir am Telefon eine Wegbeschreibung zu ihrem klobigen Einfamilienhaus am Ufer des Chattahoochee River gegeben. »Eigentlich wollte ich Sie, bevor ich Sie ins Haus lasse, nach Ihrem Ausweis fragen. Es gibt ja so viele Verrückte auf der Welt. Aber als ich Sie in der Einfahrt gesehen habe, wusste ich sofort, das ist nicht nötig. Es war, als käme Ihre Mutter persönlich zur Tür herein.«

»Sie kannten sie? Meine leiblichen Eltern?«

»Ihre leiblichen Eltern?« Sie legte den Kopf schief. »Ja, natürlich denken Sie so über die beiden. Aber sehen Sie mich an, ich habe meine Manieren vergessen. Möchten Sie einen Kaffee?«

»Nein, vielen Dank.«

»Ganz sicher? Ich habe gerade welchen gekocht.«

»Ich trinke nicht besonders viel Kaffee. Aber einen Tee würde ich nehmen, wenn das nicht zu viel Mühe macht.«

Sie eilte hinaus und kehrte wenige Minuten später mit einem Tablett zurück. Darauf standen ein Teller mit Keksen, ein dampfender Kaffeebecher und ein hohes Glas, gefüllt mit Eiswürfeln und einer blassbraunen Flüssigkeit. Ich nippte vorsichtig daran. Eistee. Ich hatte schon davon gehört, dass die Südstaatler kalten Tee lieben, egal, wie eisig die Temperaturen draußen sind.

Ich stellte das Glas ab und blickte ihr in die Augen. »In der Zeitung stand, Sie wären eine enge Freundin meiner leiblichen … meiner Mutter gewesen. Woher kannten Sie sie?«

»Wir wohnten im Nachbarhaus. Wir sind 1974 eingezogen und haben dort über zwanzig Jahre gewohnt, bis wir dieses Haus hier gekauft haben.« Sie machte eine weit ausholende Geste. »Die Eulalia Road eignete sich für junge Familien. Für Leute mit Kindern, die sich das erste Eigenheim kaufen, Sie wissen schon. Jetzt ist die Gegend zu teuer geworden. Wussten Sie, dass neulich ein Haus neben dem Lenox für 1,6 Millionen Dollar verkauft wurde? Unglaublich. Wir haben für unser erstes Eigenheim fünfzigtausend Dollar bezahlt.«

Ich schüttelte den Kopf. »Eine wunderhübsche Straße. Dann haben Sie also schon dort gewohnt, als die Smiths eingezogen sind?«

»Ja. Wir waren froh, dass ein so nettes Paar nebenan wohnte, wir haben uns schnell angefreundet. Und dann, nachdem John und Sie geboren waren, verbrachten Ihre Mutter und ich fast jeden Vormittag zusammen.«

Ich versuchte, ihr zu folgen. »John ist … Ihr Sohn?«

Sie zeigte auf ein gerahmtes Foto, das neben dem Sofa auf einem Tischchen stand. Darauf war ein untersetzter junger Mann mit Golfhemd und Khakihose zu sehen. »Mein Ältester. Sie sind älter als er, aber nur ein paar Monate. Sie und er waren die besten Freunde. Sie erinnern sich nicht an ihn?«

»Leider kann ich mich an jene Jahre nicht mehr erinnern.«

»Sie haben immer zusammen gespielt, in einem Laufstall voller Bälle und Spielzeug, den wir in die Küche gestellt hatten. Sadie Rawson und ich haben Kaffee getrunken und Kuchen gebacken. Mein Gott, die Frau hat einfach alles anbrennen lassen, das sage ich Ihnen. Dafür besaß sie wirklich Talent. Sie hat den Teig ausgerollt, in den Ofen geschoben und ihn vergessen. Und im nächsten Augenblick war die ganze Küche verqualmt.« Cheral lächelte. »Und wir sind oft spazieren gegangen. Endlose Spaziergänge haben wir gemacht. Es gab ja nicht viel anderes zu tun, wenn man mit einem Kleinkind zu Hause war. Es gab noch keine Spielgruppen und musikalische Früherziehung wie heute.«

Ich hing an ihren Lippen. »Wie war sie? Ich meine, war sie schüchtern, lebhaft oder …«

»Lebhaft, das ziemliche Gegenteil von schüchtern. Der Mittelpunkt jeder Party. Boone war der Ernste, Stille. Sie haben sich ergänzt. So wie wohl die meisten Paare.«

»Klingt so, als käme ich eher nach meinem Vater.«

»Nicht, was Ihr Aussehen betrifft. Unglaublich, wie ähnlich Sie ihr sehen. Sie war eine wunderschöne Frau. Riesige Augen und volle, glänzende Lippen. Wenn wir mit den Kinderwagen unterwegs waren, in unseren Hauskitteln, haben sich alle Männer nach ihr umgedreht, wenn sie an uns vorbeifuhren. Sades hat nur gelacht und gewinkt.«

Ein düsterer Ausdruck huschte über Cherals Gesicht. Sie war keine Schönheit, war anscheinend nie eine gewesen. Das Alter hatte tiefe Furchen in ihren trockenen Lippen hinterlassen, ihr graumeliertes Haar wirkte spröde und brüchig. Hörte ich da so etwas wie Neid heraus? Nein, unmöglich, nicht nach so vielen Jahren.

»Klingt nach einem selbstbewussten Menschen. Ich hatte es mir schon gedacht. Wo sie doch ihren Mädchennamen behalten hat.«

Cheral wirkte verwirrt. »Nein, sie hieß Smith.«

»Ja, Rawson Smith. So wie Hillary Rodham Clinton. Das muss in Georgia in den siebziger Jahren ziemlich ungewöhnlich gewesen sein.«

»Nein, nein, es war nicht so wie bei Hillary. Sadie Rawson war ihr Vorname. Sie wissen schon, so wie ... Mary Belle. Oder Georgia Ruth. Hier unten im Süden haben viele Frauen einen Doppelnamen. Das ist eigentlich bis heute so.«

»Oh. Ziemlich lang.«

Sie zuckte die Achseln. »Sadie Rawson hat auch nicht mehr Silben als Elizabeth, so gesehen. Hier unten findet niemand den Namen zu lang.«

Wir schwiegen.

»Das muss eine große Belastung für Sie sein«, wagte sie sich schließlich vor. »Das alles jetzt erst zu erfahren.« Ich hatte ihr heute Morgen am Telefon in groben Zügen geschildert, was ich wusste und wie ich es erfahren hatte. Die Kugel hatte ich verschwiegen.

»Es ist schön, mit Ihnen zu reden. Es interessiert mich sehr, wie die Smiths waren. Meine Eltern – die Cashions – scheinen nicht allzu viel über sie zu wissen. Und die Zeitungsartikel aus jener Zeit sind ziemlich mager. Die Zeitung hat vier Artikel gebracht, und dann ... ist die Sache irgendwie im Sande verlaufen.«

Sie nickte.

»Die Polizei hat damals doch sicher mit Ihnen gesprochen. Haben sie irgendetwas durchblicken lassen? Ich meine, wissen Sie, ob es jemals eine heiße Spur gab?«

»Wir wurden zweimal verhört, Rick und ich. Wir hatten an dem Tag aber nichts Ungewöhnliches gehört oder gesehen. Wir haben alles ausgesagt, was wir wussten. Ehrlich gesagt fand ich die Ermittler nicht gerade gründlich. Sie waren vom ersten Tag an überzeugt, Ihre Eltern hätten einen Einbrecher auf frischer Tat ertappt und wären nur deswegen erschossen worden. Aber dieser Einbrecher wurde nie gefasst.«

»Ich verstehe das nicht. Jemand bricht in ein Haus ein, ermordet zwei Menschen, und die Polizei ... legt den Fall einfach zu den Akten?«

»Nun, der Fall war sehr ungewöhnlich. Keine Beweise, zumindest nicht, dass ich wüsste. Keine verdächtigen Fingerabdrücke im Haus. Und die Mordwaffe wurde auch nie gefunden. Es gab nur eine einzige Augenzeugin.«

»Es gab eine Augenzeugin?«

»Natürlich, meine Liebe. Sie.«

Fünfzehn

Bevor ich mich verabschiedete, drückte mir Cheral ein Paar Goldohrringe in die Hand. »Die gehörten Ihrer Mom. Es ist das einzige Erinnerungsstück an sie, das ich habe. Sie haben einige Jahre in meinem Schmuckkästchen gelegen. Ich habe es nie über mich gebracht, sie zu tragen.«

Es waren riesige, fein gearbeitete Goldkreolen. Sie erinnerten an den Schmuck einer Zigeunerin, filigran und auffällig zugleich. Auf keinen Fall die Art von Schmuck, wie ich ihn tragen würde. Aber für eine junge Frau waren sie in den Siebzigern wohl passend gewesen.

»Die waren damals der letzte Schrei«, fügte Cheral hinzu, als hätte sie meine Gedanken gelesen. »Ich hatte sie mir für eine Party ausgeliehen, nur deswegen waren sie hier. Nach dem Tod Ihrer Eltern wurde das Haus versiegelt. Überall Polizeiband. Ich hatte keine Gelegenheit, hineinzugehen und mir ein Andenken zu nehmen. Dann, eines Tages kamen die Möbelpacker. Die haben alles eingepackt und rausgeschleppt, das Haus wurde verkauft.«

»Danke, dass Sie sie aufbewahrt haben.«

»Ihre Mutter hatte hübschen Schmuck. Und viele Klamotten. Mit ihrer Figur konnte sie alles tragen. Sie hatte einen grünen Mantel, der war todschick, mit passenden grünen Wildlederstiefeln …« Cheral lächelte traurig. »Sie hätten ihren Stil geliebt.«

Ich nickte.

»Ich hätte Sie ja besucht und den Kontakt gern aufrechterhalten. Sicher hätte Ihre Mutter sich das gewünscht. Aber dann ließen die Ärzte mich nicht mehr zu Ihnen. Sie lagen wochenlang auf der Intensivstation. Ich vermute mal, dass die Polizisten damals versucht haben, Sie zu vernehmen?«

»Wissen Sie, ob ich … irgendetwas gesehen habe? Konnte ich denen weiterhelfen?«

Sie schüttelte den Kopf. »Ich habe keine Ahnung. Sie können sich an nichts erinnern?«

»Nein, an nichts.«

»Wahrscheinlich ist es besser so. Sie waren noch klein, Caroline, kaum mehr als ein Baby. Als ich Sie eine Augenzeugin nannte, wollte ich nichts anderes damit andeuten. Wer weiß schon, was Sie gesehen haben?« Sie klopfte mir auf die Schulter. »Wie dem auch sei, nach einer Weile hat sich anscheinend das Jugendamt eingeschaltet. Und dann hörte ich eines Tages, eine andere Familie hätte Sie adoptiert. Wir haben nie wieder von Ihnen gehört, Sie waren wie vom Erdboden verschluckt. Hoffentlich waren sie gut zu Ihnen. Die Leute, die Sie adoptiert haben, meine ich.«

»Sehr gut.« Vor lauter Rührung bekam ich einen Kloß im Hals. »Die beste Familie überhaupt. Ich hätte mir keine bessere wünschen können.«

»Da bin ich froh.« Sie berührte noch einmal meine Schulter. »Mein Gott, Sie zu sehen bringt die alten Erinnerungen zurück. Allein der Gedanke, dass Sie jetzt älter sind als Boone und Sadie Rawson, als sie starben … Er war ein netter Mann, Ihr Daddy. Er hatte das nicht verdient.«

»Beide hatten es nicht verdient.«

Sie blinzelte, nickte. Sie hatte Tränen in den Augen, als sie die Tür schloss. Tränen und einen Augenblick wieder dieser seltsame Blick. War es Neid? Ich wusste es nicht genau, es war nur kurz aufgeflackert, eine Verbitterung unter der freundlichen Oberfläche.

Das Treffen mit Cheral Rooney ging mir nicht mehr aus dem Kopf. Irgendetwas stimmte nicht. Ich konnte es nicht benennen, und je angestrengter ich darüber nachdachte, desto weiter entzog es sich mir, wie das Knäuel, mit dem das Kätzchen spielt. Ich fuhr in die Eulalia Road, parkte mein Auto und wartete auf den Fotografen von der *Journal-Constitution*. Ich freute mich nicht auf den Termin, bereute jetzt schon meine Entscheidung. Es fühlte sich billig an, als wollte ich Profit aus der Tragödie schlagen und meine fünf Minuten Ruhm genießen. Nichts wäre weiter von der Wahrheit entfernt gewesen, doch die Leute würden sich ihr eigenes Urteil bilden. Ich nahm meine Puderdose heraus und zog meinen Lippenstift nach. Was würden meine Brüder sagen, wenn sie mich jetzt hier sehen könnten? Ich schminkte mich für das Bild zu dem reißerischen Artikel, den Brett jetzt in diesem Moment schrieb. (Dunkelhaarige Schönheit leidet immer noch unter Kugel im Nacken!) Die Frage war nur, ob Martin und Tony angewidert das Gesicht verziehen oder sich vor Lachen krümmen würden.

Ich warf einen Blick auf meine Armbanduhr. Der Fotograf verspätete sich. Er hatte auf ein Treffen um fünf Uhr bestanden, damit vor der goldenen Stunde noch genug Zeit für die Vorbereitungen bliebe. Gelegentlich rollte ein Auto vorbei. Auf der anderen Straßenseite spielten zwei Jungs Fußball im Vorgarten. Der kleinere trat immer wieder daneben und kickte den Ball gefährlich nah an die Straße; der ältere schaffte es jedes Mal, ihn gerade noch zu fangen, bevor er über den Gehweg sprang.

Ich lehnte mich zurück und stellte mir eine jüngere Cheral vor, wie sie zusammen mit meiner Mutter zu einem Nachmittagsspaziergang mit dem Kinderwagen aufbrach. Worüber hatten sie sich unterhalten? Ich stellte mir Sadie Rawson in dem schicken grünen Mantel und den Wildlederstiefeln vor, von denen Cheral erzählt hatte. Ja, die hätte ich gern geerbt.

Ich setzte mich auf. Ja, das war es gewesen. Wo waren die ganzen Sachen hin? Der Mantel, die Stiefel, die erlesene Garderobe? Cheral Rooney hatte gesagt, alles sei verpackt und abtransportiert worden. Aber wohin? Sicher hatte man die Kleidungsstücke in die Altkleidersammlung gegeben. Die Bücher und den Kleinkram ebenfalls. Doch was war mit dem Schmuck meiner Mutter passiert? Ich holte die Goldkreolen heraus, strich vorsichtig mit den Fingern darüber und fragte mich, ob meine Mutter passende Ketten und Armbänder besessen hatte. Und wo waren eigentlich die Eheringe meiner Eltern? Waren sie mit ihnen beerdigt worden, hatte jemand sie verkauft? Außerdem mussten sie ein Auto besessen haben. Vielleicht sogar eine Lebensversicherung. Minutenlang kreisten meine Gedanken um diese Fragen, dann schweifte mein Blick zu dem Häuschen, vor dem ich parkte. Dieses Haus hatte früher einmal Boone und Sadie Rawson Smith gehört. Wohin war der Erlös nach dem Verkauf geflossen?

Die Frage nach meinem Erbe war mir nie in den Sinn gekommen. Nichts hatte darauf hingewiesen, dass die Smiths vermögend gewesen wären, außerdem benötigte ich kein Geld. Dennoch, normalerweise machen Eheleute ein Testament, in dem sie sich gegenseitig als Begünstigten einsetzen. Andernfalls geht alles an die Kinder. Ich war die einzige Überlebende. Was war geschehen? Was passiert, wenn ein Paar ermordet wird, das Kind drei Jahre alt ist und von anderen Leuten aufgezogen wird, ohne seine Vergangenheit, geschweige denn seinen Nachnamen zu kennen?

Ich wusste nicht, wie man solchen Dingen auf den Grund ging, aber ich wusste, wer mir meine Fragen beantworten konnte. Jessica Yeo, die Rechercheurin von der Zeitung. Es war ihr Job, Informationen zu ermitteln und Menschen ausfindig zu machen. Außerdem kannte sie Atlanta vermutlich sehr gut. Ich holte mein Handy heraus und rief sie an.

»Wie seltsam«, sagte sie. »Ich wollte Sie gerade anrufen. Im Ernst, ich hatte schon den Hörer in der Hand, und da sehe ich plötzlich Ihre Nummer auf dem Display. Da ich Sie nun am Apparat habe – schreibt man Frannie mit ie oder mit y?«

»Wie bitte?«

»Ihre Mutter. Mrs Cashion. Buchstabiert man das F-R-A-N …«

»Oh. Mit ie. Warum fragen Sie?«

»Leland hat mich beauftragt, Ihren Hintergrund zu überprüfen.« Ich hörte schnelles Tippen und stellte mir vor, wie Jessicas blau lackierte Fingernägel über die Tastatur flogen. »Den Abschnitt über die Kugel finde ich übrigens sehr verwirrend. Haben sie das MRT zuerst bekommen oder die Röntgenaufnahme?«

»Das MRT. Aber hören Sie …«

»Ich wusste es!«, rief sie. »Man könnte doch meinen, er könnte sich die Reihenfolge merken. Wahrscheinlich war er zu beschäftigt damit, Sie anzuglotzen.«

Ich war baff. »Wow.«

»Sorry. Sorry, das habe ich nicht gesagt. Er ist mein Boss, genau genommen. Aber Sie sind eine Frau, und Sie sind am Leben, und damit gelten Sie in seinen Augen als potentielle Beute. Verdammt noch mal! Auch das habe ich nicht gesagt.«

»Ähm … sicher ist es sehr interessant, für so einen Mann zu arbeiten.«

Die Tippgeräusche verstummten. »Er hat Sie doch wohl nicht angemacht, während er Sie für einen Artikel interviewt hat?«

»Doch. Aber auf eine harmlose Weise.«

»Dieses Arschloch. Seine arme Frau. Aber Sie haben recht: Brett ist so harmlos, dass man sich nur schwer über ihn aufregen kann.« Sie tippte weiter. »Ich habe noch ein paar Fragen. Stimmt es, dass Sie seitdem nicht mehr in Atlanta waren? Seit 1979?«

»Das stimmt. Aber warten Sie mal. Ich habe Fragen an Sie. Gibt es eine Möglichkeit, die Sozialversicherungsnummern meiner Eltern zu ermitteln?«

»Ganz bestimmt. Warum?«

»Ich sitze gerade vor meinem ehemaligen Elternhaus im Auto und warte auf Ihren Fotografen, der sich, nebenbei bemerkt, verspätet hat. Und mir fiel ein, dass die Smiths ja dieses Haus besessen haben. Nach ihrem Tod wurde es verkauft, aber ich habe keine Ahnung, was mit dem Geld passiert ist.«

»Oh.« Jessica war sofort ganz Ohr. »Das gefällt mir. Meinen Sie, dass irgendwo ein hübsches Sümmchen für Sie deponiert wurde, das in der Zwischenzeit ordentlich Zinsen angesammelt hat?«

»Ich frage nicht aus Geldgier. Ich möchte einfach nur wissen, was mit den Sachen passiert ist. Wissen Sie, es wäre schön, wenn ich ein paar persönliche Gegenstände zurückbekommen könnte.«

»Ja, klar. Irgendwo muss der Eigentümer urkundlich aufgeführt sein. Man könnte nachschauen, wer das Haus im Namen Ihrer Eltern verkauft hat. Ich glaube, solche Dokumente liegen im Archiv des Fulton County.« Daran hatte ich noch gar nicht gedacht. »Wissen Sie, wie man an die herankommt?«

»Jawohl. Ich sage Ihnen was. Lassen Sie mich schnell den Artikel für Brett zu Ende schreiben. Und gleich morgen früh schnüffele ich ein bisschen herum.«

Ich atmete aus. »Das wäre wunderbar. Ich bezahle Ihnen die Arbeitsstunden. Und ich wäre dankbar, wenn das Ganze unter uns bleibt. Leland braucht nichts davon zu erfahren.«

»Kein Problem. Mal sehen, was ich finde. Das wird sehr interessant werden. So wie bei Watergate.«

»Watergate?«

»Sie wissen schon. Folgen Sie der Spur des Geldes.«

Will Zartman war völlig außer sich, als er mich endlich erreichte. »Gehen Sie denn nie ans Telefon?«, fragte er. »Oder sind es nur meine Anrufe, die Sie ignorieren?«

»Ich ignoriere Sie nicht! Ich bin den ganzen Tag durch die Gegend gelaufen und hätte Sie heute Abend zurückgerufen.«

»Caroline, ich habe Ihnen zwei Mal auf Band gesprochen. Ich habe mir Sorgen gemacht, Ihnen wäre etwas zugestoßen.«

»Es geht mir gut. Wirklich prima. Ich …«

»Nein, nein, das stimmt nicht. Deswegen versuche ich Sie zu erreichen.« Er räusperte sich. »Ich habe einen Termin bei Dr. Gellert vereinbart, dem Neurochirurgen. Er kann Sie am Freitagnachmittag dazwischenschieben. Das passt Ihnen doch, oder? Sie kommen doch morgen nach Washington zurück?«

»Ja.«

»Gut. Außerdem habe ich das Röntgenbild und die Bilder aus dem MRT einem Orthopäden gezeigt, den ich noch vom Medizinstudium kenne. Er kann verstehen, dass die Ärzte sich seinerzeit geweigert haben, das Projektil operativ zu entfernen. Es sitzt zu nah am Knochen und an vielen wichtigen Nerven.«

»Hört sich plausibel an.«

»Er hat mich jedoch gefragt, ob die Kugel gewandert ist. Er glaubt, dass Ihre Schmerzen im Handgelenk mit ziemlicher Sicherheit dadurch verursacht werden. Und die haben erst vor wenigen Monaten angefangen. Was bedeutet, dass das Metall auf eine andere Stelle drückt. Gibt es in Ihrer Familie Fälle von Osteoporose?«

»Will, um Gottes willen, Sie sollten es doch von allen am besten wissen. Ich habe keine Ahnung, welche Krankheitsfälle in meiner Familie vorliegen.«

Er schnappte nach Luft. »Oh ja. Natürlich. Ich frage das nur, weil sich der Körper im Laufe des Lebens verändert. Die Wirbel werden zusammengedrückt. Die meisten Leute verlieren pro Jahrzehnt etwa einen Zentimeter Körpergröße. Der Abbau beginnt Ende dreißig. Wie alt sind Sie genau?«

»Nicht alt genug für einen Buckel, vielen Dank auch.«

»Wenn Sie möchten, lese ich es in Ihrer Akte nach.«

»Siebenunddreißig«, sagte ich widerwillig.

»Nun, Sie sind noch jung, aber genau in diesem Alter fängt es an. Stellen Sie sich Ihre Bandscheiben als mit Gel gefüllte Kissen zwischen den Wirbeln vor. Im Laufe der Jahre verlieren diese Kissen an Feuchtigkeit. Wie ein Haus, dessen Mörtel langsam austrocknet.«

»Oh, das ist ein wunderschönes Bild. Mein Körper als altes Haus, kurz vor dem Zusammenbruch ...«

»So meinte ich das nicht. Ihr Körper mag vieles sein, aber alt und kurz vor dem Zusammenbruch ist er garantiert nicht.«

Ich hörte das Kompliment heraus. Ich errötete.

»Verzeihung, das war unangebracht«, sagte er nach einer Weile. »Ich muss mich entschuldigen. Ich weiß nicht, was ich mir dabei gedacht habe.« Er räusperte sich noch einmal und mit Nachdruck. »Ich habe den Faden verloren. Ich ... oh, ja. Ich wollte nur sagen, dass der Druck auf die Wirbelsäule das Problem ist. Wir müssen unverzüglich handeln. Mein Kollege hat vorgeschlagen, dass Sie ein Dreihundertsechzig-Grad-Röntgenbild anfertigen lassen, damit wir uns ein genaueres Bild machen können. Wann landen Sie morgen?«

»Das weiß ich noch nicht. Ich wollte den Flug heute Abend buchen.«

»Sie haben noch nicht einmal gebucht?«, fragte er misstrauisch.

»Doch, aber ich habe ein flexibles Ticket. Ich wusste ja nicht, wie lange ich hierbleiben muss.«

»Könnten Sie mir die Ankunftszeit mailen, sobald Sie Genaueres wissen?«

»Warum?« Nun war es an mir, misstrauisch zu sein.

»Weil wir«, gab Will zurück, »keine Zeit vertrödeln dürfen. In Ihrem Hals steckt ein Stück Metall. Ihre Symptome weisen darauf hin, dass es anfängt zu wandern. Ich will Ihnen ja keine Angst machen, aber Sie können das nicht einfach ignorieren. Haben Sie mich verstanden? Sie riskieren eine Querschnittslähmung.«

»Oh«, sagte ich kleinlaut.

»Ich wollte damit nur sagen«, fügte er in sanftem Tonfall hinzu, »dass das Risiko, nichts zu tun, das Risiko einer Operation ab einem gewissen Zeitpunkt übersteigt. Ich glaube, diesen Punkt haben wir bald erreicht.«

Sechzehn

Donnerstag, 17. Oktober 2013

Das Foto auf der Titelseite der *Journal-Constitution* war umwerfend.

Der Fotograf war eine halbe Stunde zu spät gekommen und hatte mit kreischenden Bremsen vor dem Haus gehalten. Er schimpfte über den Verkehr und die ungenaue Wegbeschreibung. Fluchend nahm er seine Kamera heraus und schob mich eilig auf Mrs Dorminys Rasen. Aber sein Timing war genial. Das Portrait schwamm in goldenem Licht. Meine vollen Lippen kamen gut zur Geltung, waren ein flammend roter Fleck auf blasser Haut. Die Perspektive hatte er so günstig gewählt, dass ich schlanker wirkte, als ich war, geradezu zierlich. Der Effekt war atemberaubend, selbst bevor man die Bildunterschrift las: »Caroline Cashion steht vor dem Haus, in dem sie bis zu ihrem dritten Lebensjahr mit ihren Eltern lebte …« Im Innenteil der Zeitung war das Röntgenbild abgedruckt, ein Ausschnitt, der die leuchtende Kugel in meinem Körper herausstellte.

Bretts Schilderung meiner Rückkehr nach Atlanta zu lesen erschien mir surreal. Er erzählte die Geschichte chronologisch, alle Fakten stimmten mehr oder weniger, und doch hatte dieser Artikel wenig mit mir zu tun. Ich fragte mich, ob Prominente sich so fühlen, wenn sie Berichte über sich in den Medien entdecken. An keinem einzigen Punkt hätte ich direkt widersprechen können, und doch war es, als würde ich die Biografie einer anderen lesen.

Brett hatte in jedem Fall recht behalten. Der Artikel brachte sofort Resultate. Zwei Anrufe. Der erste wurde von der Empfangsdame des Hotels in mein Zimmer durchgestellt, das Telefon neben meinem Bett klingelte.

»Hallo, Caroline?«, sagte eine tiefe Stimme.

»Ja?«

»Hier spricht Ethan Argenbright. Ich war ein Freund Ihres Vaters.«

»Oh. Hallo.«

»Verzeihen Sie, dass ich Sie zu so früher Stunde anrufe. Ich habe Ihr Bild in der Zeitung gesehen. Was für ein Schock.«

»Ist schon okay. Aber … woher haben Sie diese Nummer?« Ich war wütend auf Brett. Er hatte nicht das Recht, den Leuten zu verraten, wo ich mich aufhielt. Nicht, ohne mich vorher zu fragen.

Doch wie sich herausstellte, war der Mann von ganz allein darauf gekommen. »Ich hab es einfach erraten. In dem Artikel stand, Sie hätten dem Reporter im St. Regis ein Interview gegeben. Dort halten sich die Reporter der *Journal-Constitution* normalerweise nicht auf. Also bin ich einfach davon ausgegangen, dass Sie dort wohnen.«

»Ah, ich verstehe.«

»Ich habe mich immer gefragt, was aus Ihnen geworden ist. Die Polizei hat den Freunden der Familie damals nichts verraten. Was für eine Erleichterung zu erfahren, dass es Ihnen gut ergangen ist.«

»Vielen Dank. Woher kannten Sie die Smiths?«

»Wir haben zusammen Tennis gespielt. Wir waren im selben ALTA-Team. So heißt hier die Liga.«

»Ich wusste gar nicht, dass mein Vater Tennis gespielt hat.«

»Oh, doch. Boone war ziemlich gut. Er war sogar in der College-Mannschaft von Chapel Hill. Meistens haben wir uns abends getroffen, um ein paar Bälle zu schlagen, nach der Arbeit. Eine Zeitlang haben wir auch Doppel gespielt.«

»Und Sadie Rawson kannten Sie auch?«

»Selbstverständlich. Ein tolles Paar. Und sie waren so stolz auf Sie. Hören Sie, ich würde mich gerne mit Ihnen treffen, wenn Sie Zeit haben. Ich weiß ja nicht, wie lange Sie in Atlanta bleiben werden …«

»Eigentlich fliege ich heute nach Washington zurück.«

»Dann bin ich froh, Sie noch erwischt zu haben. Ich lebe in Brookhaven. Wie wäre es mit einem Frühstück? Ich könnte in einer Stunde in Ihrem Hotel sein.«

Ethan Argenbright schritt durch die Lobby, als gehörte ihm das ganze Hotel. Er war groß, breitschultrig und gelenkig, wie jemand, der immer noch regelmäßig auf dem Tennisplatz steht. Er trug einen dunklen Anzug und glänzende Manschettenknöpfe und passte wunderbar zu den Spesenrittern, die sich gerade über das Frühstück im St. Regis hermachten.

»Vielen Dank für dieses Treffen.« Er nahm meine Finger zwischen seine Hände und drückte sie kurz, bevor er sich setzte. »Ich wollte meinen Augen nicht trauen, als ich heute Morgen den Artikel entdeckt habe. Normalerweise lese ich die Zeitung erst nach dem Sport. Betsy – meine Frau – schaut früher als ich hinein. Aber heute Morgen war sie in aller Frühe mit dem Hund draußen, und als ich in die Küche kam, lag die Zeitung auf dem Tresen. Es verschlug mir den Atem.«

Er legte sich die weiße Leinenserviette auf den Schoß. Jetzt sah ich, dass er älter war, als er aus der Distanz wirkte. Er hatte graumeliertes Haar und ein aristokratisches Gesicht, sonnengebräunt und voller Falten. Er war mindestens fünfundsechzig, vielleicht sogar noch älter. Auch er musterte mich.

»Sie sehen ihr sehr ähnlich.«

Ich nickte. »Das habe ich schon gehört.«

»Nein, wirklich. Sie haben dasselbe Lächeln. Auch wenn Ihre Mutter kleiner war, geradezu zierlich.« Er ließ seinen Blick über mich schweifen, aber nicht lüstern wie Leland Brett. »Ihr Gesicht zu sehen ist geradezu verstörend. Sie wissen schon, weil es mich an Sadie Rawson erinnert. Eigentlich kannte ich sie gar nicht so gut. Und es ist lange, lange her. Aber die Ähnlichkeit ist unverkennbar.«

Der Kellner trat an unseren Tisch. »Guten Morgen, Sir. Madam.« Er zwinkerte mir zu. »Was darf ich Ihnen bringen? Die Süßkartoffelpancakes?« Meine Güte, diese Spitzenklassehotels waren unglaublich. Der arme Kellner musste seit gestern Dutzende von Gästen bedient haben, und trotzdem konnte er sich an meine Bestellung erinnern.

»Nein, danke. Heute nur etwas Joghurt mit frischen Früchten. Und … na ja, eine Portion Speck.«

»Wie Sie wünschen.« Er deutete eine leichte Verbeugung an. »Und für Sie, Sir? Darf ich Ihnen die Hummer-Frittata empfehlen? Serviert mit Kartoffelschnitzen und frischem Meerrettich …«

Argenbright, der kaum einen Blick auf die Speisekarte geworfen hatte, winkte ab. »Rührei, bitte. Mit einem Vollkornbagel, geröstet, ohne Butter. Und Sriracha-Sauce.«

»Sir …?«

»Sriracha. Die gibt es hier. Danke.« Argenbright wandte sich wieder mir zu und lächelte. »Um die Eier ein bisschen aufzupeppen.«

»Oh. Die muss ich auch mal probieren.«

»Ach, da fällt mir etwas ein. Wo wir gerade über Essen sprechen. Warum Sie mir so bekannt vorkommen. Sie sehen tatsächlich so aus wie Ihre Mutter, keine Frage, aber auch ein wenig wie diese Frau mit der Kochsendung. Diese Engländerin mit dem italienischen Aussehen. Die sich immer den Zuckerguss von den Fingern leckt.«

»Nigella Lawson?«

»Ja, genau die!«

»Ich weiß gar nicht mehr genau, wie sie aussieht. Sollte ich jetzt geschmeichelt oder beleidigt sein?«

»Oh, fühlen Sie sich geschmeichelt. Es hat schon seinen Grund, dass man sie ständig in Nahaufnahme zeigt. Betsy liebt diese Sendung. Aber ich vermute mal, dass Sie einem anderen Beruf nachgehen als Nigella. Sie sind Dozentin, richtig? Für französische Literatur?«

»Das stimmt. In Washington D.C. Und Sie? Sind Sie Pilot?«

»Pilot?« Er sah mich verwirrt an. »Oh, weil Ihr Vater Pilot war? Nein, wir kannten uns nicht von der Arbeit. Ich bin Rechtsanwalt. Versicherungsansprüche, Schlichtungsverfahren und so weiter.«

»Ich weiß, wovon Sie sprechen. Mein Vater und mein Bruder sind beide Rechtsanwälte.«

»Ihr Vater?« Er warf mir einen schiefen Blick zu.

»Damit meine ich natürlich den Mann, der mich aufgezogen hat. Thomas Cashion.«

»Natürlich, natürlich. In dem Artikel steht, dass Sie sich nicht mehr an Boone und Sadie Rawson erinnern können.«

»Nein, leider nicht.«

»Wahrscheinlich waren Sie einfach zu klein.«

»Ich dachte, dass mir hier vielleicht ein paar Sachen wieder einfallen, wenn ich mein Elternhaus sehe und so weiter.«

»Und, hat es funktioniert?«

»Bisher nicht. Im Zeitungsarchiv bin ich auf ein altes Foto meiner Eltern gestoßen, und der Anblick war einfach … schockierend, wenn Sie so wollen. Aber ich kann nicht behaupten, ich hätte sie wiedererkannt.«

»Hmm. Ich glaube, ich habe zu Hause noch ein paar Fotos von Ihrem Vater. Ich werde am Wochenende die Fotoalben durchforsten. Vielleicht finde ich ein paar schöne Bilder vom Tennis. Dann kann ich sie Ihnen mailen.«

»Das wäre sehr freundlich.«

»Und die Kugel?« Er dämpfte seine Stimme. »Sie wussten wirklich nichts, die ganze Zeit nicht?«

Ich schüttelte den Kopf.

»Sie Arme.« Er tätschelte meine Hand auf der weißen Tischdecke. »Was für eine Entdeckung, nach so langer Zeit. Das Röntgenbild ist unglaublich. Und es gibt keine Möglichkeit, das Ding operativ zu entfernen?«

»Die Ärzte sind sich nicht sicher.«

»Nun, falls Sie eine zweite Meinung einholen wollen – der beste Neurochirurg im ganzen Südosten der Vereinigten Staaten ist ein guter Freund von mir. Mike arbeitet drüben im Emory. Wenn Sie möchten, mache ich Sie miteinander bekannt.«

»Danke.«

»Sagen Sie einfach Bescheid. Es wäre mir ein Vergnügen. In Ihrer Lage sollte man sich nicht dem nächstbesten Landarzt anvertrauen. Wobei ich sicher bin, dass Sie in Washington in guten Händen sind?«

»Eigentlich habe ich mich darum noch nicht gekümmert«, sagte ich. »Ich hatte zu viel mit den Reisevorbereitungen zu tun. Und mit den ganzen Rest. Ich konnte mir über die Kugel kaum Gedanken machen.« Ethan Argenbright machte einen netten Eindruck, aber ich hatte keine Lust, meinen Gesundheitszustand oder mein Privatleben mit ihm zu diskutieren. Es war anstrengend genug, das Ganze mit mir selbst auszumachen.

Er bestand darauf, die Rechnung zu übernehmen. Beim Hinausgehen drückte er mir seine Visitenkarte in die Hand und versprach, sich zu melden. »Ich bin nicht bei Facebook und schreibe keinen Blog, weil ich von derlei Unsinn nichts halte. Wenn Sie irgendetwas brauchen, können Sie mich einfach anrufen. Meine Handynummer steht auf der Karte. Es wäre mir eine Ehre, Boones Tochter zu helfen.«

Mit dem Aufzug fuhr ich wieder in mein Zimmer hinauf.

Ich hatte einen Nachmittagsflug nach Washington gebucht. Morgen würde ich den Neurochirurgen treffen. Madame Aubuchon hatte eine Mail geschrieben und mich gefragt, ob ich am Freitagmorgen wie gewohnt unterrichten würde. Sie klang höflich, ließ aber keinen Zweifel daran, dass es auf diese Frage nur eine Antwort gab: Ja. Ich schrieb zurück, dass ich am Freitag in der Tat zurück sein würde.

Ich freute mich auf die Heimreise, auf mein normales Leben. Ich vermisste den Campus und die stillen Stunden in der Bibliothek. Hier gab es nichts weiter zu erfahren, und ich konnte nicht mit der Sache abschließen, was immer damit gemeint war. Aber es war seltsam tröstlich gewesen, an diesem Morgen Joghurt zu löffeln und Mr Argenbright zu lauschen, wie er die Rückhand meines leiblichen Vaters lobte. Angeblich hatte Boone den Schläger auf eigentümliche Weise geführt, die Hand so hoch am Schlägergriff, dass sie fast schon die Saiten berührte. Argenbright meinte, er hätte ausgesehen wie ein Betrunkener, der Luftgitarre spielt. Doch mein Vater hatte kräftige Topspins gespielt, die seine Gegner ratlos zurückließen. Ich liebte diese Geschichte. Nicht weil ich mir Gedanken um Boones Tennis gemacht hätte, sondern weil ich auf einmal das Bild eines echten Menschen vor mir sah. Dasselbe hatte ich gefühlt, als Cheral über die Backkünste von Sadie Rawson sprach. Es war eine Erleichterung für mich, Menschen zu treffen, die meine leiblichen Eltern persönlich gekannt hatten, als lustige, fehlbare, normale Menschen – nicht nur als Opfer einer Tragödie.

Ich überlegte fieberhaft, ob es eine Möglichkeit gäbe, meine leiblichen Eltern zu ehren. Sollte ich an eine Organisation spenden, die auch sie unterstützt hatten? Falls ich tatsächlich ein Erbe zu erwarten hätte, könnte ich es dorthin umleiten. Cheral würde wissen, ob Sadie Rawson sich für irgendetwas engagiert hatte. Ich hatte einen Plan, und das heiterte mich auf. Die letzten sieben Tage waren die Hölle gewesen, aber vielleicht lag das Schlimmste hinter mir.

Ich warf meine Klamotten in den Koffer und summte vor mich hin. *Sweet Emotion.* Aerosmith ist kaum zu übertreffen, wenn man eine Aufmunterung braucht. Steven Tylers fröhliches Kreischen ist zu ansteckend. Von wann war das Lied? Mitte der siebziger Jahre, schätzte ich. Sicher hatten die Radiosender es rauf und runter gespielt. Boone und Sadie Rawson hatten das Album vielleicht besessen. Vielleicht hatten sie es bei Partys gehört, während Boone dazu Luftgitarre spielte und seine Frau tanzte, bis ihr die Goldkreolen von den Ohren flogen. Ich musste grinsen.

Dann klingelte mein Handy.

Diesmal war es Leland Brett. In der Redaktion waren zahlreiche Anrufe für mich eingegangen.

»Da draußen gibt es ja so viele Spinner«, sagte er. »Eigentlich wundert mich das nach vierzig Jahren in meinem Beruf nicht mehr. Eine Lady hat behauptet, sie wäre Hellseherin und könnte Ihnen helfen, Ihre Eltern im Jenseits zu kontaktieren.«

»Ha! Das wäre praktisch.«

»Ja. So wie ein Lottogewinn, aber auch das wird nicht passieren, oder? Hören Sie. Da gibt es einen Typen. Er nennt sich Beamer Beasley.«

»Beamer Beasley?«

»Lachen Sie nicht, Schätzchen. Hier in Georgia ist das kein

ungewöhnlicher Name. Sein zweiter Vorname ist wahrscheinlich Bubba. Wie dem auch sei, er sagt, er wäre Polizist. Hat 1979 angeblich für das Morddezernat gearbeitet.«

»Warum hat er Sie angerufen?«

»Er sagt, er hätte den Fall Ihrer Eltern bearbeitet. Ich habe ihn durch Jessica überprüfen lassen. Er scheint glaubwürdig zu sein.«

»Und ... hatte er irgendwelche neuen Informationen?«

»Das weiß ich nicht. Er möchte nur mit Ihnen persönlich sprechen. Hat mich gebeten, das auszurichten.«

Ich warf einen Blick auf die Uhr. Bis zum Abflug blieben mir noch ein paar Stunden. Eigentlich hatte ich vorgehabt, ein paar Anrufe zu erledigen und dann spazieren zu gehen.

»Ich könnte ihn treffen.«

»Klar. Warum nicht? Ich mache Ihnen einen Vorschlag. Wie wäre es, wenn Sie ihn hier in der Redaktion treffen? Das ist doch neutraler Boden. Ich stelle Ihnen einen ruhigen Meetingraum zur Verfügung. Und danach lade ich Sie zum Mittagessen ein.«

»Auf gar keinen Fall. Danach muss ich sofort zum Flughafen, sonst verpasse ich meinen Flieger.«

»Treffen Sie ihn trotzdem hier.« Leland klang enttäuscht. »Vielleicht erklärt er sich zu einem Interview bereit, wenn Sie fertig sind. Dann könnte ich einen Artikel hinterherschieben.«

Eine Stunde später saßen Beamer Beasley und ich uns in einem kleinen Konferenzzimmer gegenüber.

Er war Afroamerikaner und schon älter, vielleicht Mitte siebzig, und hatte graues, krauses, kurz geschnittenes Haar. Das Alter hatte ihn rundlich werden lassen, und er ging etwas gebeugt. Aber sein Blick war hellwach. Beamer Beasley strahlte Ruhe aus. Man sah ihm an, dass er auf dieser Erde schon vieles gesehen, in die dunklen Abgründe der Menschheit geschaut hatte.

»Zwei Dinge wollte ich Ihnen mitteilen«, sagte er, nachdem wir Leland Brett endlich überzeugen konnten, uns allein zu lassen und die Tür zu schließen.

»Bitte.«

»Zunächst einmal tut es mir leid, dass ich Ihnen Unrecht getan habe. Nach allem, was Ihrer Familie zugestoßen ist, hatten Sie einen Anspruch auf Gerechtigkeit. Wir haben uns bemüht, aber wir sind gescheitert, somit habe ich Ihnen Unrecht getan.«

»Ich bin mir sicher, Sie haben Ihr Bestes gegeben ...«

Er hob die Hand, um mich zum Schweigen zu bringen. »Lassen Sie mich bitte ausreden. Wenn man so lange bei der Polizei ist wie ich, lernt man irgendwann, das Böse, mit dem man täglich zu tun hat, zu verdrängen. Man lernt, es im Büro zurückzulassen und an etwas anderes zu denken. Nur so komme ich morgens aus dem Bett. Aber manche Fälle ... manche Fälle lassen einen nicht mehr los. Die trägt man hier mit sich herum.« Er legte sich die Hand aufs Herz. »Ihren habe ich sehr lange mit mir herumgetragen. Ich hatte immer auf eine Chance gehofft, Ihnen das eines Tages sagen zu können. Ich möchte Ihnen sagen, wie leid es mir tut, und ich möchte Sie um Vergebung bitten.«

Tränen traten in meine Augen. Ich war aufrichtig gerührt. »Vielen Dank. Es war sehr mutig von Ihnen, hierherzukommen und mir das zu sagen.«

»Nein, es ist überhaupt nicht mutig. Ich hätte es Ihnen vor dreißig Jahren sagen sollen.«

»Nun, ich freue mich trotzdem.« Schweigend saßen wir da, ich beugte mich vor. »Darf ich Sie etwas fragen?«

»Natürlich.«

»Es hat mich verwundert, dass ... dass so ein Fall nie aufgeklärt wurde. Doppelmord, ein angeschossenes Kleinkind. Klingt nach einem dramatischen Verbrechen. Aber aus den Zeitungsartikeln zu schließen, haben Sie und Ihre Kollegen ziemlich früh aufgegeben.«

Er wand sich.

»Ich wollte nicht unhöflich sein.«

»Nein, es ist Ihr gutes Recht zu fragen. Wir haben nicht aufgegeben. Aber Sie müssen verstehen, was damals in dieser Stadt los war.« Er runzelte die Stirn und rutschte unruhig auf seinem Stuhl herum. »Haben Sie jemals von einem gewissen Marc Tetalman gehört?«

Ich schüttelte den Kopf.

»Wahrscheinlich kein Fall für die Geschichtsbücher. Er war Arzt und wegen einer Medizinerkonferenz in Atlanta. Er wurde von Räubern erschossen, die es auf seine Geldbörse abgesehen hatten. Das geschah wenige Wochen vor dem Tod Ihrer Eltern.«

Ich wartete.

»An dem Abend hatte ich Dienst. Wir haben seine Frau im Grady Hospital vernommen, als plötzlich der Chirurg herauskam und sagte, Tetalman sei gestorben. Es war ihr Hochzeitstag. Elf Jahre waren sie verheiratet gewesen. Nur deswegen waren sie an dem Abend unterwegs und nicht im Hotel.«

Traurig schüttelte Beamer Beasley den Kopf. »Der Tod von Marc Tetalman sorgte für einen Riesenskandal, weil der Mann weiß und wohlhabend war und alle sich Sorgen machten, der Ruf der Stadt könnte dauerhaft Schaden nehmen. Und so kam es dann auch. Ab da beschlossen die Ärzte, sich lieber in Houston oder Miami zu treffen. Ich konnte immer nur daran denken, dass Tetalman in dem Jahr das hundertzwölfte Mordopfer in Atlanta war. Hundertzwölf. Und er wurde im Juni ermordet, Mrs Cashion. Hundertzwölf Tote, und der Sommer hatte noch nicht einmal seinen Höhepunkt erreicht. Verstehen Sie, was ich Ihnen sagen will? Wir hatten es fast jeden Tag mit einem neuen Mordfall zu tun.«

Ich erinnerte mich an die Worte von Jessica. »Irgendjemand hat mir erzählt, Atlanta hatte die höchste Mordrate von allen Städten in Amerika.«

»Das stimmt. Nicht einmal Detroit kam an uns heran. Keiner wusste, warum. Und dann, gerade als wir dachten, es könnte nicht noch schlimmer kommen, wurden immer wieder kleine Jungs erwürgt.«

»Die Kindermorde.«

»Ja. Zusätzlich zu allem anderen hatten wir es plötzlich mit einem waschechten Serienkiller zu tun, der durch die Stadt schlich, schwarze Jugendliche ermordete, die Leichen in den Wäldern ablegte oder in den Fluss warf. Sie können sich das nicht vorstellen. Die Leute hatten Angst, ihre Kinder vor dem Haus Fahrrad fahren zu lassen. Und die Politiker schoben uns die Schuld zu. Der damalige Gouverneur sagte öffentlich, wir Polizisten sollten die Klappe halten und mehr Rückgrat beweisen. Genau das waren seine Worte. Ich werde es nie vergessen.«

Die Wut flammte in Beamer Beasleys dunklen Augen auf. »Das Schlimmste war, Gouverneur Sanders hatte recht. Ein paar schwarze Polizisten – nicht alle, aber ein paar – tuschelten, der Klan würde dahinterstecken, der Ku-Klux-Klan habe diese Kinder ermordet. Viele unserer weißen Kollegen quittierten ohne Vorankündigung den Polizeidienst. Und um das Ganze noch schlimmer zu machen, verhängte die Justiz einen Einstellungsstopp mit dem Argument, die Polizeibehörde sei rassistisch, die Einstellungskriterien seien rassistisch, und so durften wir eine Zeitlang keine neuen Kollegen einstellen. Sie können sich vorstellen, dass uns damit nicht geholfen war.«

Er blies die Backen auf und lehnte sich zurück. »Ich rede zu viel. Wahrscheinlich interessieren Sie sich nicht für die traurige Geschichte des Atlanta PD. Aber Sie haben gefragt, warum wir im Fall Ihrer Familie nicht weiter ermittelt haben, und ich kann es Ihnen nicht anders erklären.«

»Im Grunde haben Sie gesagt, dass die Stadt eine schlechte Phase hatte. Zu viele Mordfälle und zu wenige Polizisten.«

»Zu unserer Verteidigung muss ich sagen, dass wir es wirklich versucht haben. Ihr Fall hat damals viele Leute berührt, nicht nur mich. Ein junges Paar wird vor den Augen des eigenen Kindes erschossen. So etwas gab es nicht alle Tage, nicht mal 1979. Und ich sage es nur ungern, aber Ihre Eltern waren weiß, was bedeutete, dass ihr Tod die Leute mehr interessierte. Doch wir hatten keine Spuren. Keine Mordwaffe, keine Zeugen.«

»Außer mir.«

»Außer Ihnen. Aber ich vermute, Sie können sich nicht mehr an viel erinnern, außerdem waren Sie damals wohl nicht alt genug, um zu verstehen, was vor sich ging.«

Ich zögerte. Ich wusste nicht genau, ob ich seine Antwort auf meine nächste Frage wirklich hören wollte. Dann wiederum hätte ich vielleicht nur eine Chance, sie zu stellen. »Könnten Sie mir erzählen, was an jenem Tag genau passiert ist? Konnten Sie den Ablauf rekonstruieren? Ich möchte wissen, wie sie gestorben sind.«

»Hmm. Sind Sie sicher?«

»Ja, ich glaube schon.«

»Sobald man ein Bild einmal im Kopf hat, wird man es nicht mehr los. Ihre Eltern hatten keinen schönen Tod. Sie kennen doch die Umstände, oder? Vielleicht wäre es besser, sich nicht weiter damit zu beschäftigen.«

Wieder zögerte ich, dann fasste ich einen Entschluss. »Aber ich möchte es wissen.«

Die dunklen Augen suchten Blickkontakt. »Na gut, wenn Sie wollen. Ich hatte mich auf diese Frage gefasst gemacht. Ich habe die alten Protokolle noch einmal gelesen, bevor ich hergekommen bin, um meiner Erinnerung auf die Sprünge zu helfen.«

»Könnte ich eine Kopie dieser Protokolle haben? Wäre das möglich?«

»In Ordnung. Ich habe sie nicht dabei, aber ich kann sie Ihnen schicken.«

Ich biss mir auf die Lippe. »Aus der Zeitung weiß ich, dass sie in der Küche gestorben sind. Am späten Nachmittag.«

»Das stimmt. Die Nachbarn hörten Lärm und riefen die Polizei. Es gab keine Anzeichen dafür, dass jemand gewaltsam ins Haus eingedrungen ist. Die Kollegen, die als Erste vor Ort waren, mussten die Tür eintreten. Sie haben euch drei in der Küche auf dem Boden liegend gefunden.«

»Aber sie waren … meine Eltern waren schon tot, als die Polizei eintraf?«

»Wahrscheinlich sind sie auf der Stelle gestorben. Ihre Verletzungen ließen darauf schließen, und der Obduktionsbericht bestätigte die Vermutung. Sie haben nicht gelitten.«

»Das ist so seltsam«, murmelte ich, »dass ich überlebt habe und sie nicht. Ich meine, auf alle drei von uns wurde geschossen, drei Schüsse aus derselben Waffe. Man hätte doch meinen können, dass es anders ausgeht, immerhin war ich kleiner und schwächer. Lag es … an der Art der Schussverletzung?«

Beamer Beasley sah mich an. »Ich habe eben gesagt, ich wollte Ihnen zwei Sachen sagen.«

»Ja, das stimmt.«

»Wir nähern uns gerade der zweiten.« Auf einmal wirkte er fest entschlossen. »Und Sie sind sicher, dass Sie es hören wollen?«

»Ja.«

»Dann werde ich Ihnen jetzt Schritt für Schritt darlegen, wie es sich abgespielt hat. Hören Sie mir einfach nur zu, und danach beantworte ich Ihre Fragen, so gut ich kann.«

»Ja. Sicher.«

»Wir glauben, dass Ihr Vater als Erster erschossen wurde. Das konnten wir aus seiner Position auf dem Boden schließen. Wahrscheinlich hat er versucht, seine Familie zu schützen. Vielleicht hat er sich zwischen Sie und den Schützen gestellt, deswegen wurde er zuerst getroffen.«

Ich erschauderte und holte tief Luft. Dann nickte ich Beamer Beasley zu.

»Wie Sie vielleicht wissen«, fuhr er fort, »starb Ihr Vater durch einen Kopfschuss. Aus nächster Nähe, höchstens drei Meter. Ein glatter Durchschuss. Die Kugel trat am Hinterkopf wieder aus und blieb im Türrahmen stecken. Der Täter hat sie aus dem Holz entfernt und mitgenommen. Das Holz war zersplittert, weil er ein Loch hineingehackt hat.«

Ich runzelte die Stirn. »Klingt nicht nach einem Einbrecher, der wahllos irgendwo einsteigt.«

»Wie meinen Sie das?«

»Die Zeitungsartikel, die Leland Brett damals geschrieben hat.« Ich zeigte auf die geschlossene Tür, hinter der die Redaktion lag. »Er hat einen Polizisten zitiert, der von einer Zufallstat sprach, von einem missglückten Einbruch. Aber wäre ein überraschter Einbrecher nicht in Panik geflohen?«

»Anstatt in aller Ruhe eine Kugel aus dem Holz zu holen?«, beendete Beamer Beasley meinen Gedanken. »Das stimmt allerdings, das ist seltsam. Aber die Menschen sind seltsam. Sie tun alles Mögliche, auch wenn es unlogisch erscheint.«

»Jedenfalls haben Sie die Kugel nie gefunden?«

»Nie.«

»Und meine Mutter. Sie wurde auch getroffen?«

»Ja«, sagte er vorsichtig. »Auch sie hat versucht, Sie zu schützen, und sich auf Sie geworfen.«

Tränen traten mir in die Augen, und ich sprach mit belegter

Stimme weiter. »Dann … dann hat der Mann sie erschossen und sie zur Seite gezogen, um mich zu töten? Welcher Mensch wäre zu so etwas fähig? Welcher Mensch erschießt ein Paar und zielt dann auf ein hilfloses dreijähriges Kind?«

»Nein, Mrs Cashion.« Beamer Beasley beugte sich vor und ergriff meine zitternden Hände. »Es gab keine dritte Kugel. Die Kugel, die ihre Mutter getötet hat, war ebenfalls ein Durchschuss.«

»Ich … ich verstehe nicht ganz.«

»Sie haben nur deswegen überlebt, weil das Geschoss mit verminderter Wucht in Ihren Körper eingedrungen ist. Ihre Mom hat Ihnen das Leben gerettet. Sie hat die Kugel verlangsamt.«

Ich blinzelte.

Ich brauchte einen Moment, um zu begreifen, was er mir sagen wollte. Dann traf mich die Erkenntnis mit voller Wucht, und ich umklammerte meinen Hals und krallte verzweifelt meine Finger hinein.

Siebzehn

Eine Tigerin in der Wildnis verteidigt ihre Jungen bis aufs Blut. Sie greift jedes Tier an, auch wenn es viermal größer ist als sie, und nimmt es notfalls mit einem ausgewachsenen Männchen auf. Wenn sie spürt, dass ihre Kinder in Gefahr sind, fängt sie zu knurren an, legt die Ohren an und fletscht die Zähne. Diese Fratze ist das Letzte, was der Angreifer in seinem Leben zu sehen bekommt.

Menschenmütter verfügen über dieselben Instinkte. Die meisten von uns wissen instinktiv, dass unsere Mutter wie eine Tigerin um uns kämpfen und ihr Leben opfern würde, um unseres zu retten. Doch es ist eine Sache, es zu glauben, und eine ganz andere, wenn man erfährt, dass sie es tatsächlich getan hat.

Beamer Beasley hielt meine Arme mit aller Kraft fest und drückte sie nach unten, damit ich mir nicht den Hals zerkratzte. Er war doppelt so alt wie ich, doch immer noch kräftig. Und ich hatte ihm wenig entgegenzusetzen. Kurz wehrte ich mich, dann sackte ich in mich zusammen.

Die Kugel fing wieder an zu pochen. Ein brennendes, glutheißes Pochen in Nacken und Schultern. Es war nicht zu glauben: dieselbe Kugel. Dasselbe Stück Metall, das durch Sadie Rawsons Brustkorb geschossen war, durch ihr Herz, bevor es mich erreichte.

»Ich will sie herausreißen«, wimmerte ich.

»Ich weiß.« Beamer Beasley hielt mich aufrecht und forderte mich auf, ruhig und gleichmäßig zu atmen.

Nach und nach verlangsamte sich meine Atmung. Als ich

wieder sprechen konnte, fragte ich: »Was war das Zweite, das Sie mir sagen wollten? Bitte nicht noch mehr. Mehr halte ich nicht aus.«

»Das Schlimmste haben Sie bereits gehört.« Er reichte mir ein Taschentuch, ich schnäuzte mich.

»Vielen Dank. Es tut mir leid, dass ich die Nerven verloren habe.«

»Sie brauchen sich nicht zu entschuldigen.«

»Es ist nur so, wann immer ich denke, das Schlimmste hinter mich gebracht zu haben, kommt eine neue Enthüllung und haut mich um. Die Kugel in meinem Nacken hat meine Mutter umgebracht? Das ist … das ist … ich weiß nicht mal, was das ist.«

»Teuflisch.«

»Teuflisch. Ja, das ist es.« Ich zitterte. Der Schmerz schoss in mein Handgelenk, und ich drückte den rechten Arm an die Brust und hielt ihn mit der linken Hand fest, wie ein Vogel mit gebrochenem Flügel. Es tat so weh, dass ich mich krümmte.

»Mrs Cashion.« Er betrachtete mich von der Seite. »Ich muss Sie etwas fragen. Hat Ihre Rückkehr nach Atlanta irgendwelche Erinnerungen ausgelöst? Der Anblick Ihres Elternhauses? Meine Beschreibung des Verbrechens?«

»Nein. Nichts. Dabei habe ich darauf gehofft.«

»Vermutlich wäre das ohnehin kein Beweis, vor Gericht, meine ich. Aber ich wollte Sie trotzdem fragen.«

Mir kam ein Gedanke. »Waren Sie einer der Detectives, die mich befragt haben, als ich auf der Intensivstation lag?«

»Ja.« Seine Stimme klang leise und gefasst. »Es war herzzerreißend. Ein kleines Mädchen, über und über von Verbänden bedeckt. Die Ärzte wollten uns von Ihnen fernhalten, doch wir hatten unsere Arbeit zu erledigen. Ich habe nicht selbst mit Ihnen gesprochen. Wir hatten eine Kinderpsychologin, eine junge Frau, die auf traumatisierte Kinder spezialisiert war. Wir durften während des Gesprächs dabei sein.«

»Und … was habe ich gesagt?«

»Oh, Sie wollten nicht sprechen. Sie waren ein Kleinkind, hatten ja ohnehin gerade erst zu sprechen angefangen. Ich habe Sie kein einziges Wort sagen hören. Aber wir haben gehofft, Sie könnten sich an das Aussehen des Mannes erinnern. Die Psychologin hat Ihnen Fotos gezeigt, und Sie haben auf eins getippt. Sie hat die Fotos gemischt, und Sie haben wieder getippt – auf dasselbe. Aber als wir zwei Tage später eine Gegenüberstellung organisierten, haben Sie sich geweigert, ihn zu identifizieren. Sie wollten auf niemanden zeigen.«

Ich überlegte. »Woher wussten Sie, welche Fotos Sie mir zeigen sollten? Waren die zufällig ausgewählt? Oder gab es einen Tatverdächtigen?«

»Mehrere. Wir haben einen Mann verhört, der bei Ihren Eltern die Dachrinne saubergemacht hat. Er konnte für den Nachmittag kein Alibi vorweisen. Wie sich herausstellte, hat er sich in einer Bar betrunken, wollte seiner Frau jedoch nichts davon sagen.« Beamer Beasley zuckte die Achseln. »Vielversprechender war der Einbrecher, der ein paar Häuser in Ihrer Nachbarschaft ausgeräumt hatte. Wir haben ihn dabei erwischt, wie er Tafelsilber und Schmuck verkaufen wollte, die er aus einem Haus an der Cantrell Road gestohlen hatte.«

»Die Theorie vom Raubüberfall.«

»Genau. Und es hat tatsächlich Schmuck gefehlt. Offenbar besaß Ihre Mutter eine bestimmte Kette, die sie niemals ablegte. Die war verschwunden. Wir haben sie nie gefunden. Aber … wir konnten diesem Typen nicht nachweisen, dass er überhaupt in Ihrem Haus gewesen war.«

Verwirrt schüttelte ich den Kopf. »Auf welches Foto habe ich gezeigt?«

»Es gab … die Nachbarn haben eine Aussage gemacht. Sie haben uns einen Tipp gegeben.«

»Welche Nachbarn? Die Rooneys?«

Beamer Beasley runzelte die Stirn. »An den Namen kann ich mich nicht erinnern. Sie war Lehrerin. Hat nebenan gewohnt.«

»Das war Cheral Rooney. Ich habe sie gestern kennengelernt.«

Er sah mich argwöhnisch an. »Was hat sie gesagt?«

»Kein Wort von einem Verdächtigen. Sie hat erzählt, wie es in dem Viertel damals aussah, wie meine Mutter so war. Sie hat mir ein Paar Ohrringe von ihr gegeben.«

»Aha. Nun, sie hatte damals den Eindruck – tut mir leid, wenn das jetzt ein weiterer Schock für Sie ist –, sie hatte den Eindruck, dass Ihre Mutter eine Affäre hatte. Und sie war der Meinung, dass wir den Betreffenden verhören sollten. Das haben wir getan, und wir dachten tatsächlich, es wäre eine Spur, immerhin hatten Sie auf sein Foto gezeigt. Aber wir konnten ihm nichts nachweisen.«

Diese Information musste ich erst einmal verarbeiten. »Stimmte das? Hatte sie eine Affäre?«

»Wer weiß?« Beamer Beasley zuckte die Achseln. »Er hat alles abgestritten, es gab keine Beweise. Vielleicht stimmte es, vielleicht auch nicht. Vielleicht hatte diese Nachbarin einfach etwas gegen Ihre Mutter. Vielleicht war sie eifersüchtig. Frauen können ganz schön rachsüchtig sein. Verzeihung, wenn ich das so sage.«

»In der Zeitung stand, Sie hätten einen Verdächtigen verhaftet und wieder freigelassen. War das …«

»Nein, nein, wir haben nie jemanden festgenommen. Wir haben den Mann befragt und laufen lassen. Er hatte ein Alibi, es war wasserdicht. Und wir hatten keine Beweise, keine Indizien. Wir durften ihn nicht länger festhalten.«

Es nieselte, als ich aus dem Redaktionsgebäude kam. Ich zog mir die Jacke über den Kopf und lief zu meinem Mazda. Durchnässt und außer Atem stieg ich ein, drehte die Heizung auf und schaltete die Scheibenwischer ein. Sie waren alt und quietschten, als sie über die Scheibe hoppelten. Alle zwei Sekunden erhaschte ich einen Blick auf die graue Welt da draußen, bevor der Regen aufs Neue gegen die Windschutzscheibe klatschte. Ich konzentrierte mich auf die Scheibenwischer, benutzte sie als Metronom. Ganz ruhig. Tief atmen. Alles wird gut. Selbst das Pochen in meinem Nacken zwang ich, sich an den Rhythmus zu halten. Quietschen, pochen, atmen. Nicht nachdenken. Quietschen, pochen, atmen.

Ich weiß nicht, wie lange ich dort saß und durch die beschlagenen Fenster nach draußen starrte. Ich musste mich wirklich beeilen, wollte ich meinen Flug noch erwischen. Doch ich brachte nicht einmal genug Energie auf, den Motor zu starten. Als das Pochen ein erträgliches Maß erreicht hatte, drehte ich mich um, fischte mein Handy aus der Handtasche und rief Martin an.

»Schwesterherz! Wie geht es dir? Wo bist du? Immer noch in Atlanta?« Seine Stimme klang so vertraut, so unbeschwert, wie aus einer anderen Welt.

»Ja«, sagte ich niedergeschlagen. »Immer noch in Atlanta. Ich bin …«

»Würdest du mir bitte einen Gefallen tun und Mom anrufen? Sie macht sich furchtbare Sorgen, weil du dich seit gestern nicht mehr gemeldet hast.«

»Klar, mache ich. Ich habe hier jede Menge um die Ohren.«

»Im Ernst. Ruf sie an. Hör mal, kann ich dich gleich zurückrufen? Ich habe einen Investor auf der anderen Leitung, wir wollen diese Woche zum Vertragsabschluss kommen.«

»Martin.« Ich presste mir das Handy ans Ohr. »Drück ihn weg und unterhalte dich mit mir.«

»Ja, okay, aber er sitzt in Abu Dhabi. Wir müssen seine Immobilien in Manhattan refinanzieren. Ich spreche hier von hunderten von Millionen Dollar in …«

»Weißt du, ich habe keine Ahnung, wovon du sprichst. Bitte.« Meine Stimme wurde brüchig. »Ich … du musst mir sagen, was ich tun soll.«

Martin ist zu sehr großer Bruder, um eine solche Bitte zurückzuweisen. Immer schon bewies er mir und Tony gegenüber ein geradezu elterliches Verantwortungsgefühl. Es schien sich wunderbar zu ergänzen mit der Schadenfreude, mit der er uns ärgerte und quälte (mit Tony prügelte er sich manchmal sogar). Ich stellte mir vor, wie er sich nun aufrichtete und in den »Ich bin dein großer Bruder, was kann ich für dich tun«-Modus umschaltete.

Außer dass sich mein Problem nicht so einfach aus der Welt schaffen ließe.

Er hörte geduldig zu, als ich ihm von dem Gespräch mit Beamer Beasley erzählte.

»Wow«, murmelte er.

»Ja.«

»Was für eine verrückte Vorstellung, dass die Kugel in deinem Hals dieselbe ist, die …« Er unterbrach sich. »Eigentlich ist das einfach nur grausam. Es ist … du lieber Gott. Ich habe keine Worte.«

»So etwas Ähnliches habe ich auch gesagt.«

»Aber glaubst du nicht, dass sich die Kugel möglicherweise herausoperieren lässt? Du hast doch einen Termin beim Chirurgen, oder?«

»Ich soll morgen hin. Will hat den Termin für mich gemacht.«

»Wer ist Will?«

»Mein Hausarzt.«

»Und du nennst ihn beim Vornamen?«, fragte Martin misstrauisch. »Wie alt ist er?«

»Keine Ahnung. Um die vierzig.«

»Verheiratet?«

»Martin, du meine Güte!«

»Beantworte meine Frage. Verheiratet?«

»Ich glaube nicht.«

»Ich wusste es. Erzähl mir bloß nicht, dass er nur schwarze, enge Jeans trägt und Kette raucht, Gitanes. Wo tust du diese Typen bloß immer auf?«

»Sehr lustig. Falls du mich damit aufheitern wolltest: Es klappt nicht.«

»Nein, überhaupt nicht, weit davon entfernt. Ich frage mich allerdings, ob Dr. Sprockets schon Techno tanzen mit dir war?«

Ich musste lächeln. »Glaub mir, er ist nicht der Typ für enge Jeans.«

»Heißt er Dieter?«

»Martin! Er fährt einen Jeep und hört am liebsten Johnny Cash.«

»Aha! Dann kennst du sein Auto? Beifahrersitz oder Rücksitz?«

»Würdest du mir bitte mal zuhören?«, sagte ich empört. »Er ist nicht mein Freund. Ich möchte mich mit dir über ein ernstes Thema unterhalten, und …«

»Na gut. Möchtest du wissen, was ich an deiner Stelle tun würde?«

»Es tut mir leid, dich überhaupt gefragt zu haben, aber bitte sehr. Schieß los.«

»Ich finde, du solltest deinen Hintern ins nächste Flugzeug schaffen und nach Hause kommen und zu diesem Chirurgen gehen. Der, bei dem Dr. Sprockets dich angemeldet hat. Ich persönlich hätte das vor der Reise erledigt, aber bitte sehr. Geh und mach einen Termin und lass die Kugel rausoperieren. Und ruf vorher noch bei Mom an, verdammt.«

Ich seufzte. »Ich weiß. Es ist nur ... ich dachte, ich hätte hier unten alles erledigt, doch auf einmal habe ich das Gefühl, dass das nicht stimmt. Versetz dich in meine Lage. Seit heute Morgen habe ich mehr über meine Eltern erfahren als in den letzten vierunddreißig Jahren.«

»Über deine *leiblichen* Eltern.«

»Wie bitte?«

»Über deine leiblichen Eltern. Nicht deine Eltern. Denn das sind Mom und Dad.«

»Natürlich«, sagte ich sanft. »Meine leiblichen Eltern. So habe ich das gemeint. Aber darum geht es mir nicht. Ein ganzes Leben habe ich gedacht, wir hätten die perfekte Kindheit gehabt ...«

»Hatten wir auch.«

»Nein. Du und Tony vielleicht. Du wirst mir doch wohl darin zustimmen, dass meine auch ihre Schattenseiten hatte.«

»Klar, aber was soll ...«

»Würdest du mir bitte erst zuhören, bevor du anfängst, dich zu verteidigen? Ich habe nur gesagt, ich habe immer geglaubt, ich hätte eine idyllische Kindheit in Washington verbracht, und jetzt stellt sich heraus, dass alles nur ein Trugbild war. Und dann komme ich nach Atlanta und ... ich glaube, ich hatte es mir einfach anders vorgestellt. Dass meine leiblichen Eltern ein Bilderbuchleben führten, eine glückliche Ehe, dass sie viel zu früh aus dem Leben gerissen wurden. Und jetzt kommt heraus, dass das möglicherweise gar nicht stimmte.«

»Warum nicht? Weil sie vielleicht eine Affäre hatte?«

»Ja.«

»Wen kümmert das schon? Wen kümmert es, dass sie kein Engel war? Ich möchte ja nicht grob klingen, aber ist das letztlich nicht egal?«

Er hatte recht, doch ich regte mich trotzdem auf. Ich rang um die richtigen Worte. »Dieser Polizist hat gesagt, sie hätte sich auf mich geworfen. Sie wollte mich beschützen.«

»Nun, offensichtlich ist es ihr gelungen.«

»Ja, aber was, wenn sie mich vor einer Bedrohung schützen wollte, die sie selbst ins Haus gelassen hatte? Verstehst du denn nicht, Martin?«

»Nein.«

»Die Nachbarin hat der Polizei erzählt, sie hätte meinen Vater betrogen, sie sollten den Mann verhören, mit dem sie schlief. Und angeblich habe ich auf das Foto von diesem Mann gezeigt. Falls es stimmt, und falls es irgendwie mit der Schießerei in Verbindung steht ... ja, dann hat sie mich beschützt«, sagte ich verbittert. »Wie eine Habichtmutter ihre Küken vor der Schlange beschützt, die sie selbst ins Nest geschleppt hat.«

Achtzehn

Cheral wirkte überrascht, als ich abermals vor ihrer Haustür stand.

Nach dem Telefonat mit Martin hatte ich einen Blick auf die Uhr geworfen und gesehen, dass ich es mit Mühe und Not noch zum Flughafen schaffen würde. Das wäre das Vernünftigste. Mein Bruder hatte recht: Ich sollte nach Hause fliegen, meinen Nacken untersuchen lassen und die Vergangenheit abhaken. Aber das ging nicht. Noch nicht. Ich ließ den Motor an, fuhr vom Parkplatz hinunter, bog in Richtung von Cherals Haus ab und trat aufs Gaspedal.

Vom Auto aus rief ich zweimal in Washington an. Der erste Anruf galt meiner Mom, nur um ihr zu versichern, dass ich noch am Leben war. Danach rief ich Will Zartman an, dem ich sagen wollte, dass ich den Nachmittagsflug leider nicht erwischen würde. Seine Reaktion fiel ungewöhnlich verhalten aus. Er protestierte nicht und fragte auch nicht nach meinen Gründen, sondern wollte lediglich wissen, wie es mir gehe und ob ich neue Schmerzmittel bräuchte. Er legte auf, noch bevor ich mich verabschiedet hatte. Wie seltsam. Hatte ich sein Verhalten fehlinterpretiert? Wie er mein Haar berührt hatte, der Kommentar zu meiner Figur. Ich war sicher gewesen, dass bei ihm mehr dahintergesteckt hatte. Doch nun hatte er vollkommen desinteressiert geklungen.

Cheral hingegen war hocherfreut, mich zu sehen.

»Caroline!« Sie zog mich ins Haus. »Kommen Sie rein, kommen Sie rein. Sie sind ja klatschnass.« Sie trat einen Schritt zurück und musterte mich von oben bis unten. »Ich hätte nicht gedacht, Sie so schnell wiederzusehen. Ich dachte, Sie wären längst wieder abgereist. Warten Sie, ich koche Ihnen einen Kaffee. Oder, nein, Sie trinken lieber Tee, nicht wahr?«

»Cheral. Vergessen Sie die Getränke. Kommen Sie.« Ich ging in das Wohnzimmer vor, in dem wir am Vortag gesessen hatten.

»Haben Sie den Artikel über mich in der Zeitung gelesen?«

Sie nickte.

»Offenbar waren Sie nicht die Einzige. Jemand hat mir etwas über meine Mutter erzählt, das ich nicht wusste. Ein sehr unschönes Detail. Er hat gesagt, dass sie vor ihrem Tod möglicherweise eine Affäre hatte.«

Cheral erstarrte. »Wer hat Ihnen das gesagt?«

»Einer der Polizisten, die damals nach dem Doppelmord ermittelt haben. Er hat gesagt, Sie hätten das behauptet und die Polizei darüber informiert. Ist das wahr?«

Sie warf mir einen unergründlichen Blick zu. »Ist das jetzt nicht egal? Wie kam er überhaupt darauf?«

»Weil ich nach möglichen Tatverdächtigen gefragt habe. Und, stimmt es?«

Verstimmt schürzte sie die Lippen. »Nun, ich verstehe nicht, wieso der Polizist nach so langer Zeit wieder davon anfängt. Was hat er davon, wenn er das Ansehen Ihrer Mutter beschmutzt? Möchten Sie die Wahrheit wissen? Sadie Rawson war wunderschön, sie hatte Humor, sie hat Sie geliebt. Alles, was ich Ihnen erzählt habe, entspricht der Wahrheit. Und mehr brauchen Sie nicht zu wissen, Caroline.«

Ich beugte mich vor, berührte ihr Knie. »Ich danke Ihnen. Das ist sehr nett. Aber ich möchte lieber die ganze Geschichte hören, selbst den unangenehmen Teil.«

Cheral starrte an die Decke und murmelte: »Ach, ich weiß auch nicht, was richtig ist.«

»Hören Sie, Sie haben selbst gesagt, das sei jetzt egal. Aber nun, da ich schon einmal hier bin und nachfrage, habe ich eine Antwort verdient, meinen Sie nicht?«

Cheral zögerte kurz, bevor sie antwortete. »Ich kannte Ihre Mutter nicht vor ihrer Heirat. Aber ich kannte den Typ Frau, Sie bestimmt auch. Man wusste gleich, dass sie auf jedem Schulball die Schönste war, und auch im College musste sie ein Dutzend Heiratsanträge bekommen haben, bevor sie sich für Ihren Vater entschied. Sie strahlte das einfach aus, verstehen Sie? Wie einen Zauber.«

Ich nickte.

»Ich war ehrlich gesagt geschmeichelt, dass sie meine Freundin sein wollte. Natürlich lag es nur daran, dass wir Nachbarinnen waren. Ihre besten Freundinnen kannte sie noch aus dem College. Die meisten lebten inzwischen in North Carolina, nur sie war hier in Atlanta geblieben und saß mit einem Baby zu Hause fest.«

»Und dieser andere Mann?«, unterbrach ich sie, damit sie endlich auf den Punkt kam.

»Es war, als könnte sie damit nicht aufhören«, sagte Cheral und ignorierte meine Frage. »Sie war es einfach gewohnt, dass die Männer sie umschwärmten wie Motten das Licht. Wenn wir vier – Rick und ich und Ihre Eltern – auf eine Party gingen, tanzte und flirtete sie jedes Mal wie verrückt. Sie war erst zufrieden, wenn alle anwesenden Männer sich zumindest ein kleines bisschen in sie verliebt hatten. Gegen sie war Scarlett O'Hara ein Mauerblümchen, das können Sie mir glauben.«

»Sie war noch jung.«

»Sie war alt genug, um zu heiraten und ein Kind zu bekommen. Sie war alt genug, es besser zu wissen.« Cheral stieß einen Seufzer aus. »Sadie Rawson hat Sie sehr geliebt, wirklich. Sie war so hübsch, als sie schwanger war. Sie hat sich unbedingt ein Mädchen gewünscht. Nähen konnte sie ebenso schlecht wie backen, Gott weiß, aber sie hat tatsächlich ein paar Kleider zustande gebracht. Roter und weißer Baumwollstoff mit schicken roten Rüschen an der Taille. Eins für die Mutter und eins für die Tochter, damit Sie im Partnerlook aus dem Haus gehen konnten. Noch bevor sie überhaupt wusste, ob sie ein Mädchen bekommt! Doch Sadie Rawson bekam immer, was sie wollte.«

Die Verbitterung in Cherals Stimme war nicht zu überhören. »Verwundert es Sie zu hören, dass die Schwangerschaft bei ihr kaum Spuren hinterließ? Ein paar Minuten nach der Geburt schien sie schon wieder die alte Figur zu haben. Und ich weiß auch nicht genau, wann, aber irgendwann, Sie begannen gerade zu laufen, fing sie etwas mit Tank an.«

»Tank!?«

»In der Highschool war er der Footballstar gewesen. Er war bekannt dafür, seine Gegner zu überrollen wie ein Panzer, daher der Spitzname.« Cheral Rooney verdrehte die Augen. »Er und Sadie Rawson flirteten wie verrückt. Sicher hat Tanks Ehefrau getobt vor Eifersucht. Aber dann, nach einer Weile fiel mir auf, dass Sades ihn demonstrativ ignorierte. Wenn wir gemeinsam ausgingen, würdigte sie ihn keines Blickes und redete kein Wort mit ihm.«

»Und daraus haben Sie geschlossen, dass zwischen den beiden etwas lief?«

»Sie schien das Ganze für ein Spiel zu halten«, sagte Cheral verächtlich. »Eine Affäre zu haben war für sie nur ein lustiger Zeitvertreib. Sie machte sich gar nicht klar, dass es … falsch war, dass sie andere Menschen damit verletzte.«

Deshalb also der bittere Unterton, der mir aufgefallen war. Cheral Rooney hatte meine Mutter dabei beobachtet, wie sie ihren Mann betrog, und sich darüber geärgert. Vielleicht hatte sie das Gefühl gehabt, mich und meinen Vater beschützen zu müssen. Oder sie war eifersüchtig, wie Beasley es angedeutet hatte.

»Und Sie sind sicher, dass mehr dahintersteckte? Mehr als ein Flirt?«, bedrängte ich sie.

»Ach, Schätzchen. Sie hatte sich verliebt. Sie war diskret, aber manchmal sah ich sein Auto in der Einfahrt. Er fuhr immer dicht ans Haus heran, damit man das Auto von der Straße nicht bemerkte. Aber von meinem Fenster im Obergeschoss konnte ich das Grundstück Ihrer Eltern einsehen.«

Ich stellte mir vor, wie Cheral stirnrunzelnd am Fenster stand. Sicher hatte ich damals in meinem Bettchen gelegen und geschlafen. Was sich im Schlafzimmer meiner Mutter derweil abspielte, wollte ich gar nicht wissen. »Haben Sie ein Foto von ihm? Ich möchte wissen, wie er aussah.«

»Irgendwo vielleicht.« Cheral Rooney zuckte die Achseln. »Unsere alten Fotoalben haben wir eingelagert. Ich wollte die alten Kisten immer schon ausräumen.«

Ich dachte nach. »Was ist mit Boone? Hat er davon gewusst?«

»Ich bin mir nicht sicher, aber ich glaube es nicht. Tanks Auto tauchte nur auf, wenn Ihr Vater auf Langstreckenflügen war. Und Sadie Rawson redete mit niemandem darüber, nicht einmal mit mir; erst nachdem sie es beendet hatte.«

»Beendet? Sie meinen, sie hat Schluss gemacht?«

Cheral Rooney nickte. »Irgendwann kam sie zur Vernunft und beschloss, wieder Schwung in ihre Ehe zu bringen. Das muss man ihr lassen.«

Ich empfand tiefe Erleichterung. Ich weiß nicht, warum es mir so wichtig war, doch ich war unglaublich froh, dass meine Mutter sich am Ende für ihren Ehemann entschieden hatte und sie vielleicht doch noch glücklich geworden waren.

»Sie hatte schreckliche Angst«, fuhr Cheral fort, »nur deswegen hat sie sich mir anvertraut. Sie war krank vor Sorge.«

»Sie hatte Angst? Vor wem?«

»Vor Tank! Er wollte mit ihr durchbrennen. Er wollte, dass sie Boone verlässt, so wie er seine Frau verlassen wollte, und mit ihr neu anfangen. Aber Sadie Rawson wollte das nicht. Sie konnte ja so starrsinnig sein, Ihre Mutter. Als sie sich endgültig von ihm trennte, drehte er durch.«

»Inwiefern? Hat er damit gedroht, Boone alles zu erzählen?«

»Oh, nein, es war noch viel schlimmer. Er hat sie geschlagen. Er war, wie der Name schon sagt, ein riesiger Kerl.«

»Er hat sie geschlagen!?«

»Da erst hat sie sich mir offenbart. Sie kam rüber und setzte sich in meine Küche und hat geweint und geweint. Sie wusste nicht, was sie tun sollte. Ich sagte zu ihr, wie man sich bettet« – bei diesen Worten stieß sie ein trauriges Lachen aus –, »so liegt man. Aber sie hatte furchtbare Angst.«

Mir wurde übel.

»Ich habe so oft darüber nachgedacht. Ob ich etwas hätte tun können. Ob ich irgendjemanden hätte einweihen müssen. Aber ich glaube, nicht einmal Sadie Rawson selbst hat damit gerechnet, dass er ihr ernstlich etwas antun würde.«

Ich runzelte die Stirn. »Sie haben gesagt, er hätte sie geschlagen. Das reicht doch schon.«

»Er hat damit gedroht, sie umzubringen«, flüsterte Cheral. »Tank hat gesagt, bevor er sie verliert, bringt er sie um. Und dann war sie tot.« Tränen liefen über ihre Wangen. »Sie war tot, und ich wusste, er hatte Wort gehalten.«

Neunzehn

Atlanta ist von einer Ringstraße umgeben. Wie der Beltway in Washington trennt sie die Innenstadt von den umliegenden Vororten. In Atlanta heißt diese Straße I-285. Die Einheimischen nennen sie den Ring. Als ich vor drei Tagen bei Hertz meinen Mietwagen abgeholt hatte, hatte der Angestellte mir geraten, den Ring im Berufsverkehr zu meiden wie die Pest.

»Unglaublich, dass eine sechzehnspurige Schnellstraße verstopfen kann, aber so ist es nun mal«, fügte er hinzu. »Nehmen Sie lieber die Georgia 400. Andernfalls werden Sie Ewigkeiten im Stau stehen und würden sich am liebsten die Pulsadern aufschneiden.«

Ich hatte seinen Rat zur Kenntnis genommen.

Aber als ich jetzt auf dem Rückweg von Cheral war, fuhr ich kurzerhand auf die Interstate 285. Ich wollte einfach in einem Stau stehen und über nichts nachdenken müssen. Eigentlich war es mir egal, wo ich war, Hauptsache, ich verfiel nicht ins Grübeln. Immer noch versuchte ich das Gehörte zu verdrängen und reihte mich in den Verkehrsstrom ein, der sich – der Mitarbeiter hatte recht gehabt – kaum vorwärtsbewegte.

Während ich den Ring einmal umrundete – zwei Stunden im dichten Nachmittagsverkehr –, klarte sich mein Verstand auf. Es reichte. Ich hatte dem Phantom lang genug hinterhergejagt. Ich könnte versuchen, diesen Tank ausfindig zu machen, ihn zur Rede zu stellen und zu fragen, was an jenem Nachmittag passiert war. Aber was würde das bringen? Ich würde Boone und Sadie Rawson nicht zurückbekommen. Was ihnen, was *mir* zugestoßen war, war unfassbar. Ich würde eine lange Zeit brauchen, über den Schock hinwegzukommen, dass ich Sadie Rawsons Gesicht in der Zeitung gesehen hatte. Ich ähnelte ihr wie ein Ei dem anderen, konnte mich aber nicht an sie erinnern. Es reichte. Es war höchste Zeit, nach Hause zurückzukehren.

Es dämmerte schon, als ich die zweite Runde um die Stadt fast hinter mich gebracht hatte. Der Tank war leer, und ich brauchte etwas zu trinken.

Aus reiner Gewohnheit fuhr ich zum St. Regis zurück. Ich hatte am Morgen ausgecheckt und überrascht festgestellt, dass Ethan Argenbright meine Hotelrechnung beglichen hatte. Drei Nächte plus (bei der Vorstellung, dass er die Quittung gesehen hatte, krümmte ich mich zusammen) eine gigantische Rechnung für meine Cheeseburger-Orgie. Nach dem Frühstück heute Morgen musste er noch einmal mit gezückter Kreditkarte an die Rezeption zurückgekehrt sein. Er hatte eine handschriftliche Nachricht für mich hinterlassen.

Caroline,
es war mir ein Vergnügen, Sie kennenzulernen. Ich möchte nicht aufdringlich sein, aber Betsy und ich würden Sie liebend gern zum Essen einladen, wenn Sie das nächste Mal in Atlanta sind. Ich glaube, dass Boone über Sie wacht und froh ist, dass seine Freunde sich um sein kleines Mädchen kümmern.

Herzlich
Ihr Ethan

Was für ein netter Mensch. Kein Wunder, dass Boone ihn gemocht hatte. Und aufgrund seiner Großzügigkeit kostete mich meine Reise nun nur noch einen Bruchteil der veranschlagten Kosten. Ich konnte mir eine weitere Nacht im Hotel leisten und mich ausruhen und am nächsten Morgen in aller Frühe nach Washington zurückfliegen.

Die elegante Lobby war fast menschenleer, nur wenige Gäste lungerten herum, irgendwo klimperte ein Klavier. Ein vertraut aussehender Kofferträger übernahm mein Gepäck. Auf einmal blieb ich wie angewurzelt stehen. Schaute ein zweites Mal hin. Spürte mein Herz klopfen.

Vor den Aufzügen stand Will Zartman.

Wir starrten einander wortlos an.

Zögerlich hob Will die Hand und winkte.

Ich ging auf ihn zu. »Was wollen Sie denn hier?«

»Hallo, Caroline. Wie schön, Sie zu sehen.« Er lächelte mich an.

Auf Höflichkeiten hatte ich keine Lust. »Was tun Sie hier?«, fragte ich noch einmal.

»Ich habe mir Sorgen gemacht. Am Telefon haben Sie furchtbar geklungen.«

»Tatsächlich? Nun, ich hatte einen anstrengenden Tag. Ich … Sie klangen nicht besonders interessiert, als ich angerufen habe.«

»Ich war interessiert.« Seine Stimme klang entschlossen und schüchtern zugleich. »Ich dachte, ich kriege Sie nur nach Washington zurück, indem ich herkomme und Sie persönlich zurückschleife.«

»Sie wollen mich zurückschleifen? Und deswegen sind Sie einfach ins Flugzeug gestiegen?«

»Sie müssen diesen Chirurgentermin morgen unbedingt wahrnehmen, Caroline. Oder wir suchen uns hier einen Neurologen.«

Ich starrte ihn ungläubig an. »Wie haben Sie mich gefunden?«

»Sie haben mir selbst gesagt, wo Sie wohnen. Haben Sie das

vergessen? Heute Nachmittag habe ich versucht, Sie zu erreichen und Sie über meine Anreise zu informieren. Aber Sie sind natürlich wie üblich nicht ans Handy gegangen.«

»Aber ich habe heute Morgen ausgecheckt. Woher wussten Sie, dass ich spontan zurückkommen würde?«

Er zuckte die Achseln. »Reiner Zufall. Wo sonst hätten Sie sein sollen?«

»Nun ja. Das ist … das war unglaublich nett von Ihnen. Aber müssen Sie nicht arbeiten? Sich um Ihre Patienten kümmern?«

»Hören Sie, wenn Sie möchten, drehe ich mich auf der Stelle um und verschwinde.« Er klang verletzt.

»Nein, so meinte ich das nicht, ich …«

»Abgesehen davon ist es tatsächlich mein Job, mich um meine Patienten zu kümmern«, fügte er gereizt hinzu. »Und Sie glauben ja gar nicht, wie hilfreich es ist, wenn diese Patienten sich an meine Ratschläge halten. Um Ihnen nur ein Beispiel zu nennen, wenn ich dem renommiertesten Chirurgen von Washington einen Termin abringe, wäre es nett, wenn meine Patientin hingeht, anstatt mich auflaufen zu lassen, meinen medizinischen Rat zu ignorieren und sich absolut rücksichtslos zu verhalten.«

Ich hob beide Hände. »Erwischt.«

»Und um auf die Eingangsfrage zurückzukommen: Freitags habe ich keine Sprechstunde. An dem Tag schreibe ich. Auch donnerstagnachmittags empfange ich keine Patienten. Aber vielen Dank, dass Sie mitdenken und sich Sorgen um meine Praxis machen.«

»Okay, okay. Es tut mir leid.«

Er trat einen Schritt zurück, verschränkte die Hände vor der Brust und betrachtete mich halb wütend, halb verlegen. »Und normalerweise fliege ich auch nicht durch die Gegend, um ungehorsame Patienten einzufangen. Aber Sie … Sie haben geklungen, als wären Sie in Schwierigkeiten. Ich fühle mich verantwortlich.«

»Verantwortlich? Warum? Was soll das heißen, Sie …«

»Ich habe es verbockt. Ich habe Sie mit einer Schiene nach Hause geschickt. Ich hätte Sie ernst nehmen und vor Monaten ein MRT anordnen sollen. Ich wäre nicht überrascht, wenn Sie mich wegen Quacksalberei verklagen. Aber ich möchte es wiedergutmachen, und da bin ich also.«

»Da sind Sie.«

Wir standen einander verlegen gegenüber. Sollte ich mich jetzt bei ihm bedanken? Ihm die Hand schütteln? Ihn umarmen? Ganz offensichtlich ging das hier über ein normales Arzt-Patient-Verhältnis hinaus. Aber was für ein Verhältnis hatten wir eigentlich? Die Worte hingen unausgesprochen zwischen uns.

»Haben Sie Hunger?«

»Mein Gott, und wie«, sagte ich, erleichtert darüber, dass er die Stille durchbrochen hatte. Und ich hatte tatsächlich Hunger. Seit dem Frühstück mit Ethan Argenbright hatte ich nichts mehr gegessen. »Und einen Drink könnte ich auch brauchen.«

Er sah sich um. »Wo ist die Bar?«

»Das weiß ich nicht genau. Oben gibt es ein Restaurant, aber … wissen Sie, ich bin jetzt seit drei Tagen hier und habe immer nur im Hotel gegessen. Ich habe beim Zimmerservice bestellt. Würde es Ihnen was ausmachen, wenn wir woanders hingehen?«

Der Rezeptionist hatte ein paar Tipps für uns, zwei Restaurants in der Nähe, ein schickes, das Sushi servierte, und ein Steakhaus. Wahrscheinlich bekam er Prozente für jeden Hotelgast, den er vorbeischickte. Als ich erklärte, ich bräuchte nichts Besonderes und hätte Lust auf eine ordentliche, eiskalte Margarita, empfahl er uns das Georgia Grille.

»Bestellen Sie die Jalapeño Poppers«, sagte er. »Vertrauen Sie mir.«

Eine Viertelstunde später sah es so aus, als hätten wir einen großen Fehler begangen.

Noch nie hatte ich ein Restaurant gesehen, das so wenig einladend wirkte wie das Georgia Grille. Es stand gegenüber einem gesichtslosen Einkaufszentrum zwischen einer Schnellreinigung und einem Parkplatz. An der schmutzigen Putzfassade prangte eine Neonreklame. »Was hat er sich bloß dabei gedacht? Der Laden sieht schlimm aus.«

»Ja«, sagte Will. »Wenn es von innen so schrecklich ist wie von außen, sollten wir in das Steakhouse gehen.«

Er öffnete die Tür, und wir hielten blinzelnd auf der Schwelle inne. Sobald unsere Augen sich an das schummrige Licht gewöhnt hatten, beschlossen wir zu bleiben. Der Laden war rammelvoll. Am hinteren Ende befand sich ein dunkler Holztresen. Überall brannten Kerzen. Es duftete nach frittiertem Schweinefleisch und frischen Tortillas. Einen größeren Kontrast zu dem abweisenden Äußeren des Ladens hätte es nicht geben können.

Wir setzten uns an die Bar. Ich zog meine Jacke aus und schaute mich um.

»Sie sehen aus, als könnten Sie ein paar Margaritas vertragen«, sagte der Barmann und beobachtete uns aufmerksam.

»Sie können wohl Gedanken lesen?«

»Wollen Sie auch was essen? Wollen Sie die Karte sehen, oder soll ich Ihnen einfach etwas empfehlen?« Er tunkte zwei umgedrehte Cocktailgläser in Salz. »Das Beste auf der Karte sind die Hummer-Enchiladas.«

»Das nehme ich«, sagte Will.

»Ich muss mich korrigieren. Das Beste auf der Karte, außer donnerstags. Und heute ist Donnerstag, glaube ich. In dem Fall sollten Sie die Cowboy-Shrimps bestellen.«

»Ich weiß nicht«, sagte ich, »ich bin kein großer Fan von Shrimps.«

»Dicke, saftige Babyshrimps auf einem Bett aus Maisgrütze mit Speck, weißen Bohnen und Spinat …«

»Ich nehme alles zurück. Zu Speck sage ich nicht nein.«

»Schlaues Mädchen.«

»Oh, und die Jalapeño – wonach sollten wir fragen?« Ich warf Will einen Blick zu. »Die Fritten?«

»Die Poppers.« Der Barmann stellte uns die Drinks hin. »Selbstverständlich.«

Es ging mir schon besser. Seltsam, wie schnell eine große Margarita und die Aussicht auf ein gutes Essen meine Laune verbessern können. Ich leerte meine Margarita in zwei großen Zügen und bestellte eine weitere.

Will zog die Augenbrauen hoch. »Das war wohl bitter nötig.«

»Wie ich schon sagte, es war ein sehr anstrengender Tag.«

»Aber halten Sie sich vom Rye Whiskey fern. Nicht dass es mir etwas ausmachen würde, Sie über die Schulter zu nehmen und zum Hotel zurückzutragen.«

Ich tat so, als sei ich verärgert. Will war groß und hatte breite Schultern und hätte keinerlei Probleme, mich ins Hotel zurückzutragen. Und heute Abend sah er unverschämt gut aus. Er trug einen beigen Kaschmirpullover und Bootcut-Jeans von Levi's.

»Darf ich Ihnen eine persönliche Frage stellen?«, fragte ich.

»Äh, klar.«

»Haben Sie jemals schwarze, eng anliegende Jeans besessen?«

»Skinny Jeans? Sie meinen, wie die Teenies in den Einkaufszentren sie tragen?«

Ich lachte. »Genau.«

»Nein. Ich muss zugeben, dieses Stück fehlt in meiner Garderobe. Warum fragen Sie?«

Der Tequila hatte meine Blutbahn erreicht. Ich lächelte Will an. »Nur so.«

Verwundert sah er mich an und räusperte sich. »Hören Sie, Caroline. Auf das Risiko hin, mich lächerlich zu machen … darf ich Ihnen etwas sagen? Ich habe das vorhin ernst gemeint. Wenn Sie möchten, verschwinde ich und belästige Sie nie wieder. Okay? Ich möchte Ihnen auf keinen Fall zu nahe treten, besonders nicht, da Sie im Moment so große Probleme haben. Und weiß Gott, ich kann in meinem Leben nicht noch mehr Ärger brauchen. Aber … ich mag Sie wirklich gern. Ehrlich, seit längerem schon.« Er blickte mir in die Augen. »Ich möchte Ihnen helfen, wenn Sie das erlauben.«

Seine Worte berührten mich.

»Ja, das fände ich schön. Und ich … ich bin froh, dass Sie hergekommen sind.« Ich hatte es ausgesprochen, ohne nachzudenken, aber es war die Wahrheit. Auf einmal glühten meine Wangen, und verlegen fuhr ich mit den Fingern über den Glasrand und leckte mir das Salz von den Fingerspitzen.

»Sie werden rot.«

»Das stimmt nicht.«

Er versuchte, sein Grinsen zu verbergen. »Auch gut. Themenwechsel. Möchten Sie mir von Ihrem Höllentag erzählen?«

»O je, das war der längste Tag meines Lebens«, seufzte ich. »Das Telefon hat geklingelt, noch bevor ich aus dem Bett stieg. Zuerst dieser Mann, der mit meinem Vater Tennis gespielt hat. Mit Boone, meine ich. Und dann hat mich dieser Polizist angerufen …«

»Warten Sie, warten Sie. Warum haben diese Leute Sie angerufen? Woher wussten sie …«

»Wegen des Artikels.«

Will sah mich verständnislos an.

Die »*Journal-Constitution* hat ein Porträt über mich gebracht, weil ich nach Atlanta zurückgekommen bin. Es war heute auf der Titelseite.«

»Sie waren auf der Titelseite einer Zeitung? Im Ernst?«

»Ja.«

»Du lieber Gott, dann muss ich am Flughafen dran vorbeigelaufen sein.«

»Nun, jeder andere in Atlanta hat es anscheinend gesehen.« Ich schilderte Will meine Begegnung mit Beamer Beasley in der Redaktion und was er mir über den Doppelmord erzählt hatte. Schließlich kamen wir auf die Kugel zu sprechen.

Will wurde bleich und berührte meine Hand. »Was für eine furchtbare Entdeckung.«

»Ja. Ich … am liebsten hätte ich sie mir an Ort und Stelle aus der Haut gekratzt.« Ich erschauderte.

»Das ist verständlich.«

Wir schwiegen beide. Auf einmal atmete Will laut ein. »Erzählen Sie mir noch einmal ganz genau, was dieser Polizist über die Kugel wissen wollte. Als er sich erkundigt hat, ob Sie Schmerzen haben.«

»Da war nichts weiter, glaube ich.« Ich runzelte die Stirn und dachte angestrengt nach. »Wir sind zusammen nach unten gegangen, und er wollte wissen, ob ich Schmerzen habe. Ob ich je daran gedacht habe, sie chirurgisch entfernen zu lassen.«

Will warf mir einen eindringlichen Blick zu. »Sie wissen, warum er das gefragt hat? Offenbar hat Ihr Fall ihn jahrelang beschäftigt. Er konnte ihn nie aufklären. Kein Wunder, dass er Sie treffen wollte.«

»Wovon reden Sie?«

»Er hat gesagt, es gäbe keine Beweise, richtig? Meinen Sie denn nicht, die Polizei würde die Kugel nur zu gern in die Finger kriegen? Man könnte dann ermitteln, aus welcher Schusswaffe sie abgegeben wurde. Vielleicht würde man sogar die

Waffe finden; ich weiß nicht genau, wie das funktioniert. Aber der Polizist hat gesagt, dass der Mörder die Kugel, die ihren Vater getötet hat, mitgenommen hat, richtig? Und auf die andere hatte die Polizei keinen Zugriff, denn sie steckte im Körper eines Kindes – in Ihrem Körper, Caroline. Sie tragen das Beweisstück mit sich herum.«

Der Gedanke, dass die Kugel ein forensisches Beweismittel sein könnte, war mir nie gekommen. Schließlich hatte ich schon genug damit zu tun zu verarbeiten, dass sie den Körper von Sadie Rawson durchschlagen hatte.

»Glauben Sie, er wollte mich nur aus diesem Grund treffen?«, fragte ich. »Um herauszufinden, ob die Möglichkeit besteht, sie herauszuoperieren?«

Will zuckte die Achseln. »Keine Ahnung. Aber stellen Sie sich vor, Sie wären in seiner Lage. Sie schlagen die Zeitung auf, und der Fall, der Sie ein Leben lang verfolgt hat, lacht Ihnen von der Titelseite entgegen. Er muss sich an seinem Kaffee verschluckt haben. Natürlich wollte er danach fragen. Steht in dem Artikel, dass die Kugel intakt ist und immer noch in Ihrem Hals steckt?«

Ich sackte zusammen. »Ja. Sie haben sogar ein Foto vom Röntgenbild abgedruckt.«

»In der Zeitung?«, fragte Will entgeistert.

»Sie wollten einfach nur beweisen, dass ich mir das Ganze nicht ausgedacht habe!«

»Okay, okay.« Er atmete tief durch. »Um Ihre Frage zu beantworten, ich habe keine Ahnung, ob die Polizei von Atlanta in der Lage oder interessiert ist, einen über dreißig Jahre alten Fall neu aufzurollen. Doch dieser Polizist scheint ein großes Interesse an Ihnen zu haben, oder?«

»Er wollte auch wissen, ob mein Besuch in der Stadt irgendwelche Erinnerungen zu Tage gefördert hat.«

»Ja. Das wäre die zweite Frage, die ich Ihnen an seiner Stelle gestellt hätte.«

»Ich habe verneint.«

»Und da ist wirklich nichts? Nicht einmal, als Sie vor Ihrem alten Haus standen?«

Ich schüttelte den Kopf. »Einen Moment lang … ich meinte, mich an einen Lichtschalter erinnern zu können, und er war tatsächlich dort, neben der Treppe zum Dachboden. Aber sonst nichts, nichts über meine Familie oder wie sie umkam.«

»Darüber bin ich ehrlich gesagt froh. Dass Sie das Ganze nicht ein zweites Mal durchleben müssen.« Ich hatte den rechten Unterarm auf den Tresen gelegt, und er schob seinen dicht daneben. Wir berührten uns kaum, aber als er mich streifte, bekam ich eine Gänsehaut.

»Was macht Ihr Handgelenk?«

»Wie immer«, stammelte ich.

»Ich habe gesehen, dass Sie es kreisförmig massieren, ungefähr so. Hilft das?« Vorsichtig zeichneten seine Finger kleine Kreise auf meinen Puls.

Ich nickte und schloss die Augen. Der Raum fing an, sich zu drehen.

Seine Finger massierten weiter, ein bisschen fester.

Ich bekam kaum noch Luft. »Sie sind nicht mein Typ.«

»Wie schade,« erwiderte Will. »Du bist auch nicht mein Typ, wenn du es genau wissen willst.«

Mühsam öffnete ich die Augen. »Nicht? Warum nicht?«

»Nun, eigentlich halte ich mich von Frauen fern, bei denen der Metalldetektor piept.«

Ich lächelte, und er lächelte zurück.

Dann verlagerte er sein Bein, bis es das meine berührte. Hüfte an Hüfte, Knie an Knie saßen wir da. Ich spürte seine harten Muskeln unter dem Jeansstoff, die Wärme seiner Haut.

Später schob er mich in einer dunklen Ecke des Parkplatzes in einen Türeingang. Mit der einen Hand streichelte er meinen Nacken, mit der anderen zeichnete er langsam kleine Kreise auf meine Bluse, um die Brustwarzen herum. Er ließ sich Zeit. Langsam, noch langsamer. Seine Finger streichelten mich, bis mir schwindlig wurde und ich zu stöhnen anfing. Bis das Pochen in meinem Körper zum ersten Mal seit vielen Tagen nicht von meinem Nacken ausging.

Zwanzig

Freitag, 18. Oktober 2013

»Guten Morgen, Madam.«

Zum Frühstück begrüßte uns mein Kellner. Er beäugte mich und Will misstrauisch, als wüsste er nicht genau, was er von uns halten sollte. Ich warf einen Blick auf meine Uhr; es war noch nicht einmal sieben. Vielleicht war das Restaurant noch geschlossen. Will hatte mich vor einer halben Stunde geweckt und darauf bestanden, dass wir sofort zum Flughafen fuhren, um vielleicht noch einen Platz in einem Flieger nach Hause zu bekommen. Ich hatte zugestimmt, unter der Bedingung, dass wir vorher im Hotelrestaurant frühstückten.

Schließlich drehte der Kellner sich um, bedeutete uns, ihm zu folgen, und führte uns zu einem abgelegenen Tisch hinter einer riesigen Topfpflanze. Mit einer eleganten Geste reichte er uns die Speisekarten. »Die Küche hat gerade erst den Betrieb aufgenommen. Möchten Sie frisch gepressten Orangensaft, Joghurt oder Pancakes?«

Ich lächelte. Der Mann kannte meine Frühstücksgewohnheiten, und ich wusste nicht einmal seinen Namen. Ich nahm mir vor, ein ordentliches Trinkgeld zu hinterlassen. »Die Pancakes, bitte. Sie haben ein erstaunliches Gedächtnis.«

»Vielen Dank. Ich meine mich zu erinnern, dass Sie Würstchen dazu nehmen?«

Ein ordentliches Trinkgeld. »Das stimmt, vielen Dank.«

»Sehr gut. Was ist mit Ihrem … Begleiter?« Wieder dieser misstrauische Blick.

»Nur Kaffee und Toast. Vollkorn, bitte«, sagte Will.

Der Kellner nickte, sah mich an, zögerte. Dann, als könnte er nicht anders: »Erwarten Sie noch einen der anderen Herren zum Frühstück?«

Ich brauchte eine Sekunde, um zu begreifen. Selbst in Luxushotels wie dem St. Regis wurde das älteste Gewerbe der Welt betrieben. Ich war an drei Tagen hintereinander jeweils mit einem anderen Mann zum Frühstück erschienen. Und fraglos war Will und mir anzusehen, dass wir eine Nacht mit viel Sex und wenig Schlaf verbracht hatten. Der arme Kellner vermutete wahrscheinlich, ich wäre eine Edelprostituierte, die darauf bestand, sich von ihren Freiern am nächsten Morgen zum Frühstück einladen zu lassen.

»Die anderen Herren?«, fragte Will, sobald der Kellner sich entfernt hatte.

»Mach dir keine Gedanken.«

Er zog die Augenbrauen hoch und verkniff sich einen Kommentar. »Was macht dein Hals?«, fragte er stattdessen.

»Alles wunderbar.« Es entsprach fast der Wahrheit.

»Dein Handgelenk?«

Ich bewegte die Hand hin und her. »Wie immer, es schmerzt.«

Er griff über den Tisch nach meinem Arm, um ihn umgehend zu untersuchen. Als er meine Hand erst in die eine und dann in die andere Richtung drehte, verspürte ich einen stechenden Schmerz.

»Aua. Ich habe doch gesagt, dass es weh tut.«

»Ich möchte nur sehen, wie weit du es drehen kannst.« Er ließ meine Hand los und zeichnete einen kleinen Kreis auf mein Handgelenk. »Ist das besser?«

»Lass das, sonst müssen wir wieder nach oben.«

»Wo du mir noch einmal zeigen könntest, wie erstaunlich gelenkig der Rest deines Körpers ist.«

Ich gab ihm einen Klaps mit meiner gesunden Hand. »Psst!«

»Sorry«, sagte er und wirkte überhaupt nicht zerknirscht. »Also.« Er trommelte mit den Fingern auf die Tischplatte. »Es ist eine Schande, dass wir nach Washington zurück müssen. Ich hätte mir zu gern das Turner Field angesehen.«

»Was ist das?«

»Du meine Güte! Da spielen die Braves. So heißt das Baseballteam hier in Atlanta.«

Ich unterdrückte ein Gähnen. »Die sind ganz gut, oder?«

»Ja, die sind nicht schlecht«, antwortete Will eifrig. »Haben eben in ihrer Liga gewonnen.«

»Und nicht auch die World Series?«, fragte ich, nur um irgendetwas zu sagen.

»Ob sie in diesem Jahr die World Series gewonnen haben?«, wiederholte Will, lehnte sich zurück und starrte mich ungläubig an. »Das glaube ich jetzt nicht. Die World Series läuft noch gar nicht. Sie fängt nächste Woche an. Heute Abend spielen die Cards gegen die Dodgers, in St. Louis. Und morgen findet in Boston ein Spiel in der amerikanischen Liga statt, Red Sox gegen die Tigers. Ein wichtiges Spiel. Wie kann man so etwas nicht wissen?«

»Aber ist Baseball nicht eher ein Sommersport? Ist die Saison nicht längst zu Ende?« Diesmal konnte ich ein Gähnen nicht unterdrücken. Baseball. Johnny Cash. Wie viele Themen gab es denn noch, die diesen Mann zum Leben erweckten und mich zu Tode langweilten?

Will starrte mich an, als wäre ich ein Alien vom Mars. »Bist du überhaupt Amerikanerin? Oder musstest du dich einer Gehirnwäsche unterziehen, bevor du als Französischprofessorin zugelassen wurdest? Und welche Hobbys sind dir noch gestattet? Käse-Wettessen? Schneckenrennen?«

»Die Franzosen sind ganz hervorragende Fußballer. Und sie

haben Tennis. Und die Formel 1. Und … warte mal … *pétanque.*«

»Was zum Teufel soll das sein?«

»Du weißt schon, es sieht aus wie Boule. Man hat Metallkugeln und versucht, sie so nah ans kleine Bällchen zu spielen wie möglich, an das *Schweinchen.*«

Will schnaubte. »Stimmt, klingt atemberaubend.«

»Ach, du bist unmöglich.«

»Ich sage dir was. Wie wäre es, wenn wir, sozusagen als Bildungsprogramm für dich, zusammen die World Series schauen? Am Mittwoch findet das Eröffnungsspiel statt. Ich könnte dir alles erklären, die Spielregeln und so weiter.«

»Wow. Das klingt … verlockend.« Im Laufe der vergangenen Jahre haben meine Brüder vergeblich versucht, mir die Baseballregeln näherzubringen. Sie besitzen Dauerkarten für die Nationals, Washingtons beliebteste Mannschaft. Hin und wieder – genau genommen, sobald ich vergessen habe, wie qualvoll es ist, neun Innings über sich ergehen zu lassen – überreden sie mich, sie zu begleiten. Tony kauft das Bier, Martin versucht zum x-ten Mal, mir den Unterschied zwischen Pitcher und Batter zu erklären. Ich muss ihn dann daran erinnert, dass ich mir nicht einmal den Unterschied zwischen Left Fielder und Right Fielder merken kann. Die einzige für mich nützliche Information ist, dass sich vor Block 109 eine Bude von Ben's Chili Bowl befindet, wo es leckere geräucherte Würstchen gibt.

»Dann sind wir für Mittwoch verabredet?«, fragte Will.

»Klar, sicher. Aber nicht in einer Sportsbar. Bei dir zu Hause?«

»Nein. Bei dir.«

»Abgemacht.« Ja, das war noch besser. Ich könnte etwas kochen. Ich müsste immer noch Baseball schauen, aber wenigstens würde ich etwas Gutes zu essen bekommen.

»Ich werde Scorecards mitbringen, damit wir die Statistiken verfolgen können.«

»Treib es nicht zu weit.«

Grinsend stand er vom Tisch auf. »Auf die Gefahr hin, dich weiter zu langweilen: Würdest du mich bitte kurz entschuldigen? Ich muss ein paar Anrufe erledigen. Bin gleich wieder da.«

Erleichtert sah ich ihn davongehen. Ich brauchte einen Moment für mich, um mich zu fassen. Was zum Teufel tat ich hier? Mit Will Zartman? Um Gottes willen, ich saß im Morgengrauen beim Frühstück in einem Hotel in Atlanta und flirtete mit meinem Arzt! Ich war nicht ich selbst. Die letzten vierundzwanzig Stunden hatten tumultartige Gefühle in mir ausgelöst: Eine Minute weinte ich, in der nächsten aß ich Shrimps und kicherte wie ein Teenager. Ich wusste nicht mehr, was ich fühlen sollte, ich war einfach nur erschöpft. Ich würde eine Weile brauchen, um den gestrigen Tag zu verarbeiten.

Und jetzt noch die Sache mit Will. Es stimmte, er war nicht mein Typ. Aber das schien an meiner Zuneigung zu ihm gar nichts zu ändern. Will, der ernste, langweilige Arzt aus Washington D.C.? Ja, dem konnte ich widerstehen. Aber dieser unberechenbare Mann, der aus einer Laune heraus nach Atlanta geflogen war und mich die ganze Nacht wach gehalten hatte – nun, den fand ich faszinierend. Ich beobachtete ihn, wie er, vertieft in ein Telefonat, zwischen den Tischen hindurchging. Er trug dieselbe Jeans und denselben Pullover wie gestern. An bestimmten Stellen schmiegte sich der Stoff besonders eng an; hatte ich am Ende doch etwas für Bootcut übrig? Was für ein absurder Moment, um eine Beziehung einzugehen. Meine ganze Welt war auf den Kopf gestellt. Doch alle Vernunft und alle Regeln gelten nicht mehr, wenn die Chemie zwischen einem Mann und einer Frau stimmt. Will fing meinen Blick vom anderen Ende des Saales auf und zwinkerte mir zu, hob den

Zeigefinger, um mir zu signalisieren, dass er noch eine Minute brauchen würde.

Ich zwinkerte zurück. Seit einer ganzen Weile hatte ich mich nicht mehr verliebt. Man würde denken, dass ich mich zu alt für diesen Unsinn fühlte, dass ich mich mit siebenunddreißig nicht aufführen sollte wie ein Teenager, sondern wie eine souveräne Erwachsene, die auf die Lebensmitte zusteuert.

Es war ein Vergnügen zu entdecken, dass es sich anders verhielt.

Dritter Teil

Washington

Einundzwanzig

Das Sibley Hospital ist eine schillernde, hochmoderne Einrichtung, umgeben von dunkelgrünen, gepflegten Rasenflächen. Hier ist man dankbar, im Amerika des einundzwanzigsten Jahrhunderts zu leben. Niemand möchte schwer erkranken oder sich verletzen, aber falls es doch einmal passiert, ist es beruhigend zu wissen, dass man gleich um die Ecke die beste medizinische Behandlung erhält, die man für Geld kaufen kann.

Ich war noch nie dort gewesen. Der Fahrstuhl brachte mich in den vierten Stock hinauf. Der knöcheltiefe Teppich verschluckte alle Geräusche. Es roch staubig und nach Desinfektionsmittel, als wäre die Luft unzählige Male von einer Klimaanlage umgewälzt worden. Wahrscheinlich hatte hier schon seit Jahren niemand mehr ein Fenster geöffnet. Ich fragte mich zur neurochirurgischen Abteilung durch und landete in einem blaugrün beleuchteten Wartezimmer, in dem ich mich fühlte wie in einem Aquarium. Vermutlich sollte die Farbe beruhigend wirken. Um Punkt drei Uhr wurde ich von einer stämmigen Schwester in einem grünen Kittel aufgerufen. Sie erledigte die Voruntersuchung, wog mich (alles unverändert, trotz der Cheeseburger-Orgie), maß meinen Blutdruck und meine Temperatur.

»Also gut.« Sie zog die Manschette von meinem Arm und deutete auf die Untersuchungsliege. »Zunächst führen wir einen CT-Scan durch, und danach können Sie sich ein wenig ausruhen, während Dr. Gellert sich die Bilder ansieht.«

Ich sah sie erschreckt an. »Einen CT-Scan? Brauche ich den wirklich?«

»Ja, Madam.« Sie stand bereits in der Tür.

»Aber … warten Sie mal. Bei mir wurde bereits ein MRT gemacht.«

»Eine Computertomographie ist etwas anderes. Sie werden geröntgt.«

»Auch geröntgt wurde ich schon.«

»Nein, nicht in einem solchen Gerät. Sie werden flach auf dem Rücken hineingeschoben. Das Gerät fertigt unzählige Bilder an, Teilstücke sozusagen. Die Teilstücke übereinandergelegt ergeben ein 3-D-Bild Ihres Nackens. Das ist wirklich toll, Sie werden schon sehen.«

Ich war unendlich frustriert. Der Nachmittag war verloren; zu Hause wartete ein Haufen Post auf mich, ganz zu schweigen von der Schmutzwäsche und dem leeren Kühlschrank. »Wie lange wird es dauern?«

»Es wird Ihnen gefallen.«

»Das bezweifle ich«, maulte ich.

»Dreißig Sekunden.«

»Dreißig Sekunden?«

»Neues Gerät. Ich habe Ihnen doch gesagt, es ist toll.«

Die dreißig Sekunden bezogen sich natürlich nur auf die Zeit, die das Gerät brauchte, um mich zu scannen. Die Bilder auszuwerten war eine ganz andere Angelegenheit. Die Schwester versicherte mir, dass ich als dringender Notfall behandelt wurde. Dennoch war es schon fast halb sechs, und ich hatte eine Ausgabe der *Vogue* Seite für Seite durchgelesen, Mom angerufen und online Lebensmittel bestellt, bevor Marshall Gellert endlich erschien, ein schmächtiger, energiegeladener Mann Mitte fünfzig. Er nahm Platz und musterte mich mit Adleraugen, die in einem übernatürlichen Blau strahlten. Am auffälligsten jedoch waren seine Hände. Sie waren ständig in Bewegung. Während er sprach, tanzten sie auf seinen Oberschenkeln auf und ab, schlüpften in seine Taschen, zogen einen Stift heraus, den er zwischen den Fingern rotieren ließ. Er schien es nicht zu bemerken. Ich konnte den Blick nicht abwenden. Diese Finger hielten vielleicht schon bald das Skalpell, mit dem er meinen Hals aufschneiden würde.

»Dr. Zartman hat darauf bestanden, dass ich Sie sofort untersuche.«

»Ja, er kann ziemlich hartnäckig sein.«

Der Adler stieß auf mich nieder. »Ich muss schon zugeben, Sie sind ein außergewöhnlicher Fall. Die Überlebensrate bei Schüssen in den Nacken beträgt eins zu mehreren tausend, höchstens.«

Ich nickte. Was sollte ich dazu sagen?

»Ein Wunder, dass Ihr Gehirnstamm nicht verletzt wurde. Ich habe Ihre Krankenakte da.« Er klappte die lila Mappe auf seinem Schoß auf. Unten schaute eine Ecke des *Journal-Constitution* von gestern heraus. Er hatte seine Hausaufgaben gemacht. »Die Computertomographie hat ergeben, dass Sie keine Nervenschäden davongetragen haben. Der Fremdkörper sitzt links unter dem Foramen magnum ...«

Ich hob die Hände. »Für Normalbürger, bitte.«

»Verzeihung. Das Projektil hat eine Länge von dreizehn Millimetern und sitzt genau dort, wo die Nervenstränge vom Rückgrat in den Kopf übergehen. Bitte sehr.« An der Wand hing ein Monitor mit Flachbildschirm. Dr. Gellert schaltete das Gerät ein, worauf das schärfste Bild erschien, das ich je gesehen hatte. Die Umrisse meines Schädels waren deutlich zu erkennen, meine Zähne, die Kugel, die wie immer weiß leuchtete.

»Unklar ist nur, warum sie nach all den Jahren plötzlich gewandert ist, falls überhaupt.«

»Will glaubt, dass meine Wirbelsäule schrumpft.«

»Will?«

»Dr. Zartman, meine ich.« Ich strich mir die Haare in die Stirn, um zu verbergen, dass ich rot wurde.

»Nun ja, das ist eine brauchbare Theorie. Jedenfalls deuten Ihre Symptome auf eine Veränderung hin. Was einen Eingriff umso notwendiger macht.«

»Dann wäre Ihr Rat, sofort zu operieren und sie herauszuholen? Man hat mir gesagt, die Kugel wäre von wichtigen Nerven und Blutgefäßen umgeben.« Ich runzelte die Stirn. »Selbst für mein ungeübtes Auge scheint sie ziemlich nah an der Wirbelsäule zu sitzen.«

»Sie könnte nicht näher sein«, pflichtete er mir bei, ein bisschen zu fröhlich für meinen Geschmack. »Mrs Cashion, Tatsache ist, dass derlei Verletzungen immer ein großes Risiko bergen, egal, für welche Methode man sich entscheidet. Das schließt den Verzicht auf eine Behandlung mit ein.« Er schob sich den Stift hinter das Ohr und ließ seine Fingerknöchel knacken. »Ich ziehe gern ähnliche Fälle zum Vergleich heran. In Ihrem Fall ist das ein bisschen schwierig. Wie ich schon sagte, die Wahrscheinlichkeit, mit so einer Verletzung noch unter den Lebenden zu weilen, beläuft sich auf höchstens – höchstens – eins zu fünftausend. Dennoch gibt es dokumentierte Fälle, in denen Opfer Schüsse in Hals oder Kopf überlebt haben. Ich habe mir ein paar aktuellere angesehen.«

Er zog ein Foto aus der Mappe. Jugendliche in gelben Trainingsanzügen traten einen Ball über eine ausgedörrte Wiese. »Ein Fußballspiel? Ich verstehe nicht ganz.«

»Warten Sie. Das ist mein Lieblingsbeispiel. Es stammt aus dem Juni letzten Jahres. Diese Jungs spielen Fußball auf einem Feld in Bosnien. Plötzlich beschwerte der Torwart sich über Kopfschmerzen. In den Zeitungen von Sarajevo stand, er habe das Spiel noch beendet, aber dann, ich zitiere, beschwerte er sich über einen tauben Arm und hatte Schwierigkeiten zu sprechen.

Er wurde ins nächste Krankenhaus gebracht, wo die Ärzte mit Schrecken feststellten, dass eine Neun-Millimeter-Patrone in seinem Schädel steckte. Die gute Nachricht ist, er lebt.« Dr. Gellert hielt mir den Artikel hin. »Sie konnten es rausoperieren. Jetzt kommt's: Die örtliche Polizei hat einen Gast eines Hochzeitsfestes verhaftet, das ganz in der Nähe stattfand. Der Typ hatte gedacht, es wäre eine gute Idee, zur Feier des Tages mit seiner Pistole in die Luft zu schießen. Rund um das Fußballfeld wurden zwölf weitere Projektile gefunden. Er hätte die ganze Mannschaft auslöschen können. Gott muss den Balkan lieben.«

Ich lächelte höflich und reichte ihm den Artikel zurück.

Er legte ihn in die Mappe.

»Aber das ist natürlich ein völlig anderes Szenario als bei mir …«, erwiderte ich.

»Natürlich, natürlich.« Gellert räusperte sich. »Und sehen Sie sich meine Quelle an: *Yahoo! News, Neuseeland*. Vielleicht nicht gerade ein Musterbeispiel für Qualitätsberichterstattung. So ist es mit den meisten Fällen, von denen wir erfahren. Zufällig spielen sie sich immer im ländlichen China ab oder in den Slums von Rio. Es ist unmöglich, sie zu überprüfen. Außer in diesem Fall.« Er durchsuchte die Mappe. »Dieser ist wirklich interessant.«

Die beiden Schwarz-Weiß-Bilder sahen dem CT-Scan von meinem Kopf bemerkenswert ähnlich. Eine leuchtend weiße Kugel, unverkennbar, oben an der Wirbelsäule.

»Das hier ist aus dem *New England Journal of Medicine*«, sagte Gellert. »So renommiert, wie es nur geht. Vor drei Jahren kommt ein Mann in eine Herzklinik in Moskau. Er ist fünfundachtzig Jahre alt und herzkrank. Die Ärzte machen eine merkwürdige Entdeckung, sie befragen ihn. Wie sich herausstellt, hatte ihn sein älterer Bruder versehentlich mit einer Pistole angeschossen, als er drei Jahre alt war.«

»Drei? In dem Alter war ich auch.«

»Mmh. Und ebenso wie Sie hatte er keine Nervenschäden davongetragen. Er arbeitete sehr erfolgreich als Ingenieur und hatte sogar den Staatspreis der UdSSR gewonnen. Und die ganze Zeit war er mit einer Kugel im Kopf herumgelaufen, wie lange ... zweiundachtzig Jahre.«

»Und, wurde sie entfernt?«

»Nein. Anscheinend hat sie ihn nicht beeinträchtigt.«

Ich rutschte auf meinem Stuhl herum. »Aber in meinem Fall glauben Sie, eine Operation wäre nötig?«

»Hören Sie. Lassen Sie es mich so ausdrücken.« Seine Finger strichen über die Schreibtischkante, vor und zurück, vor und zurück. »Zwischen Ihnen und dem russischen Ingenieur besteht ein großer Unterschied. Im Gegensatz zu Ihnen hat ihn die Kugel nicht gestört. Außerdem sind Sie jung und gesund, damit kommt eine Operation viel eher in Frage.«

Er erklärte mir den Eingriff Schritt für Schritt. Die OP würde fünf Stunden dauern. Ich zog ihm alle Einzelheiten aus der Nase, ließ mir den schlimmsten und den besten Fall erklären. Wir unterhielten uns eine halbe Stunde lang.

Als ich aufstand, stellte ich ihm die eine Frage, die wohl jeder Arzt fürchtet: Was würde er an meiner Stelle tun? Wie würde er entscheiden, wenn es um seine Tochter, seine Ehefrau ginge?

Marshall Gellert redete nicht um den heißen Brei herum. »Ich würde die Kugel loswerden wollen.«

»Ich habe geahnt, dass Sie so etwas sagen würden.«

»Tut mir leid, wenn ich so durchschaubar bin. Sie wissen doch: Zeige einem Chirurgen ein Problem, und er zückt sein Skalpell. Dazu sind wir ausgebildet. Aber im Ernst, Mrs Cashion, in Ihrem Fall wäre es wirklich die beste Entscheidung.«

Ich sah ihm in die Augen. Musterte seine Hände. Und fasste einen Entschluss.

»Wird sie unbeschädigt sein? Darf ich sie behalten?«

Er warf mir einen schiefen Blick zu. »Als Souvenir?«

Ich dachte an Beamer Beasley. An das kleine Haus in der Eulalia Road, an die schrecklichen Szenen, die sich dort abgespielt hatten. Heute Morgen auf dem Rückflug war ich eingeschlafen und hatte von Sadie Rawson und ihrem Lächeln geträumt, das dem meinen so ähnlich war. Es strahlte mir von der Zeitungsseite entgegen.

»So ähnlich«, sagte ich.

Zweiundzwanzig

Sonntag, 20. Oktober 2013

Das Wochenende verbrachte ich allein.

Ich hatte alles schleifen lassen und brauchte Zeit für mich, um mein Leben ansatzweise wieder in Ordnung zu bringen. Ich musste die Post sortieren, meine Pflanzen gießen, Rechnungen bezahlen. Mein Auto ließ ich waschen, und ich holte die Kleider aus der Reinigung. Will und ich schrieben uns SMS und neckische Nachrichten à la *Ich vermisse dich*. Am Samstag rief ich ihn an, doch er wollte nicht vorbeikommen, was mir nichts ausmachte. Das Problem bei introvertierten Menschen ist, dass ihnen andere furchtbar schnell auf die Nerven gehen, sogar diejenigen, die sie gern haben. Ob Will das spürte oder einfach nur beschäftigt war, wusste ich nicht. Doch nach den Begegnungen mit so vielen fremden Menschen in Atlanta war ich dankbar dafür, mich zurückziehen und allein sein zu können.

Die einzige Ausnahme bildeten meine Eltern. Mit ihnen fühlte ich mich verbunden, und sie nervten mich nicht. Am Sonntagnachmittag fuhr ich zu ihnen und betrat das Haus wie immer durch die Küche. Mom kochte, und Dad lehnte am Küchentresen, kraulte Hunt die Ohren und erzählte von dem neuen Buch von John le Carré, das er gerade las. Meine Eltern schienen fest entschlossen, am Rhythmus unseres Lebens festzuhalten und so zu tun, als wäre nichts geschehen. Sich so unbeeindruckt und gelassen zu geben war der verzweifelte Versuch, mir ihre Liebe zu zeigen. In ihren Augen sah ich, was sie nicht laut aussprachen: *Du bist unser Kind. Dies ist dein Zuhause. Nichts hat sich verändert.*

Ich schaute zu, wie meine Mom eine unchristliche Menge Salz in den brodelnden Topf warf. Sie blickte sich um, streckte stumm die Hand aus. Ich reichte ihr die Pfeffermühle. Wenn man dreißig Jahre neben einer Köchin stand, weiß man, welche Zutat sie wann braucht. Meine Mom runzelte die Stirn. Sie rührte, rümpfte die Nase, zögerte. *Muskat.* Ich reichte ihr das Glas. Der köstliche Duft von in Butter angebratenem Hühnchen erfüllte die Küche. Zum hundertsten Mal bewunderte ich sie, dass sie trotz der täglichen Festgelage so schlank geblieben war. Sie war vierundsiebzig Jahre alt und wirkte von hinten wie ein junges Mädchen. Ihre Bewegungen waren flink und leicht nervös, wie bei einem Spatz. Sie bewegte sich so ganz anders als ich. Ich hatte nie darüber nachgedacht. Sie streckte die Hand aus. *Paprika.*

Als wir später bei Hühnerfleisch und Klößen saßen, schilderte ich meinen Ausflug nach Atlanta. Die Schlagzeile hatten alle gesehen. Ich erzählte ihnen von meinem Besuch im Sibley Hospital, von Marshall Gellert und meiner Entscheidung, mich operieren zu lassen. Sie schienen es längst zu wissen. Offenbar war ich die Einzige gewesen, die sich noch nicht an den Gedanken gewöhnt hatte.

Am meisten Sorge bereitete meiner Mom das Timing. Würden die Operation und die nachfolgende Genesung sich mit meinem großen Geburtstagsessen überschneiden? Ende des nächsten Monats hatte ich Geburtstag, und in der Familie Cashion werden Geburtstage nicht auf die leichte Schulter genommen. Meine Brüder, ihre Ehefrauen, alle Nichten und Neffen waren verpflichtet, zu dem Event zu erscheinen.

»Meinst du vielleicht, wir sollten die Feier vorziehen?«, fragte Mom. »Ich möchte es wissen, weil ich das Essen vorbestellen muss. Ich plane ein Überraschungsdinner.« In Anbetracht der letzten zwanzig Geburtstagsdinner gab es wohl wieder Ofenkartoffeln und gegrillte T-Bone-Steaks. Meine Mom ist eine ausgezeichnete, doch sehr vorhersehbare Köchin. Kreativmenüs aus zufälligen Zutaten sind nicht ihre Stärke.

»Ich werde ein paar Flaschen Merlot einkaufen, zum Steak«, sagte mein Dad.

»Tom! Ich hatte gesagt, es soll eine Überraschung werden!«

Er zwinkerte mir zu und sagte: »Neues Thema. Ich habe eine tolle neue Joggingstrecke am Rock Creek entdeckt. Sechs Kilometer, Rundweg. Du solltest mich irgendwann mal begleiten.«

Doch er meinte: *Ich liebe dich. Ich bin immer für dich da. Es tut mir so leid.*

Dreiundzwanzig

»Ich habe mich schon gefragt, wann Sie sich melden würden.«

»Sie warten ja jetzt schon seit vierunddreißig Jahren, da kommt es auf ein paar Tage mehr auch nicht an.«

Ich meinte, Beamer Beasley am anderen Ende der Leitung schmunzeln zu hören. »Na gut. Wie geht es Ihnen?«

»Ganz okay«, entgegnete ich, »in Anbetracht der Umstände. Ich habe nachgedacht.« Auf dem Rückweg von meinen Eltern war ich alles noch einmal durchgegangen und hatte seine Nummer gewählt, sobald ich wieder zu Hause war. »Ich werde mich operieren und die Kugel entfernen lassen.«

»Natürlich werden Sie das.«

»Warum sagen alle dasselbe zu mir? Am Ende bin ich querschnittsgelähmt. Im Ernst, die OP zu riskieren ist möglicherweise viel gefährlicher, als die Kugel an Ort und Stelle zu belassen.«

»Mit Operationsrisiken kenne ich mich nicht aus«, antwortete er auf gewohnt ruhige Art. »Ich habe mir nur überlegt, ich an Ihrer Stelle könnte nicht damit leben, nicht wenn ich die Geschichte der Kugel kenne.«

Das stimmte. Er hatte in Worte gefasst, was ich beim Abendessen mit meiner Familie gedacht hatte. Auch wenn man das medizinische Pro und Contra noch so lange abwägte, die Tatsache blieb bestehen, dass die Metallhülse in meinem Hals meine leibliche Mutter getötet hatte. Sie musste entfernt werden.

»Der Chirurg hat gesagt, er wird versuchen, sie unbeschädigt herauszuholen. Da habe ich mir gedacht, vielleicht wollen Sie ja mal einen Blick drauf werfen.«

»Weil sie ein Beweisstück ist?«

»Nun, sagen Sie es mir. Wäre sie für die Polizei von Interesse? Ich meine, wo das alles doch so lange her ist.«

»Absolut. Bis ein Täter gefunden und verhaftet ist, ist der Fall offiziell nicht abgeschlossen. Neue Beweise sind immer von Interesse. Wir haben eine ganze Abteilung für ungelöste Fälle, die tut nichts anderes.«

»Wie sieht es mit der Verjährungsfrist aus?«

»Es gibt keine, nicht für Mord.«

»Und wie würde es funktionieren?«, fragte ich. »Was würde mit der Kugel passieren?«

»Wir würden alle möglichen Tests durchführen, sie abmessen, wiegen. Idealerweise liegen vergleichbare Projektile vor. Aus der Waffe eines Verdächtigen vielleicht oder von einem anderen Tatort.«

»Aber einen direkten Vergleich können Sie nicht anstellen? Sie haben gesagt, die Kugel, die Boone traf, sei aus dem Türrahmen entfernt worden und nie wieder aufgetaucht.«

»Das stimmt. Ich beschreibe Ihnen lediglich das ideale Szenario. Ein guter Ballistiker könnte auch mit Ihrer Kugel noch etwas anfangen. Er würde nach spezifischen Rillen suchen. Vielleicht kann er sagen, aus welcher Waffe sie abgefeuert wurde.«

»Besser als gar nichts.«

»Ja, sicher. Mrs Cashion?« Er zögerte. »Was erwarten Sie sich davon? Es schmerzt mich, Ihnen das sagen zu müssen, aber damals ist es mir nicht gelungen, den Mörder Ihrer Eltern zu finden. Und da war der Fall noch frisch, wir hatten ein Team, das Vollzeit ermittelt hat. Ich würde Ihnen raten, sich keine allzu großen Hoffnungen zu machen.«

»Oh, das weiß ich. Ich rechne nicht mit einer spektakulären Verhaftung.«

»Hm-hmm. Aber dennoch, man kann nie wissen. Ich werde

ein paar Leute anrufen und herausfinden, was von den alten Ermittlungsakten noch übrig ist.«

»Was übrig ist?«

»Wir müssen davon ausgehen, dass die Akten längst in irgendeinem Lager außerhalb der Stadt gelandet sind.«

»Sie wollen sagen, vielleicht hat jemand sie weggeschmissen?«

»Sagen wir, verlegt.«

Ich fuhr mir mit der gesunden Hand durchs Haar. »Noch etwas, dieser Verdächtige, den Sie damals verhört haben. Cheral hat gesagt, er wäre noch am Leben. Sie hat mir seinen Namen genannt.«

Beasley seufzte. »Ach, hat sie das.«

»Ich habe mich gefragt, ob Sie nicht mal mit ihm sprechen sollten.«

»Warum?«

»Sie ist überzeugt, dass er es war. Sie hat gesagt …«

»Mrs Cashion«, sagte er streng. »Tut mir leid, dass die alte Nachbarin Ihrer Mutter Sie in solche Aufregung versetzt hat. Ich nehme es Ihnen nicht übel, ich ahne, wie es sich anfühlen muss, in so ein Schlamassel zu geraten. Aber der Mann ist unschuldig. Er ist nicht der Täter. Er hatte ein Alibi und konnte an dem Tag unmöglich in der Eulalia Road gewesen sein. Wir hatten keinerlei Beweise. Nur die Aussage von Cheral Rooney.«

»Aber Sie hatten mich. Ich habe auf sein Foto gezeigt.«

Entnervt stieß er die Luft aus. »Ja, Madam, das haben Sie. Und gleich danach haben Sie auf einen Lutscher gezeigt und dann auf Ihre Puppe. Ich will damit nur sagen, ich habe schon glaubwürdigere Zeuginnen erlebt. Sie waren drei. Ein Kleinkind. Kein Staatsanwalt in ganz Georgia hätte sich auf die Aussage einer Dreijährigen verlassen. Und schon gar nicht, wenn sie so verängstigt ist, dass sie kein Wort spricht.«

Vierundzwanzig

Montag, 21. Oktober 2013

Nach dem Aufwachen unternahm ich einen Spaziergang zu Saxbys. Es ist zwar nicht mein Lieblingsfrühstückslokal – diese Ehre gebührt der Pâtisserie Poupon –, doch ich muss jeden Tag daran vorbei, wenn ich zur Bibliothek gehe. So wie die Hälfte der Studentenschaft der Georgetown; am späten Vormittag reicht die Schlange der Studenten, die für Caffè Latte und Schokoladenmuffins anstehen, bis auf die Straße. Doch um sechs Uhr morgens, kurz nach Geschäftseröffnung, hatte ich den Laden für mich allein. Ich setzte mich mit einem riesigen Becher Darjeeling an einen Tisch am Fenster und machte mich an die Arbeit.

Dass ich für das Lesen bezahlt werde und dafür, in die Literatur eines fernen Landes und eines fernen Zeitalters einzutauchen, verwundert mich täglich neu. Es ist beschämend angenehm, so seinen Lebensunterhalt zu verdienen. Bis neun Uhr korrigierte ich Hausarbeiten, dann schob ich mir die Lesebrille auf den Kopf und warf einen Blick aus dem Fenster. Mein Handy klingelte. Ein Anruf aus Atlanta, ich erkannte die Vorwahl 404.

»Hallo?«

»Meine süße Caroline.« Die ölige Stimme des leitenden Redakteurs der *Journal-Constitution* tröpfelte mir ins Ohr. »Seit Sie uns verlassen haben, ist diese Stadt ein wirklich trauriger Ort. Als hätte jemand das Licht ausgeknipst.«

»Hallo, Leland.«

Seltsamerweise fing er an zu summen. Ich presste mir das

Handy ans Ohr und versuchte, die Melodie zu erkennen. »Ist das Neil Diamond?«

»Wahrscheinlich hören Sie das ständig.«

»Nein, Gott sei Dank nicht. Zum ersten Mal seit langer Zeit.«

»Ich sitze hier und überlege seit Stunden, wie ich Sie wieder hierherlocken kann«, sagte er. »Wir wollten noch etwas trinken gehen.«

»Das wird nie passieren, Leland. Kann ich Ihnen irgendwie helfen?«

»Ich habe ein paar Nachrichten, die ich an Sie weiterleiten soll. Weitere Anrufe von Leuten, die unseren Artikel gelesen haben. Ein Mann behauptet, er sei mit Ihrem Vater geflogen, für Delta Airlines. Und eine Lady hat angerufen, ich glaube, ihr Name war Susie. Sie sagt, sie und Sadie Rawson hätten in North Carolina im selben Studentenwohnheim gewohnt. Ich habe gesagt, ich werde es ausrichten. Ich schicke Ihnen alle Kontaktdaten.«

»Danke. Das wäre toll. Warten Sie kurz.« Ich stellte mein Telefon lauter. Während ich gearbeitet hatte, hatte sich das Saxbys mit Gästen gefüllt. Aus den Boxen an der Decke schallte Rihanna, drei Baristas schwitzten an den zischenden Espressomaschinen. Offenbar frühstückte heute eine ganze Frauenfußballmannschaft hier, alle trugen grau-blaue Shorts und ein Sweatshirt mit dem Logo *2012 Big East Champions*.

»Wo sind Sie?«

»In einem Café. Ich versuche zu arbeiten.«

»Klingt eher nach einer Studentenparty an einem Samstagabend. Wie dem auch sei, hören Sie mal. Ich habe mit Cheral gesprochen.«

»Tatsächlich?« Ich setzte mich auf. »Warum?«

»Wegen des nächsten Artikels. Die Leute sind fasziniert. Die Resonanz auf den Artikel von Donnerstag war überwältigend. Ich habe Ihnen doch gesagt, es ist eine gute Idee.«

»Oh, nein. Ich bitte Sie. Ich möchte nicht noch einmal in der Zeitung stehen.«

»Nur eine ganz kleine Geschichte. Im hinteren Teil.«

»Aber worüber wollen Sie schreiben? Es gibt keine Neuigkeiten.«

»Sie wissen schon – die Nachbarschaft rückt zusammen, so in der Art. Wir werden die Leute erwähnen, die die Familie Smith kannten, und wie entzückt alle sind zu erfahren, dass es Ihnen gut geht. Ich habe hier ein hübsches Zitat von Cheral. Dass Sie Ihrer Mutter wie aus dem Gesicht geschnitten sind. Wie sie ihren Augen nicht trauen wollte, als Sie vor ihrem Haus standen. ›Als hätte ich einen Geist gesehen‹, das hat sie gesagt.«

»Hat sie irgendetwas über die Ermittlungen gesagt?«

»Nein.« Er dehnte das Wort unnötig in die Länge. »Warum? Gibt es da etwas zu sagen?«

»Nicht dass ich wüsste. Ich habe es mich einfach nur gefragt.« Dann hatte Cheral die Affäre für sich behalten, wofür ich ihr dankbar war. Wenigstens würde kein reißerischer Bericht über Sadie Rawsons Liebesleben die Titelseite füllen.

»Die Leute fragen immer wieder nach der Kugel. Ob Sie eine Operation geplant haben.«

Ich zögerte, aber mir fiel kein Grund ein, ihm die Wahrheit zu verschweigen. »Der OP-Termin ist für nächste Woche angesetzt. Hier in Washington. Drücken Sie mir die Daumen.«

»Ich werde Ihnen den größten Blumenstrauß ins Krankenhaus schicken, den Sie je gesehen haben. An welchem Tag?«

»Mittwoch in einer Woche, am dreißigsten.«

»Und ich kann Sie nicht überreden, in der Zwischenzeit nach Atlanta zu kommen und einen Drink mit mir zu nehmen?«

»Auf Wiederhören.«

»Ich werde Ihnen den Link zu der Story schicken, sobald sie erschienen ist. Bis dann, schöne Frau.«

Ich legte auf und sah mich um. Statt Rihanna lief jetzt Radiohead. Es roch nach angebrannten Bagels. Die Fußballerinnen drängten sich in einer Ecke, verschlangen Bananen und riesige Zimtschnecken.

Ich sammelte meine Papiere zusammen und gab den Tisch frei. In fünfzehn Minuten hatte ich einen Termin bei Madame Aubuchon.

Es wäre stark untertrieben, wenn ich sagte, ich würde mich vor dem Termin fürchten.

Hélène Aubuchon schüchterte mich selbst an meinen guten Tagen ein. Und heute war kein guter Tag. Sie erwartete mich in ihrem Büro und war wie immer tadellos gekleidet. Ihre Lippen waren in einem geschmackvollen Rot geschminkt, auf ihren Schultern lag ein seidenes Tuch. Sie trug eine Perlenkette und -ohrringe. Die Leiterin des französischen Seminars der Georgetown war keine klassische Schönheit. Sie war klapperdürr und hatte ein energisches Kinn. Doch sie strahlte eine Eleganz aus, wie es nur Französinnen ab einem gewissen Alter vermögen. Dafür brauchte man viel Geld. Vermutlich auch wöchentliche Friseurtermine, geheimnisvolle Cremes und Lotionen und vor allem den eisernen Willen, kein einziges Gramm zuzunehmen. Ich fragte mich, ob diese kirschroten Lippen jemals einen Cheeseburger berührt hatten.

»*Alors, Caroline, ma pauvre*. Sie müssen eine fürchterliche Woche hinter sich haben.« Sie zog die perfekt gezupften Augenbrauen in die Höhe. »Und in Atlanta haben Sie mehr erfahren, als Sie vermutet hätten?«

Da hatte sie wohl recht.

»Es ist schockierend. Eine ganz schreckliche Sache, diese Kugel in Ihrem Nacken. Es tut mir so leid.«

Madame Aubuchon und ich haben nie über unser Privatleben

gesprochen. Abgesehen von gelegentlichen höflichen Nachfragen zu meinen Urlaubsplänen hat sie sich nie nach meinem Leben außerhalb des Campus erkundigt. Wir waren Kolleginnen, keine Freundinnen. Umso überraschter war ich, aufrichtige Sorge aus ihrer Stimme herauszuhören. Ich ergriff die Gelegenheit.
»Ich war bei einem Chirurgen, wegen der Kugel. Er möchte mich nächste Woche operieren, am Mittwoch. Und danach muss ich zehn Tage zu Hause bleiben, bevor ich wieder arbeiten kann.«

»Zehn Tage?«

»Ja, es tut mir leid. Ich weiß, das ist furchtbar schlechtes Timing, wir stecken mitten im Semester. Ich würde es ja bis in die Weihnachtsferien verschieben, aber der Arzt sagt, es sei sehr dringend.«

»Oh ja, natürlich«, winkte sie ab. »Das geht in Ordnung.«

»Wirklich?« Hatte ich sie richtig verstanden?

»Kein Problem. Ehrlich gesagt habe ich gerade mit Robert gesprochen.« Robert war einer meiner besten Doktoranden; in der vergangenen Woche hatte er mich zwei Mal vertreten. »Er wird Ihre Seminare für den Rest des Semesters übernehmen, unter meiner Aufsicht. Ruhen Sie sich aus.«

»Oh, nein, das wird nicht nötig sein. Ich kann am …«

»So ist es am einfachsten. Wirklich. Für alle.«

»Nein, wirklich. Mitte November bin ich wieder da. Und ich möchte unterrichten. Ich fühle mich für meine Studenten verantwortlich.«

»Und ich fühle mich für die reibungslosen Abläufe in diesem Fachbereich verantwortlich.« Ihr Lächeln verriet mir, dass die Diskussion beendet war. »Sicher sehen Sie ein, dass es für Ihre Studenten nicht unbedingt von Vorteil ist, alle zwei Wochen eine neue Lehrkraft vorgesetzt zu bekommen.«

»Natürlich nicht. Aber davon reden wir doch gar nicht. Wir reden nur über zehn Tage …«

»Falls die Operation komplikationslos verläuft und Sie keine längere Genesungszeit brauchen. Ehrlich gesagt klingen zehn Tage recht optimistisch.« Sie schlug die dünnen Beine in der hautfarbenen Stützstrumpfhose, ihre einzige Konzession ans Alter, übereinander. »Robert hat sich letzte Woche gut gemacht. Er springt gerne ein. Er wird sich an Ihren Lehrplan halten.«

Ich kochte vor Wut. Wie hatte sie meine Aufgaben Robert übertragen können, ohne mich zu fragen? Konnte sie mir einfach verbieten zu arbeiten?

»Selbstverständlich werden Sie weiterhin bezahlt. Ich habe mir Ihre Personalakte angesehen. Anscheinend haben Sie noch keinen einzigen Tag wegen Krankheit gefehlt. Sie haben ganze Wochen abzufeiern, das dürfte also kein Problem sein.«

»Die Bezahlung ist mir …«

»Dann wäre also alles geklärt«, fiel sie mir ins Wort. »Betrachten Sie es als ein Sabbatical. Sie werden sich ausruhen und erholen. Und dann kehren Sie nach den Winterferien frisch und erholt zurück.«

Es war unglaublich. »Ich habe ab sofort frei?«

»Ja, das wäre vielleicht das Beste. Den Rest können Sie mit Robert klären. Haben Sie jemanden, der sich nach der Operation um Sie kümmert?«

»Meine Familie lebt ganz in der Nähe«, murmelte ich mit zusammengebissenen Zähnen.

»Sehr gut. Ich werde Sie ebenfalls besuchen. Wir sind Nachbarinnen, wissen Sie. Jean-Pierre und ich leben in der R Street.«

Na super. Das hatte ich noch gebraucht, eine Chefin, die zum Kaffee vorbeischaut. Den Sinn der gesellschaftlichen Konvention, Kranke zu besuchen, habe ich nie verstanden. Naturgemäß sieht ein Kranker nicht gut aus und fühlt sich auch nicht so. Warum in aller Welt bestehen die Leute darauf, ihn zu besuchen? Warum muss er ausgerechnet dann den Gastgeber spielen? Ich hatte die Szene jetzt schon vor Augen: Madame Aubuchon, parfümiert und wie aus dem Ei gepellt, und daneben ich, krank und benommen und im Nachthemd.

Ich zwang mich zu einem Lächeln und stand auf.

Madame Aubuchon sah mir nach. »Ich habe den Artikel in dieser Zeitung gelesen. Der Mord an Ihren Eltern wurde nie aufgeklärt.«

»Nein.« Ich hielt inne, die Hand am Türknauf. »Nie.«

»Wird die Polizei Sie noch einmal vernehmen? Ich meine, ganz offiziell.«

»Ich weiß nicht. Ich war zu jung, ich kann mich an nichts erinnern.«

»Aber die Kugel in Ihrem Hals ist ein Beweisstück, nicht wahr?« Die perfekten Augenbrauen hoben sich. *»Merde. Quel bordel. C'est dingue.«*

Ich traute meinen Ohren nicht. Madame Aubuchon hatte auf das Vulgärste geflucht, frei übersetzt bedeutet es so viel wie *Mist, was für eine verdammte Scheiße.*

»Hélène?« Noch nie hatte ich sie beim Vornamen genannt, aber heute schien es angebracht. »Haben Sie gesagt …«

»Wäre es nicht unglaublich, wenn die Polizei eine Spur hat? Nach all den Jahren? Hoffentlich kriegen sie das Schwein.«

Gütiger Himmel, nicht schon wieder. Aber es stimmte. Auch ich hoffte, dass sie das Schwein kriegen würden.

Gegen Mittag rief Marshall Gellert aus dem Krankenhaus an. »Kein Grund zur Beunruhigung. Ich wollte Sie nur wissen lassen, dass wir am Wochenende einen kleinen Zwischenfall hatten.«

»Oh. Okay. Was für einen Zwischenfall?«

»Einen Einbruch. Ein Unbefugter hat sich gestern früh Zutritt zur Klinik verschafft. Der Wachdienst ermittelt noch, aber da hat sich definitiv jemand an den Schlössern zu schaffen gemacht.«

Ich fragte mich, warum man in eine Klinik einbrechen sollte. »Vielleicht hatte er es auf die Medikamente abgesehen. Auf die Betäubungsmittel.«

»Das wäre eine Erklärung. Wie Sie vielleicht gesehen haben, befindet sich im Erdgeschoss das Medikamentenlager. Außerdem bewahren wir Medikamente auf allen Stationen auf. Glücklicherweise wurde keiner der Computer beschädigt. Ich habe die Damen vom Empfang trotzdem angewiesen, alle Patienten anzurufen und nachzufragen, ob es auf ihren Kreditkartenkonten ungewöhnliche Abbuchungen gab.«

»In Ordnung. Danke für die Information.«

Dr. Gellert hustete. »Ich rufe Sie persönlich an, weil ... da ist noch etwas. Offenbar wurde Ihre Akte gestohlen.«

»Meine Akte?«

»Diese lila Mappe, in der ich Ihre Unterlagen aufbewahrt habe. Sie haben sie nicht zufällig eingesteckt?«

»Nein, natürlich nicht.«

»Es ist so seltsam. Ich bin mir sicher, ich habe sie auf meinem Schreibtisch liegen gelassen, weil ich die Aufzeichnungen später noch einmal durchgehen wollte. Aber keine Sorge, die Untersuchungsergebnisse sind im Computer gespeichert, und den Rest bekomme ich wieder zusammen.«

»Vielleicht hat eine der Schwestern sie weggeräumt?«

»Angeblich nicht. Alle wissen, dass die Unterlagen auf meinem Schreibtisch tabu sind. Wie dem auch sei, es tut mir leid, Sie gestört zu haben. Ich melde mich in den nächsten Tagen wieder. Die Vorbereitungen für Ihre OP nächste Woche laufen auf Hochtouren.«

Ich überlegte. »Und Sie rufen mich an, falls die Mappe wieder auftaucht?«

»Natürlich.«

»Und wenn Sie den Einbrecher geschnappt haben?«

»Sicher, wenn Sie möchten. Der Wachdienst scheint Videoaufnahmen von ihm zu haben, wie er das Gebäude durch die Tiefgarage verlässt. Stämmiger Typ mit dunklen Locken. Sein Gesicht war leider nicht zu erkennen.«

Als ich an dem Abend nach Hause kam, streifte ich meine Schuhe ab und ließ mich aufs Sofa fallen. Schwer zu sagen, was mir an diesem Tag am meisten zugesetzt hatte. Die Nachricht vom Einbruch und der verschwundenen Krankenakte? Die Entdeckung, dass meine Chefin fluchen konnte wie ein Hafenarbeiter aus Marseille?

Außerdem ärgerte ich mich darüber, dass Madame mit ihrer Einschätzung, ich bräuchte eine Auszeit, offenbar völlig richtiglag. Ich hatte Schmerzen. Mein Handgelenk quälte mich pausenlos. Das Pochen in meinem Nacken trat nur sporadisch auf, doch wann immer ich es spürte, bekam ich große Angst. Selbst wenn die Operation wunderbar verlief, würde ich Wochen brauchen, bis ich mich erholt hatte. Ich konnte vor mir selbst nicht mehr verleugnen, dass ich mental und körperlich am Ende war.

Ich schleppte mich nach oben ins Schlafzimmer und zog meine älteste Jeans und eine weiche taubengraue Strickjacke an. Als ich wieder nach unten ging, hörte ich ein Klopfen an der Tür. Ich runzelte die Stirn. Wollten Martin oder Tony nach der Arbeit noch einen Drink mit mir nehmen? Ich warf einen Blick durch den Spion.

Vor der Tür stand Will Zartman.

Ich hatte ihn nicht mehr gesehen, seit wir uns am Freitag am Flughafen voneinander verabschiedet hatten. Er stand keinen Meter von mir entfernt, ich im Flur und er draußen vor der Tür.

Er hatte die Hände in den Taschen vergraben, und auf seinem Gesicht lag derselbe trotzig-verlegene Ausdruck wie vor ein paar Tagen, als er unangekündigt in Atlanta in der Hotellobby aufgetaucht war.

»Was für eine Überraschung. Wenn ich gewusst hätte, dass du kommst, hätte ich mir etwas anderes angezogen.« Ich zog mir die Jacke enger um die verwaschene Jeans. »Ich wollte gerade eine Flasche Wein aufmachen, möchtest du …«

»Du hättest dich umgezogen? Wenn du gewusst hättest, dass ich komme?«

»Ja, klar, dann hätte ich …«

»Sieh mal auf dein Handy.«

»Mein Handy?«

»Sieh nach.«

»Oh, verstehe. Du hast mich angerufen?«

»Zwei Mal in der letzten Stunde. Um dich zum Abendessen einzuladen. Caroline, das reicht. Vielleicht sollten wir auf eine modernere, verlässlichere Form der Kommunikation umsteigen. Wie wäre es mit Brieftauben?«

»Ja ja, ist schon gut. Es tut mir leid.«

»Oder Rauchzeichen?«

»Wenn ich unterrichte, schalte ich mein Handy auf stumm, und danach vergesse ich jedes Mal …«

»Oder Morsezeichen. Das wäre doch lustig.« Er lächelte mich an. »Oder Signalflaggen, gelbe und rote. Wie früher im Bahnverkehr. Benutzt die Navy sie nicht immer noch auf den Schiffen?«

Ich zog ihn ins Haus. Nachdem ich die Tür geschlossen hatte, war es im Flur vollkommen dunkel. Seine Kleider rochen nach einem kalten Oktobertag, und ich nahm den inzwischen vertrauten Duft nach Seife und warmem Haustier wahr. Ich erwartete, dass er mich küsste, fühlte mich plötzlich unsicher.

Will beugte sich herunter und legte seine Stirn an meine. »Ich wollte dich nicht bedrängen«, flüsterte er. »Ich wusste, dass du das Wochenende für dich allein gebraucht hast. Aber ich drehe noch durch, so sehr vermisse ich dich.«

Reglos blieben wir stehen und sagten kein Wort. In der Dunkelheit strichen seine Finger über meine Haut. Seine Hand wanderte langsam an meinem Arm hoch, hielt in der Armbeuge inne. Er brauchte eine Ewigkeit, um meine Schulter zu erreichen, meinen Hals, mein Kinn. Seine Finger strichen über meinen Mund. Er drückte sanft zu, immer fester. Ich spürte meine Lippen unter seinem Daumen pochen und fing an zu zittern.

»Meine Schöne«, flüsterte er.

Dafür, dass er nicht meinem Typ entsprach, war mir Will Zartman ziemlich schnell ans Herz gewachsen.

Fünfundzwanzig

Dienstag, 22. Oktober 2013

Kurz vor dem Frühstück erhielt ich die Nachricht, dass ich womöglich eine Erbschaft zu erwarten hatte.

»Guten Morgen«, trällerte Jessica. »Sind Sie schon wach? Haben Sie einen Augenblick Zeit?«

»Klar. Ich mache mir gerade einen Toast.« Eigentlich war ich dabei, Eier für ein Omelett mit Chorizo aufzuschlagen. Will und ich hatten es am Vorabend nicht mehr geschafft, essen zu gehen, sondern uns die Zeit auf andere Weise vertrieben. Als ich aufgewacht war, war er schon verschwunden.

»Sie sind früh wach. Schon bei der Arbeit?«, fragte ich.

»Du meine Güte, nein. Sie haben wohl noch nie in einer Redaktion gearbeitet. Vor zehn taucht da niemand auf. Das ist ein unausgesprochener Pakt zwischen den Reportern dieser Welt.« Sie kicherte. »Ich habe gerade Ihren Artikel vor mir. Sieht gut aus.«

Meinen Artikel? »Sie meinen die Fortsetzung, die Leland geschrieben hat? Ist er schon fertig?«

»Sie haben es heute Morgen auf der Titelseite des Lokalteils gebracht. Er mag ein notgeiler alter Sack sein, aber er arbeitet schnell.«

»Jessica!«

»Sorry, aber es ist so. Auch wenn Leland ein alter Sack ist, die Geschichte sieht gut aus.« Sie putzte sich lautstark die Nase. »Verzeihung. Ihre Eltern scheinen sehr nett gewesen zu sein. Seit dem ersten Artikel letzte Woche rufen immer wieder Leute hier an, sagen nette Sachen über sie und wünschen Ihnen alles Gute. Brett zitiert ein paar von ihnen in seinem Artikel.«

»Er hat mich vorgewarnt. Ich werde es gleich lesen.«

»Gut. Wie dem auch sei, es gibt Neuigkeiten. Ich bin der Spur des Geldes gefolgt, Ihres Geldes.«

»Nein, es ist nicht mein Geld, sondern das meiner leiblichen Eltern; falls sie welches hatten.«

»Ehrlich gesagt war es spannend. Auf dem Friedhof habe ich nichts erfahren. Nur das Beisetzungsdatum und die Lage der Grabstelle.«

»Ich weiß. Ich war dort und habe es mir angesehen.«

»Es war unwahrscheinlich, doch ich hatte gehofft, dass die noch irgendwelche Unterlagen von der Beerdigung haben. Damit ich nachsehen kann, wer die Grabstelle gekauft hat, von welcher Bank das Geld kam, solche Sachen. Doch offenbar hat die Friedhofsverwaltung vor vielen Jahren die alten Unterlagen entsorgt, außerdem hätte ich sowieso kein Recht auf Akteneinsicht gehabt. Ich bin jedoch weitergekommen, was die Sozialversicherungsnummern von Boone und Sadie Rawson angeht.«

»Ja, ich wollte …«

Sie ignorierte mich. »Hören Sie sich das an, normalerweise dauert es Wochen, die Nummer eines Verstorbenen zu ermitteln. Man muss neunundzwanzig Dollar bezahlen und ein Formular ausfüllen. Ich habe eins hier, warten Sie.« Ich hörte Papier rascheln, dann das Geräusch, als fiele ein schwerer Gegenstand zu Boden, vielleicht ein Buch. »Verdammt.« Sie kam wieder an den Apparat. »Ich muss meine Ablage besser organisieren. Hier herrscht Chaos. So, Formular Nummer 711, ›Antrag auf Herausgabe der Sozialversicherungsnummer verstorbener Personen‹. Man schickt es ein und muss dann angeblich vier bis sechs Wochen auf die Antwort warten.«

»Jessica …«

»Da ich jedoch eine absolute Starrechercheurin bin« – sie legte theatralisch eine Pause ein –, »erhalte ich die Informationen sicher schon im Laufe dieser Woche. Die blöde Kuh von der Verwaltung hat mir einen Vortrag gehalten, es wäre unmöglich, den Suchvorgang zu beschleunigen, und dass ich warten müsse wie jeder andere, bla bla. Aber da habe ich mich einfach an ihren Vorgesetzten gewandt und ...«

»Ich habe sie schon.«

»Wie bitte?«

»Ich habe sie gefunden, auf Ancestry.com.«

»Im Ernst?« Jessica war verdutzt. »Da lassen sich alle Sozialversicherungsnummern einfach so abrufen?«

»Nun, zumindest die der Toten. Ich habe meine Eltern sofort gefunden. Sie hätten das auch geschafft, es dauert keine fünf Minuten. Die Sozialversicherungsbehörde betreibt dort ein Portal namens Death Master File. Klingt gruselig, ist aber sehr praktisch. Dort ist jeder aufgeführt, der den Behörden seit 1875 als verstorben gemeldet wurde.«

»O je. Jetzt fühle ich mich wie eine Idiotin.«

»Das brauchen Sie nicht. Ich hatte das ganze Wochenende nichts zu tun. Ich habe mir auch andere öffentlich einsehbare Verzeichnisse angesehen. Jeden Todesfall von 1919 bis 1998, den die Gesundheitsbehörde von Georgia registriert hat. Ich habe ihre Sterbeurkunden bestellt.«

»Super«, sagte Jessica enttäuscht.

»Aber da ist eine Sache ...«

»Die Besitzurkunde, richtig?« Sie wurde wieder munter. »Das wäre der nächste Punkt. Ich habe ein paar Tage dafür gebraucht, weil sich das online nicht erledigen lässt. Die Datenbank geht nur bis 1980 zurück. Doch wie es aussieht, kann ich heute eine Mittagspause einlegen, und da wollte ich zum Gericht vom Fulton County rüberfahren. Angeblich werden dort alle notariellen Beglaubigungen in Büchern – im Ernst, in richtigen Büchern – aufbewahrt.«

»Und in den Büchern steht … was? Wer das Haus meiner Eltern gekauft hat? Der Kaufpreis?«

»Die Urkunde selbst. Und aus der geht hervor, wer das Haus im Namen Ihrer Eltern verkauft hat. Ich habe die Grundstücksnummer und die Straße. Es sollte kein Problem sein.« Sie klatschte in die Hände. »Und raten Sie mal, was ich noch tun werde, wenn ich schon einmal dort bin.«

»Äh … keine Ahnung.«

»Ich gehe zum Nachlassgericht!«, rief sie entzückt. »Es ist im selben Gebäude untergebracht. Falls Ihre Eltern ein Testament hatten – und gehen wir mal davon aus, dass sie gut organisierte, verantwortliche Bürger waren und eins aufgesetzt haben –, sollte es dort zu finden sein. Und auch Testamente sind für die Öffentlichkeit einsehbar, ist das nicht toll? Ich kann einfach hingehen und um Akteneinsicht bitten. Das hat mir gestern einer unserer Politikredakteure gesagt.«

Ich stellte meinen Teebecher ab und dachte nach. »Ich hätte gedacht, ein Testament wäre … privat. Es kann doch nicht sein, dass ein Fremder in irgendeine Behörde geht und mein Testament liest.«

»Ja, aber Sie sind ja auch nicht tot. Ihr Testament wurde noch nicht eröffnet.«

»Okay, aber auch die Toten haben ein Recht auf …«

»Nein. Die Toten haben keine Rechte, deswegen kann ihnen kein Unrecht angetan werden«, zitierte Jessica. »Das ist von – oh, wie hieß er gleich? Irgend so ein englischer Richter. Das haben wir in der Journalistenschule gelernt. Dass man einen Toten nicht zur Rechenschaft ziehen kann.«

»Aber sein Testament lesen.«

»Genau!«

»Nun, falls Sie tatsächlich das Testament von Boone und Sadie Rawson lesen dürfen, finden wir möglicherweise heraus, was mit dem Haus passiert ist und warum ich kein Geld bekommen habe.«

»Wenn wir das Testament Ihrer Eltern in die Finger bekommen, sind wir dick im Geschäft.«

Das nächste Telefonat verlief weniger entspannt.

»Sie müssen aufhören, der Presse Interviews zu geben«, sagte Beamer Beasley. »Wenn Brett das nächste Mal anruft, verweisen Sie ihn an mich.«

»Mit Vergnügen. Aber warum? Was habe ich falsch gemacht?«

»Nichts, Madam. Es ist eine hübsche Story. Aber als Ermittler kann ich Ihnen nur raten, die Kommunikation einzustellen. Die Presse hat ihren Zweck erfüllt.«

»Wenn es die Presse nicht gäbe, hätten Sie niemals von meinem Besuch in Atlanta erfahren.«

»Das stimmt. Ich will auch gar nicht abstreiten, dass ein bisschen Berichterstattung manchmal Wunder wirkt. Sie regt das Erinnerungsvermögen der Leute an. Doch Sie dürfen nicht vergessen, dass alles, was abgedruckt ist, von allen gelesen werden kann. Auch jene Informationen, die man besser für sich behält.«

»Sie meinen, ich hätte verschweigen sollen, dass ich die Kugel herausoperieren lassen möchte?«

»Informationen, die Beweisstücke betreffen, sollte man besser für sich behalten.«

»Wo wir beim Thema sind. Da ist noch etwas.« Beamer Beasley hörte aufmerksam zu, während ich ihm von dem Einbruch in Dr. Gellerts Praxis und von der verschwundenen Krankenakte erzählte.

»Ich kann das nicht einordnen«, sagte er schließlich. »Vielleicht hat es etwas zu bedeuten, vielleicht nicht. Doch sicher ist

Ihnen schon aufgefallen, dass die Kugel in Ihrem Nacken für eine ganze Reihe von Leuten interessant ist. Seien Sie also auf der Hut. Schließen Sie die Türen ab, öffnen Sie keinem Fremden, gehen Sie nicht allein aus dem Haus, wenn Sie es irgendwie vermeiden können.« Er zögerte. »Das wäre jetzt wohl der passende Moment, Ihnen mitzuteilen, dass Ihr Fall ganz offiziell neu aufgerollt wird.«

»Nein! Wirklich?«

»Auch dafür ist die Presse gut, sie macht uns Druck. Nach dem Artikel und mit der Aussicht auf greifbare Beweise hatten wir keine andere Wahl. Die Entscheidung wurde bereits getroffen. Alle alten Akten werden noch einmal geprüft.«

»Mein Gott.« Ich hielt das Telefon fest umklammert.

»Wir müssen Sie offiziell befragen, nur fürs Protokoll. Es geht um die Sachen, die wir schon besprochen haben. Wenn Sie möchten, bin ich bei der Befragung dabei.«

»Aber Sie werden mir nicht die Fragen stellen, richtig?«

»Nein, das wird wohl der Leiter der Abteilung für ungelöste Fälle übernehmen. Er ist gut. Seien Sie froh, dass ein junger Mitarbeiter den Fall übernimmt. Ist schon eine ganze Weile her, dass ich meinen letzten eigenen Fall hatte. Ich arbeite schon seit Jahren nur noch Teilzeit. Aber da ich seinerzeit an den Ermittlungen beteiligt war und den Kontakt zu Ihnen hergestellt habe, bin ich mit im Team. Vielleicht entdecke ich etwas, was die jungen Hüpfer übersehen.«

»Freut mich, das zu hören.«

»Mich auch. Aber ich kann es nur wiederholen: Machen Sie sich bitte keine zu großen Hoffnungen. Ermittlungen neu aufzurollen heißt nur, dass ich und ein paar junge Detectives noch einmal die alten Akten durchgehen. Vor vierunddreißig Jahren haben wir keine Antwort gefunden, und ich persönlich bezweifle, dass es diesmal anders sein wird.«

»Aber Sie haben selbst gesagt, es gebe neue Beweise. Wenn die Kugel in meinem Nacken …«

»Falls die Kugel bei der OP nicht beschädigt wird und die Forensiker etwas damit anfangen können, ja, dann haben wir vielleicht eine Spur. Aber darüber sollten wir erst reden, wenn es so weit ist. In Ordnung?«

»In Ordnung.« Ich holte tief Luft.

»Mrs Cashion«, sagte er sanft, »höchstwahrscheinlich ist derjenige, der Ihre Eltern ermordet hat, inzwischen längst tot.«

»Ich weiß. Aber Sie … Sie glauben doch, dass eine minimale Chance besteht, ansonsten würden Sie das alles nicht tun.«

Beasley überlegte kurz und sagte dann: »Darauf kann ich Ihnen nur eine indirekte Antwort geben. Letzten Frühling haben wir einen Mann namens Daniel Wade wegen Vergewaltigung verhaftet. Wegen fünffacher Vergewaltigung, um genau zu sein. In Wahrheit waren es wahrscheinlich zwei Dutzend oder mehr. Er wurde ›der Hausmeister‹ genannt, weil er sich als Handwerker ausgab und die Frauen in ihren Wohnungen überfiel. Bei einer Frau hat er Wasser unter der Tür durchgegossen und behauptet, er müsse nach dem geplatzten Rohr suchen.«

»Das ist ja furchtbar.«

»Ja. Interessanterweise fanden diese Straftaten vor fast dreißig Jahren statt, Mitte der achtziger Jahre. Das ist noch nicht so lange her wie Ihr Fall, aber fast.«

»Was ist passiert? Warum wurde er jetzt erst angeklagt?«

»DNA-Spuren. Vor dreißig Jahren gab es noch keine nationale Datenbank. Die DNA-Proben, die damals an mehreren Opfern sichergestellt wurden, stammten von ein und derselben Person. Wir hatten seine DNA, aber nicht seinen Namen. Und im Mai wurde Wade schließlich als Treffer angezeigt.«

»Und dann haben Sie ihn verhaftet?«

»Das war nicht notwendig«, sagte Beamer Beasley müde. »Er

sitzt längst in einem Staatsgefängnis in Kentucky ein. Wegen eines Raubüberfalls. Bis 2021. Danach werden wir ihn nach Georgia holen.«

Ich schwieg.

»Das ist sicherlich kein Ende wie im Märchenbuch. Aber ich komme darauf zu sprechen, weil die Opfer nach so vielen Jahren endlich mit der Sache abschließen konnten.«

»Abschließen.« Ich ließ mir das Wort auf der Zunge zergehen. »Nichts gegen diese Frauen, die sicherlich Furchtbares durchgemacht haben. Aber ich weiß nicht, ob ich je damit abschließen kann. Meine Eltern sind ermordet worden, vor meinen Augen.« Meine Stimme wurde brüchig. »Selbst wenn die Chancen eins zu tausend stehen und Sie den Täter nach all den Jahren noch kriegen, würde ich … würde ich sie nicht zurückbekommen.«

»Natürlich nicht. Keine Macht der Erde kann Ihre Familie zurückbringen. Aber Sie verwechseln da etwas. Abzuschließen bedeutet nicht, die Toten aufzuwecken, sondern dem Opfer das Gefühl zu vermitteln, dass die Gerechtigkeit gesiegt hat.«

»Ja, kann sein.«

Beamer Beasley seufzte schwer. »Ich weiß, das kommt alles zu spät und ist viel zu wenig. Aber in Ihrem Fall ist genau das unser Ziel. Gerechtigkeit.«

Sechsundzwanzig

Jessica Yeo hatte das Amtsgericht des Fulton County auf den Kopf gestellt.

Nach zehn Minuten vor Ort hatte sie die Urkunden für das Haus in der Eulalia Road ausgegraben. Daraus ging hervor, dass meine Eltern das Haus im Jahr 1975 für 45 300 Dollar gekauft hatten. Vier Jahre später, im Dezember 1979, wurde es für 99 500 weiterverkauft. Ein ordentlicher Profit, ganz besonders für ein junges Paar, das gerade erst seine Ausbildung abgeschlossen hatte. Ich war stolz auf sie. Sie waren auf dem besten Weg gewesen, die Zukunft ihrer Familie auf ein solides Fundament zu stellen. Bevor sie jäh aus dem Leben gerissen wurden.

Boones und Sadie Rawsons Testament war ebenso leicht aufzufinden. Die Archivarin hatte nichts weiter gebraucht als die vollständigen Namen und das Todesjahr.

»Bingo!«, sagte Jessica, als sie mich am Nachmittag anrief. »Raten Sie mal, was ich gerade in meinen kleinen Händchen halte. Frisch kopiert und zusammengetackert? Dort im Archiv stehen alle Testamente hübsch aufgereiht in weißen Plastikmappen.«

Die wortgleichen Testamente waren kurz und bündig und jeweils zwei Seiten lang. Es gab nicht viel zu verteilen. Boone vermachte alles Sadie Rawson, sie vermachte alles Boone. Sollten beide sterben, würde ihre gemeinsame Tochter Caroline Smith als Alleinerbin eingesetzt.

Ich schnappte nach Luft. Wie seltsam, meinen Namen zu

hören, der in einem uralten Dokument stand, geschrieben von zwei Menschen, die ich geliebt und dann vergessen hatte.

Ich bat Jessica, das Testament meines Vaters laut vorzulesen. Drei Details fielen mir besonders auf. Erstens der Name des beauftragten Nachlassverwalters, dem sie alles anvertraut hatten. Beide waren beim selben Notar gewesen: Mr Everett A. Sutherland aus Charlotte, North Carolina. Ich hatte den Namen noch nie gehört.

Das zweite war die Nummer eines Bankkontos.

Und drittens wurde in dem Testament interessanterweise ein Schließfach erwähnt.

Das Konto und das Schließfach gehörten zu einer Institution namens Trust Company of Georgia.

»Trust Company?«, fragte ich. »Sitzen die in Atlanta?«

»Früher einmal. Na ja, vielleicht immer noch. Die haben das gleiche Schicksal erlitten wie alle Traditionsbanken in den Südstaaten. Im Laufe der Jahre kam es zu Übernahmen und Namenswechseln. Ich habe mich schlau gemacht: Die Trust Company of Georgia ist 1985 mit einer Bank aus Florida zusammengegangen. Dann haben sie eine Bank in Tennessee und weitere Firmen übernommen. Mitte der neunziger Jahre wurden alle Unternehmen unter dem Namen Sun Trust zusammengeführt.«

»Oh, diese Bank gibt es auch hier in Washington. Eine Filiale ist in meinem Safeway.« Ich versuchte, meine Aufregung zu unterdrücken. »Ich frage mich … ich könnte einfach dort anrufen, oder? Und fragen, was mit den inaktiven Konten ist.«

»Ja. Ich weiß aber nicht, ob das so einfach ist. Wahrscheinlich werden sie das Testament sehen wollen und vielleicht auch die Sterbeurkunde Ihrer Eltern, dazu alle weiteren Dokumente, die wir noch ausgraben können. Was das Schließfach betrifft … es ist sehr interessant. Was im Laufe der letzten vierunddreißig Jahre mit dem Inhalt passiert ist, kann kein Mensch wissen.

Ob die Bank zum Beispiel verpflichtet war, die Sachen so lange aufzubewahren.«

»Keine Ahnung. Ich werde bei der Sun Trust anrufen. Vielleicht finde ich etwas heraus.«

»Oh, das kann ich für Sie erledigen. Mir macht das Spaß.« Jessica atmete schneller, als hätte sie sich in Bewegung gesetzt. »Ich muss zurück in die Redaktion, mich blicken lassen, denn das war gerade die längste Mittagspause aller Zeiten. Aber heute Abend werde ich weiterschnüffeln. Mal sehen, was wir über diesen Mr Sutherland herausfinden können, den Notar.«

Langsam fragte ich mich, ob es schlau gewesen war, Jessica ins Boot zu holen. »Danke für das Angebot. Sie waren fantastisch. Aber ich glaube, ich sollte ab jetzt allein weitersuchen.«

»Warum?« Sie klang verletzt.

»Weil Sie Journalistin sind und ich immer wieder in Ihrer Zeitung auftauche.«

»Aber das war Leland! Sie bezahlen mich unter der Hand …«

»Ich weiß, aber was, wenn Sie auf eine große Story stoßen? Oder wenn Sie im unwahrscheinlichen Fall entdecken, dass meine Eltern mir ein Millionenvermögen hinterlassen haben? Hätten Sie dann moralische Bedenken, Leland davon zu erzählen?«

»Wie Sie schon sagten, es ist höchst unwahrscheinlich.«

»Aber Sie sind eine hervorragende Rechercheurin, jede Wette, dass Sie etwas finden. Und dann soll es nicht in der Zeitung stehen. Könnten Sie mir alles, was Sie kopiert haben, als E-Mail schicken? Und ich sage Ihnen was«, lockte ich sie, »falls ich über eine Million Dollar stolpere, werde ich sie mit Ihnen teilen.«

Als ich an dem Abend meine Schlafzimmervorhänge zuzog, fiel mein Blick auf ein Auto vor dem Haus. Ein grauer Kleinwagen parkte auf der gegenüberliegenden Straßenseite.

Das war nicht ungewöhnlich, außer dass ich den Wagen noch nie gesehen hatte. Eigentlich kannte ich die Autos meiner Nachbarn, und unser Hügel war so weit von den Restaurants und Geschäften Georgetowns entfernt, dass in unserer Straße keine Touristen parkten.

Auf dem Fahrersitz saß ein Mann. Ich erkannte seine Silhouette im Licht des Handys, das er in der Hand hielt. Auch das war nicht ungewöhnlich. Vielleicht wartete er auf jemanden. Oder er schlug die Zeit tot, weil er zu früh zu einer Verabredung gekommen war. Unter normalen Umständen hätte ich nicht weiter darüber nachgedacht, doch Beamer Beasley hatte mir Angst gemacht. Ich ging noch einmal hinunter und überprüfte, ob alle Fenster und Türen verriegelt waren. Dann ging ich zu Bett.

Gegen elf stand ich noch einmal auf, um die letzten Lichter zu löschen. Ich spähte aus dem Fenster.

Das graue Auto stand immer noch dort.

Der Mann saß immer noch darin. Das Handy war ausgeschaltet, aber ich meinte, dunkle Haare zu erkennen. Sein Gesicht konnte ich nicht ausmachen. Nur dass es, ein heller Fleck in der Dunkelheit, die ganze Zeit meiner Haustür zugewandt war.

Siebenundzwanzig

Mittwoch, 23. Oktober 2013

Am Morgen wurde ich von heftigem Klopfen geweckt.

Ich versuchte, es zu ignorieren.

Es hörte nicht auf.

Ich öffnete ein Auge. Die Sonne schien. Mein Digitalwecker zeigte 7.49 Uhr an. Zu früh für den Postboten. Definitiv zu früh für eine Freundin. Wer konnte das sein? Beamer Beasleys Warnung kann mir wieder in den Sinn.

Ich schlug die Bettdecke zurück und tappte ans Fenster, öffnete den Vorhang einen Spalt breit und schaute hinunter. Nein, das konnte nicht sein. Ich rieb mir die Augen. Vor meiner Haustür stand Madame Aubuchon. Zu ihren Füßen stand ein riesiger Topf. Sie trug dicke kreischbunte Skihandschuhe.

Sie musste meinen Blick gespürt haben, denn plötzlich hob sie den Kopf, schirmte ihre Augen vor der Sonne ab und schaute blinzelnd zu mir herauf. Ich warf einen Blick über die Straße. Das graue Auto war verschwunden.

Als ich die Tür öffnete, wuchtete sie den Topf in die Höhe und hielt ihn mir hin, angesichts seines Gewichts schwankte sie leicht. Der Topf dampfte noch. Die Skihandschuhe waren keine Skihandschuhe, sondern übergroße selbstgehäkelte, lila-grüne Ofenhandschuhe. Sie passten überhaupt nicht zu Madames altrosa Hosenanzug.

»Madame Aubuchon?« Was zur Hölle?

»Bonjour, Caroline. Ça va?« Geht es Ihnen gut? »Hier, bitte sehr.«

Als ich versuchte, den Topf entgegenzunehmen, schoss sofort der Schmerz in mein Handgelenk.

Sie sah mich erbleichen. »*Ah, je m'excuse. Elle est où, la cuisine?*«

Sie marschierte an mir vorbei in die Küche. Ich trottete hinterher. Ich hatte nicht vermutet, dass sie ihre Drohung so schnell wahrmachen würde. Hier stand ich, verschlafen und zerknittert im Nachthemd, und Madame war aufgeputzt wie für einen Empfang im Ritz.

»Sie können den Topf behalten«, sagte sie. »Aber die hier muss ich wieder mitnehmen, meine Enkel haben sie gemacht.« Mit diesen Worten stopfte sie die Cartoon-Handschuhe in ihre Cartier-Handtasche.

»Hélène.« Ich zeigte auf den riesigen Topf auf meinen Herd. »Was ist das?«

»Hühnersuppe. Selbst gekocht, mit viel Knoblauch und Weißwein. Sie muss noch abkühlen. Haben Sie Tupperdosen?« Ohne eine Antwort abzuwarten, öffnete sie den nächstbesten Schrank und schaute hinein.

Ich nickte stumm. Seit der Highschool spreche ich fließend Französisch. Mehr als mein halbes Leben lang. Doch die Situation und der Anblick von Madame an meinen Küchenschränken, wo sie nach stapelbaren Plastikdosen suchte, waren so bizarr, dass es mir die Sprache verschlug.

»*J'en ai fait une quantité enorme*« – ich habe eine Riesenportion gekocht –, »damit Sie sie portionsweise einfrieren und jeden Tag davon essen können, um wieder zu Kräften zu kommen.« Sie knallte die Schranktür zu, gab die Suche nach Tupperdosen auf und musterte mich. »Caroline, vergeben Sie mir, aber Sie sehen furchtbar aus.«

»Ich habe geschlafen«, protestierte ich.

»Es ist wichtig, einen normalen Tagesablauf beizubehalten«,

ermahnte sie mich. »Frisieren Sie sich, schminken Sie sich. Gehen Sie aus dem Haus. Das hilft gegen Depressionen.«

»Ich habe keine Depressionen.« Nicht dass sie das etwas angehen würde. »Und natürlich werde ich mich anziehen. Es ist noch nicht einmal acht Uhr.« Die grelle Morgensonne fiel durch das Fenster über der Spüle. Es roch nach Knoblauch und Hühnerfett. Sicher war der Gestank schon dabei, sich in meinen Haaren festzusetzen. In einem Punkt hatte sie recht: Ich würde duschen und mich großzügig parfümieren müssen, wenn ich heute noch aus dem Haus gehen wollte.

Dann besann ich mich auf meine guten Manieren. »Wie aufmerksam von Ihnen. Herzlichen Dank für die Suppe. Möchten Sie einen Tee?«

»Nein, vielen Dank. Ich bin spät dran. Aber wenn ich Ihnen noch einen Vorschlag machen dürfte?«

Am liebsten hätte ich sie darauf hingewiesen, dass sie für den Rest des Semesters schon genug Vorschläge gemacht hatte, doch ich biss mir auf die Zunge.

»Paris«, sagte Madame Aubuchon. »Sobald Sie reisen können, sollten Sie nach Paris fliegen. Ein Tapetenwechsel täte Ihnen gut. Sie können in meinem Apartment wohnen.«

»Das ist zu nett. Das kann ich nicht annehmen.«

»Warum nicht? Seien Sie nicht so höflich. Jean-Pierre und ich werden erst im Frühjahr wieder hinfahren. Die Wohnung liegt in der Nähe des Bois de Boulogne im 16. Arrondissement.«

Natürlich, wo sonst. Im 16. Arrondissement haben die Leute viel Geld und kein Interesse, hip zu sein. Es entspricht der Upper East Side von New York oder Mayfair in London.

Sie küsste mich flüchtig auf beide Wangen und wandte sich zum Gehen. »Nächstes Mal …«

Ich unterdrückte ein Stöhnen. Nächstes Mal?

»… bringe ich Ihnen die Schlüssel mit. Nur für den Fall.«

»Habe ich extra gekauft«, sagte Tony, als er mit über die Schulter geworfener Krawatte und vier Sixpacks unter den Armen zur Tür hereinstapfte.

Zum zweiten Mal an diesem Tag gab ich stumm den Weg frei und schaute zu, wie jemand Vorräte in meiner Küche verstaute.

»Ich weiß, dass du nach der Operation nicht mehr einkaufen gehen kannst«, rief er über die Schulter. »Deswegen lege ich einen kleinen Vorrat an.«

Ich folgte ihm in die Küche. »Vielen Dank. Aber ich trinke kein Bier.«

»Ja, weiß ich. Eines von vielen Beispielen für deinen schlechten Geschmack.« Er riss die Kühlschranktür auf und machte sich daran, das Bier aus der Verpackung zu befreien und in die leeren Gemüsefächer zu legen. »Die sind nicht für dich. Die sind für Martin und mich. Damit wir etwas Anständiges zu trinken haben, wenn wir an deinem Krankenbett sitzen.«

Ich musste lachen. »Wie umsichtig.«

»Gern geschehen. Kannst mir das Geld später zurückgeben.«

»Du bist so gütig.«

»Ich weiß. Meine Ritterlichkeit kennt keine Grenzen. Ich habe mir außerdem überlegt … igitt!« Tony holte Luft und rümpfte angewidert die Nase. »Schwesterherz, was hast du gemacht? Willst du Vampire vertreiben? Hier stinkt es nach Knoblauch.«

»Verdammt.« Ich zündete noch eine Duftkerze an. Den halben Vormittag hatte ich damit verbracht, Tupperdosen und Gefrierbeutel herauszusuchen und den Inhalt von Madame Aubuchons Riesentopf umzufüllen. Nun hatte ich genug Suppe für mehrere Wochen. »Der Gestank muss bis heute Abend verschwinden.«

»Warum? Was ist denn heute Abend?«

»Ich habe ein Date. Ich werde kochen.«

Mein Bruder richtete sich auf, setzte sich auf den Küchentresen und zog wieder die Nase kraus. »Hoffentlich nicht *das*.«

Ich sah ihn böse an. »Nein, ich habe Steaks gekauft. *Zwei*.«

»Schon verstanden. Keine Sorge, ich bin gleich wieder weg.« Er ließ die Beine baumeln, wobei seine schwarzen Anzugschuhe schwarze Streifen auf meinen hellen Holztüren hinterließen. Er wusste, dass mich das verrückt machte und ich die Flecken sofort wegreiben würde, sobald er zur Tür hinaus war. Er wartete darauf, dass ich ihn bat, damit aufzuhören. Als ich angestrengt an die Decke und nicht auf seine Füße starrte, baumelte er absichtlich noch schneller mit den Beinen. Manchmal bekam ich das Gefühl, dass wir immer noch zehn waren.

»Wie dem auch sei.« Rums. Rums. »Wie geht es dir?«

»Gut. Wunderbar.«

»Nein, im Ernst.« Er hielt in der Bewegung inne. »Du hast eine höllische Woche hinter dir.«

Ich blies mir die Haare aus der Stirn. »Das stimmt.«

»Der Operationstermin steht fest? In einer Woche?«

»Ja.«

»Schwesterherz. Kann ich dir irgendwie helfen?«

Ich begegnete seinem Blick. Da war keine Spur von Spott in seinen Augen, sondern er sah mich liebevoll an.

»Ich weiß nicht. Möglicherweise brauche ich deine Hilfe, ich habe da in Georgia eine verrückte Entdeckung gemacht. Ich weiß nicht genau, wohin das alles führen soll.«

»Was für eine Entdeckung? Was war daran verrückt?«

Ich hatte meiner Familie noch nicht erzählt, dass die Ermittlungen zum Mord an Boone und Sadie Rawson neu aufgerollt wurden. Es war sinnlos, Alarm zu schlagen, wenn nichts dabei herauskam. Ich hatte beschlossen, Beamer Beasleys Rat zu beherzigen: Ball flach halten, keine Hoffnungen machen, den Dingen ihren Lauf lassen.

Ich winkte ab. »Nicht so wichtig. Im Moment ist wichtiger, die Operation zu überstehen und gesund zu werden. Wünsch mir Glück.« Ich sah mich um, entdeckte eine hölzerne Salatschüssel und klopfte zweimal dagegen. »Und danach muss ich mich irgendwie beschäftigen. Ich glaube, ich werde ein Buch schreiben.«

»Warum nicht.«

»Das hätte ich längst schon tun sollen, nach so langer Zeit an der Uni. Ich muss, falls ich jemals einen Lehrstuhl haben möchte. In diesem Herbst habe ich einen Aufsatz über die Einführung der Ehescheidung in der Arbeiterklasse im post-napoleonischen Frankreich geschrieben. Er wurde sehr wohlwollend aufgenommen. Das wäre ein Anfang.«

Er kratzte sich die Bartstoppeln. Seine Augen blitzten hämisch.

»Was ist denn?«, fragte ich.

»Nichts. Ganz offensichtlich hat die Welt auf dieses Buch gewartet. Ich denke an eine riesige Startauflage ...«

»Die Zielgruppe sind Akademiker, du Dummkopf. Ich will keinen Thriller schreiben.«

»Nein, nein, stell dein Licht nicht unter den Scheffel. Das wird ein Bestseller.«

Ich bewarf ihn mit einem Geschirrtuch. »Du gehst mir auf die Nerven.«

Er grinste, sprang vom Küchentresen und umarmte mich fest. Ohne Vorwarnung schnappte er sich ein Küchentuch und entfernte die schwarzen Spuren vom Holz.

Ich schaute verwundert zu. Auf einmal klingelte es an der Tür.

Tony und Will verstanden sich auf Anhieb.

Es irritierte, wunderte mich aber nicht.

Ich hockte in der Sofaecke und nippte an meinem Weißwein, während mein Bruder und Will eine Flasche Bier nach der anderen leerten und sich in einer Sprache unterhielten, die mir so fremd erschien wie Suaheli.

»Würde mich kein bisschen wundern, wenn der Ärger mit DH die Sox am Ende in den Abgrund reißt«, sagte Tony, ohne den Blick vom Fernseher zu nehmen. »Denn wenn sie Ortiz einsetzen wollen, müssen sie Napoli aus der Mannschaft nehmen.«

»Das tut weh«, stimmte Will zu. »Und wenn Allen Craig zurückkommt, wäre das ein riesiger Gewinn für die Cards.«

»Ich weiß nicht, meinst du wirklich, er wäre ihr bester Spieler?«

»Machst du Witze? Wenn Craig einen guten Tag hat …«

»Was bedeutet Ärger mit DH?«, ging ich dazwischen. Wenn ich schon dabeisitzen musste, konnte ich mich genauso gut am Gespräch beteiligen.

»Designated Hitter«, sagte Will und tätschelte meinen Oberschenkel.

»Was ist das?«

»Was ist was? Ein Designated Hitter?« Er sah mich an, als hätte ich ihn gefragt, was ein Sandwich ist. Als wäre es eine Selbstverständlichkeit, die man nicht erklären musste.

Er drehte sich zu Tony um. »Ich habe versprochen, ihr alles über Baseball beizubringen, die Regeln und so weiter.«

»Ja ja. Viel Glück dabei.« Mein Bruder lächelte mich an, wie um die Vergeblichkeit von Wills Vorhaben zu betonen. Will hatte ja keine Ahnung, auf was er sich da eingelassen hatte.

Ich ignorierte ihn. Wir schauten weiter zu. Nach einer Weile fragte ich: »Was ist mit den Spielern aus Boston? Warum tragen sie alle Bart?«

»Das soll Glück bringen. Und ist gut für die Teamsolidarität«, erklärte Will.

Tony nickte. »Ich habe gelesen, Napoli wäre jetzt so zugewuchert, dass er Bartshampoo benutzen muss.«

»Wogegen die Pitcher der Cards noch zu jung für Bartwuchs sind.«

»Ha! Stimmt. Aber hast du gesehen, was für Bälle dieser Wacha neulich geworfen hat?«

Und dann ging es auf Suaheli weiter.

Als das Inning sich dem Ende zuneigte und ich meinem Bruder mit einem bösen Blick und spitzen Kommentaren zu verstehen gegeben hatte, dass die beiden Steaks fast fertig waren, stand Tony endlich auf.

An der Haustür beugte er sich zu mir herunter und flüsterte: »Toller Kerl.«

»Danke.«

»Aber gar nicht dein Typ. Er ist verstörend … normal.«

»Pssst! Du hast ja nur Angst, du könntest mich an Thanksgiving nicht mit deiner Sprockets-Nummer ärgern.«

»Ach, da finde ich einen Weg.« Tony musterte mich. »Caroline, ich will mich ja nicht in dein Liebesleben einmischen. Aber bleibt er über Nacht?«

»Tony! Das geht dich gar nichts …«

»Ich finde, du solltest nicht allein sein. Wenn er nicht übernachtet, komme ich später noch einmal zurück und fahre dich zu Mom und Dad rüber.«

»Wie bitte? Warum?«

»Weil ich mir Sorgen um dich mache. Ich sehe doch, dass du Schmerzen hast. Und ich habe nicht vergessen, dass du gerade von einer verrückten Entdeckung in Georgia gesprochen hast. Morgen kannst du mir erzählen, was du damit gemeint hast.«

Unwillkürlich warf ich einen Blick über Tonys Schulter. Die

Straße war menschenleer. Kein graues Auto weit und breit. »Klar. Versprochen. Ich muss jetzt wieder rein.«

»Und?« Tony warf einen letzten Blick ins Wohnzimmer.

»Um Gottes willen. Er bleibt. Und jetzt gute Nacht und auf Wiedersehen.« Als ich ihn zur Tür hinausschob, strich er mir übers Haar. Mir wurde klar, dass ich Will wirklich gern haben musste: Ich konnte es gar nicht erwarten, wieder neben ihm auf dem Sofa zu sitzen, mich anzukuscheln und mir seine Vorträge über Baseball anzuhören.

Doch in meiner Abwesenheit schien Wills Laune sich verschlechtert zu haben.

Zunächst dachte ich, er wäre verärgert darüber, dass ich mit Tony an der Haustür getuschelt hatte. Als ich ihm ein weiteres Bier anbot, schüttelte er den Kopf. Er machte keine Anstalten, mir zu helfen, als ich das Essen auf Tellern anrichtete und ins Wohnzimmer trug. Ich ließ mich neben ihm aufs Sofa fallen. »Was ist los?«

»Nichts.« Er lächelte gequält und wandte sich wieder dem Fernseher zu.

Eine Stunde lang saßen wir auf dem Sofa nebeneinander wie Fremde, ohne uns zu berühren. Höfliches Kauen und Schlucken. Alle paar Minuten kommentierte er das Geschehen auf dem Bildschirm, wenn auch unverständlich für mich, gab ich mich interessiert. Das Spiel ging weiter, und wir wurden immer stiller.

Irgendwann hatte ich genug. Ich legte meine Hand auf seine. »Ist alles in Ordnung?«

»Mit mir? Ja. Ich bin ein bisschen müde. Ich sollte jetzt gehen.«

Er wollte gehen? So hatte ich mir den Abend nicht vorgestellt.

»Danke fürs Kochen.« Er stand auf. »Die Marinade war sehr gut.«

»Will. Was ist denn? Was ist los?«

»Nichts, gar nichts. Sorry.«

»Warum siehst du mir nicht ins Gesicht?«

Unglücklich sah er mich an. »Caroline. Ich weiß nicht, wie ...«

»Sag es einfach.«

»Ich bin so ein Idiot. Du bist wundervoll. Ich denke nur ... du und ich ... das Ganze war ein Fehler. Ich bin dein Arzt. Ich hätte nie ...«

Ach, so war das. »Ist schon in Ordnung. Ich hatte ähnliche Gedanken, moralische Bedenken.«

Erstaunt sah er mich an. »Wirklich?«

»Ich könnte mir vorstellen, dass Beziehungen zwischen Arzt und Patientin nicht gern gesehen sind?«

Er zögerte. »Nein, überhaupt nicht.«

»Aber wir sind beide erwachsen, und alles ist einvernehmlich geschehen. Es ist, wie es ist. Ich will nichts planen, aber ... wenn wir nach meiner Operation weitermachen wollen, werde ich mir einfach einen anderen Arzt suchen. Und voilà, kein Interessenkonflikt mehr.«

»Caroline ...«

»Und ich verspreche dir, dich nie wieder mit meinem blöden Bruder zusammenzubringen, solange wir nicht geklärt haben, wie es mit uns steht.«

Nun musste er lächeln. »Ehrlich gesagt mochte ich ihn.«

»Er dich auch. Aber jetzt lass uns nicht mehr über Tony reden. Küss mich.«

»Das würde ich gern. Aber ich muss jetzt nach Hause.« Will schüttelte sich unwillkürlich, wie ein Hund, der aus dem Wasser kommt. »Ich ... es tut mir leid, dass alles durcheinandergeraten ist.«

»Wovon redest du? Was ist durcheinandergeraten? Du bist mir nach Atlanta gefolgt. Und jetzt willst du mir sagen, dein Interesse sei rein medizinisch gewesen?«

Er ließ den Kopf hängen. »Nein.«

Wütend und entsetzt sah ich ihn an. »Als was bist du heute Abend hierhergekommen? Als mein Arzt oder als mein …?« Ich verhaspelte mich vor Wut. »Machst du das immer so? Machst du dich regelmäßig an deine weiblichen Patienten heran?«

»Wow. Nein, mein Gott. So etwas ist mir noch nie passiert. Und es wird nie wieder passieren.«

»Mist.« Normalerweise fluche ich nie. Madames Verhalten musste auf mich abgefärbt haben. »Scheiße. Will, warte!«

Doch er verließ schon das Haus. Mit lautem Krachen fiel die Tür hinter ihm ins Schloss.

Achtundzwanzig

Angeblich kommt der Mensch mit fünf Sinnen auf die Welt.

Als Kind lernt man es aus Bilderbüchern: Was sieht der Hase? Was riecht der Hase? Sehen, riechen, tasten, schmecken und hören. Aber manche Leute besitzen noch mehr Sinne. Manche Leute spüren, wenn es regnen wird. Die Mütter mancher Soldaten schwören, sie hätten einen Kälteschauder gespürt, einen unheilvollen Stich, Stunden bevor das Telegramm mit der traurigen Nachricht eintraf. Ich glaube ihnen. Zwischen Menschen kann es eine Verbindung geben, die die moderne Wissenschaft nicht erklären kann.

Außerdem lässt die Natur sich so einiges einfallen, um ein Defizit auszugleichen. Meine Großtante war von Geburt an taub und spürte anhand der Vibrationen an ihren Füßen, aus welcher Richtung ein Geräusch kam. Sie krümmte die knochigen Zehen, richtete sich ruckartig auf und zeigte ins Nichts, lange bevor einer von uns den Transporter des Postboten heranrumpeln hörte. Wenn ein Sinn ausfällt, werden die anderen umso schärfer.

So ist es in der Nacht.

Nachts hilft einem nur das Gehör weiter.

Ich will damit sagen, dass ich den Schatten des Mannes nicht sehen konnte, der draußen wartete. Ich konnte ihn nicht aufhalten, als er durchs Kellerfenster hinter dem Haus einstieg, wo die Dunkelheit undurchdringlich war und wo das Mondlicht nicht hinkam. Ich konnte seine Finger am Türknauf nicht spüren.

Nein, aber ich hätte hören können, wie die Glasscheibe eingeschlagen wurde.

Ich hätte hören können, wie der Riegel zurückgeschoben wurde, wie das Dielenbrett unter dem Gewicht seines Fußes ächzte.

Als er kam, schlief ich tief und fest.

Im ersten Moment glaubte ich, Will wäre zurückgekommen. Er hätte kehrtgemacht und sich überlegt, dass er doch lieber bei mir übernachten wollte.

Ich schwebte zwischen Traum und Wachsein. Mein Kissen war warm. Er würde sich bei mir entschuldigen und sich ins Zeug legen müssen. Dann würde ich mich aufsetzen, die Decke anheben, und er würde nackt ins Bett schlüpfen und sich an mich schmiegen. Ich schnurrte, rollte mich auf die Seite. Nun mach schon. Wozu brauchte er so lange? Warum hatte er beim Hereinkommen so viel Lärm gemacht? Warum kam er nicht einfach die Treppe hoch? Irgendetwas störte mich, irgendetwas stimmte nicht, es summte durch meinen Kopf wie ein nerviges Insekt.

Und dann fiel es mir ein: Will besaß keinen Schlüssel. Er konnte gar nicht in meiner Küche sein.

Ich setzte mich auf.

Ich lauschte.

So oft hatte ich mir diesen Moment vorgestellt. Jede alleinlebende Frau hegt nachts ihre eigenen Ängste. In meinen Albträumen spielen sich die Szenen immer in Schwarz-Weiß ab. Grobkörnig, wie in einem Film von Hitchcock. Ich, schmal und Ingrid Bergman nicht unähnlich, trage ein bodenlanges weißes Nachthemd aus Satin. Etwas – weniger ein konkretes Geräusch als ein vages Gefühl der Bedrohung – holt mich aus dem Bett. Ich schlüpfe in meine pelzbesetzten Pantoletten und zünde mir eine Zigarette an (immer noch Ingrid). Atme tief ein, nehme meinen ganzen Mut zusammen. Dann öffne ich (Ingrid) die

Schlafzimmertür einen Spalt breit, schalte das Licht im Flur an, schleiche an den Treppenabsatz und rufe mit heiserer, zitternder Stimme – das Zittern ist ganz wichtig –: »Ist da jemand?« An diesem Punkt wache ich normalerweise auf. Das Gesicht des Eindringlings bekomme ich nie zu sehen.

Die Realität sah weniger elegant aus. Mein Haar war zerzaust, mein Atem säuerlich, weil ich am Abend Wein getrunken hatte. In Wirklichkeit blieb mir keine Zeit zu schleichen. Und schon gar nicht zu rauchen. Außerdem hätte mich keine Macht der Welt dazu bringen können, das sichere Schlafzimmer zu verlassen und mich der dunklen Treppe zu nähern.

Von unten hörte ich einen dumpfen Schlag. Jemand, der sich bei mir nicht auskannte, war gegen einen Tisch oder Stuhl gestoßen. Bewegte sich durchs Wohnzimmer. Raus aus dem Bett, an die Tür, schließ ab. Doch das Türschloss taugte nicht viel. Nur ein Drehknopf in einem Türknauf. Jedes Kind mit einer Haarnadel könnte dieses Schloss knacken. Ich musste die Tür irgendwie sichern. An der anderen Wand stand eine alte Mahagonikommode, in der meine Jeans und Pullover lagen. Als mein Haus gebaut wurde, waren die Leute noch der Meinung, der Mensch bräuchte keine begehbaren Kammern. Als ich mich gegen die antike Kommode stemmte, rutschte ich aus, fand auf dem gewachsten Holzboden keinen festen Halt. Unter dem Bett standen nur meine alten Ugg Boots, die ich trug, um die Zeitung hereinzuholen oder die Mülltonne an die Straße zu rollen. Ich stieg hinein und schob die Kommode, die tiefe Kratzer auf dem Holzfußboden hinterließ, vor die Tür.

Ich spitzte die Ohren.

Alles ruhig.

Nichts war zu hören als der Wind, der draußen durch die Bäume fuhr. Mein Herz klopfte. Das Adrenalin ließ meine Hände zittern, während ich mich auf die Suche nach meinem

Handy machte. Bitte, lieber Gott, bitte. Hoffentlich hatte ich es mit nach oben genommen. Auf meinem Schreibtisch lag es nicht. Auf dem Nachttisch auch nicht. Es steckte in meiner Jeans, die über der Stuhllehne hing. Meine Finger gehorchten mir nicht, trafen immer wieder die falschen Tasten. Endlich hörte ich es klingeln. Eine Sekunde; zwei. Ich ärgerte mich über die Alarmanlage. Das kleine Lämpchen blinkte grün. Es machte sich wohl über mich lustig. Nach dem Streit mit Will war ich so außer mir gewesen, dass ich vergessen hatte, sie einzuschalten.

Die Frau in der Notrufzentrale war seelenruhig. Sie bat mich, langsamer zu sprechen und meine Adresse zu nennen. Ich versuchte es. Krächzte den Namen der Straße, buchstabierte meinen Namen.

Plötzlich knarzte die Treppe. Die zweite Stufe von unten, wie immer. Und die vierte. Ich kannte jedes lose Brett. Jemand nahm immer zwei Stufen auf einmal und ging genau in der Mitte anstatt außen, wo die Bretter stabiler waren. Derjenige scherte sich nicht länger darum, dass ich ihn hörte.

»Er kommt rauf«, flehte ich ins Telefon. »Bitte, machen Sie schnell. Wie lange …«

»Madam, ein Beamter wird jeden Moment …«

»Nein, sofort! Sie müssen sofort jemanden schicken!«

Ich ließ das Handy sinken. Starrte auf die Ritze unter der Schlafzimmertür. Der Eindringling machte kein Licht. Auf der obersten Stufe zögerte er. Keuchend ging er aufs Schlafzimmer zu. Nun trennten uns keine fünf Meter mehr. Nur die Tür und die Kommode standen noch zwischen uns. Hätte ich geflüstert, er hätte jedes Wort verstanden.

Der Türknauf drehte sich. Er versuchte hereinzukommen. Sicher würde er aufgeben und kehrtmachen und das Schloss nicht zertrümmern. Hier ging es nicht um mich. In Washington ereignen sich jede Nacht Dutzende Einbrüche. Er würde mitnehmen, worauf Einbrecher es üblicherweise abgesehen haben – Kamera, Laptop, den teuren, nie benutzten Tennisschläger –, und dann verschwinden.

Wieder ein Knarzen. Er zog sich zurück. Hatte sich umgedreht und ging nun durch den Flur. Ich sackte zusammen. Milde Luft strömte in meine Lunge ein, es fühlte sich an, als wäre ich zu lange unter Wasser gewesen. Jetzt erst merkte ich, dass ich vor lauter Angst nicht mehr geatmet hatte.

Dann ein ohrenbetäubender Lärm, so hört es sich an, wenn ein Mann mit der Schulter und viel Anlauf versucht, eine Tür einzubrechen. O lieber Gott.

Es gab nur einen Ausweg. Mein Schlafzimmerfenster geht auf die Straße hinaus. In etwa drei Metern Entfernung befindet sich ein Azaleengestrüpp, davor der Gehweg. Ich öffnete den Haken, schob das Fenster in die Höhe, beugte mich hinaus und schrie: »Hilfe, helfen Sie mir!« Da unten war niemand, die Straße war menschenleer.

Hinter mir hörte ich Holz splittern.

Ich schwang ein Bein über das Fensterbrett, dann das andere, wollte mich hinunterlassen, doch mir fehlte die Kraft in den Armen. In meinem ganzen Leben hatte ich keinen einzigen Klimmzug geschafft. Das Nachthemd verfing sich, zerriss, ich landete am Boden. Ich spürte die Kälte auf meiner Haut, den harten Asphalt an meinen Knien und einen unsäglichen Schmerz in meinem Nacken. Ich rappelte mich auf. Torkelte. Meinen rechten Arm mit dem schmerzenden Handgelenk presste ich mir an die Brüste, die unter dem Nachthemd auf und ab wippten.

Ich rannte, als wäre der Teufel hinter mir her. Meine Lunge brannte. Zu groß war die Angst, einen Blick zurückzuwerfen.

Wie sich herausstellte, war ich mein ganzes Leben gerannt. Ich hatte es bloß nie gemerkt.

Neunundzwanzig

Donnerstag, 24. Oktober 2013

Bevor ich wieder hineindurfte, wurde das ganze Haus nach Fingerabdrücken abgesucht. Eine Frau, sie war in meinem Alter und hatte krauses Haar und einen dicken Hintern, klappte ihren Instrumentenkoffer auf und machte sich daran, die Eingangstür abzupudern. Ich schaute ihr vom Rücksitz eines Streifenwagens aus zu, eine übergroße Windjacke des Georgetown University Police Departments über den Schultern und eine zweite auf den Beinen. Das Blaulicht auf dem Autodach zuckte.

Ich war schnurstracks zur Universität gerannt. An der Ecke 37. Straße und O Street stand ein Streifenwagen, für Notfälle und um den Eindruck von Sicherheit auf dem Campus zu vermitteln. Als ich auf den Wagen zurannte, blickte mich der Polizist entgeistert an. Wahrscheinlich hatte er auf dem Campus schon die seltsamsten Dinge erlebt, doch eine hysterische Frau mit alten Ugg Boots, zerrissenem Nachthemd und blutigen Knien sah er wohl nicht alle Tage. Als er aus dem Auto stieg, warf ich mich in seine Arme. An seinem Gürtel steckten ein Schlagstock und eine Pistole. Nie im Leben war ich glücklicher gewesen, eine Waffe zu sehen.

Halb trug, halb stützte der Polizist mich. Wir erreichten die Wache neben dem Universitätstor, ein kleines Häuschen, an dem ich tausend Mal vorbeigelaufen war, ohne es je zu beachten. Er setzte mich auf einen Stuhl. Bot mir ein Taschentuch an, damit ich mir den Rotz und die Tränen aus dem Gesicht wischen konnte. Draußen war es noch dunkel. Ich hatte keine Ahnung, wie spät es war.

»Ist alles in Ordnung, Madam? Sind Sie verletzt?«

»Da war ein Mann«, keuchte ich.

»Okay. Jetzt ist alles okay. Ruhig atmen.«

»In meinem Haus!«

»Und wo ist das?«

»Q Street.«

»Q Street? Na schön. Warten Sie, nehmen Sie das hier.« Meine Zähne klapperten laut. Er nahm eine blaue Polizeijacke von einem Bügel an der Wand und legte sie mir unbeholfen um die Schultern. »Also, dieser Kerl. In Ihrem Haus. Kennen Sie ihn?«

Ob ich ihn kannte? Doch die Frage war logisch. Wenn eine Frau mitten in der Nacht blutig und weinend durch die Gegend läuft, ist sie meistens ein Opfer häuslicher Gewalt. Meistens hat ihr der Ehemann oder der Freund die Verletzungen zugefügt.

»Nein.« Ich schüttelte energisch den Kopf, und bei der Bewegung schoss ein solcher Schmerz durch meinen Körper, dass mir schwarz vor Augen wurde und Lichtpunkte vor meinen geschlossenen Lidern tanzten. Als ich mich zwang, sie wieder zu öffnen, sah ich den Polizisten mit verschränkten Armen vor mir stehen, sein Gesicht eine Mischung aus Mitleid und Misstrauen. Wahrscheinlich wirkte ich völlig durchgedreht. Wie eine Irre, die ihre Medikamente nicht genommen hat. Das wirre Haar, die nackten Knie, die alten Schuhe, das zerrissene und verschmutzte Nachthemd. Beschämt riss ich mich zusammen.

»Mein Name ist Caroline Cashion. Professor Cashion. Ich gehöre dem Lehrkörper an.«

»Ach wirklich.«

»Ich bin an der Fakultät für Literatur und Linguistik. Französisch.«

Seine Augenbrauen schnellten in die Höhe. Dann fasste er sich wieder. »Professorin, okay, ich wusste nicht ... warten Sie.« Er drehte sich um, griff sich einen Notizblock. »Lassen Sie mich Ihre Adresse aufschreiben, dann rufe ich die Zentrale an.«

»Das habe ich längst«, kreischte ich. »Ich habe zu Hause den Notruf gewählt. Aber der Mann, der Mann, den ich nicht kenne, der Einbrecher, war schon im Haus. Er kam die Treppe rauf. Ich musste fliehen.«

Der Polizist nickte und schrieb mit, schien sich auf einmal Mühe zu geben, als die Tür aufflog. Ich sprang auf, wollte wegrennen. Doch herein kam nur ein zweiter Polizist. Er war untersetzt und älter als der andere.

»N'Abend, Al. Scheißkalt da draußen ...« Als er mich sah, unterbrach er sich. »Guten Abend!« Er musterte mich von oben bis unten und wandte sich an seinen Kollegen. »Wen haben wir denn hier?«

»Das ist, äh, Mrs ... Also, ich wollte gerade ...« Al hatte eine Tastatur unter dem Computer hervorgezogen und tippte darauf herum. Ich wusste, wonach er suchte. Ich fürchtete, dass ich der freundlich lächelnden Person auf der Website der Universität nicht besonders ähnlich sah. Immerhin würden Alter, Hautfarbe und Geschlecht übereinstimmen. Das Foto hatte den Test offenbar bestanden, denn plötzlich tauschten die Polizisten nervöse Blicke aus und fingen an, sich zu streiten.

»Warum hast du ihre Wunden nicht gereinigt? Wo ist der Erste-Hilfe-Koffer?«, fragte der Ältere.

Al scheuchte ihn weg. »Ich rufe mal in der Idaho Avenue an und frage, ob die etwas wissen.« In der Idaho Avenue befand sich die nächste Polizeiwache. Sie lag im zweiten Distrikt und war somit für Georgetown zuständig.

»Vorsicht, das brennt jetzt ein bisschen.« Der ältere Officer beugte sich über meine Knie und tupfte sie mit einem Desinfektionsmittel ab, das höllisch brannte. Er dämpfte seine Stimme. »Brauchen Sie eine gynäkologische Untersuchung?«

Nein, Gott sei Dank.

»Sie haben den Notruf gewählt, sagen Sie? Haben die jemanden rübergeschickt?«, fragte Al, eine Hand in die Hüfte gestemmt, die andere am Telefonhörer. Bevor ich antworten konnte, hob er einen Finger und bedeutete mir zu warten. Dann sprach er in die Muschel: »Hier ist die Campuspolizei der Georgetown. Hauptcampus. Ich habe hier eine Dame …«

Eine halbe Stunde später war ich wieder in der Q Street vor meinem Haus. Ich stieg aus Als Streifenwagen und wurde an einen Detective übergeben. Jetzt würden die großen Jungs übernehmen. Am Himmel zeigten sich die ersten grauen Streifen. Mein Dad war unterwegs. Die Frau, die sich um die Fingerabdrücke kümmerte, war mit der Tür fertig und machte im Haus weiter. Al drückte meine Schulter, ich solle mir wegen der Jacken keine Gedanken machen, die könne ich jederzeit zurückbringen.

Dann war er verschwunden, und vor mir stand der andere Detective. Er war sehnig und groß, hatte Knopfaugen und eine kleine Nase, die zu weit oben im Gesicht saß. Er hielt mir seine Standardansprache: Er wisse, dass ich sehr müde sei, doch ich solle meine Aussage jetzt machen, weil meine Erinnerung noch frisch sei.

Der Flur sah aus wie immer. Alle Lampen waren eingeschaltet. Als ich am Kopf der Treppe einen Schatten wahrnahm, wich ich instinktiv zur Tür zurück. Doch es war nur die Forensikerin. Sie war mit der Arbeit fertig und rief: »Alles klar!«

»Sind Sie bereit?« Der Detective drehte sich zu mir um. »Können Sie mir zeigen, wo es passiert ist?«

Ich erzählte, was vorgefallen war.

Der Detective hörte zu und machte sich Notizen. Sein Kugelschreiber kratzte über ein Formular mit zweifachem Durchschlag. Hatten diese Leute noch nie etwas von iPads gehört?

Ich spürte, dass er mir meine Geschichte nicht ganz abkaufte.

Immer wieder wollte er wissen, was ich denn tatsächlich gesehen hätte (nichts, eigentlich hatte ich nichts gesehen, schließlich war ich die ganze Zeit hinter der abgeschlossenen Tür gewesen) und welches Geräusch mich aufgeweckt hätte (zerbrechendes Glas? Das knarzende Parkett?). Um wie viel Uhr ich den vermeintlichen Lärm gehört hätte (drei Uhr morgens? Vier Uhr? Fünf Uhr?). Und woher ich wissen wolle, dass der Eindringling männlich sei, wenn ich ihn gar nicht gesehen hätte? (Weil, du Blödmann, keine Frau nachts in fremde Häuser einsteigt und mit roher Gewalt versucht, Türen einzubrechen. Verdammt noch mal. Ich fluche normalerweise nie, aber das war wirklich die Höhe).

Irgendwann während der Befragung kam mein Dad herein, kurz darauf erschienen Martin und Tony. Wir Cashions treten am liebsten im Rudel auf. Martin und Dad trugen Jeans, Tony unpassenderweise einen dunklen Nadelstreifenanzug und eine Krawatte. Vermutlich fuhr er gleich ins Büro weiter. Der Effekt war beeindruckend, als plane er, den Verbrecher an Ort und Stelle zur Rechenschaft zu ziehen.

»Dann also noch einmal von vorn.« Der Detective tippte mit der Kugelschreiberspitze auf seinen Notizblock. »Sie haben geschlafen. Die Alarmanlage hat nicht reagiert, weil sie ausgeschaltet war …«

»Du meine Güte«, murmelte Tony und schenkte mir einen »Wie dumm kann man sein«-Blick.

»Das ist jetzt nicht der richtige Moment für Vorwürfe, Tony.« Martin legte mir die Hand auf die Schulter.

»Von einer Alarmanlage würde sich jemand, der es ernst meint, ohnehin nicht aufhalten lassen.« Der Detective rümpfte die Nase. »Aber warum glauben Sie das? Warum sollte das nicht einfach nur ein Einbruchsversuch gewesen sein? Ich verstehe, dass Sie verängstigt waren, weil Sie allein wohnen, aber warum glauben Sie, dass er – vorausgesetzt, es war ein Er –, dass er Ihnen etwas antun wollte?«

War der Mann bescheuert? »Er hat Anlauf genommen. Um meine Tür einzubrechen!« Ich schlug mit Worten um mich. »Haben Sie meine Schlafzimmertür gesehen?« Das Holz rings um das Schloss war zersplittert; eine Angel war aus dem Rahmen gerissen worden. Beim Anblick drehte sich mir der Magen um, und ich musste mich abwenden.

»Sicher habe ich sie gesehen. Ja, jemand hat versucht, sie aufzubrechen. Wahrscheinlich auf der Suche nach Ihrem Schmuck.«

»Ich bitte Sie. Es ging doch nicht um ein paar Goldketten …«

»Das behaupten Sie. Und ich will einfach nur wissen, ob es dafür Beweise gibt. Er hat ein Fenster eingeschlagen und ist durch den Keller eingestiegen. Und er hat einen Wohnzimmerschrank aufgebrochen, in dem Sie vermutlich Alkohol aufbewahren.« Der Detective zeigte auf einen Spiegelschrank in der Ecke des Wohnzimmers, wo tatsächlich die Spirituosen standen. Das Schloss war kaputt. »Wir haben es hier nicht mit einem raffinierten Panzerknacker zu tun. Offenbar eher mit einem unbeholfenen Typen, der es eilig hatte. Er wollte Ihren Schmuck, und er hat rohe Gewalt angewendet, um möglichst schnell ins Haus zu kommen.«

»Nein. Zunächst einmal würde kein normaler Einbrecher versuchen, die Hausbesitzerin anzugreifen …«

»Ein Einbrecher, der unter Drogen steht, sehr wohl. Glauben Sie mir. Diese Junkies tun die verrücktesten …« Er unterbrach sich. »Verrückte Sachen.«

Ich runzelte die Stirn.

»Hören Sie, wir können nichts ausschließen. Wir werden in alle Richtungen ermitteln. Aber vielleicht beruhigt es Sie zu wissen, dass in dieser Woche in der Gegend schon zweimal eingebrochen wurde. Beide Male westlich der Wisconsin Avenue. Der Täter hat sich jedes Mal Zugang durch den Keller verschafft. Sie sehen, worauf ich hinauswill? Das ist eine Einbruchsserie und hat nichts mit Ihnen zu tun.«

Martin warf mir einen Blick zu. »Solltest du ihm nicht …«, sagte er und fasste sich an den Hals. Martin war der Einzige in meiner Familie, der von meinem Gespräch mit dem Polizisten in Atlanta wusste. »Könnte das nicht vielleicht wichtig sein?«

Ich richtete mich auf.

Ja. Es war wichtig.

Ich hatte die Frage gemieden, ich hatte alles getan, um ihr nicht ins Auge blicken zu müssen. Die Vorstellung, dass ein vierunddreißig Jahre zurückliegendes Ereignis, wie schlimm es auch immer gewesen sein mochte, jetzt in diesem Moment meine Sicherheit bedrohte, schien einfach nur lächerlich. Vielleicht würde ich nie erfahren, warum jemand vor vielen Jahren auf Boone und Sadie Rawson geschossen hatte. Ich war eine Unbeteiligte gewesen, ein Kollateralschaden. Der Täter hatte sich nicht die Mühe gemacht, mich aus dem Weg zu räumen, obwohl es ihm ein Leichtes gewesen wäre. Er hatte mich nicht als Bedrohung eingestuft. Und die Tat war über dreißig Jahre lang nicht aufgeklärt worden. Warum sollte er mich jetzt verfolgen? Jeder, der in der Zeitung über mich gelesen hatte, wusste, dass ich mich an nichts erinnern und niemanden identifizieren konnte.

Ich weiß, ich weiß. Die Kugel. Doch Beamer Beasley hatte angedeutet, dass die Ermittler selbst damit nicht viel würden anfangen können. Er selbst machte sich anscheinend keine Sorgen um meine Sicherheit. Ja, die Kugel bedeutete vielleicht wirklich ein Risiko. Aber in erster Linie ein Risiko für meine Gesundheit und mein Wohlbefinden.

Dennoch.

Das Gesicht des Ermittlers wirkte gleichermaßen gereizt – ich machte ihm seine Theorie von der Einbruchsserie zunichte – und fasziniert, als ich die Ereignisse der vergangenen zwei Wochen schilderte. Die Gesichter meiner Familie hingegen kann man nur als entsetzt beschreiben.

»Nur damit ich dich richtig verstanden habe«, sagte Martin. »Die Polizei in Atlanta rollt den Fall neu auf, weil in deinem Nacken ein Beweisstück steckt?«

»Sie werden mich noch einmal befragen«, sagte ich. »Alter Fall, neue Beweise.«

»Grundgütiger!«, rief Tony. »Sind das die verrückten Erlebnisse, von denen du gesprochen hast? Du stehst im Mittelpunkt einer Mordermittlung? Und du wolltest mir nicht davon erzählen?«

»Tony«, sagte Dad in warnendem Tonfall.

»Und was diese Affen von der Polizei in Georgia betrifft«, schimpfte Tony weiter. »Wer hat da unten eigentlich das Sagen? Sheriff Rosco P. Coltrane? Können die sich nicht denken, dass möglicherweise auch andere Leute an diesen Beweisen interessiert sind? Dass jemand ein persönliches Interesse daran hat, dass die Kugel niemals in die Hände der Polizei gelangt? Ist denen nicht aufgefallen …«

»Hör auf. Der Polizist, mit dem ich in Atlanta gesprochen habe, ist ein guter Mann. Kein Affe. Sein Name ist Beasley. Er gehörte dem Ermittlerteam an, das damals ermittelt hat, im Jahr 1979.«

»Nun, das klingt sehr vielversprechend.« Tony schnaufte.

»Obwohl ich es noch viel beeindruckender fände, wenn sie den Doppelmord aufgeklärt oder den Täter verhaftet hätten.«

Ich ignorierte ihn. »Ich habe nichts gesagt, weil ich das Ganze nicht noch weiter aufblasen wollte. Wenn ein Fall neu aufgerollt wird, werden lediglich ein paar Leute mehr abgestellt, um noch einmal die alten Akten zu lesen. Die haben eine eigene Abteilung dafür, die sich darum kümmert, sobald neue Beweise auftauchen. Sie haben mir gesagt, ich solle mir nicht zu viel davon erwarten. Außerdem«, fügte ich hinzu, »ist nicht auszuschließen, dass der Mörder meiner leiblichen Eltern inzwischen längst tot ist.«

»Oder auch nicht«, murmelte Tony.

Dad und Martin nickten.

Ich wandte mich an den Detective, der sprachlos auf dem Sofa saß. »Die Polizei von Atlanta kann Ihnen alles bestätigen. Meine Geschichte war sogar in der Zeitung.«

Er seufzte, als hätte man ihm keine schlechtere Nachricht überbringen können. »Haben Sie eine Telefonnummer von diesem Beasley? Ich muss das überprüfen.«

»Ja, tun Sie das«, fauchte Tony ihn an. »Und wenn Sie damit fertig sind, sollten Sie vielleicht Personenschutz für meine Schwester organisieren. Das ist längst überfällig. Wenn Sie Ihre Arbeit gemacht hätten, wäre sie letzte Nacht nicht gestorben vor Angst. Unterdessen« – er drehte sich wieder zu mir um – »besorge ich dir eine Waffe.«

»Tony! Du sollst nicht immer so übertreiben!«

»Ich übertreibe nicht. Ich denke praktisch.«

Wir sahen einander böse an.

Martin schaute zwischen uns hin und her und murmelte: »Aber das mit Rosco Coltrane war gut.«

»Halt dich da raus«, knurrte Tony.

»Nein, ganz im Ernst. Sehr witzig.« Martin lehnte sich zurück, trommelte mit den Fingern auf den Tisch und pfiff leise vor sich hin. Die Melodie hatte ich ewig nicht gehört, *Good Ol' Boys*.

Tony hielt es nicht mehr aus, und seine Lippen verzogen sich zu einem Lächeln. »Enos«, flüsterte er in einem übertriebenen Südstaaten-Akzent. »Enos?«

Martins Schultern fingen an zu beben.

Tony redete sich warm: »Hier spricht Sheriff Ros-coooohh P. Coltrane …«

Verwirrt starrte Dad seine Söhne an. »Wovon zur Hölle redet ihr?«

»Dukes of Hazzard«, erklärte ich. »Die Sendung haben sie früher immer geschaut. War Rosco nicht der Gehilfe von diesem Typen, wie hieß er, Boss Hogg?«

»Breaker One, Breaker One«, sagte Martin gedehnt. »Ich bin verrückt, aber nicht blöd.« Ich kicherte. Ich konnte nicht anders. Sogar Dad musste lächeln. Der Detective sah aus, als wäre er am liebsten geflüchtet.

Nie im Leben hatte ich meine Brüder mehr geliebt.

Dreißig

Sie beschlossen, dass ich eine Tasche packen und im Haus meiner Eltern übernachten sollte. Ich leistete keinen Widerstand. Auf keinen Fall würde ich in dem Schlafzimmer mit der kaputten Tür bleiben. Meine Eltern hatten eine Alarmanlage mit Bewegungsmelder, außerdem kläffte der Hund los, sobald im Vorgarten das Laub raschelte. Dort wäre ich in Sicherheit.

Dad wartete, während ich eine Zahnbürste, Schminkzeug und frische Klamotten einpackte, dann fuhren wir nach Cleveland Park. Mom stand auf der Treppe. Sie nahm mich in den Arm, küsste mich aufs Haar und flüsterte immer wieder »Mein süßes kleines Mädchen«. Sie bestand darauf, dass ich ihr in die Küche folgte und einen Teller Suppe aß. Es war neun Uhr morgens, doch ich gehorchte. Warme Linsensuppe mit Lamm und Zimt. Köstlich.

Danach entschuldigte ich mich und ging hinauf in mein altes Zimmer unter dem Dachboden. Ich zog mich aus und duschte heiß, bis meine Haut kribbelte und meine Fingerspitzen verschrumpelt waren. Der Schmerz im Handgelenk ließ etwas nach. Das Adrenalin, das mich in den letzten Stunden angetrieben hatte, war abgebaut. Ich brauchte Schlaf. Bevor ich die Vorhänge zuzog, holte ich mein Handy heraus und rief Will an. Der Anruf wurde direkt auf die Mailbox umgeleitet. Sicher untersuchte er gerade einen Patienten. Oder er war immer noch wütend wegen gestern Abend. Oder er bestrafte mich dafür, dass ich nie ans Handy ging.

»Hallo. Ruf mich an.« Mir fiel nicht mehr zu sagen ein, ich

wusste nicht, wie ich die Ereignisse der vergangenen Nacht schildern sollte.

Ich breitete mein nasses Haar auf dem Kopfkissen aus, zog mir die Decke bis ans Kinn und fiel in einen tiefen, traumlosen Schlaf.

Als ich aufwachte, war es schon vier Uhr.

Auf dem Handy hatte ich drei neue Nachrichten. Die erste war von Madame Aubuchon, in förmlichem Tonfall fragte sie nach, wie es mir gehe, und fügte hinzu, sie habe ihre Meinung geändert und wolle den Suppentopf zurück. Die nächste Nachricht war von Beamer Beasley, die letzte von Marshall Gellert, dem Chirurgen. Beide nannten nur ihren Namen und baten um Rückruf.

Beamer Beasley rief ich zuerst zurück. Er war entsetzt. Die Washington Metropolitan Police hatte sich schon bei ihm gemeldet und ihn ins Bild gesetzt, dennoch bestand er darauf, dass ich ihm alles noch einmal bis ins letzte Detail beschrieb.

»Tut mir leid, dass Sie alles noch einmal wiederkäuen mussten«, sagte er, als ich fertig war, »dass Sie es noch einmal durchleben mussten. Aber es ist wichtig, wir dürfen nichts übersehen.«

»Natürlich nicht.«

»Ich will ehrlich zu Ihnen sein. Ich weiß nicht, ob dieser Einbruch etwas mit den Ereignissen von damals zu tun hat. Aber nehmen wir einmal an, jemand versucht tatsächlich, die Kugel an sich zu bringen. Dann könnte er durchaus auf die Idee kommen, Sie nachts zu überfallen, wenn Sie allein zu Hause sind.«

Ich zitterte.

»Heute Nacht bleiben Sie bei Ihren Eltern, richtig? Sie sind die ganze Zeit bei Ihnen? Sie werden das Haus nicht unbegleitet verlassen?«

Ich betrachtete mich im Spiegel an der Schlafzimmerwand.

Mein Haar hatte sich im Schlaf zu einer wilden Tolle verformt, unter den Augen hatte ich dunkle Ringe. Ich trug eine ausgeleierte Jogginghose und ein verwaschenes Sweatshirt, das ich einem Exfreund geklaut hatte. »Wenn Sie mich jetzt sehen könnten, würden Sie sich keine Sorgen machen, ich könnte unter Leute gehen.«

»Gut. Die Polizei wird sich bei Ihnen melden, wenn sie es nicht schon ohnehin getan hat. Sobald es dunkel wird, wird ein Streifenwagen regelmäßig an Ihrem Elternhaus vorbeifahren. Die können nicht die ganze Zeit davor stehen bleiben, deswegen wäre es das Beste, Sie bleiben im Haus.«

»Dann glauben Sie, dass ich in Gefahr bin.«

»Ich glaube, dass ich es mir niemals verzeihen würde, wenn Ihnen etwas zustößt.« Beamer Beasley schwieg für einen Moment. »Die gute Nachricht ist, der Einbruch macht allen hier Feuer unterm Hintern. Die ganze Woche habe ich auf die Akten Ihrer Familie gewartet. Angeblich waren sie unauffindbar. Aber raten Sie mal, was heute Mittag passiert ist? Keine drei Stunden nachdem sich die Kollegen aus Washington hier gemeldet haben. Zwei riesige schwere Kisten standen plötzlich auf meinem Schreibtisch. Offenbar wurde endlich jemand ins Lager geschickt, der genügend Grips hat.«

»Was ist in den Kisten?«

»Lauter Zeug. Ich bin noch dabei, den Inhalt zu untersuchen. Im Moment kann ich noch nicht viel dazu sagen.«

»Weil Sie es nicht dürfen oder weil Sie mehr Zeit brauchen, um …«

Beamer Beasley tat so, als hätte er mich nicht gehört. »Was Ihre Vernehmung betrifft. Ich würde das am liebsten persönlich machen. Aber aus Zeitgründen wäre es vielleicht das Beste, wir führen sie in den Räumen der Polizei von Washington durch. Wir werden Sie abholen lassen.«

»Geht das nicht am Telefon?«

»Nein, wir brauchen eine Videoaufzeichnung. Lassen Sie uns einen Termin gleich morgen früh vereinbaren.«

Ich biss mir auf die Unterlippe, wollte widersprechen, aber ich hielt mich zurück. »Mein Bruder will mir eine Waffe kaufen, zur Selbstverteidigung.«

»Sie können schießen?«

»Nein.« Ich sagte ihm nicht, dass ich noch nie in meinem Leben eine Schusswaffe in der Hand gehalten hatte. »Ich werde Unterricht nehmen müssen.«

Beasley machte ein Geräusch, als hätte er Zweifel. »Sie sprechen wohl von einem Revolver. Es dauert eine ganze Weile, bis man im Umgang sicher ist und sich damit wohl fühlt. Mein offizieller Rat an Sie lautet, die Waffen den Cops zu überlassen. Die Polizei vor Ort wird sich um Ihre Sicherheit kümmern.«

»Das ist Ihr offizieller Rat? Wie lautet der inoffizielle?«

Er zögerte, seufzte. »Ganz unter uns … ich sage Ihnen das als Vater … Sie brauchen etwas Kleines, vielleicht eine Neun-Millimeter-Glock. Das wäre keine schlechte Idee.«

»Wie ich hörte, wollen Sie die Operation vorziehen?«

»Will ich das? Wo haben Sie das gehört?«

Marshall Gellert und ich hatten den Nachmittag über Anrufbeantworter-Pingpong gespielt. Er erreichte mich endlich, als ich mich gerade an den Tisch gesetzt hatte.

»Oh«, sagte er verblüfft. »Ich dachte … heute Mittag hat mich ein Detective aus Georgia angerufen und gesagt, die Kugel in Ihrem Nacken sei wichtig für seine Ermittlungen, er wolle sie lieber früher als später untersuchen. Mehr hat er nicht verraten, aber ich glaube, das Ganze ist Ihnen nicht neu? Sicher wissen Sie, dass er mich angerufen hat.«

»Das wusste ich nicht, aber ich würde die Operation liebend gern schnell hinter mich bringen.« Dann machte Beamer Beasley jetzt also Ernst. »Wann?«

»Ich habe an Montag gedacht anstatt Mittwoch. Würde das in Ihren Terminplan passen?«

In welchen Terminplan? Mein Terminplan bestand darin, mich im Haus meiner Eltern zu verstecken, mit Linsen und Lammfleisch gemästet und von meinem Freund ignoriert zu werden. Falls man Will Zartman so nennen konnte.

»So gesehen«, fuhr Gelehrt fort, »ist es auch unter medizinischen Gesichtspunkten das Beste, die Operation vorzuziehen. Falls der Fremdkörper, also die Kugel, tatsächlich wandert, zählt jeder Tag. Früher als Montag bekomme ich im Sibley aber keinen Operationssaal. Der Kameramann ist bereits über den neuen Termin informiert.«

»Sagten Sie Kameramann?«

»Ja.« Immerhin war Gellert so anständig, beschämt zu klingen. »Wie ich Ihnen bereits erklärt habe, ist es ein Wunder, dass jemand mit Ihrer Verletzung so lange überlebt hat, nein, ein *wunderbares Leben* führt. Einige meiner Kollegen schreiben in ihren Blogs darüber, seit letzter Woche, als Ihr Artikel in der *Journal-Constitution* online ging. Haben Sie die Beiträge gesehen?«

Nein, hatte ich nicht.

»Alle hoffen darauf, dass Sie uns gestatten, den Eingriff zu filmen, zu Forschungszwecken. Bei den Neurologen sind Sie so etwas wie eine Berühmtheit geworden.«

Auf einmal sah ich ein paar Fachidioten vor meinem geistigen Auge, deren dicke Brillen auf den pickligen Nasen verrutschten und die vor sich hin sabberten, während sie auf den ersten Schnitt warteten.

»Vielleicht beruhigt es Sie zu wissen, dass Dr. Zartman einverstanden ist. Damit, dass wir den Eingriff filmen und so bald wie möglich operieren.«

Ich schnappte nach Luft. »Wann haben Sie mit Dr. Zartman gesprochen?«

»Heute Morgen. Kurz bevor ich versucht habe, Sie zu erreichen.«

Dann war Will wach und wohlauf und kümmerte sich um meine medizinische Betreuung. Nur meine Anrufe nahm er nicht entgegen.

»Eine Krankenschwester wird Sie vorbereiten. Sie wird Ihnen Schritt für Schritt erklären, was bei der Operation passieren wird. Sie dürfen Vicodin nehmen, falls Sie Schmerzen haben. Aber bitte keine feste Nahrung, kein Aspirin und keine anderen Medikamente nach sechs Uhr am Sonntagabend. Ich schreibe Ihnen ein Rezept aus.«

»Danke. Übrigens, haben Sie meine Krankenakte gefunden? Haben sie den Mann gefasst, der ins Krankenhaus eingebrochen ist?«

»Leider nicht. Aber keine Sorge, wir konnten alle Unterlagen wiederbeschaffen. Alles ist in Ordnung. Ich frage mich ohnehin, was der Kerl hier wollte. Offenbar hat er nichts mitgenommen.«

Nachdem ich aufgelegt hatte, sah ich minutenlang seine strahlend blauen Augen vor mir, die jetzt sicherlich auf den Rezeptblock gerichtet waren. Dann sah ich seine Hände, die hyperaktiven Finger, die übers Papier schossen wie Spinnen. Auch wenn mir die Situation große Angst machte, fühlte ich mich aus irgendeinem Grund bei ihm in sicheren Händen.

Einunddreißig

Freitag, 25. Oktober 2013

Mich die miserabelste Schützin zu nennen, die jemals auf der Chantilly Rifle and Revolver Range trainiert hat, ist vielleicht übertrieben; aber ich war fraglos die miserabelste Schützin seit vielen Jahren.

Der Schießstand befand sich eine halbe Fahrstunde außerhalb der Stadt. Man fährt auf der Key Bridge über den Potomac bis ins nördliche Virginia, nimmt dort die I-66 und fährt immer geradeaus. Das hässliche, gedrungene, gelb verputzte Gebäude stand gegenüber von einem Einkaufszentrum an der Hauptstraße. An den Glastüren stand *Öffentliches Gebäude* und *Keine geladenen Waffen!* Drinnen war es ruhig und sauber. In Glasvitrinen wurden Schusswaffen aller Größen und Marken ausgestellt. An der Wand hingen gerahmte Poster. Auf einem war ein Mann mittleren Alters abgebildet, der mit einer Pistole auf die Kamera zielte. Darüber eine Einladung: *Kommen Sie nach der Arbeit auf einen Schuss vorbei – bringen Sie Ihre Freunde mit für eine Happy Hour der besonderen Art!* Oder dieses hier, mein persönlicher Favorit: *Wutanfälle? Eheprobleme? Versuchen Sie es mit unserer Spezialtherapie.* Auf dem dazugehörigen Bild war eine Frau zu sehen, die auf eine menschliche Silhouette feuerte. Sie hatte die rote Zielscheibe auf der Brust ignoriert und fünfzehn Schüsse in die Lendengegend abgefeuert.

Schießen zu lernen war erstaunlich billig. Zehn Dollar pro Kopf, Bahn und Stunde. Die Zielscheiben aus Papier kosteten einen Dollar, ein weiterer Dollar ging für die obligatorischen Schutzbrillen und Ohrenschützer drauf. Für diese zehn Dollar durfte man so viele Waffen ausprobieren, wie man wollte. Verdammt, für neunzehn Dollar bekam man ein AK-47 für einen ganzen Tag!

Tony trat an den Tresen und erklärte, ich sei Anfängerin und wolle den Umgang mit einem Revolver lernen.

»Sind Sie im Umgang mit Schusswaffen vertraut?«, fragte die Angestellte. Ihrem Namensschild zufolge hieß sie Irene. Sie hatte unreine Haut, und ihr schwarzes Haar hatte einen unvorteilhaften Topfschnitt, dafür besaß sie – soweit ich es erkennen konnte – eine atemberaubende Figur.

»Nein«, sagte ich.

»Möchten Sie einen Revolver oder eine Halbautomatik?«

»Wo ist der Unterschied?«

Sie und Tony tauschten einen Blick aus. »Warum probieren Sie nicht beide aus, dann sehen Sie, welche Ihnen besser gefällt. Ich persönlich stehe auf Revolver. Die sind einfach genauer und blockieren nie.« Sie nahm eine Waffe heraus, zeigte uns, dass sie nicht geladen war, und legte sie auf den Tresen. »Brauchen Sie sie für die Handtasche oder für den Nachttisch? Beim Waffenkauf sollte man keine Kompromisse machen.«

Ich betrachtete meine Handtasche, eine schwarze Clutch von Chanel, die ich mir vor einem Jahr in Paris gekauft hatte. Ich hatte sie in mehreren Monatsraten abbezahlt, und sie war kaum groß genug für einen Lippenstift und die Autoschlüssel. »Nachttisch, glaube ich.«

»Dann sollten Sie sich für eine größere entscheiden. Mit weniger Rückschlag.«

»Aber hat eine größere Waffe nicht mehr Rückschlag?«

»Ich wusste, dass Sie das fragen würden.« Sie lächelte mich freundlich an. »Das tun alle Anfänger. Aber denken Sie mal drüber nach. Wenn man eine Kugel aus einer großen Waffe abfeuert und aus einer kleinen, hat die kleine mehr abzufedern. Das ist einfachste Physik. Warten Sie, ich gehe mit Ihnen auf den Stand. Heute ist hier ohnehin nicht viel los, es ist so ruhig wie in der Kirche.«

Irene stellte eine Zielscheibe in halber Distanz auf. Sie zeigte mir, wie man die Waffe hält, wie man sie lädt und wie man zielt. Das war einfach. Die Zielscheibe hatte ein blaues Bull's Eye und ich eine gute Lehrerin. Ging der Schuss zu weit nach links, sollte man auf den Finger am Abzug achten. Schoss man zu niedrig, ahnte man schon, dass ein Rückstoß erfolgte, und so weiter. Nur eines blieb immer gleich: Ich schoss jedes Mal kilometerweit daneben.

Nach den ersten zehn Versuchen schob Irene die Zielscheibe bis auf fünf Meter an mich heran. »Sie muss gar nicht so weit entfernt sein, keine Sorge. Seien wir mal ehrlich, Sie brauchen die Waffe zur Selbstverteidigung, nicht, um einen Kerl aus zwanzig Metern Entfernung abzuknallen, oder?«

Vielleicht lag es daran, dass ich so unsportlich bin, das will ich gar nicht abstreiten. Meine Auge-Hand-Koordination lässt stark zu wünschen übrig, und schon als Kind empfand ich jedes Sportereignis als Demütigung. Aber versuchen Sie mal, mit links zu schießen, wenn Sie Rechtshänder sind. Meine rechte Hand steckte in einer Schiene. Zuerst bemühte ich mich noch, die linke zu stützen, aber der Rückschlag war zu schmerzhaft, egal, mit welcher Waffe wir es versuchten.

Nach einer halben Stunde mussten wir alle drei einsehen, dass ich ein hoffnungsloser Fall war. Ich bezahlte und gab Irene ein großzügiges Trinkgeld. Sie überreichte mir ein Merkblatt als Andenken.

Auf dem Parkplatz knüllte ich es zusammen. »Wie peinlich.«

»Du hast das ganz prima gemacht«, sagte Tony. »Es ist meine

Schuld. Ich hätte bedenken müssen, wie schwierig es ist, mit einem geschienten Arm zu schießen.«

»Gerade eben hast du noch ausgesehen, als wärst du am liebsten nicht mehr mit mir verwandt.«

»Nur als du diese idiotischen Fragen gestellt hast. Zum Beispiel, als du nach dem Unterschied zwischen einem Revolver und einer Semiautomatik gefragt hast.«

»Und, gibt es einen?«

»Du lieber Himmel.«

»Falls es dich beruhigt«, sagte ich böse, »du kannst dich jederzeit von mir lossagen. Immerhin sind wir nicht blutsverwandt.«

Er wirbelte herum. Sein Gesicht lief dunkelrot an. »Sag das nie wieder. Nie wieder!«

Ich riss die Autotür auf, warf mich auf den Sitz und knallte die Tür zu. Er blieb wie angewurzelt auf dem Parkplatz stehen und betrachtete mich durch die Seitenscheibe, als wäre ich ein tollwütiger Waschbär.

Schweigend fuhren wir nach Hause. Tony saß am Steuer und starrte grimmig geradeaus.

Als wir über die Key Bridge nach Georgetown fuhren, legte ich die Hand auf seine Schulter. Er wich nicht zurück. Zwischen Tony und mir galt so etwas als Entschuldigung.

Gegen Mittag rief Beamer Beasley an.

Ich war überrascht, so schnell wieder von ihm zu hören. Die Befragung am Morgen war reibungslos verlaufen. Eine Zivilstreife hatte mich abgeholt und nach dem Gespräch zurück nach Hause gebracht. Beamer Beasley und Gerry Fleeman, der Leiter der Abteilung für ungelöste Fälle, saßen mir per Videoschaltung gegenüber. Ich war der Meinung, alle Fragen zu ihrer Zufriedenheit beantwortet zu haben.

Doch offenbar war Beasley mit seinen Kisten erst später fertig geworden. Er hatte Projektile gefunden. Mehrere, aus zwei verschiedenen Waffen. Nun hatten sie etwas, mit dem sie meine Kugel abgleichen konnten.

»Ich dachte, es gäbe kein Vergleichsmaterial«, sagte ich schockiert. »Ich dachte, der Täter hätte die Kugel, die Boone getroffen hat, aus dem Türrahmen entfernt.«

»Sie stammen von einem anderen Tatort. Diese Kugeln wurden vorsichtshalber aufbewahrt, als Vergleichsmöglichkeit.«

»Ich verstehe nicht.«

»Um eine Kugel zuordnen zu können, vergleicht man sie am besten nicht mit der Waffe, aus der sie abgefeuert wurde, sondern mit einer anderen Kugel. Man vergleicht Vergleichbares. Wissen Sie, was Züge sind? Das sind die spiralförmigen Rillen im Inneren des Laufs. Jedes Gewehr und jede Handfeuerwaffe hat diese Rillen, und sie sind so einzigartig wie ein Fingerabdruck. Selbst wenn zwei Waffen in derselben Fabrik hergestellt wurden. Und je öfter eine Waffe abgefeuert und gereinigt wurde, umso prägnanter sind die Züge. Bei jedem Schuss hinterlässt die Waffe ihren Fingerabdruck auf dem Geschoss. Wir reden über winzig kleine Spuren, mikroskopisch klein. Aber ein guter Labortechniker kann sie ausmachen. Bei Mordfällen geben wir Probeschüsse mit den am Tatort sichergestellten Waffen ab, um Projektile für den Vergleich zu haben.«

Ich hatte große Mühe, ihm zu folgen. »Aber Sie haben doch im Haus meiner Eltern keine Waffe gefunden. Und keine anderen Kugeln.«

»Das stimmt. Aber wir hatten einen Verdacht. Wissen Sie noch? Ich habe Ihnen von drei Männern erzählt, die wir verhört haben. Zwei besaßen eine Waffe. Das war nicht verboten. Wir hatten keinen Grund, die Waffen zu beschlagnahmen. Aber wir haben Probeschüsse damit abgegeben, in ballistische Gelatine.

Nur für den Fall, dass wir eines Tages eine Kugel finden, die wir vergleichen können.«

Ich hielt den Atem an. »Dann haben Sie die ganze Zeit gehofft, an die Kugel in meinem Nacken zu kommen.«

»Das hört sich nicht sehr nett an.«

»Aber … warum haben Sie mir von den anderen Kugeln nie etwas erzählt?«

»Ich wusste es nicht mehr. Seit vierzig Jahren bin ich jetzt beim Morddezernat. Ich hatte es mit hunderten, vielleicht sogar tausend Mordfällen zu tun. Ich will mich nicht herausreden, aber ich kann mir nicht die Details jedes einzelnen Falles merken. Und wie ich schon sagte, damals, im Jahr 1979 bekamen wir fast täglich neue Fälle auf den Tisch.« Beamer Beasley schluckte. »Insgeheim habe ich gehofft, dass wir damals so geistesgegenwärtig waren, Vergleichsmaterial zu sammeln. Aber ich war mir nicht mehr sicher. Ich konnte mich nicht erinnern. Aus den Akten ging nichts hervor.«

Ich seufzte. »Dann ist es wohl ein Wunder, dass sie nicht längst entsorgt wurden und Sie sie nach so langer Zeit gefunden haben.«

»Sie wissen gar nicht, wie recht Sie haben. Sie haben ja keine Vorstellung von dem Chaos, das wir hier unten unsere Asservatenkammer nennen.« Er räusperte sich. »Wie ich hörte, wurde Ihre Operation auf Montag vorgezogen?«

»Ja, und ich wünschte, Sie hätten mich informiert, bevor Sie meinen Chirurgen angerufen haben.«

»Mrs Cashion, es ist meine Aufgabe, Beweismittel zu sammeln. Und ich tue, was ich kann, um Sie zu schützen. Vertrauen Sie mir, es ist in Ihrem Interesse, dass die Kugel möglichst schnell entfernt wird. Wenn es nach mir ginge, würden Sie jetzt in diesem Moment in den OP gerollt.«

Zweiunddreißig

Beamer Beasleys Anruf hatte mich erschüttert.

Das Frustrierendste war vielleicht, dass ich nichts tun konnte als warten. Warten auf die Operation, warten, ob ich am Ende gelähmt sein würde, ob mit der Kugel etwas anzufangen war, ob der Eindringling vom Mittwochabend es noch einmal versuchen würde. Unruhig ging ich in meinem Zimmer auf und ab. Ich versuchte, zu lesen und mich zu konzentrieren, klappte das Buch aber entnervt zu, nachdem ich ein und denselben Abschnitt über Jean-Paul Sartre vier Mal gelesen hatte, ohne ein Wort zu verstehen. Wieder ging ich auf und ab. Ich hatte Angst, ich war wütend, ich war ratlos, alles zusammen eine gefährliche Mischung. Um sechs Uhr abends gab ich der Versuchung nach.

Wills Handy war ausgeschaltet, in der Praxis meldete sich nur der Anrufbeantworter. Dann also seine Privatnummer. Seltsamerweise wusste ich nicht einmal, wo er wohnte. Zum Glück war Zartman ein ungewöhnlicher Name. Im Telefonbuch stand nur ein einziger Eintrag, inklusive Telefonnummer und Adresse. Lorcom Lane in Arlington, Virginia. Auf der anderen Seite des Flusses.

Hinfahren konnte ich schlecht. Nicht nach dem Überfall, nicht nach dem Telefonat mit Beamer Beasley. Ich war in meinem alten Kinderzimmer gefangen. Ich setzte mich hin und dachte nach. Schließlich rief ich Martin an und sagte ihm, ich müsse dringend jemanden sprechen, er müsse mich nach Arlington fahren und im Auto warten.

Eine Stunde später holte er mich ab. »Lass mich raten. Dr. Sprockets.« Er grinste höhnisch.

Wütend sah ich ihn an und sagte nichts.

»Tony sagt, er wäre ein toller Kerl. Warum lädst du ihn nicht einfach zu uns ein? Hast du einen bestimmten Grund, ihn vor Mom und Dad zu verstecken?«

»Zufälligerweise geht er nicht mehr ans Telefon.«

Mein Bruder legte den Kopf schief. »Ich sage dir das nur ungern, aber normalerweise bedeutet das, dass ein Mann kein Interesse mehr hat.«

»Vielen Dank für diesen tiefen Einblick in die männliche Psyche«, gab ich zurück, »ich weiß, was das normalerweise bedeutet. Aber ich glaube ... ich hoffe, dass er mir nur aus dem Weg geht, weil er ein Ehrenmann ist.«

Ich sprach über das Verhältnis zwischen Arzt und Patient, das Tabu. Erzählte, dass Will sich seltsam benommen hatte und schließlich aus dem Haus gestürmt war.

»Du könntest dir einen anderen Arzt suchen«, sagte Martin.

»Das habe ich ihm auch vorgeschlagen.«

Die Lorcom Lane war eine ruhige Wohnstraße. Im Licht der Straßenlaternen erkannte ich zwei- und dreistöckige Backsteinhäuschen im Kolonialstil, allesamt gepflegt und typisch amerikanisch. Mir wurde unwohl. Ich hatte mir vorgestellt, dass Will in einem schicken Apartmenthaus wohnte oder in einem ehemaligen Loft mit nackten Wänden und meterhohen Decken.

Als wir die Hausnummer gefunden hatten, bog Martin in die Einfahrt ein.

Im Licht der Scheinwerfer tauchte Wills Jeep auf. Über dem Garagentor hing ein Basketballkorb. Davor lag ein Kinderfahrrad.

Und auf einmal verstand ich.

Sie erwarten eine Szene? Sie wollen lesen, dass ich in Tränen ausbrach und an die Haustür stürmte, wo mir die hübsche Ehefrau öffnete? Sie wollen wissen, wer wem zuerst an die Gurgel ging?

So bin ich nicht.

Ich habe es bereits gesagt: Ich habe nichts für Gefühlsausbrüche übrig, bin kein launischer Mensch.

Martin hingegen war empört. Er starrte das Kinderfahrrad an, als frage er sich, was dieses Ding in der Einfahrt meines Freundes verloren hatte. Er brauchte ein paar Sekunden länger als ich, um zu begreifen, dass Will verheiratet war, dass er ein Kind hatte.

»Soll ich seine Kniescheiben zertrümmern?«, fragte er. »Soll ich *Wichser* auf seinen Rasen schreiben?«

»Leg den Rückwärtsgang ein. Schnell. Bevor jemand aus dem Haus kommt und uns entdeckt.«

Schweigend fuhren wir nach Hause. Ich schaute aus dem Fenster, massierte mein rechtes Handgelenk und wünschte mir, Tony hätte mir die Neun-Millimeter gekauft.

Martin begleitete mich bis auf die Veranda meiner Eltern und murmelte: »Er ist ein Idiot. Der kann dir nicht das Wasser reichen. Meine Güte, am liebsten würde ich Tony anrufen, und dann laden wir den Kerl zum Bier ein. Um ihm zu zeigen, wie ein Mann unsere Schwester zu behandeln hat.«

»Danke, aber mir geht es gut.« Ich wollte ihm gerade meine Wange hinhalten, als ich es entdeckte. Das graue Auto. Wieder stand es schräg gegenüber auf der anderen Straßenseite. Wie konnte ein so unscheinbares Auto so auffällig sein?

»Martin«, flüsterte ich. »Siehst du das Auto?«

»Dann würde er wochenlang nicht mehr laufen können.« Mein Bruder murmelte immer noch vor sich hin.

»Martin! Das graue Auto.«

Er drehte sich um, kniff im Licht der Veranda die Augen zusammen. »Was ist damit?«

»Es stand vor meinem Haus, in der Nacht, als bei mir eingebrochen wurde. Dasselbe Auto.«

»Bist du sicher?«

Nein, ich war mir nicht sicher. Es handelte sich um einen gewöhnlichen grauen Kleinwagen, absolut unscheinbar. Doch entweder wurde ich verrückt, oder ich hatte den Wagen tatsächlich schon einmal gesehen, und ich entschied mich für Letzteres. »Ja, ich glaube schon. Ein Mann hat drin gesessen.«

Mein Bruder runzelte die Stirn, kniff wieder die Augen zusammen und schlenderte langsam über den Rasen auf die Straße.

»Martin!«, zischte ich. »Stopp!«

Der Motor des grauen Autos wurde gestartet. Die Scheinwerfer wurden eingeschaltet. Es rollte ein paar Meter zurück und rammte dabei die Stoßstange des dahinter geparkten Wagens, bevor es mit quietschenden Reifen davonschoss.

»Ins Haus«, befahl mein Bruder.

Ich blieb wie angewurzelt auf der Veranda stehen.

»Caroline! Geh ins Haus!«

Er brauchte es mir kein drittes Mal zu sagen.

Dreiunddreißig

Samstag, 26. Oktober 2013

Dr. Gellert fing um 11.07 Uhr an zu operieren.

Wie mir später berichtet wurde, assistierten ihm ein Anästhesist, zwei Schwestern und drei Assistenzärzte, die sich schon auf ein faules Wochenende gefreut hatten und dann unvermittelt ins Krankenhaus bestellt worden waren. Die Operation wurde nicht gefilmt. Auf die Schnelle hatte man keinen Kameramann auftreiben können.

Das graue Auto hatte geschafft, was Beamer Beasley vergeblich versucht hatte: dass sofort operiert wurde.

Am Vorabend, wenige Minuten nachdem ich den Notruf gewählt hatte, standen drei Streifenwagen vor dem Haus meiner Eltern. Das Sirenengeheul hätte Tote aufgeweckt, die blauen Lichter zuckten, muskelbepackte Cops stürmten ins Haus. Telefonate mit Atlanta wurden geführt, die ich nicht mit anhören durfte. Ich hatte nur ein kurzes Gespräch mit Beamer Beasley, in dem er mich wie immer detailgetreu nacherzählen ließ, was passiert war.

Die Mitternachtskonferenz kam zu dem Schluss, dass Mom und Dad, kreidebleich vor Sorge, mich unverzüglich ins Krankenhaus bringen mussten. Ein Polizeiauto – Gott sei Dank ohne Sirene, aber mit Blinklicht – fuhr voraus. Wir erreichten die Klinik im Morgengrauen. Ich wurde aus dem Auto geholt, in einen Rollstuhl gesetzt, hineingeschoben und auf eine Trage gelegt. Um das gesunde Handgelenk bekam ich ein Plastikarmband. Weitere Telefonate wurden geführt. Ich tauschte meine

Kleidung gegen ein OP-Hemd. Ein ernster Narkosearzt mit Schnauzbart kam herein, stellte sich vor und erklärte mir alles, um mich zu beruhigen. Ich hatte seinen Namen vergessen, noch bevor er wieder hinausging.

Schmerzmittel, dachte ich. Bitte gebt mir Schmerzmittel. Gebt mir alles, was ihr habt. Während der langen Nacht hatte sich der Schmerz in meinem Hals und meinen Schultern festgesetzt, und nun war er unerträglich und drohte, meinen Körper zu zerreißen. Das war nicht mehr das Stechen und Pulsieren, an das ich mich gewöhnt hatte. Es war ein viel stärkerer, drückender Schmerz. Wie eine Bleischürze, die einem vor dem Röntgen umgehängt wird.

Die Krankenschwestern lächelten mich an. Rechts und links von mir wurden Metallgitter hochgeklappt. Mein Bett setzte sich in Bewegung. Jemand presste mir eine Maske aufs Gesicht. »Tief atmen«, sagte die lächelnde Krankenschwester. Meine Mutter ging neben mir her und hielt meine Hand.

Dunkelheit.

Ich kam im Aufwachraum zu mir. Mir war so kalt. Noch nie im Leben hatte ich so gefroren. Sicher würde man mir die Beine amputieren müssen. Sie würden es nicht überstehen, die Kälte verwandelte meine Haut in Wachs.

Ich spürte jemanden neben mir. »Decke«, versuchte ich zu sagen. Heraus kam nur ein Stöhnen.

Jemand beugte sich zu mir. »Caroline?« Das war Wills Stimme. Ganz sanft, voller Sorge. Er legte seine Hand auf meine.

Nein.

Ich wollte den Kopf abwenden. Mein Kopf gehorchte mir nicht. »Decke«, wiederholte ich.

Er hörte nicht zu. »Caroline. Ich bin es. Alles ist gut gelaufen. Du hast es überstanden.«

Ich spürte etwas Kratziges in meinem Nacken, dem einzigen Körperteil, das sich nicht eiskalt anfühlte. Ich zwang mich, wieder abzutauchen, einzuschlafen.

Vierunddreißig

Sonntag, 27. Oktober 2013

Ich musste nur eine Nacht im Krankenhaus verbringen.

Die Operation war sehr gut verlaufen. Die Kugel war – Dr. Gellert machte mit den Lippen ein ploppendes Geräusch – einfach so herausgeflutscht.

»Als würde man eine abgebrühte Tomate aus der Pelle drücken«, fügte er hochzufrieden hinzu. »Und was für ein Ding. Über einen Zentimeter lang.« Er demonstrierte mir die Größe mit Daumen und Zeigefinger.

»Wo ist sie?«

»Ich habe sie gesäubert und steril verpackt und persönlich an die Polizei übergeben.« Seine Finger krochen ruhelos über das Klemmbrett, wanderten auf und nieder wie auf einem Akkordeon. »Sie haben sie sofort ins Labor gebracht. Ein Polizist ist extra aus Atlanta angereist, um sie abzuholen. Er hat mich gewarnt, die Kollegen aus Washington sollen sie auf keinen Fall in die Finger bekommen.« Er warf mir einen neugierigen Blick zu, sagte aber nichts.

Ich nickte oder versuchte zu nicken. Die Verbände machten jede Bewegung unmöglich.

»Jedenfalls ist es geschafft. Sie ist raus. Das haben Sie toll gemacht. Der Schnitt in Ihrem Nacken ist keine fünf Zentimeter lang. Sie werden eine Narbe zurückbehalten, aber die wird verblassen, und ohnehin wird sie von Haaren bedeckt sein.«

»Das ist mir egal. Was ist mit meiner … meiner Wirbelsäule? Werde ich mich wieder normal bewegen können?« Im Moment hatte ich keine Schmerzen, allerdings war ich bis oben hin mit Schmerzmitteln vollgepumpt.

»Wir werden abwarten müssen, bis die Schwellung abgeklungen ist. Und das Gewebe wird eine Weile brauchen, um zu heilen. Aber so weit sieht alles gut aus. Ich sehe Sie morgen in meiner Sprechstunde, dann werde ich die Naht und die Drainage überprüfen.«

Meine Eltern richteten mir ein Krankenlager in ihrem Wohnzimmer ein, damit ich keine Treppen steigen musste. Ich döste den ganzen Nachmittag. Dad saß in einem Sessel am Fenster und bewachte mich, beantwortete E-Mails und löste unter Fluchen und Schimpfen das Kreuzworträtsel in der *New York Times*. Der Hund lag auf seinen Füßen. Immer wieder kam Mom herein und versuchte, sich nützlich zu machen. Ich hatte Hunger. Ich war am Verhungern. Man hatte mir verboten, irgendetwas zu mir zu nehmen außer Flüssigkeit, solange ich keinen Stuhlgang oder Blähungen hatte. Letztere Hürde überwand ich in der Abenddämmerung. Ich fühlte mich gedemütigt, gelinde gesagt. Doch ich wurde mit Crackern und einer Schüssel von Moms Rindfleischnudelsuppe belohnt.

Fünfunddreißig

Montag, 28. Oktober 2013

Meinem Nacken ging es besser. Anders kann ich es nicht beschreiben. Das Wohnzimmer meiner Eltern hatte keine Vorhänge – das Haus stand weit von der Straße zurückgesetzt –, und ich wachte im Morgengrauen auf.

Nach der Nacht in dem provisorischen Bett waren meine Glieder steif. Die Haut unter dem Verband juckte. Doch ich hatte überraschend gut geschlafen.

Ich wackelte mit den Zehen. Ich spannte den Hintern an und ließ wieder los, drehte die Hüfte hin und her. Dann, ganz vorsichtig, bewegte ich meine Schultern. Sie waren verspannt, aber beweglich. Ich schloss die Augen, hielt die Luft an und ballte die rechte Hand zur Faust.

Seit dem Abendessen gestern hatte ich keine Vicodin mehr eingenommen. Vor zwölf Stunden.

Ich spürte keinen Schmerz.

Will Zartman hatte in den dreißig Stunden nach meiner Operation fünf Nachrichten auf meinem Handy hinterlassen. Ich wünschte, ich könnte Ihnen berichten, dass ich stark genug war, sie ungehört zu löschen, doch das schaffte ich nicht. Im Grunde hatte er nichts von Bedeutung gesagt. *Ruf mich an. Würdest du mich bitte anrufen.* Jede Nachricht klang hoffnungsloser als die vorhergehende.

Als das Handy am späten Nachmittag wieder vibrierte, nahm ich all meinen Mut zusammen und ging ran.

»Hallo, Will.«

»Caroline! Ich habe dir unzählige Nachrichten auf Band gesprochen.«

»Genau genommen waren es fünf.«

»Ja. Dann gehst du also wieder nicht ans Telefon.« Er klang verunsichert, wahrscheinlich wollte er ausloten, wie sauer ich auf ihn war.

»Das stimmt. Da stehe ich dir in nichts nach.« Verdammt sauer, du feiger, verlogener Bastard.

Er räusperte sich. »Marshall hat gesagt, die Operation sei sehr gut gelaufen. Wie fühlst du dich?«

»Oh, wunderbar.«

Schweigen.

»Caroline, ich weiß, ich muss mich bei dir entschuldigen. Ich habe von dem Überfall gehört, bei dir zu Hause. Ich habe ein schrecklich schlechtes Gewissen. Ich hätte dich nicht allein lassen dürfen. Es tut mir so …«

»Ich war bei dir zu Hause, Will.«

»Bei mir zu Hause? Wann?« Die Panik in seiner Stimme war unüberhörbar.

»Keine Sorge. Ich habe nicht geklingelt.« Ich zögerte. »Wie viele Kinder hast du eigentlich?«

Lange Pause. »Zwei.«

Danach hatten wir uns nicht mehr viel zu sagen.

Sechsunddreißig

Dienstag, 29. Oktober 2013

Am Dienstag konnte ich aufstehen und herumlaufen.

Zum ersten Mal seit Tagen zog ich mich an. Die Jeans hing locker an meinen Hüften. Mein Bauch war straff und flach. Der komplizierte Eingriff und die Flüssigdiät hatten mich drei Kilo gekostet. Zum Frühstück aß ich drei Kiwis und ein weichgekochtes Ei.

Während ich kaute, drehte ich vorsichtig den Kopf nach rechts und blickte aus dem Küchenfenster zu der Magnolie vor dem Haus. Dann drehte ich den Kopf nach links und betrachtete den Herd und die Spüle. Rechts und links, hin und her. Gestern hatte Dr. Gellert den großen Verband entfernt. Nun trug ich nur noch einen dünnen Mullverband. Das Klebeband ziepte an meinen Nackenhaaren. Abgesehen davon fühlte ich mich wohl.

Ich las meine E-Mails. Die Campuspolizei hatte ein Rundschreiben an alle Studierenden und Lehrkräfte geschickt: Es hatte einen Einbruchdiebstahl im Erdgeschoss der Lauinger Library gegeben, alle wurden gebeten, ihre Laptops und persönlichen Habseligkeiten nicht unbeaufsichtigt zu lassen. Ich fragte mich, ob Al im Dienst gewesen war. Die Bibliothek gehörte zum Hauptgebäude und stand keine hundert Meter von seinem Polizeihäuschen entfernt. Mir fiel ein, dass ich ihm noch seine Jacken zurückbringen musste.

Beasley hatte mir eine kurze Mail geschrieben. Die Kugel war sicher in Atlanta angekommen und wurde im Labor untersucht. Er werde mich auf dem Laufenden halten.

Als ich das Geschirr abspülte, erhaschte ich einen Blick auf mein Gesicht in der Glastür der Mikrowelle und erkannte mich nicht wieder. Ich war schmal, meine Haut bleich, und meine Frisur hatte auch schon bessere Tage gesehen. Wann hatte ich mir zuletzt die Haare gewaschen? Freitag? Ich durfte kein Wasser an die Wunde lassen, noch nicht, aber von der Brust abwärts durfte ich mich waschen. Besser als nichts.

Im Badezimmer ließ ich meine Klamotten auf den Boden fallen und zog vorsichtig das Klebeband ab. Zaghaft betastete ich meinen Nacken. Die Naht war eine Geschwulst, ich spürte die Knoten an meinen Fingerspitzen. Der Faden würde sich auflösen, wenn die Wunde verheilt war. Mein Nacken fühlte sich taub an. Ich spürte den Druck meiner Finger nicht. Dr. Gellert hatte mich vorgewarnt, die Haut könnte taub bleiben, wochenlang oder für immer.

Ich stellte mir die Arterien und Muskeln in meinem Hals vor. Ob sich alles um einen Zentimeter verschob, nun, da die Kugel nicht mehr an ihrem Platz war? Nach einer Weile setzte ich mich auf den Badewannenrand und löste die Schiene von meinem Handgelenk. Mein rechter Unterarm war merklich dünner als der linke. Die Muskeln – viele hatte ich ohnehin nicht gehabt – hatten sich durch monatelange Schonung zurückgebildet. Ich legte die Schiene in den Schrank unter dem Waschbecken. Ich würde sie nicht mehr brauchen.

Siebenunddreißig

Mittwoch, 30. Oktober 2013

In meinem Haus in der Q Street duftete es himmlisch.

Vier Tage nach der Operation durfte ich nach Hause zurück. Alle, sogar meine Mutter, mussten einsehen, dass ich gut allein zurechtkam. In meiner Abwesenheit war Martins Ehefrau Laura da gewesen und hatte alles blitzblank geputzt. Der Küchentisch glänzte. Sie hatte die Böden gesaugt, die Fenster geputzt, sie hatte sogar die Bettlaken gewaschen und das Bett gemacht. Der himmlische Duft stammte von den Blumen, die sie überall im Haus verteilt hatte. Dunkle Pfingstrosen, die mochte ich am liebsten. Wie war sie im Oktober an Pfingstrosen gekommen? Ich beschloss, zukünftig netter zu meiner Schwägerin zu sein, und würde mich ihr als Babysitter anbieten.

Auch Dad war nicht untätig gewesen. Er hatte einen Schlosser engagiert, der an allen Türen Sicherheitsschlösser eingebaut hatte. Ein Glaser hatte das Kellerfenster repariert. Die Schlafzimmertür hatte Dad persönlich ersetzt und ein stabiles Schloss eingebaut, das sich nur von innen öffnen ließ. Er überreichte mir einen neuen Schlüsselbund und zwei Ersatzschlüssel und erklärte, er werde morgen früh nach mir sehen und den Elektriker ins Haus lassen.

»Den Elektriker?«

»Ich dachte, es wäre das Beste, Außenleuchten zu installieren, an der Vordertür und auch an der Hinterseite. Ich habe welche mit Bewegungsmelder bestellt. Sobald sich jemand dem Haus nähert, gehen sie an.«

Er sah so besorgt aus, und ich umarmte ihn und küsste ihn auf die Wange. »Dad. Alles ist in Ordnung.«

»Ruf uns an, wenn du zu Bett gehst, ja?«

»Versprochen.«

»Und vergiss nicht, die Alarmanlage einzuschalten.«

Ich lachte ernüchtert auf. »Keine Sorge.«

Nachdem er gegangen war, ging ich durchs Haus und überprüfte alle Schlösser und schaltete alle Lampen ein. Alles war in Ordnung. Von dem Albtraum der letzten Woche war nichts mehr zu spüren.

Als ich im Schlafzimmer meine Tasche auspackte, klingelte es an der Tür. Ich erstarrte. Vorsichtig schlich ich die Treppe hinunter. Durch den Spion sah ich einen Mann mit Glatze. Er hielt einen großen glänzenden Gegenstand in der Hand.

»Wer ist da?«, rief ich. Meine Stimme klang schrill vor Angst.

»Ein Paket für Sie.«

»Stellen Sie es einfach vor die Tür.«

»Ich brauche Ihre Unterschrift, Madam.«

Ich hustete übertrieben laut. »Ich bin krank, es ist ansteckend. Und ich … der Dobermann soll im Haus bleiben.« Zusätzlich zu den Sicherheitsmaßnahmen meines Dads würde ich heute Abend im Internet ein paar »Vorsicht, bissiger Hund!«-Aufkleber bestellen und an alle Fenster klatschen.

Ich meinte, den Mann seufzen zu hören. Als er sich bückte, wurde der Spion von dem glänzenden Gegenstand verdeckt. Was war das? An der Straße wurde ein Motor gestartet, ein Auto fuhr davon. Ich wartete noch ein paar Sekunden, dann schlich ich ins Wohnzimmer und spähte zum Fenster hinaus. Die Treppe war leer, weit und breit niemand zu sehen. Ich riss die Tür auf und erblickte silberne Luftballons an einem Korb voller Schokolade. Im Korb lag eine Nachricht:

Für die süße Caroline
Werden Sie gesund und kommen Sie uns bald besuchen!
Ihr Bewunderer
Leland Brett

Lächelnd trug ich den Korb ins Wohnzimmer. Mein Blick blieb an einer Papiertüte hängen, die im Flur in der Ecke stand. Die Tüte war voller Post. Wahrscheinlich hatte Laura sie eingesammelt, nachdem der Postbote alles durch den Briefschlitz geschoben hatte.

Ich leerte die Tüte auf dem Sofatisch aus. Vier Kataloge von Pottery Barn, ein Geschäft, in dem ich nie gewesen war. Ein Gutschein für eine kostenlose Vorspeise im Mai Thai, dem Thai-Restaurant um die Ecke. Rechnungen von Washington Gas und der Telefongesellschaft AT & T.

Und ein dicker brauner Umschlag, aufgegeben vor sechs Tagen in Atlanta.

Ich riss ihn auf. Darin lag ein handschriftlicher Brief von Cheral Rooney.

Liebe Caroline,
ich hoffe, es geht Ihnen gut. Wahrscheinlich haben Sie in der Zeitung gelesen, dass ich gesagt habe, wie ähnlich Sie und Sadie Rawson sich sehen. Ich lege den Artikel bei, falls Sie ihn noch nicht kennen.

Ehrlich gesagt war mir das Interview ganz schön peinlich. Meine Mutter hat immer gesagt, eine Lady stehe nur dreimal in der Zeitung: wenn sie geboren wird, wenn sie heiratet und wenn sie stirbt. Doch die Zeiten haben sich wohl geändert.

Sie wollten ein Foto haben. Sie haben gesagt, Sie hätten ein Anrecht auf die Wahrheit, auch wenn die Wahrheit düster ist. Ich habe mich lange gefragt, ob ich sie Ihnen schicken soll. Dann habe ich eingesehen, dass Sie recht haben.

Herzliche Grüße

Cheral

PS: Ihre Mom hat Sie sehr geliebt. Vergessen Sie das nie.

Ich schüttelte einen zerknitterten Zeitungsausschnitt und ein paar verblichene Fotos aus dem Umschlag. Die Fotos waren klein und quadratisch und hatten einen breiten weißen Rand. So hatten Fotos ausgesehen, als ich ein Kind war. Ich nahm eins in die Hand, betrachtete es, blinzelte.

Neben Sadie Rawson stand ein Mann. Er hatte den Arm um ihre Schulter gelegt. Ich kannte ihn.

Achtunddreißig

Ich musste die Augen zusammenkneifen. Ich hatte ihn nur ein einziges Mal gesehen.

Ethan Argenbright sah auf dem Foto viel jünger aus, doch das Gesicht war unverkennbar.

Auf dem zweiten Foto waren Sadie Rawson und eine junge Cheral Rooney abgebildet. Schwanger standen sie einander gegenüber und posierten für die Kamera. Das dritte Foto war das Original des Bildes von Boone und Sadie Rawson beim Grillen, das ich im Zeitungsarchiv gesehen hatte und das mir die Tränen in die Augen getrieben hatte. Wahrscheinlich hatte Cheral Rooney es damals der *Journal-Constitution* zur Verfügung gestellt.

Das letzte Foto war ein wenig unscharf und aus einem seltsamen Winkel aufgenommen, so als habe der Fotograf unentdeckt bleiben wollen. Sadie Rawson lag im Bikini am Strand und blätterte in einer Zeitschrift, die Augen hinter einer riesigen Sonnenbrille verborgen. Ein paar Meter neben ihr saß ein sonnengebräunter Mann und betrachtete sie. Ich war mir nicht sicher, doch ich meinte, Argenbright zu erkennen.

Ich breitete die Fotos, den Zeitungsartikel und Cherals Brief auf dem Tisch aus.

Es ergab keinen Sinn.

Ich holte mir ein Glas Wasser aus der Küche, setzte mich aufs Sofa und suchte Cherals Telefonnummer heraus.

»Hallo, meine Liebe. Wie schön, von Ihnen zu hören. Haben Sie meinen …«

»Sie haben gesagt, der Liebhaber meiner Mutter habe Tank geheißen.«

»Das stimmt.«

»Aber das Foto, das Sie mir geschickt haben ... ich kenne diesen Mann. Er heißt Ethan.«

»Das weiß ich, meine Liebe. Ich habe Ihnen doch gesagt, Tank war der Spitzname, den wir ihm in der Highschool gegeben haben, weil er Footballspieler war. Alle haben ihn so genannt. Ich weiß gar nicht, ob er sich immer noch so nennt. Glücklicherweise habe ich diesen Psychopathen seit dreißig Jahren nicht mehr gesehen. Aber ...« Sie hielt inne. Sie schien zu begreifen, was ich gesagt hatte. »Caroline, haben Sie eben gesagt, Sie würden ihn kennen?«

»Er hat mich in meinem Hotel besucht. In Atlanta.«

Entsetzt schnappte sie nach Luft. »Hat er versucht, Ihnen etwas anzutun?«

»Nein! Er war sehr nett und hat mich zum Frühstück eingeladen. Er hat sogar – wenn ich es gewusst hätte, hätte ich es niemals erlaubt – meine gesamte Hotelrechnung bezahlt. Drei Nächte im St. Regis.«

Sie grunzte. »Ich habe nicht gesagt, er wäre arm. Ich habe gesagt, er ist ein Psychopath.«

»Cheral, Sie wissen doch, dass die Polizei ihn überprüft hat. Er war es nicht. Er kann es nicht gewesen sein.«

»Ja, sicher. Aber warum eigentlich nicht? Weil sich seine Affäre mit Sades nicht beweisen ließ und er ein wasserdichtes Alibi hatte?«

Ich zog die Augenbrauen hoch. »Aber das sind doch stichhaltige Argumente, Cheral.«

»Ich habe der Polizei das Foto gezeigt, wie er sie am Strand angafft. Er war verliebt in sie, das ist doch total offensichtlich.«

Falls sie von dem Foto sprach, das ich gerade in der Hand

hielt, so überzeugte mich das nicht. Offenbar erfreute sich der Mann einfach nur am Anblick einer Frau in einem Doppel-D-Bikini. Wenn jedermann, auf den diese Beschreibung zutraf, ein Mörder war, steckte ich in Schwierigkeiten.

»Und diese Sache mit dem Alibi … ich weiß nicht, wie er das geschafft hat«, sagte sie.

»Was hatte er für ein Alibi?«

»Er hat gesagt, er wäre den ganzen Tag mit einem Mandanten zusammen gewesen. Wussten Sie, dass er ein stadtbekannter Anwalt ist? Seine Kanzlei ist eine der größten in Atlanta.«

»Ja. Das hat er mir erzählt.«

»Großer Gott, ich kann nicht fassen, dass Sie mit Tank geredet haben. Diesem arroganten, verlogenen Schwein«, schimpfte Cheral. Sie riss sich zusammen. »Wie dem auch sei, angeblich war er in seiner Kanzlei in der Innenstadt mit einem Mandanten beschäftigt, als der Mord geschah. Der Mandant hat seine Aussage bestätigt. Er hieß … wie hieß er noch? Irgendein Banker oder Geschäftsmann.«

»Und Ihre Theorie … Ihre Theorie ist, dass beide gelogen haben? Albright und sein Banker?«

»Das weiß ich nicht. Ich weiß nur – ich bin mir sicher, Caroline –, dass Tank Albright Ihre Mutter und Ihren Vater ermordet hat.«

Beamer Beasley hatte recht gehabt. Cherals Theorie war hanebüchen. Vor Gericht würde sie keine fünf Minuten standhalten. Schon gar nicht gegen die Aussage des silbergrauen, eloquenten Anwalts, den sie beschuldigte.

Warum saß ich dann hier, bekam es nicht aus dem Kopf, versuchte, mich an jedes Wort zu erinnern, das ich bei Rührei mit Sriracha-Sauce mit Ethan Argenbright gewechselt hatte?

»Ich weiß nicht, ob das irgendetwas ändert«, sagte Beamer Beasley. Als ich ihn erwischte, war er gerade dabei, bei einem Chick-fil-A an der Howell Mill Road Pommes frites zu kaufen. »Ja, die frühere Nachbarin Ihrer Mutter hält Argenbright für den Täter. Seit vierunddreißig Jahren liegt sie uns damit in den Ohren.«

»Ich wünschte, Sie hätten mir das gesagt«, beschwerte ich mich. »Sie haben nur angedeutet, Sadie Rawson könnte eine Affäre gehabt haben. Seinen Namen haben Sie nie erwähnt.«

»Sie haben nie danach gefragt«, bellte er ins Telefon. »Das Letzte, was ich tun werde, ist, einen angesehenen Mitbürger in den Dreck zu ziehen, nur weil Mrs Rooney irgendwelche Verschwörungstheorien hegt. Ethan und Betsy Argenbright sind hier in der Stadt allseits respektiert. Er sitzt im Vorstand des Alliance Theaters und des Botanischen Gartens von Atlanta. Jedes Jahr veranstaltet er ein Golfturnier zu Gunsten von Kriegsveteranen. Er hat gesagt, dass er es nicht war, und er hat ein Alibi. Wir haben das überprüft. Nichts deutet darauf hin, dass er an jenem Tag im Haus der Smiths war. Punkt. Ehrlich gesagt glaube ich nicht, dass sich ein Mann von seinem Kaliber für Ihre Mutter interessiert hätte.«

Der letzte Satz machte mich wütend, doch ich beherrschte mich. »War er einer der Verdächtigen mit Schusswaffe?«, fragte ich stattdessen.

»Wie bitte?«

»Letzte Woche haben Sie mir erzählt, Sie hätten 1979 zwei verdächtige Männer befragt, die Waffen besaßen. War er einer davon?«

»Mrs Cashion.« Beamer Beasley klang müde.

»Um Gottes willen, nennen Sie mich Caroline.«

»Wenn Sie erlauben, bleibe ich bei Cashion. Das ist Vorschrift. Um höflich zu sein und die Distanz zu wahren, Sie verstehen schon. Um auf Ihre Frage zurückzukommen …«

»Ist egal. Ich glaube, ich kenne die Antwort schon. Aber tun Sie mir einen Gefallen, ja? Finden Sie mal heraus, wo Argenbright am letzten Mittwoch war. In der Nacht, als in mein Haus eingebrochen wurde.«

Neununddreißig

Donnerstag, 31. Oktober 2013

Meine Mom kam vor neun Uhr morgens und brachte Lasagne mit. Zwei riesige Auflaufschüsseln, eine mit Würstchen und eine mit Spinat. Eigentlich sehnte ich mich nur nach einem *croissant jambon fromage* von der Pâtisserie Poupon. Wenn ich gewusst hätte, dass sie mich besuchen wollte, hätte ich sie gebeten, mir eins mitzubringen.

Auch zu einer Schmerztablette hätte ich nicht nein gesagt. Inzwischen bereute ich es, dass ich mir von Dr. Gellert kein weiteres Rezept geholt hatte. In der Nacht hatte ich mich hin und her gewälzt, weil ich im Nacken tausend Nadelstiche spürte. Ich beschloss, das Ganze nicht als Rückschlag, sondern als positive Entwicklung aufzufassen: Die Taubheit ließ nach. Haut und Nerven wuchsen wieder zusammen. Trotzdem war ich an diesem Morgen müde und gereizt.

Außerdem machte ich mir Sorgen. Die Fotos von Ethan Argenbright beunruhigten mich. Letzte Nacht, als ich mich hin und her geworfen hatte, war mir in den Sinn gekommen, dass er merkwürdigerweise abgestritten hatte, Sadie Rawson gut gekannt zu haben. Er hatte sich als Tennisfreund von Boone vorgestellt. Dabei hatte Cheral Rooney mir erzählt, dass er und seine Frau mit meinen Eltern befreundet waren. Selbst wenn Cheral völlig danebenlag, was die Affäre betraf, selbst wenn sie laut Beamer Beasley nicht glaubwürdig war, konnte ich das Strandfoto nicht vergessen. Die hübsche Sadie Rawson im Bikini. Atlanta liegt hundert Meilen vom nächsten Strand entfernt;

sie hatten also mindestens einen Wochenendausflug zusammen unternommen. Warum hatte Argenbright gelogen?

Ich riss mich mit aller Kraft zusammen und lächelte. Mom wühlte in meinem Eisfach, um Platz für die Lasagne zu schaffen. »Deine Kühltruhe ist bis oben hin voll«, murmelte sie. »Was ist das für ein Zeug?«

»Warte mal. Ich helfe dir.« Ich zwängte mich an ihr vorbei und räumte die Hühnersuppe in den Tupperdosen um. Mom schaute zu. Auf einmal rief sie: »Du benutzt deine rechte Hand!«

Überrascht schaute ich auf meine Arme. Ich hantierte mit gefrorenen Blöcken, und es machte mir rein gar nichts aus. Vorsichtig streckte ich den rechten Arm aus und ließ die Hand erst im und dann gegen den Uhrzeigersinn kreisen. Seit über einem Jahr hatte ich das nicht geschafft.

Wir grinsten uns an.

»Ich werde deinen Vater anrufen«, sagte sie. »Er wird sich freuen.«

Ich ging nach oben, um mich anzuziehen. Als ich zwanzig Minuten später wieder herunterkam, ich hatte mir die Zähne geputzt und die Haare zu einem Knoten hochgesteckt, saß sie auf dem Sofa. Cherals Fotos lagen immer noch auf dem Tisch. Meine Mom hielt eins in die Höhe und studierte es aufmerksam. Ihr Gesichtsausdruck war merkwürdig.

Ich glaubte zu verstehen. Hatte Mom je ein Foto von Sadie Rawson gesehen? Wahrscheinlich verstörte sie der Anblick. Die Ähnlichkeit war verblüffend.

Sie wedelte mit dem Foto.

»Mom …«

»Schätzchen«, sagte sie. »Ich wusste ja nicht, dass du Ethan kennst.«

Vierzig

Mir blieb der Mund offen stehen, und meine Knie wurden weich. Ich musste mich an der Sofalehne abstützen. »Wovon sprichst du?«

»Ich wusste nicht, dass du ihn kennst. Was für ein wunderbarer Mensch.«

»Du kennst ihn?«

»Natürlich. Wir kennen ihn und Betsy seit Jahren. Wir haben uns bei einer ABA-Konferenz angefreundet. Die fand damals in Dallas statt.« Die ABA ist das Jahrestreffen der Anwälte. »Das muss ... meine Güte ... irgendwann in den achtziger Jahren gewesen sein. Vor fünfundzwanzig oder dreißig Jahren. Ethan saß beim Bankett neben mir. Was ein Glücksfall war, das sage ich dir, denn es gibt in diesem Land unfassbar langweilige Anwälte, und bei solchen Veranstaltungen bin es immer ich, die beim Essen neben ihnen sitzen muss.«

Ich starrte sie an, immer noch mit offenem Mund.

Sie freute sich, meine ganze Aufmerksamkeit zu haben. »Aber er war wirklich lustig. Kannte sich mit Theater aus. Und mit Tennis. Er und Betsy fliegen jedes Jahr nach England, wegen Wimbledon. Weißt du noch, vor ein paar Jahren, als Dad und ich Karten für den Centre Court hatten? Wir haben immer gesagt, wie lustig es wäre, die Argenbrights dort zu treffen. Aber in der Woche davor musste Dad ja unbedingt joggen gehen, obwohl es geregnet hat ...«

»Und da ist er ausgerutscht und hat sich den Knöchel gebrochen, und du wirst ihn ewig daran erinnern. Ich weiß, ich weiß.«

»Nun ja, er hätte nicht so unvernünftig sein dürfen. Wir mussten die Reise absagen. Wir hatten nicht einmal eine Rücktrittskostenversicherung.« Sie seufzte. »Wie dem auch sei, wir haben sie jedes Jahr bei der jährlichen Konferenz getroffen. Wir schreiben uns bis heute Weihnachtskarten.«

Jeden Dezember bekommen meine Eltern hundert, wenn nicht gar zweihundert Weihnachtskarten. Sie hängen sie an karierten Bändern mit Schleifen ans Treppengeländer im Flur. Meine Brüder und ich machen uns einen Spaß daraus, uns gegenseitig die prahlerischen, selbstgefälligen Familiengrüße vorzulesen, wobei wir die Karten von Dads Geschäftspartnern ignorieren.

»Du hast meine Frage nicht beantwortet. Woher kennst du ihn?« Mom spürte, dass irgendetwas nicht stimmte.

Ich hob die Hand, um sie zum Schweigen zu bringen. »Warte mal. Das ist jetzt wichtig. Wann hast du ihn zum letzten Mal gesehen?«

Sie wirkte betreten. »Das ist Jahre her. Seit dein Vater sich zur Ruhe gesetzt hat, fahren wir nicht mehr zu den Konferenzen. Aber … aber er hat erst letzte Woche angerufen.«

»Wie bitte?«

»Lass mich nachdenken. Ich hatte die Mädchen da.«

Die Mädchen, das waren Hayley und Keira, Tonys Töchter. Mom zählte die Tage an den Fingern ab. »Letzten Montag. Am einundzwanzigsten.«

»Was wollte er?«

»Caroline, er wollte einfach nur höflich sein. Mal hallo sagen. Er hat erzählt, er wolle es deinem Dad gleichtun und früher in Ruhestand gehen als geplant. Er hat sich nach euch erkundigt.«

Mir wurde schwindlig. »Warum? Hat er uns je kennengelernt?«

»Nein, ich glaube nicht. Aber woher hast du dieses Bild von

ihm?« Sie zeigte auf den Tisch. »Was tut er da mit …« Ihre Unterlippe zitterte. »Das ist sie wohl? Deine leibliche Mutter?«

»Mom. Das ist in Ordnung.« Ich nahm sie in den Arm. »Was hast du ihm erzählt? Über mich?«

»Nur dass eine wunderschöne und erfolgreiche Frau aus dir geworden ist«, sagte sie unsicher. »Man fragt seine Bekannten, was die Kinder machen, Caroline, das gehört sich so. Ich habe nur gesagt, wie stolz wir auf dich sind und dass du an der Georgetown unterrichtest. Und dass du … dass du eine Pause einlegen wirst, um dich operieren zu lassen.«

Ich schloss die Augen.

An dem Montag hatte Madame Aubuchon mich angewiesen, mir für den Rest des Semesters freizunehmen. War das nicht auch die Nacht gewesen, in der Will bei mir geschlafen hatte? Zu dem Zeitpunkt kannte ich Argenbright schon. Doch Leland Bretts zweiter Artikel über meine Operationspläne war erst am nächsten Morgen erschienen, am Dienstag, dem zweiundzwanzigsten. Am Montag hatte die Öffentlichkeit noch nicht gewusst, ob die Kugel herausgeholt oder für immer in meinem Nacken bleiben würde.

Argenbright hatte mich die ganze Zeit im Auge behalten.

»Beamer, er kennt meine Eltern.« Zur Hölle mit dem Nachnamen, mit den Vorschriften und der professionellen Distanz. Ich war zu aufgeregt. »Argenbright hat letzte Woche meine Mutter angerufen.«

»Ganz ruhig. Wovon reden Sie? Wie kann er Ihre Mutter …«

»Nicht Sadie Rawson. *Frannie*. Er kennt die Cashions.«

»Wie bitte? Sind Sie sicher?«, fragte Beasley vorsichtig nach.

»Meine Mutter Frannie hat ihn eben auf einem Foto identifiziert. Sie hat gesagt, er hätte letzte Woche angerufen und sich nach mir erkundigt, Beamer.«

»Also gut, Moment mal, bleiben Sie dran. Lassen Sie mich Gerry dazuschalten. Dann können Sie uns beiden erzählen, was passiert ist.«

Ich schilderte das Gespräch mit meiner Mutter. Als ich fertig war, räusperte Beasley sich. »Argenbright und ihr Vater sind beide Anwälte. Sie sind im selben Alter und haben beide ein langes und erfolgreiches Berufsleben hinter sich. Dass ihre Wege sich gekreuzt haben, ist gar nicht so abwegig.«

»Genau dasselbe habe ich auch gedacht«, sagte Gerry Fleeman. »Könnte doch gut sein, dass sie dieselben Konferenzen besucht haben.« Als er mich in der Woche zuvor offiziell befragt hatte, hatte ich den Leiter der Abteilung für ungelöste Fälle sehr sympathisch gefunden. Er wirkte clever und kompetent. Aber jetzt, aus tausend Kilometern Abstand, ging er mir auf die Nerven.

»Aber es gibt doch, ich weiß auch nicht, eine halbe Million Rechtsanwälte in den Vereinigten Staaten«, rief ich. »Die sind doch nicht alle befreundet und treffen sich abends auf eine Zigarre im Anwaltsclub. Meines Wissens hat kein anderer Kollege meines Vaters meine Mutter je angerufen, um sich nach meiner Gesundheit zu erkundigen. Finden Sie diesen Zufall nicht ein wenig merkwürdig?«

»Lassen Sie uns in Ruhe nachdenken«, sagte Gerry. »Sie haben gesagt, Ihre Eltern hätten ihn kennengelernt, weil er bei einem Dinner in den achtziger Jahren neben ihrer Mom saß. Sie wollen doch nicht behaupten, er hätte das eingefädelt, oder? Um an Sie heranzukommen?«

»Ich weise Sie nur auf die Möglichkeit hin.«

»Mrs Cashion, das würde bedeuten, dass er Ihnen seit über dreißig Jahren nachstellt«, schnaubte Gerry. »Dreißig Jahre! Wenn er Ihnen schaden wollte, hätte er es längst getan.«

»Na gut, er hat mir vielleicht nicht nachgestellt, aber er hat mich immer im Auge behalten, er wollte wissen, ob ich gesund bin, ob ich mich an irgendetwas erinnern kann.«

»Wie denn? Indem er jedes Jahr eine Weihnachtskarte schreibt? Entschuldigen Sie, aber ich glaube nicht, dass …«

»Doch, auf eine verquere Art erscheint mir das nicht unlogisch«, sagte Beasley, gerade als ich dachte, ich würde gleich anfangen zu schreien. »Der Mörder hat natürlich ein Interesse zu erfahren, ob sich die einzige Augenzeugin an irgendetwas erinnert. Und weil er sie schlecht anrufen und fragen konnte, musste er den Umweg über die Adoptiveltern wählen.«

»Genau«, sagte ich.

»Aber ich glaube immer noch nicht, dass Argenbright etwas damit zu tun hatte«, sagte Beasley. »Und ich glaube auch nicht, dass er etwas mit dem Einbruch in Ihr Haus zu tun hat, Mrs Cashion.«

»Warum nicht?«

»Weil er in seiner Jagdhütte war, draußen am Lake Burton. Seine Frau sagt, sie waren die ganze Woche zusammen. Sie sind immer noch dort. Offenbar versucht sie, ihn von der Arbeit fernzuhalten.«

»Wo liegt dieser See?«, fragte ich. »Wann haben Sie mit ihr gesprochen?«

»North Georgia. Im Rabun County.« Beasley seufzte. »Ich sollte doch herausfinden, wo Argenbright am letzten Mittwoch war. Ich teile Ihren Verdacht nicht, aber ich bin Ihnen zumindest eine Antwort schuldig. Außerdem sollte er nicht aus zweiter Hand erfahren, dass der Mordfall Smith wieder aufgerollt wird. Deswegen habe ich gestern seine Kanzlei angerufen. Die haben mir die Nummer von seinem Ferienhaus gegeben.«

»Und er ist dort?«

»Jawohl, Madam. Betsy, seine Frau, hat gesagt, er wäre gerade zur Tür hinaus. Um den ganzen Nachmittag zu angeln.«

»Da oben im Lake Burton gibt es riesige Barsche«, ging Gerry dazwischen. »Obwohl es inzwischen schon fast zu kühl zum Angeln ist. Das wäre also geklärt ...«

»Nein, nichts ist geklärt«, sagte ich gereizt. »Vielleicht hat sie gelogen, was die letzte Woche anging.«

»Vielleicht«, sagte Beasley ruhig. »Aber ich habe seine Sekretärin gebeten, einen Blick in seinen Terminkalender zu werfen. Angeblich war er Mittwoch und Donnerstag in seiner Jagdhütte am See.«

»Hat sie ihn dort gesehen? Oder hat er nur gesagt, er würde ...«

Beasley unterbrach mich. »Und wir haben alle drei Flughäfen in der Umgebung von Washington überprüft. Ethan Argenbright ist letzte Woche nicht dorthin geflogen.«

»Vielleicht ist er mit dem Auto gefahren.«

»Außerdem«, fügte Gerry hinzu, »haben die Kollegen in Washington die Fingerabdrücke aus Ihrem Haus mit denen von Argenbright abgeglichen. Wir hatten sie noch, von damals. Keine Übereinstimmung.«

»Dann hat er eben Handschuhe benutzt!«, platzte ich heraus. »Bitte, sagen Sie mir, dass Sie der Sache nachgehen werden. Fragen Sie Ethan Argenbright, wie es sein kann, dass er meine beiden Familien kennt ...«

»Das haben wir doch geklärt. Er hat Thomas Cashion zufällig auf einem Anwaltskongress kennengelernt«, brummte Gerry.

»Ja, klar«, gab ich zurück. »Warum hat er das nicht erwähnt, als er mich im St. Regis zum Frühstück getroffen hat? Er hat so getan, als wüsste er nicht, dass mein Adoptivvater Anwalt ist.«

»Da muss ich ihr recht geben«, sagte Beasley. »Das habe ich mich auch gefragt.«

»Vielen Dank.« Ich entspannte mich ein bisschen. »Gibt es was Neues vom Labor? Die Kugel ist jetzt seit vier Tagen dort.«

»Wir sind dran«, sagte Gerry. »So etwas kann dauern.«

Gerry legte auf, Beasley blieb in der Leitung. »Tut mir leid. Gerry ist ein guter Mann, es gehört einfach zu seinem Job, skeptisch zu sein.«

»Und sich wie ein Idiot aufzuführen, gehört das auch zu seinem Job? Oder benimmt er sich freiwillig so?«

Beasley lachte in sich hinein. »Ich finde es ebenfalls sehr seltsam, dass Argenbright nicht zugegeben hat, die Cashions zu kennen. Es muss eine Erklärung dafür geben, aber sie will mir partout nicht einfallen. Vielleicht sollte ich mal zu seiner Jagdhütte rauffahren und ihn fragen. Würde mir guttun, mal aus der Stadt rauszukommen.«

»Ich danke Ihnen. Noch etwas. Sein Alibi, damals 1979. Wer war der andere Mann?«

Auf der Treppe stand eine Frau mit knallrotem Haar. »Hey. Hallo. Tut mir leid, Sie zu stören«, rief sie durch die geschlossene Tür und wedelte mit einer Visitenkarte. Durch den kleinen Spion konnte ich sie nicht lesen. »Hallo? Rhonda aus Ihrem Büro hat mir gesagt, Sie wären zu Hause.«

Rhonda ist die Sekretärin des Fachbereichs für Literaturwissenschaften und Linguistik. Vorsichtig öffnete ich die Tür einen Spalt breit. »Ja?«

»Danke. Hi.« Sie schenkte mir ein herzliches Lächeln. »Ich bin Alexandra James. Ich bin Journalistin. Warten Sie!« Sie schob ihre Schuhspitze in die Tür, bevor ich sie zuknallen konnte. »Hören Sie mich an. Bitte, nur zwei Minuten, dann gehe ich.«

Ich musterte sie. Sie war ein paar Jahre jünger als ich, vielleicht Ende zwanzig. Sie war nicht besonders hübsch, aber dennoch eine beeindruckende Erscheinung. Geschmackvoll gekleidet, tolle Beine. »Ich kenne Sie. Sie schreiben für eine Bostoner Zeitung, richtig? Letztes Jahr haben Sie über diese Terrorgeschichte im Weißen Haus berichtet.«

»Ja.« Sie grinste. »Ich bin immer noch dabei, mich davon zu erholen. Zum Dank habe ich das hier bekommen.« Sie hob ihren Pony an, und ich sah eine dünne, helle Narbe.

Eine Zeitlang war Alexandra James überall in den Medien präsent gewesen. Sie hatte *die* Story geschrieben und war drei Mal für den Pulitzerpreis nominiert gewesen, dennoch hatte man ihre Integrität in Zweifel gezogen. Denn womöglich war sie zu weit gegangen, um an ihre Informationen zu kommen. Angeblich hatte sie mit einem britischen Spion geschlafen. Ich konnte mich an die Einzelheiten nicht erinnnern.

»Ich wurde nach Washington versetzt. Ich habe die Geschichte über Sie und die Kugel gelesen und was mit Ihrer Familie passiert ist. Waren Sie mit der Berichterstattung der *Journal-Constitution* zufrieden?«

Darauf war ich nicht vorbereitet. »Äh, ja. Mehr oder weniger. Hören Sie, ich …«

»Gut. Ich fand den Reporter sehr respektvoll, wie er über den Tod von Boone und Sadie Rawson Smith geschrieben hat. Ich habe mich allerdings gefragt … ich meine, die *Journal-Constitution* ist natürlich eine Lokalzeitung, die müssen Atlanta in den Vordergrund rücken. Ich hätte mir jedoch gewünscht, sie hätten auch mit Ihrer Familie hier in Washington gesprochen. Mit den Cashions.«

»Oh, das wollten wir nicht.«

»Kein Wunder. Aber für die Leute wäre es doch nett, meinen Sie nicht? Etwas über die Familie zu erfahren, die Sie aufgezogen hat. Irgendwie wurden sie bislang … vernachlässigt, vergessen. Das ist schade, denn wenn ich es richtig verstanden habe, stehen Sie ihnen sehr nah. Ich finde, Sie sollten eine Gelegenheit bekommen, sich öffentlich zu bedanken. Ihnen zu sagen, wie viel sie Ihnen bedeuten.«

Ein ungewöhnlicher Ansatz. Sie hatte meinen wunden Punkt

getroffen; über meine Eltern könnte ich den lieben langen Tag reden.

»Wie dem auch sei.« Wieder dieses Lächeln. »Zwei Minuten, habe ich gesagt. Darf ich Ihnen meine Karte dalassen? Da steht auch meine Handynummer drauf. Nur für den Fall, dass Sie mit mir reden wollen.« Ich nahm das cremeweiße Kärtchen entgegen, in der festen Absicht, es in die Mülltonne zu werfen, sobald sie gegangen war.

»Oh.« Sie drehte sich noch einmal um. »Fast hätte ich es vergessen. Bitte sehr. Gute Besserung.«

Alexandra James hielt mir eine weiße Schachtel an einer Kordel entgegen. Ich erkannte das riesige P vom Logo der Pâtisserie Poupon.

Ich kniff die Augen zusammen. »Woher wissen Sie …«

»Wie ich schon sagte, ich habe eben bei der Universität angerufen. Um nachzufragen, wann Sie wieder unterrichten. Ich wollte Sie nicht stören, ich konnte ja nicht wissen, ob Sie gerade erst aus dem Krankenhaus entlassen wurden.«

»Und Rhonda hat Ihnen gesagt, wo ich wohne?« Ich würde ein ernstes Wort mit unserer Sekretärin sprechen.

»Nein, nein. Das wusste ich bereits. Sie stehen im Telefonbuch. Rhonda hat mir nur verraten, dass Sie für den Rest des Semesters freigestellt sind. Und dass Sie, wenn ich Sie zu Hause nicht antreffe, vielleicht hier sind.« Sie tippte auf das große P auf der Schachtel. »Übrigens, ich teile Ihre Leidenschaft. Ich bin süchtig nach der Zitronentarte.«

Ich verkniff mir ein Lächeln. Über die Berufsehre dieser Frau konnte man sagen, was man wollte, aber sie war clever. Ich trug die Schachtel in die Küche und hob den Deckel an. Speckquiche, noch warm.

Man soll kein Essen von Fremden annehmen. Das war wahrscheinlich die erste Lektion, die meine Mutter, meine beiden

Mütter!, mir eingetrichtert hatten. Aber sie hatten mir ebenso beigebracht, auf mein Bauchgefühl zu vertrauen. Und mein Bauchgefühl sagte mir gerade, dass Alex James mich nicht vergiften, sondern interviewen wollte.

Ich öffnete die Schublade und nahm eine Gabel heraus.

Ich hatte zwei Stücke Quiche verschlungen und kämpfte gerade mit dem dritten, als es abermals an der Tür klingelte.

Was ist denn nun schon wieder?

Vor der Tür stand ein kleines Skelett. Es hielt einen runden Plastikkürbis in den kleinen Händchen. »Süßes oder Saures?«

Ich hatte ganz vergessen, dass Halloween war. Was für ein merkwürdiger Feiertag. Kinder verkleiden sich als Hexen, Vampire, Monster und Geister. Als hielte das richtige Leben nicht schon genug gruselige Überraschungen bereit.

Einundvierzig

Freitag, 1. November 2013

Wenn man früher in Atlanta telefonieren wollte, wurde der Anruf durch eine Gesellschaft namens Southern Bell weitergeleitet.

Ganz am Anfang, im Jahr 1880, konnte man von Atlanta aus nur ein einziges Ferngespräch führen, mit Decatur, einem Ort ganze zehn Kilometer entfernt. Ein fünfminütiges Gespräch kostete fünfzehn Cent. Im Jahr 1915 war es möglich, von der Ostküste aus die Westküste anzurufen, nachdem ein tausende Kilometer langer Kupferdraht durchs ganze Land gespannt worden war. Ab 1951 konnte man ein Ferngespräch ohne Vermittlung führen, und 1965 wurde das erste transatlantische Telefonkabel verlegt. Southern Bell wuchs und gedieh prächtig, überstand eine schwindelerregend hohe Zahl von Fusionen und Trennungen, bis der Firmenname 1998 endgültig aufgegeben wurde.

Das alles nur als Hintergrundinformation zu einem ganz bestimmten Tag, der, so gesehen, der interessanteste in der Firmengeschichte von Southern Bell ist: der 25. März 1971. An diesem Tag kam ein gewisser Mr Verlin Snow in die Firma. Er war der neue stellvertretende Generaldirektor, fünfundvierzig Jahre alt und von einer Bank in Boston abgeworben worden. Offiziell hatte man ihn ins Unternehmen geholt, um die Umstellung auf Tastentelefone in die Wege zu leiten. Sie waren bereits seit Anfang der sechziger Jahre auf dem Markt, aber die Kundschaft zog nicht so recht mit. Doch Snows eigentliches

Talent lag darin, Menschen zu beeinflussen. Er schreckte auch nicht vor Korruption zurück, um den Gewinn zu steigern. Ein Kolumnist des *Atlanta Business Chronicle* bemerkte, dass sein eigentliches Büro das Coach and Six sei, ein Restaurant in der Peachtree Street, in dem sich die Elite der Stadt zum Mittagessen traf. Verlin Snow, fügte der Kolumnist ein wenig argwöhnisch hinzu, falle dort nicht nur durch seinen Yankee-Akzent aus dem Rahmen, sondern auch durch seine puritanische Lebensweise. Er führte seine Verhandlungen stets nüchtern, und das in einer Stadt, in der die meisten Männer schon zwei Martinis gekippt hatten, noch bevor das Essen serviert wurde.

Doch irgendwann gegen Ende der siebziger Jahre bekam Snow Ärger. Er engagierte einen jungen Mann namens Ethan Argenbright, einen ehrgeizigen Anwalt aus einer der besten Kanzleien der Stadt. Warum er Ärger hatte, konnte ich leider nicht ermitteln. Auch Beamer Beasley schien nichts darüber zu wissen, jedenfalls bekam Argenbright sein Honorar, weil er den Ärger aus der Welt schaffte. In einem Portait Snows im Magazin *Forbes* im Jahr 1981 (*Der Mann, der die Wählscheibe besiegte*) war nur am Rande von einer längeren Zwangspause die Rede, die Snow in seinem Sommerhaus auf Nantucket verbracht hatte, nur um noch energiegeladener und entschlossener als zuvor auf seinen Posten zurückzukehren.

Allerdings konnte Argenbright 1979, als er nach dem Mord an Boone und Sadie Rawson Smith verhört wurde, ein wasserdichtes Alibi vorweisen. Er hatte sich den ganzen Tag mit seinem Mandanten Verlin Snow in einen Konferenzraum in seiner Kanzlei zurückgezogen. Snow konnte das bestätigen. Ja, er sei sich sicher, was Tag und Uhrzeit angehe. Nein, Argenbright habe den Raum nicht für längere Zeit verlassen. Anwalt und Mandant hatten sich den ganzen Nachmittag durch einen Dokumentenberg gearbeitet. Snow war ein angesehener Geschäftsmann, er gehörte dem richtigen Country Club an und saß im Vorstand des Handelsvereins. Sein Wort hatte Gewicht.

Auf meinem Platz am Küchentisch gelang es mir, ein Bild von Verlin Snow zu entwerfen. Erstaunlich, was man heutzutage mit einem Laptop und einer schnellen Internetverbindung in kurzer Zeit alles bewerkstelligen kann. Nach seiner Pensionierung Anfang der neunziger Jahre wurde kaum noch über ihn berichtet. Man zitierte ihn dann und wann und holte sich seinen Expertenrat bei größeren Kartellrechtsprozessen. Zum letzten Mal wurde er 1997 erwähnt, vor sechzehn Jahren, als eine Studentenzeitung der Northwestern University berichtete, Snow werde eine Gastvorlesung in der Kellogg Graduate School of Management halten.

Ich wusste nicht, wo er jetzt wohnte.

Ich wusste nicht, ob er noch Kontakt zu Ethan Argenbright hatte oder ob er mir überhaupt helfen konnte.

Ich wusste nicht einmal, ob Verlin Snow noch lebte.

Als ich gerade das Teewasser aufgesetzt und das letzte Stück Quiche in die Mikrowelle geschoben hatte, kam mir eine Idee.

Snows Sommerhaus. Nantucket.

Ihn zu finden war kinderleicht. Die Suche nach einem V. R. Snow in Nantucket, Massachusetts, ergab prompt einen Treffer. Als ich die Nummer wählte, meldete sich keiner. Ich aß ein Stück Quiche, wartete, versuchte es noch einmal. Ließ es sieben Mal klingeln. Acht Mal. Neun Mal.

»Hallo?«, fragte eine überraschte Stimme. Offenbar klingelte dieses Telefon fast nie.

»Hallo, ich rufe aus Washington an. Ich möchte Mr Verlin Snow sprechen. Habe ich die richtige Nummer?«

Eine längere Pause. »Ja«, sagte die Stimme, immer noch überrascht. Es war eine Frau.

»Mein Name ist Caroline Cashion. Dürfte ich bitte mit ihm sprechen?«

»Er kann nicht telefonieren«, sagte die Frau empört, als hätte ich das Offensichtliche ignoriert. Ihr Akzent klang karibisch, vielleicht jamaikanisch.

»Er kann gerade nicht? Soll ich später noch einmal anrufen?«

»Nein. Mr Snow geht es nicht gut. Wie war Ihr Name?«

»Verzeihung. Das wusste ich nicht. Mein Name ist Caroline. Ich wollte Mr Snow besuchen« – ich war selbst überrascht über meine Worte –, »morgen vielleicht.«

»Oh, nein, nein, nein«, rief die Frau streng, »auf keinen Fall. Er empfängt keine Besucher mehr.« Sie dämpfte ihre Stimme zu einem Flüstern. »Er ist sehr krank. Wussten Sie das nicht? Kehlkopfkrebs.«

Vor dem Anruf hatte ich nachgerechnet. Verlin Snow war jetzt siebenundachtzig Jahre alt. Ich dämpfte meine Stimme ebenfalls. »Hört er noch gut? Kann er Fragen beantworten? Ja? … Richten Sie ihm bitte etwas aus. Sagen Sie ihm, dass Caroline Cashion am Telefon ist. Als Kind hieß ich Caroline Smith. Sagen Sie ihm, es geht um einen Anwalt aus Atlanta, er heißt Ethan Argenbright. Um einen Tag, den sie im November 1979 zusammen verbracht haben.«

Die Frau blieb über fünf Minuten weg. Ich hörte Wasser durch eine Leitung fließen, irgendwo bellte ein Hund. Als sie wieder ans Telefon kam, sagte sie nur:

»Er wird mit Ihnen sprechen. Am besten geht es ihm nachmittags.«

Es gibt keine Direktflüge von Washington nach Nantucket, nicht in der Nebensaison.

Ich musste nach Boston fliegen und dort in einen winzigen Inselhopper der Cape Air umsteigen. Dennoch, wenn ich in aller Frühe abreiste, könnte ich um elf Uhr vormittags auf Nantucket sein, solange das Wetter in Neuengland mir keinen Strich durch die Rechnung machte. Ich sah mir die Websites der Fluggesellschaften an und betastete dabei die Narbe an meinem Hinterkopf. Wenn Dr. Gellert gewusst hätte, was ich plante, hätte er mich umgebracht. Beamer Beasley ebenfalls, allerdings aus anderen Gründen.

Zugegeben, knapp sieben Tage nach einer Notoperation einen Flug mit einer so kleinen Maschine zu buchen, überhaupt zu verreisen, war eine Dummheit. Während ich noch mit mir haderte, sah ich meine rechte Hand auf der Computermaus liegen. Seit einem Jahr hatte ich nicht mehr mit rechts am Computer gearbeitet. Und nun tat ich es wieder, ohne die Umstellung zu bemerken.

Und noch etwas hatte sich verändert. Ich hatte gesagt, ich sei nicht besonders entschlussfreudig und kein Fan von spontanen Ausflügen. Aber jetzt saß ich hier und buchte ein Ticket für einen Flug, der in weniger als elf Stunden starten würde, auf eine Insel, auf der ich noch nie gewesen war, um einen Fremden zu treffen. Ich sollte nervös sein, doch stattdessen war ich voller Tatendrang. Irgendwie hatte ich im Chaos der vergangenen Wochen einen Hang zur Waghalsigkeit entwickelt.

Meine rechte Hand schwebte über der Maus. Dann ergriff ich sie und klickte auf das Feld *Kostenpflichtig buchen*.

Als ich mir vor dem Zubettgehen die Zähne putzte, klingelte mein Handy. Ich ging sofort ran. Nach der Sache mit Will hatte ich beschlossen, öfter ans Telefon zu gehen. Außerdem hatte ich mir vorgenommen, mich nicht mehr in Männer zu verlieben, die Country hörten oder Bootcut-Jeans trugen. Außerdem würde ich mich nie wieder auf eine Verabredung zum Baseballgucken einlassen (wobei ich zugeben muss, dass ich den letzten

Entschluss auch dann gefasst hätte, wenn Will Zartman sich als netter Kerl entpuppt hätte).

»Ist alles okay? Sind Sie in Sicherheit?«, fragte Beamer Beasley.

»Ja.« Ich spuckte Zahnpasta ins Spülbecken. »Warum fragen Sie?«

»Gut. Alles für die Nacht bereit? Alarmanlage eingeschaltet, Türen abgeschlossen?«

»Beamer. Was ist los?«

»Nichts. Es ist nur so, dass ich … na ja, im Moment haben wir Probleme, Ethan Argenbright zu lokalisieren.«

Ich legte die Zahnseide weg und setzte mich auf den Badewannenrand. »Wie meinen Sie das, Sie können ihn nicht lokalisieren? Ich dachte, er wäre an einem See. Lake Burton.«

»Das ist es ja gerade. Ich bin gestern hingefahren, wie ich es angekündigt hatte. Aus verschiedenen Gründen, aber hauptsächlich wollte ich Sie beruhigen. Ich wollte ihm eine Gelegenheit geben, ein paar der … Widersprüche auszuräumen, die uns aufgefallen sind. Aber er war nicht da. Ich habe mit seiner Frau gesprochen …«

»Betsy.«

»Genau. Eine nette Lady.«

»Dann war sie also in der Hütte?«

»Ja. Aber von wegen Hütte«, schnaubte Beasley, »die haben da oben ein ganzes Anwesen. Mit einem Bootshaus mit Platz für zwei Motorboote, ein Segelboot, ein paar Kanus und was weiß ich noch. Dazu hundert Meter Privatstrand und einen eigenen Stall, für Mrs Argenbrights Pferde. Wie dem auch sei, sie war sehr nett. Angeblich hatte ich ihn wieder knapp verpasst. Er habe wegen einer dringenden Geschäftsangelegenheit in die Stadt gemusst. Ich könne ihn in der Kanzlei erreichen. Aber in der Kanzlei war er nicht, und zu Hause in Buckhead auch nicht. Sein Handy ist ausgeschaltet. Wenn ich ein misstrauischer Mensch wäre, könnte ich glatt auf den Gedanken kommen, dass er mir aus dem Weg geht.«

Mir fielen auf Anhieb ein halbes Dutzend Orte ein, an denen Ethan Argenbright sich aufhalten könnte, und keiner davon war verdächtig. Im Tennisclub, bei Freunden. Vielleicht war er im Kino. Vielleicht hatte er eine Geliebte, von der Betsy nichts wusste. Wenn Cheral richtig lag, hatte er es mit der Treue schon vor fünfunddreißig Jahren nicht so genau genommen. Womöglich konnte er von seinen alten Gewohnheiten nicht lassen.

»Danke für die Information.«

»Ich suche weiter«, sagte Beasley. »Er wird schon noch auftauchen. Das wird sich aufklären. Fahren die Kollegen in D.C. immer noch vor Ihrem Haus Streife?«

»Nein.« Ich runzelte die Stirn. »Schon seit letzter Woche nicht mehr. Seit meiner OP. Die Kugel ist raus. Ich stelle für niemanden mehr eine Bedrohung dar, oder?«

»Wo wir beim Thema sind. Die Kugel. Auch deswegen rufe ich an. Sie können nichts damit anfangen.«

»Nicht?« Vor Bestürzung rutschte meine Stimme eine Tonlage höher.

»Nicht hier in Atlanta. Nur das Kaliber konnten sie feststellen. Es handelt sich um ein .38er Spezial. Ein Vollmantelgeschoss, was erklärt, warum es den Körper Ihrer Mutter durchschlagen hat. Wir suchen also höchstwahrscheinlich einen Revolver, ich würde auf einen Smith & Wesson .38 Spezial tippen. Das war damals die gängige Schusswaffe. Und die Munition war damals Standard in den meisten Polizeiabteilungen, viele Jahre lang.«

»Mein Gott!«, rief ich, »Sie wollen doch nicht etwa sagen, die Polizei …«

»Nein, nein, so meinte ich das nicht. Die Polizisten waren damit ausgestattet, aber viele andere Leute auch. Das ist eine gute

Waffe, man kann sie zur Selbstverteidigung einsetzen oder für Zielübungen oder um die Kaninchen im Garten abzuknallen. Sie ist bis heute im Handel. Das Problem ist, Mrs Cashion …«, Beasley seufzte, »dass die Kugel aus Ihrem Nacken in einem so schlechten Zustand ist, dass wir keine Vergleiche damit anstellen können. Zu viele Riefen. Sie ist völlig zerkratzt. Vielleicht stammen die Kratzer von damals, als sie abgeschossen wurde, vielleicht hat der Chirurg sie verursacht, als er die Kugel mit der Pinzette herausgeholt hat.«

Ich fühlte mich, als hätte man mir in den Magen geboxt.

»Wir schicken sie jetzt zum FBI nach Virginia. Die Experten dort sind hundertmal besser ausgerüstet als wir.«

»Zum FBI? Das FBI wird meine Kugel untersuchen?«, wiederholte ich ungläubig.

»Die haben da in Quantico das beste Kriminallabor der USA. Da arbeiten hunderte von Experten für Waffen und Munition, Forensiker, Spezialagenten, was auch immer.«

»Haben Sie die Vergleichsprojektile mitgeschickt? Die Sie 1979 sichergestellt haben?«

»Ja, natürlich. Das war der Sinn der Sache.«

»Und waren irgendwelche mit dem Kaliber .38 dabei?«

»Das klären wir, wenn es so weit ist, okay? Ich habe jetzt schon meine Kompetenzen überschritten, indem ich Sie angerufen habe …«

»Aber Beamer …«

»Mrs Cashion, ich lege jetzt auf. Anfang nächster Woche werden die Kollegen aus Quantico sich melden.«

Ich ging ins Bett und versuchte zu schlafen, doch alle paar Minuten ließ ein Geräusch mich aufschrecken. Am Nachbarhaus schlug ein loser Fensterladen im Wind. Am Ende der Straße jaulte die Alarmanlage eines Autos. Als um kurz nach zwei direkt vor meinem Fenster eine Eule schrie, bekam ich vor Schreck fast einen Herzinfarkt. Ich überprüfte noch einmal, ob die Alarmanlage eingeschaltet war, schob den Riegel an der Schlafzimmertür vor, zog mich an und wartete, bis es an der Zeit war, das Taxi zu rufen und zum Flughafen zu fahren.

Vierter Teil

Nantucket

Zweiundvierzig

Samstag, 2. November 2013

Das Haus von Verlin Snow war groß und imposant und mit verwitterten Holzschindeln verkleidet. Auf der verregneten Fahrt vom Regionalflughafen hatte ich bemerkt, dass alle Häuser auf Nantucket mit verwitterten Holzschindeln verkleidet waren. Eine einheitlichere Bebauung hatte ich nie gesehen. Nebel und Windböen prägten meinen ersten Eindruck von der Insel, hoch am Himmel kreischten die Möwen, und die Luft roch nach Seetang.

Der Wohlstand war unübersehbar. Die Wege waren gekehrt, die Gärten gepflegt, regennasse Rosenblüten nickten mir über frisch gestrichene Zäune zu, dabei war es schon November. Als wir uns Verlin Snows Haus näherten, biss ich die Zähne zusammen, presste mir eine Hand in den Nacken und hielt mich mit der anderen an der Autotür fest. Eigentlich hatte ich einen angenehmen Flug gehabt, mich in eine warme Stola gekuschelt und die ganze Zeit geschlafen. Doch die Kopfsteinpflasterstraßen von Nantucket waren die reinste Folter. Das Taxi hüpfte, rollte durch Pfützen, vorbei an Coffeeshops, einer altmodischen Apotheke, einer Bank, einer hübschen kleinen Kirche. Die Hälfte der Geschäfte blieb den Winter über geschlossen. Die Gehsteige waren menschenleer.

Snows Haus befand sich im Zentrum der größten Siedlung auf der Insel, die in typisch neuenglischer Nüchternheit einfach nur Town hieß. Abseits der Main Street mit ihren Geschäften und Cafés standen große Villen, die früher Kapitänen und Walfängern gehört hatten. Blendete man die Möwen aus, erinnerte Nantuckets Main Street stark an die schickeren Straßen in Georgetown.

»Bitte sehr«, sagte der Fahrer und hielt an der Kreuzung von Maine und Milk Street. Rechts und links einer Treppe, die zu einer imposanten Tür hinaufführte, brannten Gaslaternen. Der Messingtürklopfer und der Briefkasten schimmerten im Licht. Schnell nahm ich noch drei Schmerztabletten.

Die Tür wurde geöffnet. Dahinter war alles mehr oder weniger so, wie ich es erwartet hatte. Ein trüb beleuchtetes Foyer, sauber, aber mit zu viel Krimskrams. Alte Teppiche, alte Vogeldrucke von Audubon, verblichene Tapeten, eine alte Standuhr, die aussah, als hätte sie schon vor Generationen ihren Geist aufgegeben. Die Frau mit dem karibischen Akzent wirkte nun, da ich ihr persönlich gegenüberstand, freundlicher und sanfter als am Telefon. Sie stellte sich als Marie vor. Ich konnte nicht sagen, ob sie eine Freundin, eine Pflegerin, eine Haushälterin oder alles in einem war. Sie nahm mir den tropfnassen Mantel ab und führte mich ins dunkle Haus.

»Er kann nicht mehr sprechen«, flüsterte sie. »Schon seit Monaten nicht mehr. Aber sein Verstand ist immer noch messerscharf.«

»Aber wie kann er …«

»Er schreibt. Ich habe versucht, ihm den Computer zu erklären, aber er bevorzugt seinen Notizblock. Sie werden sehen.« Sie beäugte mich von der Seite. »Ich war sehr überrascht, als er Ihrem Besuch zugestimmt hat. Die meisten Besucher lehnt er ab. Er sagt, sie wären ihm zu anstrengend. Aber heute Morgen hat er sich Ihretwegen sogar rasiert.«

Im hinteren Teil des Hauses lag das überraschend einladend wirkende Wohnzimmer. Im Kamin knisterte ein Feuer, davor stand ein riesiger, mit Cord bezogener Fernsehsessel, wie alte Leute ihn mögen. Darin saß ein Mann. Als ich hereinkam, ließ er die Rückenlehne hochfahren und stand auf, um mir die Hand zu schütteln. Verlin Snow hatte eine gebeugte Haltung. Wahrscheinlich war er auch im besten Alter kein Riese gewesen. Seine fleckige Glatze reichte mir kaum bis ans Kinn. Seine Gesichtshaut war schlaff und die Kinnpartie mit Blutflecken gesprenkelt, Spuren des Rasierversuchs am Morgen. Ich empfand Mitleid, als ich mir vorstellte, wie viel Mühe es ihn gekostet haben musste, am Spülstein zu stehen und sich Wasser ins Gesicht zu spritzen.

Mit einer Geste lud er mich ein, Platz zu nehmen. Er schob sich rückwärts an den Fernsehsessel und ließ sich hineinsinken, so wie meine Großmutter früher, als sie zu alt und zu schwach war, sich ohne Hilfe zu erheben oder hinzusetzen. Er mochte Krebs im Endstadium haben, aber sein Blick war wach und klar. Marie hatte recht: Sein Verstand schien messerscharf.

»Danke, dass Sie mich empfangen. Wissen Sie, warum ich hier bin?«

Er beugte sich über den kleinen Holztisch, der zwischen uns stand. Darauf lagen ein Stift und ein Notizbuch von Moleskine.

Wie geht es Ihnen, schrieb er, sah mich an und nickte langsam. Dann schrieb er krakelig weiter: *Erzählen Sie es mir.*

Das tat ich. Ich erklärte ihm, was den Smiths im Haus in der Eulalia Road zugestoßen war. Dass ich in einer anderen Stadt von einer anderen Familie großgezogen worden war und erst kürzlich von meinen leiblichen Eltern erfahren hatte. Dass ich fast mein ganzes Leben lang eine Kugel im Hals gehabt hatte. Er hörte aufmerksam zu, kritzelte ein Ausrufezeichen aufs Papier, wann immer es dramatisch wurde, und einmal auch ein Fragezeichen, mit der Bitte um weitere Einzelheiten.

»Der Mörder meiner Eltern wurde nie gefasst«, schloss ich. »Aber Sie kennen einen der Verdächtigen. Er war Ihr Anwalt.«

Verlin Snow nickte und schrieb: *Ethan.*

»Sie haben damals ausgesagt, Sie seien den ganzen Nachmittag mit ihm zusammen gewesen.«

Er nickte wieder.

»Stimmt das?«

Er hielt meinem Blick stand, während seine Hand reglos auf dem Notizbuch lag. Ich hatte zu direkt gefragt; ich hätte es vorsichtiger angehen müssen. Aber ich war ungeduldig, die Narbe in meinem Nacken juckte, und im Zimmer war es drückend heiß.

»Mr Argenbright hat mit mir vor ein paar Wochen Kontakt aufgenommen«, redete ich weiter.

Verlin Snow hatte keine Augenbrauen mehr, die er hochziehen konnte, stattdessen runzelte er die Stirn.

»Er war sehr nett. Aber er hat mir ein paar Sachen gesagt beziehungsweise verschwiegen, die ich nicht verstehe.« Ich beugte mich vor und legte die Hand auf Verlin Snows mageres Knie. »Letzte Woche wurde ich nachts in meinem Haus in Washington überfallen. Jemand hat versucht, mir etwas anzutun. Ich weiß es nicht genau, aber ich glaube, dass die Kugel in meinem Nacken für diesen Jemand eine Bedrohung darstellte. Dieser Jemand wusste, dass ihm eine Gefängnisstrafe droht.«

Verlin Snow legte wieder die Stirn in Falten, und dieses Mal schrieb er drei Fragezeichen in sein Notizbuch.

»Bitte, helfen Sie mir.«

Er blickte mich eindringlich an.

»Mir ist egal, warum Sie damals Ethan Argenbrights Hilfe gebraucht haben. Deswegen bin ich nicht hier.« Ich drückte sein Knie. »Der Tag, an dem meine Eltern starben. Hätte Ethan Argenbright in ihrem Haus gewesen sein können? Sie haben geschworen, es wäre unmöglich gewesen. Sie haben gesagt, Sie hätten sich in einem Konferenzzimmer eingeschlossen.«

Verlin Snow griff zum Stift. Langsam und krakelig schrieb er:

Das war gelogen.

Dreiundvierzig

Ich riss Verlin Snow das Notizbuch aus der Hand, um mich zu vergewissern, dass ich richtig gelesen hatte.

Das war gelogen.

»Sie waren also an dem Nachmittag gar nicht bei ihm?«

Er nahm das Notizbuch: *Zeitweise.*

»Was soll das heißen? Sie waren zeitweise dort, aber nicht den ganzen Nachmittag?«

Ein müdes Nicken.

»Dann hat er kein Alibi«, flüsterte ich. »Er hatte nie eins. Vielleicht war er bei Sadie Rawson und Boone.«

Verlin Snow zuckte zusammen und kritzelte hastig: *Das wusste ich nicht*. Er unterstrich seine Worte, wieder und wieder.

»Okay, Sie wussten also nicht, wo er war. Sie wussten nur, dass Sie nicht mit ihm zusammen waren.«

Heftiges Nicken. Ich kniff die Augen zusammen. »Sie haben für ihn gelogen. Und Sie haben ihn nie gefragt, wo er wirklich war? Waren Sie gar nicht neugierig? Was hatte er gegen Sie in der Hand?«

Er zuckte die Achseln.

»Warum haben Sie gelogen?«

Ich meinte zu sehen, wie er die Augen verdrehte.

»Sie glauben wohl, jetzt wäre es ohnehin egal. Aber, Mr Snow …« Meine Stimme klang gepresst vor Zorn. »Mr Snow, meine Eltern wurden ermordet. Ich wurde angeschossen. Wenn Ethan Argenbright der Täter war, hat er ein dreijähriges Kind schwer verletzt, um es verbluten zu lassen. Sie müssen doch davon gehört haben, Sie haben doch sicher Zeitung gelesen. Wie konnten Sie damit leben? Warum haben Sie gelogen?«

Auf einmal schnellte Verlin Snow nach vorn und stieß ein groteskes Fauchen aus. Hustend krümmte er sich zusammen. Ich sprang auf und sah mich nach einem Wasserglas oder Taschentüchern um. Nichts. Sollte ich Marie holen? Schon lehnte er sich wieder zurück und schlug sich an die Brust. Tränen und Rotz liefen über sein ausgemergeltes Gesicht. Er wischte sich die Augen mit dem Ärmel ab und tastete nach dem Stift. Minutenlang schrieb er, dann hob er den Kopf und schob mir das Notizbuch hin.

Ich wurde angezeigt. Insiderhandel, Versicherungsbetrug. Ich hätte alles verloren! Habe mich gewehrt. Doch es gab Beweise. Sekretärin hatte Telefonat protokolliert. Ethan war verpflichtet, es an Staatsanwaltschaft weiterzuleiten. Verstehen Sie?

Eines Abends kam Ethan zu mir. Er sagte – hilf mir, dann helfe ich dir. Ich lasse Protokoll verschwinden, wenn du mir Alibi gibst. Kein Problem! Damals noch keine E-Mails. Lange her. Keine Computer. Nur ein Blatt Papier. Er hat es verbrannt. Ich habe ausgesagt, wir wären in Konferenzraum gewesen. Beide zufrieden.

Verwundert blickte ich ihn an.

Er blätterte um und schrieb weiter: *Ich bin nicht stolz darauf.*

»Nein, das sollten Sie auch nicht sein.«

Dachte immer, es ginge um eine Frau. Dachte, er bräuchte Ausrede für seine Frau. Ethan war immer schon ein Schürzenjäger.

»Und was glauben Sie jetzt?«, fragte ich.

Schürzenjäger. Er unterstrich das Wort. *Kein Mörder!!!*

»Das können Sie nicht wissen. Sie wissen nicht, wo er an dem Tag war und was er getan hat.«

Wieder ein Achselzucken.

»Sie müssen eine Aussage machen. Erzählen Sie der Polizei, was Sie mir erzählt haben. Es gibt in Atlanta einen älteren Detective, Sergeant Beasley, der den Fall in- und auswendig kennt ...«

Verlin Snow schüttelte den Kopf. Er schrieb: *Auf Wiedersehen, Caroline.*

Dann riss er die beschriebenen Seiten heraus, zerknüllte sie und warf sie in den Kamin. Das Papier fing Feuer, blaue Flammen flackerten auf. Sekunden später war alles verbrannt.

Ich schnappte nach Luft. »Ich kann aufschreiben, was Sie mir erzählt haben. Sie bräuchten es nur zu unterschreiben. Nur dass Ethan damals nicht bei Ihnen war. Niemand interessiert sich für den Rest. Vermutlich ist die Sache ohnehin längst verjährt, das mit dem Insiderhandel ...«

Aber Verlin Snow hatte die Augen geschlossen und lag reglos in seinem Sessel. Er wirkte alt, schwach und krank.

Seine Augen verengten sich, und er schlug meine Hand weg. Seine Lippen formten unmissverständlich ein O.

Nein, wollte er sagen. Dann fielen seine Augen wieder zu.

Ich ging in den Flur, nahm meinen Mantel vom Haken und schlich aus dem Haus.

Im Herbst wirkt Nantucket wie eine neblige, silbrige, eiskalte, stinkreiche Geisterstadt. Ich lief durch den Nieselregen an einer Kirche vorbei und die Main Street entlang. Da mein Rückflug erst um 9.05 Uhr am nächsten Morgen ging, hatte ich ein Zimmer in einer Pension gebucht.

Ich checkte ein, wusch mir das Gesicht mit warmem Wasser, zog meine Stiefel aus, legte mich aufs Bett und schlief, vier traumlose Stunden lang. Als ich aufwachte, war es dunkel. Ich warf die Decke von mir und fragte mich, wie sich ein Zimmer stickig und warm und gleichzeitig klamm und kalt anfühlen konnte. Ich musste hier raus.

Der junge Mann an der Rezeption sah so jung aus, als hätte er noch nicht einmal einen Führerschein. Den vielen Schlüsseln an dem Brett hinter ihm nach zu schließen, war ich der einzige Gast. Eine geschlagene Minute lang zählte er die fantastischen Restaurants auf, die ich im Sommer unbedingt besuchen sollte, und zum Schluss empfahl er mir einen der wenigen geöffneten Läden, eine Bar an der Inselspitze, die leider nur mit dem Auto zu erreichen war.

»Gibt es nichts in der Nähe?«, fragte ich. »Ich habe heute keine hohen Ansprüche.«

»Das Brotherhood of Thieves ist gleich die Straße runter«, sagte er. »Gehen Sie hinaus auf die Broad Street, biegen Sie nach links ab, und schon sind Sie da. Der alte Walfänger.«

»Perfekt.«

»Die haben gutes Bier vom Fass. Probieren Sie das Cisco Ale oder das Pumple Drumkin, falls sie noch welches haben. Das wird hier auf Nantucket gebraut, mit Kürbis und Gewürzen. Schmeckt fantastisch.« Das klang widerlich, was ich ihm jedoch nicht sagte.

Das Brotherhood of Thieves war düster und hatte eine niedrige Holzdecke. Im Kamin knisterte ein Feuer. An den Backsteinwänden hingen Laternen. Nur zwei Tische waren belegt, an einem Tisch saß ein nervöses Paar, scheinbar ihr erstes Date, am anderen vier ältere Männer, Stammgäste wahrscheinlich. Auf ihrem verklebten Tisch standen zwei leere Bierkaraffen, die dritte ging auch schon zur Neige. Ich setzte mich auf einen Barhocker und bestellte einen Weißwein, dann besann ich mich.

»Einen doppelten Bulleit, bitte.«

»Gut.« Der Barmann schob mir ein Schälchen mit Salzbrezeln hin.

Ich hielt die Speisekarte ins Kerzenlicht. Zum ersten Mal hatte ich keine Lust auf Fleisch. »Was sind Quahogs?«

»Muscheln.«

»Ach so. Dann nehme ich den Inseleintopf mit Quahogs.«

»Gute Wahl. Möchten Sie noch einen?« Er hielt die Bulleit-Flasche über mein Glas. Ich überlegte. Ich hatte schon einen doppelten getrunken.

»Ja, warum nicht. Und könnte ich bitte ein Glas Wasser haben?« Ich sollte es langsamer angehen. Weder Will Zartman noch meine Brüder waren in der Nähe, um mich nach Hause zu tragen. Beim Gedanken an Will krampfte sich mein Herz zusammen. Mein letzter Barbesuch war im Georgia Grille gewesen, an dem Abend, als Will mich in Atlanta überrascht hatte. Ich schloss die Augen, schmeckte den Whiskey und erinnerte mich daran, wie er mich berührt hatte, meinen Arm, meine Schlüsselbeine, meine Brüste. Wie ich kaum noch Luft bekommen hatte, als er seinen Körper an mich presste.

Als ich die Augen wieder öffnete, stellte der Barmann eine Schüssel Eintopf und ein kleines Päckchen Cracker vor mich hin. »Vorsicht, es ist heiß.«

Ich kostete einen Löffel. Der Eintopf war scharf und sahnig. Zwischen den alten Männern stand eine volle Bierkaraffe. Das Bier war strohgelb; auch sie hielten sich offenbar vom Pumple Drumkin fern. Das Pärchen war verschwunden. Im stummen Fernseher über der Bar schwenkten die Leute Fahnen der Red Sox, Konfetti flog durch die Luft.

»Haben die Red Sox schon wieder gewonnen?«, fragte ich.

»Schon wieder? Leben Sie hinterm Mond? Sie haben diese Woche die World Series gewonnen. Was Sie da sehen, ist die Siegesparade in Boston.«

Der Barmann drehte sich um und schaute hinauf zum Fernseher. Ein Korso aus Amphibienfahrzeugen rollte durch eine Straße in Boston, oben drauf die jubelnden Spieler der Sox. Sie trugen immer noch ihre Glücksbringerbärte, und auf den zweiten Blick sah ich, dass viele der Duck Boats mit riesigen Schnauzbärten dekoriert waren. Die Kamera schwenkte auf ein kleines Mädchen, das auf der Straße tanzte, sie hatte ein geschminktes Gesicht und Red-Sox-rote Haarsträhnen.

»Boston Strong«, sagte der Barmann und schlug sich die Faust an die Brust.

»Boston Strong«, rief der beleibteste der alten Männer. Alle hoben ihre Gläser in Richtung des Fernsehers.

»Der geht aufs Haus«, sagte der Barmann und schenkte mir einen Dreifachen ein. Er grinste den Dicken an. »Hey, hey, los geht's! Was meinst du, Marty? Ich glaube, Ortiz und die Jungs gehen gleich schwimmen.« Die Karawane der Amphibienfahrzeuge bog von der Straße ab und machte einen Freudensprung in den Charles River.

Ich trank meinen Whiskey und beobachtete die Männer, wie sie auf den Fernseher starrten. Über so simple Dinge konnten sie sich freuen. Morgen würde ich über das nachdenken, was Verlin Snow mir erzählt hatte. Über Ethan Argenbright und Boone und Sadie Rawson und was es zu bedeuten hatte. Heute Abend jedoch erlaubte ich mir, zusammen mit einem Haufen alter Männer in einer Bar zu sitzen und mir einzureden, die Welt wäre trotz allem ein guter Ort.

Fünfter Teil

Washington

Vierundvierzig

Sonntag, 3. November 2013

Am nächsten Tag ging es mir wunderbar.

Glücklicherweise waren über Nacht die Uhren umgestellt worden, so dass alle eine Stunde Schlaf hinzugewonnen hatten. Oder vielleicht war ich noch betrunken? Nach sieben Rye hatte ich geschlafen wie ein Baby, so gut wie seit Wochen nicht mehr. Auf dem Rückflug schluckte ich zwei Advil gegen die Verspannungen in meinen Muskeln (Leberschaden ahoi!) und verschlang den *Boston Globe* und dann die *New York Times*. Wochenlang hatte ich keine Nachrichten mehr gelesen. Politiker, von deren Krankheiten ich nicht einmal gewusst hatte, waren gestorben, die UN warnte vor einem Völkermord in Zentralafrika, Twitter wollte an die Börse, Amy Tans neuer Roman war erschienen. Gierig überflog ich die Schlagzeilen, wie jemand, der auf See gewesen oder aus dem Koma aufgewacht war. Ich hatte ganze Skandale und deren Wiedergutmachung verpasst.

Zu Hause in der Q Street erwarteten mich drei Postsendungen. Pottery Barn, ich hatte immer noch nichts dort gekauft, hatte mir einen dicken Vorweihnachtskatalog geschickt.

Und zwei Briefe waren für mich gekommen. Im ersten steckte eine handschriftliche Notiz von Alexandra James:

Wie schön, einen anderen P.-P.-Fan kennengelernt zu haben. Hoffe, es geht Ihnen besser. Wann darf ich Sie zu einem Kaffee einladen?

Sie hatte eine weitere Visitenkarte beigelegt.

Der zweite Brief war von einem Manager der SunTrust. Nachdem ich mich nach dem Konto und dem Schließfach erkundigt hatte, von denen im Testament meiner Eltern die Rede war, hatten wir ein paar E-Mails ausgetauscht und telefoniert. Ich sollte das Testament in Kopie einreichen, dazu die Sterbeurkunden, meine Adoptionspapiere und meine Geburtsurkunde. Für alle Fälle hatte ich noch Leland Bretts Artikel über mich hinzugefügt, die in der *Journal-Constitution* erschienen waren. Sie würden viel besser erklären können als ich, warum ich mich vierunddreißig Jahre nicht für das Konto interessiert hatte.

In dem Brief, den ich nun in der Hand hielt, stand, man habe leider keine Informationen über ein Schließfach. Den gesetzlichen Vorschriften entsprechend war das Schließfach nach sieben Jahren gewaltsam geöffnet und der Inhalt an den Staat übergeben worden. Es gab keine Unterlagen mehr zu dem Vorgang, keine Hinweise, was sich darin befunden hatte. Ich solle mich an die Steuerbehörden des Staates Georgia wenden.

Die Suche nach dem Bankkonto war hingegen erfolgreicher verlaufen. Die Kontonummer hatte man nicht im Computer gefunden, weil so alte Konten nie digitalisiert worden waren. Die Bank hatte einen Mitarbeiter aus dem Ruhestand geholt, der die alten Unterlagen durchforstet hatte. Sie waren nach Filialen geordnet; leider waren meine Eltern nicht bei der nächstgelegenen Trust Company Kunden gewesen, sondern im Süden der Stadt, in Flughafennähe. Wahrscheinlich hatte Boone es praktisch gefunden, auf dem Rückweg von der Arbeit den dortigen Geldautomaten zu benutzen.

Um mich auszuweisen, solle ich bitte die Originale aller meiner Dokumente nachreichen. Der Manager entschuldigte sich noch einmal für alle Unannehmlichkeiten. Er hoffe auf mein Verständnis, immerhin gehe es um eine beträchtliche Summe.

Ich zwinkerte, hielt das Schreiben von mir weg, dann wieder näher an die Augen, während ich die Ziffern vor und nach dem Komma wieder und wieder las.

Auf dem Konto, das Boone W. und Sadie R. Smith vor Jahrzehnten eröffnet hatten, lag eine riesige Summe Geld.

Fünfundvierzig

Montag, 4. November 2013

Der Notar, der das Vermögen meiner Eltern verwaltet hatte, war gestorben.

Jessica Yeo teilte es mir in einer Mail mit, die ich in der Küche las, während ich in Pyjama und Hausschuhen mit einem Becher Darjeeling am Tresen saß. Ich hatte bereits eine oberflächliche Internetsuche nach »Everett A. Sutherland« hinter mir, doch sie war ergebnislos geblieben. Mein Dad hatte gesagt, er wisse von nichts, habe sich nie um den Nachlass der Smiths gekümmert.

»Aber du bist Anwalt!«, hatte ich gesagt. »Hast du dich denn gar nicht gefragt, was mit ihren Sachen passiert ist?«

»Nein«, hatte er entschieden geantwortet. »Wir wollten einen sauberen Schnitt. Wir haben uns natürlich rückversichert, dass du keinen Vormund hast oder Verwandte, die eines Tages Anspruch auf dich erheben könnten. Aber was dein Erbe betraf …« Das Wort schien ihn anzuwidern. »Mein Schatz, deine Mutter und ich hatten mehr als genug Geld und keinen Grund, fremder Leute Geld nachzujagen.«

Jessica Yeo bereitete es jedoch großes Vergnügen, sich mit den Finanzen der Familie Smith zu beschäftigen. Everett Sutherland war Boones Patenonkel gewesen, ein Freund der Familie aus North Carolina. Er war wenige Monate nach Boones und Sadie Rawsons Tod an Krebs gestorben und lag auf dem Friedhof der Second United Methodist Church in Charlotte begraben, neben seiner Frau, mit der er siebenundvierzig Jahre lang verheiratet gewesen war.

Das erklärte so einiges. Zum Beispiel, warum Everett Sutherland nie versucht hatte, mich zu kontaktieren, und warum das Konto und das Schließfach in Vergessenheit geraten waren. Die Summe auf dem Konto der Smiths belegte, dass er den Erlös nach dem Hausverkauf pflichtbewusst weitergeleitet hatte. Doch offenbar war Sutherland so schnell so krank geworden, dass er nicht mehr dazu gekommen war, den Nachlass meiner Eltern zu regeln. Vielleicht hatte er die Cashions kontaktieren wollen und es nicht mehr geschafft.

Jessica Yeo entschuldigte sich nicht einmal dafür, meine Anweisungen ignoriert und weitergeschnüffelt zu haben. Ganz im Gegenteil, sie plante schon die nächste Recherche.

Bitte, bitte!, schrieb sie. Das ist soooooo viel spannender als die öden Jobs, die ich für Leland erledigen muss. Aber sagen Sie ihm das NICHT.

Die nächste Mail war von Alexandra James, die die Kaffeeeinladung wiederholte und sich beiläufig nach der Kugel erkundigte.

Durften Sie sie behalten? Ich habe die Polizei in Atlanta angerufen, dort hieß es: kein Kommentar. Dabei sind die an der Kugel interessiert, oder?

Also wirklich, diese Reporter.

Wie anstrengend, wenn man von Berufs wegen aufdringlich sein muss. In den vergangenen fünf Tagen hatte Alexandra James mir vor meiner Haustür aufgelauert, mir einen Brief geschrieben und mehrere Mails. Demnächst würde sie mit einem Megaphon auf der Straße stehen und ihre Fragen brüllen.

Die letzte Nachricht verschob ich beinahe in den Spam-Ordner. Ich kannte den Absender nicht, pierce@nantuckethotels.com. Eine Bitte um eine Bewertung? Die Rechnungskopie?

Es handelte sich um eine persönliche Nachricht. Der junge Mann am Empfang (der, der vermutlich zu jung für den Führerschein war) hoffte, dass ich einen angenehmen Aufenthalt auf der Insel gehabt hatte. Ich hätte ein Aufladekabel und einen iPod im Zimmer vergessen. Ob ich sie nachgeschickt haben wollte? Er schrieb mir die Telefonnummer der Pension.

»Ach, da ist er also«, sagte ich, als er sich meldete.

»Oh. Hallo! Ja, ich hätte mich nicht wegen des Kabels gemeldet, aber den iPod wollen Sie sicher zurückhaben?«

»Danke. Das wäre schön.«

»Wie war Ihr Abend im Brotherhood of Thieves? Haben Sie das Pumple Drumkin probiert?«

»Nein. Aber danke für die Empfehlung. Netter Laden.«

»Kein Problem. Hat der Mann Sie noch erreicht?«

Ich runzelte die Stirn. »Welcher Mann?«

»Er hat ein paarmal angerufen, während Sie aus waren. Wollte keine Nachricht hinterlassen.«

Merkwürdig. Ich hatte niemandem von meinem Trip nach Nantucket erzählt. Niemand wusste, dass ich dort war, und schon gar nicht, in welcher Pension. Da ich nicht gewollt hatte, dass meine Familie sich Sorgen machte, hatte ich meinen Eltern erzählt, ich würde bei einer Freundin übernachten.

»Ein älterer Herr«, sagte der junge Mann. »Mit Südstaaten-Akzent. Beim zweiten Anruf habe ich mir seine Nummer vom Display notiert, nur für alle Fälle. Warten Sie mal, ich habe sie noch.«

Ich kaute auf dem Bügel meiner Lesebrille herum und hörte Papier rascheln. Er meldete sich zurück und las eine Telefonnummer vor. Die Vorwahl lautete 404. Atlanta. Ich legte auf und überflog meine Kontaktliste. Beamer Beasley war es nicht. Auch nicht Cheral Rooney, Jessica Yeo oder Leland Brett. Ich nahm meine Geldbörse, durchsuchte das Fach, in dem ich meine Quittungen und Kassenbons aufbewahrte, und fand seine protzige Visitenkarte.

Woher hatte Ethan Argenbright gewusst, dass ich auf Nantucket war?

Dass er schlechte Nachrichten für mich hatte, hörte ich Beasley sofort an.

»Die Forensiker des FBI haben sich heute Morgen gemeldet. Ich habe eben aufgelegt. Die Untersuchung der Kugel hat keine Ergebnisse gebracht.«

»Was heißt das?«

»Das heißt, sie können sie nicht zuordnen. Ihr Zustand ist zu schlecht. Sie können nichts damit anfangen. Tut mir leid, Mrs Cashion.«

»Gar nichts? Was sagen sie zu der Einschätzung der Experten in Georgia, was das Kaliber und die Waffe betrifft?«

»Ja, das Projektil ist vom Kaliber .38, aber es ist zu zerkratzt für weitere Vergleiche. Die können nichts dazu sagen. Nicht einmal die mikroskopische Analyse hat etwas gebracht.«

»Das kann ich nicht glauben. Was passiert jetzt?«

»Nun ja …« Beasley seufzte. »Das FBI wird mir einen Bericht schicken. Bislang habe ich das vorläufige Ergebnis nur telefonisch erfahren. Gerry Fleeman und ich werden uns noch einmal zusammensetzen. Aber ohne die Kugel … Sie müssen verstehen, die Hoffnung auf neue Beweise war der Grund für uns, den Fall neu aufzurollen. Ohne Beweise, ohne einen Abgleich der Projektile, können wir nicht mehr viel ausrichten.«

»Dann war es das jetzt?« Ich hatte Mühe, es zu begreifen. »Sie geben auf?«

»Ich habe mir alles noch ein Dutzend Mal angesehen, Mrs Cashion. Wir brauchen handfeste Beweise, wenn wir …«

»Ethan Argenbright hatte kein Alibi.«

Schweigen. Dann erwiderte er in ärgerlichem Ton: »Doch, hatte er. Das habe ich Ihnen doch gesagt. Er war mit einem Mandanten in …«

»Sein Mandant Verlin Snow. Ich weiß. Außer dass es gelogen war. Ich habe Mr Snow am Wochenende besucht.«

»Wie bitte?«

Ich erzählte von meinem Ausflug, woraufhin Beasley mich ungefähr fünf Minuten lang zusammenbrüllte. Ich hätte mich in Gefahr gebracht, ich würde die polizeilichen Ermittlungen behindern, ob ich den Verstand verloren hätte?

»Mal sehen, ob er nicht vielleicht doch eine Aussage macht«, brummte er schließlich.

»Wird er nicht.«

»Ich muss es versuchen.«

»Natürlich.«

»Und ich bin weiterhin an Mr Argenbright dran. Seine Sekretärin erwartet ihn für heute zurück. Sie sagt, dass er das Handy übers Wochenende immer ausschaltet. Vermutlich hat er meine Nachrichten noch nicht einmal gelesen.«

Ich wusste, dass das nicht stimmte. Argenbrights Handy war zumindest am Samstagabend nicht ausgeschaltet gewesen. Er hatte es geschafft, mich ausfindig zu machen, und mich zwei Mal in Nantucket angerufen. Doch diese Information behielt ich für mich. Ich sagte: »Beamer?«

»Ja?«

»Die Kugeln, die Sie damals aus den Waffen der Verdächtigen abgefeuert haben. 1979. War eine der Waffen eine .38er?«

Beasley zögerte, bevor er antwortete: »Beide, aber verschiedene Modelle. Ein Colt, ein Smith & Wesson. Beide vom Kaliber .38 Spezial. Wie die Hälfte aller anderen in Atlanta zugelassenen Schusswaffen. Es beweist rein gar nichts.«

Gegen Mittag kam Madame Aubuchon vorbei, um ihren Suppentopf abzuholen.

Wie immer erschien sie unangekündigt. Glücklicherweise war ich schon angezogen, trug sogar Ohrringe und ein wenig Make-up.

»*Très belle*«, sagte sie lächelnd, als sie hereinkam. »Sie sehen schon wieder viel besser aus. Die Suppe scheint zu helfen?«

»Daran muss es liegen. Sie ist *délicieuse*.« Das stimmte. Die Suppe war köstlich, man musste sich nur damit abfinden, für den Rest des Tages nach Knoblauch zu riechen.

Ich führte sie in die Küche. »*Un café? Un thé?*«

»*Non merci*. Haben Sie nicht etwas Stärkeres?«

Etwas Stärkeres? Es war gerade einmal halb eins. Ich ging zu meiner Hausbar im Wohnzimmer und kehrte mit ein paar Flaschen zurück.

Sie zeigte auf eine. »Den, bitte.«

Ich schenkte Madame Aubuchon einen Armagnac ein und schaute belustigt zu, wie sie ihn hinunterkippte.

»Ja? Was ist denn?«, fragte sie schnippisch.

»*Rien. Rien du tout*. Ich habe mich nur … wir arbeiten jetzt schon so lange zusammen. Zehn Jahre, oder? Und wir … na ja, eigentlich kennen wir uns gar nicht.«

Sie lächelte mich an. Schüttelte den Kopf, als ich ihr nachschenken wollte. »Nur einen. *Pour la santé*. Für die Gesundheit.« Sie zog ein besticktes Taschentuch heraus und tupfte sich die Lippen ab. »Es ist einfacher für mich, wenn ich Privates und Berufliches trenne.«

»Das ist sehr weise.«

»Wussten Sie, dass Jean-Pierre mein zweiter Mann ist?«

»Oh?«, sagte ich höflich.

»Er ist erst einundfünfzig«, sagte sie stolz. »*Il n'est qu'un garçon*.« Er ist noch ein Junge.

»Ich würde ihn gern einmal kennenlernen.«

»Nein, bloß nicht.« Sie seufzte. »Er macht mir schon genug Ärger. Da muss ich ihm nicht auch noch Sie vorstellen, *pour l'amour de Dieu*. Er würde Sie vernaschen.«

Amüsiert zog ich die Augenbrauen hoch. »Das klingt sehr … französisch.«

Sie warf mir einen strengen Blick zu. Ich hatte sie wohl gekränkt. Ich wollte mich gerade entschuldigen, als sie sagte: »Jean-Pierre ist mein zweiter Ehemann, weil mein erster mich geschlagen hat. Einmal hätte er mich fast umgebracht.«

Ich sah sie schockiert an. »Hélène! Das tut mir ja so leid. Das wusste ich nicht!«

»Niemand weiß es. Diesen Finger kann ich bis heute nicht strecken.« Als sie ihre perfekt manikürte Hand ausstreckte, stand der kleine Finger in einem unnatürlichen Winkel ab.

Warum war es mir nie aufgefallen?

»Drei Rippen gebrochen. Punktierte Lunge. Gehirnerschütterung«, sagte sie nüchtern, als lese sie eine Einkaufsliste vor. »Nachdem ich die Kraft gefunden hatte, ihn rauszuwerfen, schloss ich mich in meinem Apartment ein und setzte sieben Wochen lang keinen Fuß mehr vor die Tür.«

Ich wusste nicht, was ich sagen sollte.

»Sept semaines«, wiederholte sie.

»Wie furchtbar.«

»Manchmal müssen wir allein sein, um zu genesen.« Madame Aubuchon holte einen schweren Schlüsselbund aus ihrer Handtasche. »Fliegen Sie nach Paris, Caroline. Verstecken Sie sich. Kommen Sie zu Kräften.«

Sechsundvierzig

»Verlin Snow will nicht aussagen«, erklärte Beasley mir am Telefon. »Sie hatten recht. Er spielt nicht mit.«

»Wie haben Sie ihn erreicht? Er lebt auf einer Insel.«

»Ich hatte Unterstützung. Die Kollegen dort oben sind sehr nett. Normalerweise ist ihre aufregendste Aufgabe, die Strandgebühr einzutreiben.«

»Sie haben die Polizei von Nantucket zu Verlin Snow geschickt?«, fragte ich skeptisch. »Um ihn wegen des Mordes an Boone und Sadie Rawson zu befragen?«

»Wegen Ethan Argenbrights Alibi. Nach allem, was Sie über Verlin Snow erzählt haben, pfeift er aus dem letzten Loch und weilt möglicherweise nicht mehr lange unter den Lebenden. Es hätte zu lange gedauert, jemanden raufzuschicken. Und die Polizei von Nantucket ist vor Ort.«

»Ja, aber sie haben keine Hintergrundinformationen und kennen den Fall nicht gut genug, um ihn zu überzeugen, sich …«

»Ich weiß, und deswegen habe *ich* die Fragen gestellt. Idealerweise würden wir ihn vor eine Jury stellen und ihn zur Aussage zwingen. Aber da oben in Massachusetts haben wir nichts zu sagen, und er wirkt nicht, als plane er demnächst eine Reise nach Georgia. Um Zeit zu sparen, haben wir ihm zwei Officer geschickt, die eine Videoverbindung zu mir aufgebaut haben. Offenbar hat er mich prima verstanden. Er hat seine Antworten aufgeschrieben, und alles wurde aufgezeichnet, wir haben es also vorliegen. Was uns nichts nützen wird, denn er hat abgestritten, dass er Ihnen irgendwas erzählt hat.«

Ich schnaubte enttäuscht. »Das hätte ich Ihnen gleich sagen können.«

»Verlin Snow schwört, er habe den Nachmittag des 6. November 1979 mit Argenbright verbracht. Er hat seine alte Aussage wiederholt.«

»Diese verlogene Schlange.«

»Er hat auch gesagt, er hätte Ihnen gegenüber nichts anderes behauptet. Sie wären verwirrt, und wir sollten ihn in Ruhe sterben lassen.«

»Ja, er wird sterben«, knurrte ich. »Er sah furchtbar aus. Immerhin, in diesem Punkt hat er die Wahrheit gesagt.«

»Caroline.« Beasley räusperte sich. Mir war nicht entgangen, dass er mich plötzlich beim Vornamen nannte. »Ich weiß, wie schwer das für Sie sein muss. Sie haben so sehr gehofft, dass die Analyse der Kugel etwas bringt. Sie wollen mit der Sache abschließen und für Gerechtigkeit sorgen. Und ich möchte das auch, glauben Sie mir. Ich habe es Ihnen bei unserer ersten Begegnung schon gesagt, Ihr Fall verfolgt mich bis heute.« Er räusperte sich wieder. »Gerry und ich haben uns darüber unterhalten, und …«

»Wissen Sie, was ich finde? Ich finde, Sie sollten Ethan Argenbright verhaften, denn er ist der Täter. Er hatte eine Affäre mit Sadie Rawson, und als sie Schluss gemacht hat, ist er durchgedreht. Soll ich es Ihnen noch einmal erklären? Argenbright besaß einen Revolver, Kaliber .38 Spezial, und in meinem Nacken steckte ein Geschoss aus dieser Waffe. Argenbright besitzt kein Alibi, egal, was Verlin Snow Ihnen gesagt hat. Und jetzt ist er auf der Flucht, er ignoriert Ihre Kontaktversuche und …«

»Warten Sie, warten Sie. Dass jemand nicht zurückruft, bedeutet noch lange nicht, dass er auf der Flucht ist. Ansonsten wäre meine Tochter während ihrer Teenagerzeit durchgehend auf der Flucht gewesen. Lassen Sie mich den Anwalt des Teufels spielen: Erstens, niemand weiß, ob Ethan und Sadie Rawson eine Affäre hatten.«

»Cheral Rooney behauptet, dass er …«

»Das ist mir bekannt, aber er streitet es ab. Wir können ihm nichts nachweisen.«

»Verlin Snow hat gesagt, Ethan Argenbright sei immer schon ein Schürzenjäger gewesen.«

»Ach, Verlin Snow!«, rief Beasley mit gespielter Begeisterung. »Derselbe Verlin Snow, der heute schriftlich ausgesagt hat, dass Argenbright zum Zeitpunkt des Doppelmordes mit ihm zusammen war? Sprechen Sie von diesem Verlin Snow?«

»Beamer …«

»Sorry, was haben Sie gesagt? Über Argenbrights fehlendes Alibi?«

»Beamer, er lügt! Snow hat Sie angelogen!«

»Beweisen Sie es.«

Ich schwieg.

»Caroline. Wir haben keine Beweise. Keine. Null. Keine Beweise für eine Affäre. Dafür, dass die Kugel in Ihrem Kopf aus Argenbrights Waffe stammte. Es gibt außer Ihnen keine Zeugen, und Sie können sich an nichts erinnern. Dafür haben wir einen angesehenen Bürger, einen ehemaligen Vorstand von Southern Bell, der schwört, dass Argenbright unmöglich am Tatort gewesen sein kann. Können Sie mir folgen? Wir sind keinen Schritt weiter als vor vierunddreißig Jahren. Außer dass ich noch frustrierter bin als damals.«

»Und warum ist dann vor zwei Wochen jemand in mein Haus eingebrochen, um mir etwas anzutun? Meinen Sie nicht, dass Argenbright die Kugel an sich bringen wollte, bevor …«

»Ja, natürlich könnte das sein. Oder vielleicht war es Jack the Ripper, oder Wile E. Coyote. Wie wollen Sie es beweisen? Sie wissen doch, wie gut man eine solche Anklage begründen muss.

Im Zweifel für den Angeklagten. Wir haben keine Chance. Ganz im Gegenteil, seine Sekretärin und seine Frau schwören, er wäre am 28. Oktober in Georgia gewesen.«

Ich stampfte vor Wut mit dem Fuß auf.

»Man sollte sehr, sehr gut vorbereitet sein, bevor man gegen einen Mann wie Ethan Argenbright Anklage erhebt. Ich sage nicht, wir sollten es nicht versuchen. Aber er würde sich mit aller Macht wehren. Er würde von jedem in Atlanta einen Gefallen einfordern, bei dem er sich das erlauben kann. Und das werden so einige sein, weil er und Betsy sich dort für das Gemeinwohl engagiert haben. Wo wir schon bei Betsy sind. Seine hübsche blonde Frau, die Mutter seiner Kinder, würde für ihn aussagen und ihn als liebevollen Vater und vorbildlichen Ehemann beschreiben. Alle Kameras werden auf sie gerichtet sein. Die gesamte Junior League wird sich hinter Betsy versammeln, alle Blondinen von Buckhead werden schwören, dass Argenbright die Unschuld in Person ist.«

Das gab mir den Rest. Nicht die Vorstellung der sympathischen Betsy Argenbright vor den Kameras, sondern der Gedanke, dass Ethan ein guter Ehemann und Vater sein könnte. Ich musste schon zugeben, dass ich genau diesen Eindruck von ihm gewonnen hatte. Es war nicht einfach, in dem netten, väterlichen Mann, der mich zum Frühstück eingeladen hatte, einen brutalen Verbrecher zu sehen.

Auch Beasley schien so zu denken. »Ich will damit nicht sagen, wohlhabende Weiße könnten sich in dieser Stadt alles erlauben. Nicht einmal, wenn sie so wohlhabend und weiß sind wie die Argenbrights. Aber ich soll Ihnen glauben, dass Ethan Argenbright, der gebildete, renommierte Anwalt, im Jahr 1979 Amok gelaufen ist? Dass er zwei Menschen erschossen und ein schwerverletztes Kleinkind seinem Schicksal überlassen hat? Und danach ist er sanft wie ein Lamm, verwandelt sich für die nächsten drei Jahrzehnte in einen liebevollen Familienmenschen. Bis vor einem Monat, als er – peng! – wieder durchdreht, nach Washington fährt, Ihr Kellerfenster einschlägt und Ihre Schlafzimmertür zertrümmert. Das ist doch …«

»Ich weiß, ich weiß. Es klingt total verrückt.«

»Ich weiß, dass Menschen sich ändern. Aber das sind doch wilde Spekulationen.«

Wir schwiegen.

Dann sagte Beasley: »Aber wissen Sie was? Können Sie sich an den Vulkanausbruch in Neuseeland letztes Jahr erinnern?«

Ich schwieg. Hatte er gerade gesagt, *ich* sei unlogisch?

»Er hat Geröllbrocken ausgespuckt, und eine riesige Aschewolke ist entstanden, so dass alle Straßen gesperrt werden mussten. Und im Fernsehen sagten die Experten dann … wie nennt man die, Vulkanologen? Sie sagten, es habe keinerlei Anzeichen gegeben.«

»Okay?« Inzwischen wusste ich, dass Beasley eine gewisse Anlaufzeit brauchte, um auf den Punkt zu kommen.

»Mount Tongariro, so hieß er, glaube ich. Er war hundertfünfzehn Jahre inaktiv gewesen. Über ein Jahrhundert lang. Und dann, eines Tages brach er plötzlich und ohne Vorwarnung aus.«

Ach so, darum ging es. Ich hatte verstanden. »Einfach so?«

»Ja, Madam. Einfach so.«

Am Abend ging ich am Flussufer spazieren. Zu dieser Jahreszeit bin ich lieber im Wald unterwegs, denn der Wind vom Potomac ist eisig. Aber am Hafen und auf den Fahrradwegen am Ufer ist immer viel los, und ich fühlte mich unter Menschen sicherer. Ich lief in östlicher Richtung, vorbei am Thompson Boat Center und dem unverwechselbaren Watergate Complex. Zwei Ruderer schoben sich mit stetigen, kräftigen Zügen übers

Wasser. Die Kirschbäume am Ufer reckten ihre kahlen Äste in den Himmel. Meine Ohren schmerzten in der Kälte. Ich lehnte mich in den Wind und wartete darauf, dass meine Anspannung nachließ und mein Verstand sich beruhigte.

Als ich das Kennedy Center erreicht hatte, verlangsamte ich meine Schritte. Ich hatte so etwas wie einen Plan. Ich erahnte, was zu tun war und warum. Ich ging wieder schneller, meine Absätze knallten auf dem geteerten Weg. Die Vision wurde klarer. Ich prüfte meinen Plan aus allen Blickwinkeln. Entdeckte ein paar Lücken. Zu viele Unbekannte. Ich besserte nach. Ja, das war es. So könnte ich es schaffen.

Zu Hause schenkte ich mir ein Glas Wein ein und erledigte zwei Telefonate. Zuerst rief ich Leland Brett an, dann Alexandra James. Leland hörte immer noch nicht auf, seine dreckigen Anspielungen zu machen, aber abgesehen davon war der Inhalt der Gespräche nahezu identisch.

Ich erzählte beiden, Forensiker der Georgia Police und auch des FBI hätten die Kugel aus meinem Nacken untersucht. Leider sei sie zu beschädigt, um Ergebnisse zu liefern. Näheres könne ihnen das Atlanta Police Department sagen. Ich gab ihnen Beamer Beasleys Durchwahl.

»Ich hatte gehofft, dass die Analyse die Ermittlungen selbst nach so vielen Jahren noch weiterbringen würde«, sagte ich meine während des Spaziergangs zurechtgelegten Sätze auf. »Aber es sollte nicht sein. Ich kann damit leben. Ich muss damit abschließen. Wer immer meine Eltern auf dem Gewissen hat, ist wahrscheinlich längst verstorben.«

Ich bat Leland Brett und Alexandra James, mich im Wortlaut zu zitieren und den Artikel sofort zu schreiben, damit er morgen erscheinen konnte. Leland versprach es mir.

Nur Alex weigerte sich. »Wir machen bei Zitaten keine Zusagen.«

»Was heißt das?«

»Ich kann meinen Informanten nicht versprechen, dass ein Zitat in voller Länge abgedruckt wird. Aber ich garantiere Ihnen, Sie akkurat zu zitieren.«

»Also gut. Und der Artikel wird ganz bestimmt morgen erscheinen?«

»Bei der gedruckten Ausgabe könnte es eng werden. Da ist nur begrenzt Platz. Ich weiß ja nicht, was bis dahin noch in der Welt passiert und welchen Einfluss das aufs Layout haben wird. Aber es spricht nichts dagegen, die Story sofort online zu stellen. Noch heute Abend.«

»Wunderbar.«

»Eine Frage noch. Wie geht es Ihnen nach der OP? Wann fangen Sie wieder an zu arbeiten?«

»Es geht mir besser, viel besser. Doch an der Universität werde ich erst wieder nach den Weihnachtsferien gebraucht. Ich werde also ein paar Wochen Urlaub in Mexiko machen, um mich auszuruhen und zu Kräften zu kommen. Ende der Woche fliege ich nach Cabo San Lucas.«

»Klingt himmlisch!«

»Danke. Ich werde eine Zeitlang keine andere körperliche Anstrengung auf mich nehmen, als Margaritagläser zu heben.«

Sie lachte. »*Das* werde ich in voller Länge zitieren, verlassen Sie sich drauf.«

Ich legte auf und schenkte mir Wein nach.

Dann klappte ich meinen Laptop auf und buchte einen Flug für den nächsten Morgen um acht nach Atlanta.

Sechster Teil

Atlanta

Siebenundvierzig

Dienstag, 5. November 2013

Der Flughafen von Atlanta war rappelvoll. Im Bahnshuttle vom Hauptterminal standen die Leute dicht gedrängt und hielten sich an den Halteschlaufen fest, es roch nach Haarspray und Schuhcreme und verbranntem Kaffee. Jemand rammte mir seinen Rollkoffer in die Unterschenkel. Ich bahnte mir einen Weg durch die Menge und fand den inzwischen vertrauten Hertz-Schalter. Nur ein Mal blieb ich stehen, vor einem Zeitungskiosk an der Gepäckausgabe.

Lelands Artikel war im Innenteil der *Journal-Constitution* erschienen, auf Seite fünf. Er hatte Wort gehalten. Meine Aussage, ich wolle mit der Sache abschließen, stand ganz oben, zusammen mit einem hübschen Dank an alle Freunde und Bekannte von Boone und Sadie Rawson Smith, die mir Gutes wünschten.

»Es war tröstlich zu erfahren, wie beliebt sie waren und wie viele Leute sich noch an sie erinnern konnten«, sagte Cashion. »Ich kann mich glücklich schätzen, das ist der einzig passende Ausdruck, trotz allem, was passiert ist, denn ich wurde in eine Familie mit loyalen und verantwortungsbewussten Freunden hineingeboren.«

Cashion fügte hinzu, sie plane einen Gedenkgottesdienst für die Smiths in Atlanta. Datum und Uhrzeit stehen noch nicht fest.«

Leland Brett fügte noch ein paar Zeilen über die Kugel an, ganz am Ende, wie einen Nachtrag.

»Die Kugel war zu stark beschädigt, um Licht in die vierunddreißig Jahre alte Mordermittlung zu bringen«, sagte Detective Beamer Beasley vom Atlanta Police Department.

Für Cashion bedeutete die operative Entfernung des Projektils dennoch eine »enorme Erleichterung«. Ein Sprecher des Sibley Memorial Hospital in Washington, D.C., wo der Eingriff vorgenommen wurde, bestätigte die vollständige Genesung der Patientin.

Nach einer ausgedehnten Mexikoreise wird Cashion ihre Tätigkeit als Dozentin für französische Literatur an der Georgetown wieder aufnehmen. »Ich brauche etwas Zeit für mich, um über alles nachzudenken und gesund zu werden.«

»Ehrlich gesagt«, fügte sie lachend hinzu, »besteht die beste Therapie für mich jetzt wohl aus vielen Margaritas, Sonne, Strand und Meer.«

Ich kaufte eine Ausgabe und klemmte sie mir mit einer Wasserflasche unter den Arm. Alexandra James' Version der Geschichte würde ich auf meinem Smartphone lesen, im Mietwagen.

Es war 10.04 Uhr, und ich hatte noch drei Termine an diesem Tag.

»Wenn Sie dann bitte hier unterschreiben würden. Und hier und hier.«

Der Filialleiter betrachtete mich mit unverhohlener Neugier über die gläserne Tischplatte hinweg. Wir saßen in seinem Büro. Er und der stellvertretende Vorstand der Bank hatten mich persönlich mit einem riesigen Blumenstrauß begrüßt. Dazu hatte ich zwei Grußkarten bekommen – auf der ersten stand *Unser herzliches Beileid*, auf der zweiten *Gute Besserung*! –, die ein paar leitende Angestellte der Bank unterzeichnet hatten. Ich war gerührt und gleichzeitig beschämt. Nachdem wir den formellen Teil hinter uns gebracht hatten, fuhren wir mit dem Aufzug hinauf, und der Filialleiter führte mich durch ein verwinkeltes Großraumbüro. Niemand gab mir eine Vase, kein freundlicher Assistent bot mir Hilfe an. Mir blieb nichts übrig, als dem Filialleiter mit drei Dutzend langstieligen rosa Rosen im Arm zu folgen. Die Bänder flatterten, und ich fühlte mich wie eine gealterte, aber würdige Schulballkönigin.

In seinem Büro ging zum Glück alles ganz schnell. Ich musste mich ausweisen, alle mitgebrachten Originaldokumente wurden fotokopiert und beglaubigt.

Boone und Sadie Rawson Smith hatten mir kein Vermögen hinterlassen, doch sie hatten gut daran getan, ihr Geld in das Haus in der Eulalia Road zu stecken. Zum Verkaufserlös war eine bescheidene Auszahlung von Boones Lebensversicherung dazugekommen, und Everett Sutherland hatte die Gesamtsumme im Dezember 1979 auf einem Konto bei der Trust Company deponiert. Es handelte sich um eine beträchtliche Menge Geld. Geld, das in Vergessenheit geriet, als Sutherland im Mai 1980 starb. Vierunddreißig Jahre lang hatte das seltsame Instrument von Zins und Zinseszins Zeit gehabt, seine Wunder zu wirken.

Der Filialleiter räumte den Papierstapel beiseite, der sich zwischen uns angesammelt hatte. Er nahm das oberste Blatt in die Hand und legte es mir vor. Mit meiner Unterschrift bestätigte ich Datum, Zinssatz und Gesamtbetrag.

»Wünschen Sie eine Überweisung, oder möchten Sie lieber einen Scheck? Wie Sie wollen.«

Ich entschied mich für den Scheck.

Zehn Minuten später verließ ich die Bank mit einem verwelkenden Blumenstrauß und einem Scheck über 677 143 Dollar und 27 Cent.

Beamer Beasley wartete im Waffle House an der Roswell Road auf mich.

»Wenn ich gewusst hätte, dass Sie kommen, hätte ich uns etwas Netteres gesucht«, sagte er und zeigte vage auf die roten Kunstledersitze, die angeschlagenen Teller, die Portionspackungen mit Marmelade und Kaffeeweißer.

»Seien Sie nicht albern. Es ist perfekt.«

Er richtete seine grauen Augen auf mich. »Gut sehen Sie aus. Ganz anders als vor drei Wochen. Wie ein anderer Mensch.«

»Danke.« Ich hob die Hand, drehte sie. »Keine Schiene mehr.«

Er nickte. »Und keine Kugel mehr.«

Er schob mir einen gepolsterten Briefumschlag hin. »Apropos …«

»Nein!«, keuchte ich. »Ist sie das?«

»Ja. Kam gestern früh. Sie können sie behalten, wenn Sie wollen.«

Ich ließ die Kugel zwischen uns auf den Tisch fallen. Sie war hässlich. Ein dunkles, verformtes Metallstück voller Kratzer und Dellen, die man selbst mit bloßem Auge erkennen konnte. Und überraschend klein dafür, dass sie mir so viel Kummer bereitet hatte. Ich schloss meine Finger darum.

Beasley legte seine Hand auf meine. Ich fasste mich. »Heute Morgen habe ich in der Zeitung gelesen, dass Sie nach Mexiko wollen. Vielleicht sollten Sie sie mitnehmen, sich dort von ihr verabschieden und sie ins Meer schmeißen.«

»Vielleicht.« Ich biss mir auf die Unterlippe. »Was den Artikel betrifft, ich hätte Sie vorwarnen sollen, als ich Ihnen die Reporter auf den Hals gehetzt habe. Hoffentlich nehmen Sie mir nicht übel, dass ich die Interviews gegeben habe. Ich hatte nicht das Gefühl, dass ich die Presse jetzt noch unbedingt meiden muss.«

»Keine Sorge.«

»Wie dem auch sei, ich … ich wusste ja nicht, ob ich die Kugel behalten darf. Ich glaube, ich werde mir eine Kette anfertigen lassen.« Ich legte mir die Hand auf den Nacken. Die Stiche waren kaum noch zu spüren; heute Morgen hatte ich im Badezimmerspiegel gesehen, dass die Haut sich von Dunkellila zu einem blassen Braun aufgehellt hatte. »Abgesehen von den Ohrringen, die Cheral Rooney mir gegeben hat, habe ich außer dieser Kugel nichts, was Sadie Rawson berührt hat. Ich glaube, ich möchte sie behalten, auch wenn das makaber klingt.«

»Weil diese Kugel sie getötet hat, meinen Sie?« Beasley tippte auf das Metallstück. »Nein, ich finde das nicht makaber. Es bedeutet eine körperliche Verbindung zu Ihrer Mutter. Das ist doch sehr ergreifend.«

Schweigend saßen wir da. Beasley rührte ein zweites und dann ein drittes Tütchen Kaffeeweißer in seinen Kaffee. Ich ließ die Kugel auf meiner Handfläche hin und her rollen.

»Heute bin ich zu Geld bekommen«, sagte ich schließlich.

»Ach, wirklich? Wie?«

»Die Smiths hatten ein Konto. Nach ihrem Tod wurde der Erlös aus dem Hausverkauf und das Geld von Boones Lebensversicherung dorthin transferiert. Es gab auch ein Schließfach. Um die Formulare für das Schließfach muss ich mich noch kümmern, es wurde nach einer gewissen Frist geöffnet und der Inhalt an den Staat Georgia übergeben.«

»Wahrscheinlich lagern die keine persönlichen Dinge ein, Briefe, Fotos, Schmuck und so weiter.«

»Das habe ich auch gehört. Dabei hänge ich eigentlich nur an den persönlichen Dingen. Auf dem Konto lag mehr Geld, als ich brauche, genug, um … na ja. Um mir neue Möglichkeiten zu eröffnen.« Ich nippte an meinem zu schwachen Tee. »Ich muss immer wieder an Ihre Worte denken. Über Ihr Ziel, für Gerechtigkeit zu sorgen. Und jetzt sitze ich hier und halte ein Projektil in der Hand, das vor ein paar Tagen noch in meinem Nacken steckte. Ich habe so viele nette Leute getroffen, die meine leiblichen Eltern gekannt und gemocht haben. Ich möchte einen Gedenkgottesdienst organisieren. Das ist … das ist natürlich nicht dasselbe wie ein Gerichtsurteil. Vom rechtlichen Standpunkt aus betrachtet. Aber es ist besser als nichts.«

»Hm-hmm.« Beasley studierte mein Gesicht. »Warum habe ich das Gefühl, dass die Sache für Sie noch nicht vorbei ist?«

»Wie meinen Sie das?«

»Wollen Sie wirklich nach Mexiko?« Misstrauisch verengte er die Augen.

»Natürlich! Die beste Therapie besteht für mich jetzt wohl aus vielen Margaritas, Sonne, Strand und …«

»Sie haben mit der Sache abgeschlossen, schon verstanden. Ich sagte Ihnen doch, dass ich heute die Zeitung gelesen habe.«

»Tja.«

»Sie haben auch gesagt, der Mörder Ihrer Eltern sei wahrscheinlich längst gestorben.«

»Den Satz habe ich von Ihnen geklaut.«

Wir sahen uns an. Keiner wollte den Namen Ethan Argenbright zuerst aussprechen.

Beasley gab auf. »Ich werde bei seiner Sekretärin einen Termin vereinbaren, Ende der Woche. Ich werde die … die Unstimmigkeiten ansprechen, auf die Sie mich aufmerksam gemacht haben. Dennoch, ohne die Kugel, ohne neue Beweise werden wir kaum …«

»Ich weiß. Schon verstanden.«

Beasley machte den Mund auf, um noch etwas hinzuzufügen, schloss ihn aber wieder. Sonnenstrahlen fielen durchs

Fenster herein, brachen sich in den Glaskännchen mit künstlichem Blaubeer- und Ahornsirup, die an der Tischplatte klebten. Sie leuchteten wie Kirchenglas. Die Kellnerin servierte dem übergewichtigen Paar in der benachbarten Sitznische Hash Browns und frittiertes Hühnerfleisch. Vom Parkplatz war ein lautes Knirschen zu hören, als ein Pick-up beim Zurücksetzen einen schmutzig-weißen Honda rammte.

»Tja, dann.« Beasley leerte seinen Kaffee, steckte die noch verpackten Kekse ein und legte einen Zehndollarschein auf den Tisch. »Ich wünsche Ihnen alles Glück der Welt, Caroline. Und einen schönen Urlaub in Mexiko.«

»Danke, Beamer.« Ich stand auf, beugte mich hinunter, drückte ihm einen Kuss auf das graue Kraushaar und ging.

Achtundvierzig

In Georgia kann man sich ohne Wartezeit eine Schusswaffe kaufen.

Man braucht nicht einmal einen Waffenschein. Man geht einfach ins nächste Waffengeschäft, sucht sich eine aus und verlässt den Laden eine Viertelstunde später mit einer Tüte in der Hand.

Es gibt nur einen Haken: Man muss in Georgia gemeldet sein. Niemand verkauft einem eine Schusswaffe, wenn man einen Ausweis aus einem anderen Bundesstaat vorlegt. Über eine Stunde saß ich auf dem Parkplatz vor Sonny's Sporting Goods im Auto und dachte über das Problem nach.

Sonny's ist ein Waffenladen vierzig Fahrminuten östlich von Atlanta. Ein Supermarkt mit elf breiten Regalgängen, wie ein surrealer Walmart, nur eben voller Waffen. *Bei uns gibt es Munition palettenweise!*, stand auf dem Banner über den Kassen.

Staunend war ich durch die Gänge gelaufen. Hosen und Shirts mit Camouflagemuster stapelten sich neben Nachtsichtgeräten. Es gab eine eigene Abteilung für Köcher und Armbrüste. Ich sah Schütten voller Elch- und Eichhörnchenpfeifen, Pfeifen zum Anlocken von Wildschweinen und Wildgänsen. Ich nahm ein weißes Doppelröhrchen namens Cajun Squeal in die Hand und fragte mich, welche Sumpfkreatur ich damit anlocken würde.

Und dann waren da noch die Schusswaffen.

Die gesamte Rückwand des Ladens war bedeckt davon. Gewehre mit Zielfernrohr hingen ganz oben. Die Handfeuerwaffen lagen auf braunem Filz unter dem Glastresen. Hier gab es alles, von winzigen silbernen Berettas über wuchtige Texas Defenders bis hin zu antiken Colts vom Kaliber .45 mit Griffen aus Walnussholz und Originalzertifikat von General Custers Siebter Kavallerie. *Über 12 000 Schusswaffen auf Lager*, prahlte ein zweites Banner. Ich verstand nicht, nach welchen Kriterien die Waffen sortiert waren. Ich wusste nur, dass ich bei einer so breiten Auswahl fündig werden würde.

»Kann ich Ihnen helfen, Miss?«, fragte der bärtige Riese hinter dem Tresen.

»Oh, nein. Danke. Ich sehe mich nur um.«

Ich schlenderte einmal durch den ganzen Laden, positionierte mich an der Kasse, um zu sehen, wie der Verkauf ablief, und tat dabei so, als würde ich ein wichtiges Telefonat führen. Vier Kassen waren geöffnet. Die Angestellte an der Kasse nahe dem Ausgang war gerade dabei, eine ganze Wagenladung Angelköder einzuscannen. Uninteressant. Die nächste erklärte einem uneinsichtigen Kunden, warum der Zwanzig-Prozent-Rabatt-Coupon nicht für Anglerhosen galt. An der dritten Kasse wollte jemand eine Waffe kaufen. Er musste ein doppelseitiges Formular auf einem Klemmbrett ausfüllen. Die Kassiererin tippte alle Angaben in den Computer ein. Nach einer Minute erschien das offizielle FBI-Logo auf dem Bildschirm, dazu ein grün blinkendes Kästchen: *Genehmigt*. Der Kunde reichte ihr fünf glatte Hundertdollarscheine. Die Kassiererin kontrollierte sie mit einem Geldprüfstift, bevor sie die Scheine zufrieden in die Kassenschublade legte. Fröhlich pfeifend verließ der Kunde den Laden, wobei er die Plastiktüte hin und her schwang.

Ich setzte mich wieder ins Auto, behielt den Eingang im Auge und dachte nach. Für einen Dienstagnachmittag war bei Sonny's ziemlich viel los. Die Kunden waren zum Großteil männlich. Unter lautem Motorengeheul manövrierten sie ihre Pick-ups und Geländewagen in die Parklücken. Mein Kleinwagen versteckte sich zwischen einem Chevy Silverado und einem rostigen Dodge Ram.

Als es schon dunkel wurde, schob sich ein Toyota Tacoma mit Rockdale-County-Kennzeichen in die Parklücke gegenüber. Der eine Scheinwerfer war kaputt, auf der Ladefläche stapelte sich Feuerholz. Ein schlanker Mann, ungefähr in meinem Alter, in Flanellhemd und grauer, zerfranster Arbeitshose, stieg aus. Er ging um sein Auto herum, zurrte die Haltegurte fest. Er bewegte sich langsam und hielt die Schultern gebeugt, wie ein Hund, der es gewohnt ist, getreten zu werden. Ich suchte in seinem Gesicht nach einem freundlichen Zug, aber er war zu weit entfernt, und es war schon zu dunkel.

Jetzt oder nie.

Ich öffnete die Fahrertür.

»He«, rief ich, »Sie da! Dürfte ich Sie etwas fragen?«

Fünf Minuten später beugte er sich über den Motor meines Mietwagens und überprüfte den Ölstand.

»Ich komme mir so dumm vor. Ich wusste nicht einmal, wie man die Motorhaube öffnet.« Ich kicherte wie ein kleines Mädchen. »Als die Öllampe ansprang, wusste ich nicht, was ich tun sollte. Gott sei Dank habe ich Sie getroffen.«

Er hatte sich die Ärmel hochgekrempelt, hielt den Ölpeilstab in die Höhe und wischte ihn ab. Als er ihn wieder zurücktun wollte, beugte ich mich vor und legte ihm die Hand auf den Arm. Er spannte den Bizeps an, damit ich die Schwellung spürte. Es lief ausgezeichnet.

»Sieht in Ordnung aus, Madam. Lassen Sie den Motor an, mal sehen, was die Ölstandsanzeige sagt.«

Ich setzte mich ans Steuer meines voll funktionsfähigen Autos und drehte den Schlüssel im Zündschloss um. »Sie haben es repariert!« Ich strahlte ihn an.

»Manchmal spinnen die Lämpchen einfach nur. Ich habe nichts getan. Mit dem Öl ist alles in Ordnung.«

»Ich bin ja so erleichtert«, schnurrte ich. »Wie kann ich Ihnen nur danken?« Als ich wieder aus dem Auto stieg, bemerkte ich, wie er mich mit seinem Blick verschlang. Meine Lippen waren blutrot geschminkt, ich trug eine blonde Perücke, knallenge Jeans und meine Stilettostiefel. Ich war das menschliche Äquivalent zum Cajun Squeal, nur dass ich ein Männchen anlocken wollte.

Er leckte sich über die Lippen, als hätte man ihm das Gelobte Land versprochen.

»Wie heißen Sie?«

»Äh, Britt. Und Sie?«

»Tammy.« Ich klimperte mit den Wimpern. »Ich will ja nicht aufdringlich sein, sicher haben Sie viel zu tun, aber könnten Sie mir noch einen klitzekleinen Gefallen tun?«

»Was immer Sie wollen«, keuchte er. Er meinte es ernst.

»Sie gehen da rein, oder?« Ich blickte zum Eingang hinüber.

»Klar. Was brauchen Sie?«

»Na ja. Es geht um meinen Freund. Meinen Ex, Johnny. Ein schrecklicher Typ. Er … er schlägt mich.«

Britt riss die Augen auf. »Das Arschloch! Verzeihung.«

»Ist schon okay. Ich habe mich vor Monaten getrennt. Aber er hört nicht auf, mir nachzustellen und mich zu bedrohen, und ich … ich würde mich viel sicherer fühlen, wenn ich eine Waffe hätte.«

»Klar! Lassen Sie uns reingehen, ich helfe Ihnen, eine auszusuchen.«

»Nein. Wissen Sie, ich darf keine kaufen. Ich bin nicht in Georgia gemeldet. Da habe ich mich gefragt … na ja, ich dachte, vielleicht könnten Sie …«

Ich sah, wie ihm ein Licht aufging.

»Oh.« Er wich zurück. »Oh, nein, das geht nicht.«

»Nur eine kleine. Zur Selbstverteidigung.«

»Nein. Einem anderen eine Waffe zu kaufen ist eine Straftat. An der Kasse wird man gefragt, ob man Ausländer oder vorbestraft ist oder die Waffe für jemand anderen kauft.«

Dann lüg doch, hätte ich am liebsten gezischt. Stattdessen flötete ich: »Es würde sich für Sie lohnen.« Ich steckte die Hand in meine Tasche. Er begaffte meine Rundungen in der engen Jeans. »Hier sind tausend Dollar. In bar.« Ich hielt ihm einen Umschlag mit zehn Hundertern hin. »Wenn Sie möchten, können Sie es in Ihrem Truck nachzählen.«

Er starrte mich an, als wüchsen Schlangenköpfe aus meinem Kopf.

»Und wenn Sie mir die Waffe bringen, kriegen Sie noch einmal zweitausend. So schnell haben Sie noch nie dreitausend Dollar verdient. Britt? Drei. Tausend. Dollar. Für eine halbe Stunde bei Sonny's. Und das Geld für die Waffe gebe ich Ihnen auch.« Ich versuchte, verführerisch zu lächeln. »Was meinen Sie? Sie wären mir eine große Hilfe.«

Ich wartete. Der Schweiß lief zwischen meinen Brüsten hindurch und über meinen Rücken. Ob er losrennen und die Polizei holen würde?

Er leckte sich wieder über die Lippen. »Was für eine Waffe brauchen Sie denn?«

Britt steckte sich den Umschlag in die Brusttasche. »Brauchen Sie auch Munition? Nehmen Sie am besten Hohlspitzgeschosse, die platzen auf, sobald Sie den Typen getroffen haben.«

Ich erschauderte. »Gut.«

»Reichen fünfzig Schuss?«

»Locker.« Ich kam mir vor, als hätte ich bei Starbucks eine überkomplizierte Bestellung aufgegeben. *Kauf einfach eine verdammte Waffe, Britt.*

»Außerdem sollten Sie lieber Kaliber .357 statt .38 nehmen«, überlegte er. Er holte seinen Kautabak heraus und schob sich ein Päckchen in die Backe.

»Was heißt das? Andere Patronen?«

»Ist Ihr Arschloch-Ex groß? Wenn sich ein Hundertfünfzig-Kilo-Mann auf Sie stürzen will, sollten Sie ihm ordentlich was entgegensetzen.«

Ich schloss die Augen. Stand ich wirklich irgendwo in Georgia in der Pampa auf einem Parkplatz und führte dieses Gespräch?

»Meine Frau hat eine Waffe in der Handtasche, ich hab heimlich die Patronen getauscht«, fügte er stolz hinzu. »Hab ihre .38er gegen .357er ausgetauscht. Sie hat nichts gemerkt. Mir ist es lieber, sie schießt mit .357ern, wenn sie von einem Typen überfallen wird.«

Seine Frau, du liebe Güte. Noch während er das sagte, warf er einen Blick in meinen Ausschnitt. Widerlich. Auch wenn mir in diesem Moment nicht zustand, über andere zu urteilen.

»Ich bleibe bei .38 Spezial, die kleinste Packungsgröße. Ich warte hier auf Sie.«

Britt nickte, spuckte mir seine Kautabaksauce vor die Füße und machte sich auf den Weg.

Ich setzte mich ins Auto und verriegelte die Türen. Auf einmal fuhr ich hoch. Falls sich eine Polizeistreife näherte oder Britt mit einem Wachmann zurückkam, durfte ich hier nicht einfach so herumsitzen. Ich stieg aus und lief mit gesenktem Kopf zu einem mickrigen Gebüsch auf einer Verkehrsinsel am äußersten Ende des Parkplatzes. Von dort aus hatte ich den Eingang, den großen Parkplatz und den Highway dahinter im Blick. Ich zitterte. Nach Sonnenuntergang waren die Temperaturen jäh gefallen.

Nach siebenundzwanzig Minuten, die mir wie eine Ewigkeit

vorkamen, sah ich Brett aus dem Laden kommen. Ich beobachtete ihn. Niemand folgte ihm. Er ging zu meinem Auto und warf einen Blick durch die Seitenscheibe. Um besser sehen zu können, schirmte er die Augen ab.

Ich näherte mich ihm.

Als ich seinen Arm berührte, zuckte er zurück. »Verdammte Scheiße, haben Sie mich erschreckt! Wo haben Sie gesteckt?«

»Damentoilette«, sagte ich und nickte in Richtung des Gestrüpps. »Und?«

Er hielt mir die Tüte hin. Ich blickte mich um. Eine Frau stieg in einen Truck, der in zweiter Reihe vor dem Eingang parkte. Am hinteren Ende des Parkplatzes setzte ein Auto aus einer Parklücke zurück. Niemand war in der Nähe. Ich hatte nirgendwo Videokameras entdeckt, doch sicherheitshalber duckte ich mich in den Schatten des Silverado.

»Ich habe Ihnen einen Fünf-Schuss-Revolver gekauft«, flüsterte Britt. »Smith & Wesson .38 Spezial. Aus den siebziger Jahren, genau, wie Sie wollten. Er ist ein bisschen zerkratzt, sollte aber prima funktionieren. Zweihundertneunundvierzig Dollar plus Mehrwertsteuer. Ganz guter Preis für so eine Waffe.«

Ich reichte ihm den zweiten Umschlag. »Danke.«

Hoffnungsvoll lächelte er mich an. Von dem Tabak waren seine Zähne ganz fleckig. Seine Augen glänzten wie die eines kleinen Jungen. »Wie wär es mit einem Bier?«

»Ein andermal.« Ich saß schon im Auto, schnallte mich an und verstaute die Tüte im Handschuhfach.

Britt beugte sich durch das geöffnete Fenster herein. »Kriege ich Ihre Telefonnummer?«

»Sie müssen nach Hause, oder? Sicher wartet Ihre Frau mit dem Essen auf Sie. Sie sollten unterwegs anhalten und ihr von dem Geld, das Sie gerade verdient haben, Blumen kaufen.«

Später schrieb ich Jessica Yeo einen Scheck über zehntausend Dollar aus. Ich hatte ihr versprochen, ihr etwas abzugeben, falls meine leiblichen Eltern mir eine Million vererbt hatten. Hatten sie zwar nicht, aber nun besaß ich genug Geld, um mich bei Jessica zu bedanken. Als Verwendungszweck gab ich an: *Für Hartnäckigkeit*. Ich steckte den Scheck in einen Briefumschlag mit Hotellogo und schrieb ihren Namen und die Adresse der Redaktion auf die Vorderseite.

Dann rief ich Mom an und sagte ihr, ich würde in den nächsten Tagen mit ein paar neuen Projekten beschäftigt sein. Es gehe mir gut, ich würde genug essen. Ich würde mich bald wieder melden.

Danach rief ich Martin an und bat ihn, in meinem Haus nach dem Rechten zu sehen.

»Du willst nach Mexiko? Dad sagt, du machst Urlaub in Cabo?«

»Ich will eine Weile abtauchen«, erklärte ich, was der Wahrheit näherkam, als mein Bruder ahnen konnte.

»Kommst du allein zurecht? Tony hat gesagt, du hättest dich … merkwürdig verhalten. Neulich, als ihr beide beim Schießstand wart.«

»Merkwürdig? Das hat er gesagt?«

»Äh, nein. Genau genommen meinte er, du wärst vollkommen durchgedreht.«

»Ist das verwunderlich?« Ich seufzte. »Mutter Teresa in Person wäre durchgedreht, wenn sie dasselbe durchgemacht hätte wie ich in den letzten Wochen.«

»Ich weiß. Der Urlaub wird dir guttun, Schwesterherz. Du brauchst eine Auszeit.«

»Ich werde für ein paar Wochen in Mexiko bleiben, vielleicht sogar einen ganzen Monat. Um mich auszuruhen und auf andere Gedanken zu kommen. Meinst du, Mom verzeiht es mir, wenn ich an meinem Geburtstag nicht da bin?«

»Nein. Nein, das wird sie dir nicht verzeihen. Ich werde mein Bestes tun, um ihr klarzumachen, dass Wein nicht schlecht wird und dass man Steaks problemlos einfrieren kann. Thanksgiving werden Tony und ich sie irgendwie ablenken. Aber versprich mir bitte, dass du Weihnachten wieder da bist, ja? Sonst kann ich, was Mom betrifft, für nichts garantieren.«

Nachdem ich aufgelegt hatte, schlüpfte ich in Boots und Jacke, schlich mich durch einen Seiteneingang aus dem Hotel und lief fünf Straßen weiter zur nächsten Bar. Vom Münztelefon im hinteren Teil rief ich Ethan Argenbright an. Er meldete sich nach dem vierten Klingeln. Ich machte es kurz. Ich sei für kurze Zeit in Atlanta. Einer meiner Termine sei zufällig ausgefallen, und ich hätte am nächsten Tag Zeit.

Ob er mich treffen wolle?

Neunundvierzig

Mittwoch, 6. November 2013

Man hätte es niemals so planen können, nicht einmal, wenn man gewollt hätte. Die Kugel hätte genauso gut im Februar entfernt werden können oder im Dezember. Der Schmerz hätte mich an einem lauen Tag im Mai überkommen können. Wer hätte schon sagen können, warum alles genau dann passierte?

Das Datum war mir immer bewusst gewesen. Die Uhren wurden zurückgestellt und die Nächte länger, und die ganze Zeit hatte ich den Tag herannahen sehen. Dennoch fühlte es sich besonders an, als ich mich am Morgen im Bett umdrehte und der Digitalwecker *Mittwoch, 6. November* anzeigte.

Der 6. November. Der Jahrestag von Boones und Sadie Rawsons Ermordung. Sie waren an diesem Tag gestorben, in dieser Stadt, heute vor vierunddreißig Jahren.

Noch etwas gab es zu bedenken: Boone Smith war durch einen Kopfschuss gestorben, Sadie Rawson durch einen Schuss ins Herz. Wie Sie wissen, wurde nur eine Kugel sichergestellt. Die aus meinem Kopf. Eine .38er Spezial. Und nun war ich wieder da, die einzige Tochter, die einzige Überlebende des Massakers, ich war wieder in der Stadt und hatte fünfzig Schuss in der Tasche und eine Smith & Wesson vom Kaliber .38 Spezial. Verstehen Sie?

Das Ganze erschien mir irgendwie logisch. Um nicht zu sagen, unvermeidlich.

Beamer Beasley hatte von einem Vulkan gesprochen. Von einem Vulkan, der nach einem Jahrhundert im Tiefschlaf ausgebrochen war und Steine und Asche gespuckt hatte. Die Metapher hatte mich nachdenklich gemacht.

Heute Morgen hatte ich jedoch ein anderes Bild vor Augen. Ich musste an einen Bären denken. An einen Bären im Winterschlaf, der die Wintermonate über ruht; seine Brust hebt und senkt sich gleichmäßig, er träumt süße Honigträume. Doch wenn man diesen Bären weckt, wird er blitzschnell angreifen, in blinder Wut zubeißen und mit messerscharfen Krallen um sich schlagen. Wenn man am Höhleneingang steht und in die Dunkelheit hineinspäht, weiß man nicht, welchem Bären man begegnen wird, dem friedlichen oder dem angriffslustigen.

Als ich auf Ethan Argenbrights Veranda stand, fühlte ich mich genau so.

Ich hatte gezögert, seine Einladung zu sich nach Hause anzunehmen. Sein Haus, sein Territorium, seine Bedingungen. Doch immerhin wären wir ungestört. Am Telefon hatte er mir gesagt, er wäre auf Reisen gewesen und ich hätte großes Glück, ihn überhaupt zu erwischen. Er wolle weiter zu seinem Haus am See, seine Frau Betsy erwarte ihn dort. Doch tagsüber sei er in Atlanta, um frische Kleidung einzupacken und ein paar Besorgungen zu machen. Ich solle zum Mittagessen vorbeikommen. Nichts Besonderes, Coke und ein paar Sandwiches. Er kenne da ein Deli, das hervorragende Pastrami auf Roggenbrot serviere. Er hole uns welche, dazu Chips und eingelegtes Gemüse.

Argenbright nannte mir eine Adresse an der Tuxedo Road, mitten in Buckhead. Ich ließ den Mietwagen am Hotel stehen und fuhr mit dem Bus. Drei Straßen vorher stieg ich aus und ging zu Fuß weiter. Die Häuser waren riesig, die Vorgärten groß und gepflegt. Hier wohnten keine Neureichen, sondern die alteingesessene Elite der Stadt. In einer Einfahrt stand der Lieferwagen einer Poolreinigungsfirma. Irgendwo brummte ein Laubbläser. Niemand war zu sehen, nur einmal begegneten mir zwei powerwalkende Blondinen mit wippenden Pferdeschwänzen, von Kopf bis Fuß in Lululemon gekleidet.

Argenbright öffnete die Tür, als ich den Finger noch auf dem Klingelknopf hatte. Er musste mich gesehen haben, wie ich den hübsch gepflasterten, gewundenen Pfad zum Haus hinaufgegangen war.

»Caroline!« Herzlich schüttelte er mir die Hand. »Wie schön, Sie zu sehen!«

Er schloss die Tür hinter mir und führte mich an einer Treppe vorbei und durchs Wohnzimmer in eine große, lichtdurchflutete Küche. Der runde Tisch am Fenster war für zwei gedeckt. Knochenporzellan, Leinenservietten, Platzdeckchen, Kristallgläser. Ich zog die Augenbrauen hoch.

»Tut mir leid, es wird trotzdem nur Pastrami und Pickles geben«, sagte er lächelnd. »Betsy würde es mir aber nie verzeihen, wenn ich Ihnen die Snacks nicht wenigstens auf dem guten Geschirr serviere. Die Südstaatlerinnen und ihre Platzdeckchen! Sagen Sie ihr nicht, dass ich das Tafelsilber in der Schublade gelassen habe. War mir zu viel Mühe. Man darf es nicht in den Geschirrspüler stellen.«

»Schade, dass ich sie nicht kennenlernen kann.«

»Sie wird es auch bedauern, dass sie Sie verpasst hat. Wir haben eine Jagdhütte am See, im Nordosten von Georgia. Lake Burton.«

Ich weiß, wollte ich sagen. »Wie schön.«

»Hervorragendes Angelgebiet. Und um diese Jahreszeit sehr ruhig. Betsy verbringt immer mehr Zeit dort oben. Sie verschlingt drei oder vier Bücher pro Woche, Thriller und Liebesromane und solches Zeug. Und dem Hund gefällt es natürlich auch. Er ist dabei, die Eichhörnchenpopulation des Rabun County auszulöschen.«

»Und Sie? Sind Sie oft dort?« *Waren Sie letzten Monat dort, wie Ihre Frau behauptet? Als jemand in mein Haus eingebrochen ist?*

»Wann immer ich kann. Die moderne Technik macht es möglich, nicht wahr?« Er holte sein Handy heraus und legte es auf den Küchentresen. »Meine Mandanten haben keine Ahnung, wo ich bin, ob ich in der Kanzlei sitze oder auf dem Anleger beim Angeln.« Wieder lächelte er. Er war sonnengebräunt und frisch rasiert, vielleicht ein bisschen schmaler als bei unserer letzten Begegnung. Er war immer noch ein äußerst attraktiver Mann. Mühelos konnte ich mir vorstellen, was für ein Charmeur Ethan Argenbright in seinen besten Jahren gewesen sein musste.

»Genug von meiner Jagdhütte. Was führt Sie nach Atlanta? Sie sehen umwerfend aus, wenn ich als alter Mann das sagen darf. Ich war erleichtert zu lesen, dass die OP reibungslos verlaufen ist.«

»Danke. Es geht mir gut. Ich hatte noch gar keine Gelegenheit, mich für Ihre Großzügigkeit im St. Regis zu bedanken. Dass Sie meine Hotelrechnung bezahlt haben, war unglaublich nett von Ihnen.«

Er winkte lässig ab. »Das war das Mindeste, was ich für Boone Smiths Tochter tun konnte.«

»Aber es ist schon seltsam. Beim Frühstück … als wir an dem Morgen gefrühstückt haben, haben Sie gar nicht erwähnt, dass Sie meine Familie in Washington auch kennen. Die Cashions.«

Für den Bruchteil einer Sekunde wirkte Ethan überrascht. Er drehte sich zum Kühlschrank um und nahm einen Limonadenkrug heraus. »Würden Sie das bitte auf den Tisch stellen? Wir sollten die Sandwiches auspacken.«

Ich trug den Krug zum Tisch und füllte zwei Kristallgläser. Mit einem Tuch wischte ich das Kondenswasser vom Glasgriff. Als ich mich wieder umdrehte, beobachtete er mich vom Tresen aus. Seinen Gesichtsausdruck konnte ich nicht deuten. Die Stimmung war gekippt, als hätten wir beide gemerkt, dass wir genug Höflichkeiten ausgetauscht hatten. Von nun an galt es, jedes Wort vorsichtig abzuwägen.

»Meine Mutter – Frannie Cashion – hat Sie auf einem Foto erkannt. Sie hat gesagt, Sie kennen uns, seit ich ein kleines Mädchen war.«

»Die Welt ist klein, nicht wahr? Es stimmt. Aber ich habe sie seit Jahren nicht gesehen, Thomas und Frannie. Wir sind uns gelegentlich auf Anwaltskongressen begegnet.«

»Warum haben Sie mir nicht gesagt, dass Sie sie kennen?«

»Es kam mir nicht in den Sinn. Der Zusammenhang fiel mir erst viel später auf.«

Ich runzelte die Stirn. »Beim Frühstück habe ich Ihnen erzählt, dass mein Vater und mein Bruder in Washington als Anwälte arbeiten. Cashion ist ein seltener Nachname. Sie schicken meinen Eltern jedes Jahr eine Weihnachtskarte. Wie konnten Sie …«

»Es ist mir nicht aufgefallen. Wahrscheinlich werde ich alt. Ich war zu überwältigt von dem Gedanken, Boones Tochter so viele Jahre später beim Kaffee gegenüberzusitzen. An Ihre Adoptiveltern habe ich dabei gar nicht gedacht. Ich meine, dass ich auch sie kenne, ist ja ein Riesenzufall.«

»Sie sagen es, was für ein Zufall.«

»Die Welt ist klein.«

Ich ließ nicht locker. »Sie haben letzten Monat bei uns angerufen und mit Mom gesprochen …«

»Das stimmt. Ich habe sie angerufen, sobald mir der Zusammenhang aufgefallen ist.«

»Aber Sie haben kein Wort gesagt. Sie haben ihr nicht gesagt, dass Sie mich getroffen haben. Dass wir in Atlanta gefrühstückt haben. Sie haben so getan, als wollten Sie nur mal hallo sagen ...«

»Caroline.« Nun klang er gereizt. »Sie haben einen schlimmen Monat hinter sich. Das Ganze hat Sie sicher sehr mitgenommen. Sollen wir ein Sandwich essen? Oder möchten Sie Ihres lieber mitnehmen?«

»Ich war auf Nantucket«, flüsterte ich. »Was Sie genau wissen, denn Sie haben zwei Mal in meiner Pension angerufen und nach mir gefragt. Ich habe Verlin Snow besucht. Er war nicht mit Ihnen zusammen, als Boone und Sadie Rawson starben.«

»Wie bitte? Wovon sprechen Sie?«

»Zumindest nicht den ganzen Tag. Sie haben ihn dazu gebracht, die Polizei anzulügen.«

Ethan starrte mich an. »Warum hätte ich das tun sollen?«

»Weil Sie ein Alibi gebraucht haben.«

»Jetzt hören Sie mal zu. Ich weiß nicht, was in Sie gefahren ist, warum Sie solchen Unsinn reden.« Noch während er sprach, kam er um den Tresen herum und stand auf einmal vor mir. Mit einer Hand hielt er meine Hände hinter meinem Rücken zusammen, mit der anderen packte er mich im Nacken.

Ich stöhnte vor Schmerzen.

»Sind Sie verwanzt?«, zischte er mir ins Ohr. Seine Hand wanderte an meinem Rücken abwärts, er tastete meine Achseln und meinen BH ab, meine Taille, die Rückseite meiner Oberschenkel. Dann ließ er mich los und trat einen Schritt zurück.

»Warum sind Sie hier?«, keuchte er. »Was wollen Sie?«

Ich hatte so viele Fragen. Was war wirklich an dem Tag in der Eulalia Road passiert? Warum hatte er nicht auch mich ermordet, als er die Gelegenheit dazu hatte? Und letzten Monat in meinem Haus in Georgetown – was hätte er getan, wenn die Schlafzimmertür nachgegeben hätte? Wenn ich nicht aus dem

Fenster gesprungen und weggerannt wäre? Hätte er mich umgebracht, oder hätte er die Kugel aus meinem Kopf geschnitten, noch während ich am Leben war?

Aber ich fragte nur: »Haben Sie sie geliebt?«

Sein Blick wurde eiskalt. »Sadie Rawson war die schönste Frau, die ich je gesehen habe. Sie können ihr nicht das Wasser reichen, falls Sie die Wahrheit hören möchten.«

Hätte er nur das gesagt – hätte er es dabei belassen –, ich hätte mich umgedreht und wäre gegangen. Ich hätte das Haus verlassen, den Revolver ins Gebüsch geworfen und wäre weitergegangen. Vielleicht hätte diese Wahrheit mir gereicht. Vielleicht hätte ich mit allem abschließen können. Man versteht, was passiert ist und dass man es nicht mehr ändern kann, und hat endlich die Kraft loszulassen.

Doch Ethan war noch lange nicht fertig. Er fing gerade erst an. »Passen Sie auf, Caroline.« Seine Stimme war so schrill, dass ich ihn nur mit Mühe verstand. »Passen Sie bloß auf. Wäre doch zu schade, wenn Frannie etwas zustoßen würde.«

»Sie Schwein! Das würden Sie nicht wagen.«

Aber ja doch, er würde es wagen. Ethan Argenbright baute sich vor mir auf, seine Augen waren schwarz und stumpf wie Kohle, und sein Mund war zu einem bösen Lächeln verzogen. Als ich heute Morgen im Bett gelegen und mir die Szene vorgestellt hatte, hatte sich alles in grobkörnigem Schwarzweiß abgespielt wie in meinen Ingrid-Bergman-Albträumen, mit langem Vorspiel und langsamem Spannungsaufbau. Doch nie gelangte ich bis zum Höhepunkt, bis zu diesem Moment. Immer wieder hatte sein Gesicht sich aufgelöst, war das Bild schwarz geworden, bevor ich die Hand an den Abzug legen, bevor ich eine Entscheidung treffen konnte.

Nun stand ich Ethan gegenüber.

Als ich meine Tasche an mich riss, packte er mich plötzlich, legte seine Hände um meinen Hals und drückte zu. In diesem Augenblick fand mein Finger den Abzug.

Erstaunlich, wie sicher man zielt, wenn man die Waffe mit beiden Händen halten kann.

Ich schoss.

Zwei Mal.

Symbolischer wäre gewesen, drei Mal zu schießen – eine Kugel für mich, eine für Boone und eine für Sadie Rawson. Doch er lag schon auf dem Bauch am Boden, und das Blut breitete sich auf den Fliesen aus wie flüssiger Teer. Ich zwang mich, bis zehn zu zählen. Er rührte sich nicht.

Meine Hände zitterten, ich hatte ein Rauschen in den Ohren und nur einen Gedanken: *Raus hier*! Ich nahm sein Handy und warf es in meine Tasche. Mit einer Serviette wischte ich die Arbeitsplatte ab. Ich hatte darauf geachtet, wenig zu berühren, hatte meine Fingerabdrücke sofort von der Kanne gewischt. Den Klingelknopf würde ich ebenfalls säubern müssen. Was noch?

Ich sah an mir hinunter und entdeckte dunkle Spritzer auf meiner Bluse. Sein Blut. Mit fahrigen Fingern knöpfte ich sie auf. Ein Knopf war nass und glitschig, mir wurde übel, und ich fürchtete, mich übergeben zu müssen. Ich würde meinen Wollmantel mit nichts darunter tragen müssen, bis ich im Hotel war und eine saubere Bluse anziehen konnte. Diese hier würde ich in eine Plastiktüte stecken und irgendwo in den Müll werfen. Ich war immer noch mit den Knöpfen beschäftigt, als ich ein Geräusch hörte. Eine leise jammernde Stimme, hinter mir, im hintersten Winkel der Küche.

Ich wirbelte herum. In der niedrigen Tür, die wahrscheinlich in die Waschküche oder auf eine Hintertreppe führte, stand eine Frau. Eine zierliche, blonde, ältere Frau in Tennisrock und weißen Turnschuhen. Ihre Augen waren starr vor Schreck.

»Was haben Sie getan?«, sagte sie weinend.
Ich hatte fünf Schuss. Noch drei Kugeln waren übrig.
Ich hob die Arme und zielte auf Betsy Argenbright.

Fünfzig

»Seit wann stehen Sie da?«

Ihre Lippen schnappten wie das Maul eines Fisches, doch sie sagte keinen Ton.

»Seit wann stehen Sie da?«, fuhr ich sie an.

Doch ich wusste selbst, es war egal, ob sie unsere Unterhaltung mit angehört hatte. Niemals würde sie der Polizei gegenüber einräumen, dass Ethan Frannie bedroht, dass er seine Eisenhände um meinen Hals gelegt hatte. Nur diese Szene würde sie der Polizei in allen schillernden Details beschreiben: wie ihr Mann am Boden lag, unbewaffnet, mit zwei Bauchschüssen, und wie ich mich in halb geöffneter blutverschmierter Bluse über ihn beugte, den Revolver in der Hand.

Auf einmal stützte sie die Hände auf die nackten, sommersprossigen Knie und übergab sich. Als sie fertig war, tupfte sie sich den Mund mit dem Saum ihres Poloshirts ab und strich sich die Haare hinters Ohr. Sie wankte auf ihren Mann zu und kniete sich neben ihn. »Ethan? Ethan? Nein, bitte nicht, nein, nein, nein!« Sie tastete ihn in Panik ab, öffnete sein Hemd, suchte nach der Einschussstelle, um die Blutung zu stoppen. Dann nahm sie seinen Kopf in die Hände, betrachtete sein Gesicht, wie ich es eben betrachtet hatte, und wartete auf eine Bestätigung, dass er tatsächlich nicht mehr am Leben war.

Nach einer Weile wiegte sie sich in der Hocke vor und zurück und hob den Kopf. Ich machte mich auf Kummer und Todesangst gefasst. Stattdessen hatte sie den Mund zu einem hasserfüllten Strich zusammengekniffen.

»Betsy?«, keuchte ich. »Mrs Argenbright?«

»Seien Sie still. Unterstehen Sie sich, meinen Namen auszusprechen.« Jedes ihrer Worte fühlte sich an wie ein Schlag ins Gesicht. Ich war hier diejenige mit dem Revolver, doch ich würde keine hilflose ältere Dame erschießen, und das schien sie genau zu wissen.

»Wissen Sie, wer ich bin?«

»Ich kenne Sie. Ich kannte Ihre Mutter, diese Hure.« Die nette Betsy Argenbright richtete sich auf und spuckte mir ins Gesicht.

Das kam überraschend.

Ich wich zurück. Ich trocknete mir das Gesicht mit der Serviette und steckte sie ein. »Dann wissen Sie wohl auch, dass Ihr Mann und Sadie Rawson eine Affäre hatten. Wussten Sie, dass er sie ermordet hat? Und auch meinen Vater?«

»Ich weiß nur«, sagte Betsy Argenbright, »dass es ein Unglück war. Ein Missverständnis. Ein furchtbarer Ausrutscher, für den meine Familie seit über dreißig Jahren bezahlt. Aber es war vorbei, niemand wusste etwas, und dann tauchen Sie hier auf und tun mir das an!«

Ich wollte mich erklären, wollte ihr Verständnis wecken. Aber da war wieder das Rauschen in meinen Ohren und die Stimme, die sagte: *Raus hier!*

»Betsy, haben Sie einen Strick?«

Entsetzt starrte sie mich an, als wäre ich noch verrückter, als sie befürchtet hatte.

»Oder ein Seil? Eine Schnur?«

»Wovon reden Sie? Ich rufe jetzt die Polizei.«

Ich hob abermals die Waffe und zischte mit zusammengebissenen Zähnen: »Wo. Finde. Ich. Einen. Strick?« Sie rührte sich nicht. Zwei, vielleicht drei Meter trennten uns. »Machen Sie es nicht schlimmer, als es ohnehin schon ist.« Sie rührte sich immer noch nicht. Gut, ich nehme alles zurück. Vielleicht wäre ich doch in der Lage, auf eine hilflose ältere Dame zu schießen. In den Fuß, nur zur Warnung. Was die Leute sagen, ist wahr. Nach dem ersten Mal wird es leichter.

Am Ende begnügte ich mich mit Klebeband.

Ich zog einen Stuhl in die Waschküche, zwang sie, sich hinzusetzen, und fesselte ihre Handgelenke und dann die Knöchel, die ich an den Stuhlbeinen fixierte. Bevor ich ihr ein Stück Klebeband auf den Mund drückte, fragte ich: »Was tun Sie hier? Ethan hat gesagt, Sie wären am See.«

Ich hatte keine Antwort erwartet, doch ihr Gesicht verzerrte sich, und sie sagte: »Mittwochs spiele ich Tennis. Jeden Mittwochmorgen, seit Jahren schon. Ich habe es ihm eine Million Mal gesagt. Er vergisst es immer wieder.« Sie fing an zu weinen.

Und da war es, das Porträt einer Ehe in zweiundzwanzig Wörtern. Der Preis, den man für Jahrzehnte voller Eifersucht und Groll zahlt. Sie hatte sich übergeben, aber geweint hatte sie angesichts seines Leichnams nicht. Zum Weinen brachte sie erst die Erkenntnis, dass ihm völlig egal war, was sie mittwochs unternahm. Oder an jedem anderen Tag. Wahrscheinlich war es ihm seit Jahren egal gewesen. Hatte sie seine letzten Worte gehört? Dass Sadie Rawson die schönste Frau war, die er je gesehen hatte? Für den Bruchteil einer Sekunde tat sie mir unendlich leid.

Dann wieder die Stimme: *Raus hier!*

»Erwarten Sie heute noch Besuch? Betsy?«

Sie hatte die Augen geschlossen und ließ den Kopf sinken.

»Betsy, es tut mir so leid. Sie wissen gar nicht, wie leid es mir tut. Aber das ist jetzt wichtig. Wann wird jemand nach Ihnen und Ethan sehen?«

»Weiß ich nicht«, schluchzte sie. »Ich wollte nach dem Duschen wieder an den See fahren.«

»Wann kommt die Haushälterin?«

Keine Antwort.

»Betsy!« Ich hob ihren Kopf an. »Haben Sie eine Putzfrau?«

Sie schniefte. »Donnerstags.«

»Morgen? Sind Sie sicher? Ist sie zuverlässig?«

Betsy nickte.

Was bedeutete, dass mir achtzehn Stunden blieben, bevor Ethans Leiche entdeckt wurde. Ich wischte Betsy das Gesicht ab und zwang sie, einen Schluck Wasser zu trinken. Ihre Arme und Beine bedeckte ich mit Handtüchern aus dem Trockner, damit sie nicht auskühlte. Ich hatte ein schlechtes Gewissen, sie so zurückzulassen; es setzte mir mehr zu als der Umstand, dass ich eben ihren Mann erschossen hatte. Aber hatte ich eine andere Wahl? Ich verklebte ihren Mund, zog die Tür zu und schob einen zweiten Stuhl unter die Klinke.

Ethan Argenbright lag grotesk verdreht auf dem Kachelboden. Ich machte einen möglichst weiten Bogen um ihn. Dann schaltete ich das Licht aus und wischte den Lichtschalter ab. Nahm eine Baseballkappe der Atlanta Braves vom Garderobenhaken und stopfte meine Haare darunter, verbarg mein Gesicht hinter einer Sonnenbrille. Mit gesenktem Kopf verließ ich das Haus und lief die Straße hinunter.

Nun gab es eine Zeugin. Jetzt war alles anders. Ich war auf der Flucht.

Folgendermaßen sah es aus:

Ich hatte einen Mann erschossen.

Ich hatte ihn ermordet.

Er hatte es verdient. Was Ethan Argenbright getroffen hatte, war reinste biblische Gerechtigkeit. Auge um Auge. Leider war es deswegen noch lange nicht legal.

Ich könnte umkehren, mich stellen und erklären, ich hätte in

Notwehr gehandelt. Aber so war es eigentlich nicht gewesen. Ich hatte das alles ganz allein herbeigeführt.

Ich hatte Ethans Geldbörse und noch ein paar Kleinigkeiten mitnehmen wollen. Die Polizei hätte gedacht, dass Ethan einen Dieb überrascht hatte und im anschließenden Gerangel umgekommen war. Die Theorie vom zufälligen Einbruch. Sie war so naheliegend. Die Parallelen zu der Tat vor vierunddreißig Jahren gefielen mir: wieder in der Küche, wieder ein Kaliber .38, wieder die Theorie vom missglückten Einbruch. Die Ermittlungen würden genauso im Sande verlaufen wie 1979.

Alles war perfekt. Das nannte man Gerechtigkeit.

Nur dass Betsy Argenbright plötzlich aufgetaucht war. Sobald sie befreit wurde – egal, ob in einer Stunde oder morgen, wenn die Putzfrau kam –, würde sie mich verpfeifen und schildern, wie Caroline Cashion ihren Ehemann hingerichtet hatte. Minuten später würde mein Name via CNN verbreitet, und es gäbe eine Hetzjagd auf mich.

Dann käme alles ans Licht. Man würde die Waffe zurückverfolgen und erfahren, dass ich einen Fremden auf einem Parkplatz bestochen hatte, sie illegal für mich zu kaufen. Man würde die Kugeln in Ethans Leiche dieser Waffe zuordnen. Mein Gott, was für eine Ironie des Schicksals. Man würde mich unter Mordanklage stellen. Ich war keine Expertin für die Rechtsprechung im Staate Georgia, aber ich nahm an, dass man die Ermordung eines bekannten und beliebten Anwalts nicht mit Wohlwollen aufnehmen würde.

Ich wollte nicht ins Gefängnis.

So hatte ich mir das Ende nicht vorgestellt.

Was tut man, wenn man plötzlich eine Gejagte ist?

Die traditionelle Antwort lautet: Mexiko. Auf zur Grenze.

Doch unglücklicherweise hatte ich bereits allen mitgeteilt,

dass ich dorthin fahren würde. Ich hatte für Freitagmorgen ein Flugticket von Washington Dulles nach Cabo San Lucas gebucht und mit Name und Kreditkartennummer ein Zimmer in einem hübschen, kleinen Hotel reserviert, direkt am Strand, auf das ich mich schon sehr gefreut hatte. Und es stimmte, ich wollte literweise Margaritas trinken. So oder so, ich brauchte Urlaub, egal, wie die Sache mit Argenbright ausging. Ich wollte, dass Gras über die Sache wuchs. Doch nun würde jeder Zollbeamte südlich des Rio Grande nach mir Ausschau halten. Mexiko fiel folglich aus.

Manche Leute in meiner Lage setzen sich nach Kuba ab. Doch dafür brauchte man ein Visum, wofür mir keine Zeit blieb. Dasselbe galt für Marokko, Russland und jeden anderen Staat, der kein Auslieferungsabkommen mit den USA hatte. Wohin sollte ich also flüchten, heute Abend noch, per Direktflug? Ich brauchte eine Stadt, die so groß war, dass ich darin untertauchen konnte. Und auf einmal fiel mir die Lösung ein. Sie war offensichtlich.

Ich durchwühlte meine Handtasche auf der Suche nach dem Gegenstand, den ich achtlos hineingeworfen und dann vergessen hatte. Ich betete, dass ich sie vor dem Flug nach Atlanta nicht herausgenommen hatte. Da waren sie. Meine Finger schlossen sich um das kalte Metall. Jetzt konnte ich sie tatsächlich gut brauchen.

Einundfünfzig

Eine Waffe loszuwerden ist schwieriger, als man denkt.

Sicher, man kann sie in die nächste Mülltonne werfen oder in ein dichtes Gestrüpp am Straßenrand und auf das Beste hoffen. Aber wenn man die Chancen minimieren möchte, dass man mit der Waffe in Verbindung gebracht wird, bleibt nur die Möglichkeit, sie in ein tiefes Gewässer zu werfen.

In Atlanta hieß das: in den Chattahoochee River.

Ich verließ das Wohnviertel der Argenbrights und kauerte mich auf der Rückbank des Busses zusammen, während ich Google Maps auf meinem Smartphone öffnete. Schnell hatte ich eine vielversprechende Stelle gefunden. Die Chattahoochee River National Recreation Area war nicht weit von meinem Hotel entfernt. Auf der Website wurde ein fünf Kilometer langer Wanderweg namens Indian Trail beschrieben, der am *menschenleeren Ostufer des Flusses* entlangführte. Offenbar gab es dort einen kleinen Parkplatz, von dem mehrere Wanderpfade abgingen. An einem Mittwochnachmittag im November war dort hoffentlich nichts los.

Als ich den Mietwagen eine Stunde später auf dem Parkplatz des Indian Trail abstellte, trug ich wieder meine blonde verführerische Perücke. Dazu ein blassrosa Sweatshirt aus dem Andenkenladen des Hotels, auf das in Strasssteinen der Schriftzug *Hotlanta* geklebt war. Unauffällig war das nicht gerade. Doch da ich es vermeiden wollte, erkannt zu werden, konnte ich es nicht riskieren, herumzulaufen wie immer.

Nur ein anderer Wagen stand auf dem Parkplatz, ein apfelgrüner Prius. Der Fahrer war nirgends zu sehen. Ich stieg aus und entschied mich für den schlammigsten Wanderweg, in der Hoffnung, dass die übrigen Wanderer einen anderen wählen würden. Zehn Minuten später erreichte ich eine Wegbiegung hoch über dem Fluss. Ich sah mich um. Konnte niemanden entdecken. Im roten Lehmboden vor mir sah ich die Abdrücke eines Stiefels und einer Hundepfote. Sie konnten fünf Minuten alt sein, fünf Stunden oder fünf Tage. Ich holte tief Luft und rief: »Hallo?«

Meine Stimme hallte übers Wasser.

Ich überlegte, rief noch einmal: »Hilfe! Ich brauche Hilfe!«

Nichts. Sehr gut.

Ich nahm den Smith & Wesson aus meiner Handtasche und schleuderte ihn so weit auf das Wasser hinaus, wie ich konnte. Der Fluss war an dieser Stelle sehr breit, und ich traf nicht annähernd die Mitte, wo das Wasser vermutlich am tiefsten war. Es musste reichen. Der Revolver landete mit einem Klatschen im Wasser und versank. Ich hielt die Luft an, rechnete fast damit, dass ein Spezialkommando aus den Büschen springen und mir auf der Stelle Handschellen anlegen würde. Nichts passierte. Die Pappschachtel mit den verbliebenen fünfundvierzig Schuss warf ich hinterher. Dann Ethan Argenbrights Handy. Ich war so geistesgegenwärtig gewesen, die SIM-Karte noch im Haus der Argenbrights mit dem Stiefelabsatz zu zerstören, nur für den Fall, dass die Polizei ihn überwachte. Dass sie mir auf der Spur war. Blieb noch mein Handy. Ich hielt es in der Hand, während ich Pro und Contra abwägte. Bis zum Abflug am Abend würde ich es noch brauchen. Doch das Risiko, dass es meinen Aufenthaltsort verriet, war zu groß. Ich holte aus und schleuderte es hinaus aufs Wasser. Es landete zehn Meter weiter draußen als der Revolver und die Munitionsschachtel. Ich hatte mich verbessert.

Das nächste Problem war das Geld.

Ich war reich, was ich Boone und Sadie Rawson und den Zinsen zu verdanken hatte. Aber sobald die Polizei meine Spur aufgenommen hatte, musste ich untertauchen und hätte keinen Zugriff mehr auf mein Konto. Meine Kreditkarten wären nutzlos. Ich konnte nicht einfach eine halbe Million in bar abheben, in einen Koffer legen und für den Flug einchecken. Aber wie konnte ich das Geld mitnehmen?

Nachdenklich ging ich zum Auto zurück und fuhr zur nächsten Filiale meiner Bank. Die Kassiererin zuckte nicht einmal mit der Wimper, als ich den Scheck vorlegte. Ich bat sie, das Geld meinem Konto gutzuschreiben und mir zehntausend Dollar auszuzahlen, in Fünfzigern. Damit konnte ich mich eine Weile über Wasser halten, wenn ich sparsam lebte. Sie zählte die Scheine mit ihren langen, künstlichen knallrosa Fingernägeln ab.

»Ich liiiiebe Ihren Pullover!« Sie schob das Geld unter dem Panzerglas durch. »Ist das Strass? Ich mag Bling-Bling. *Diamonds are a girl's best friend*, was?«

Ich starrte sie an und schwieg.

»Brauchen Sie noch irgendwas, meine Liebe?«

»Ehrlich gesagt … ja! Haben Sie da hinten ein Telefonbuch? Ich muss etwas in den Gelben Seiten nachschlagen.«

Sie tippte mit ihren Krallen auf den Tresen, *klick, klick, klick*, dann nickte sie und stand auf.

»Und dann hätte ich gern einen neuen Barscheck.« Ich legte den Kopf schief, überschlug die Summe. »Auf meinen Namen, bitte. Über zweihundertfünfzigtausend Dollar.«

Tip-Top Diamonds liegt im südöstlichen Atlanta an einer langen, tristen Straße mit Gebrauchtwagenhändlern und Fastfood-Restaurants.

Ich hatte das Geschäft ausgesucht, weil es laut der protzigen Anzeige in den Gelben Seiten die größte Auswahl an ungefassten Diamanten weit und breit hatte. Und weil es nicht gerade Tiffany's war. Ich brauchte keine hübschen blauen Schatullen. Ich brauchte ein diskretes Geschäft, in dem man keine Fragen stellte, wenn eine Frau mit *Hotlanta*-Strassshirt hereinkam und auf die Schnelle einen Haufen Bling-Bling im Wert von einer Viertelmillion Dollar kaufen wollte.

Ich betrat einen apricotgelb gestrichenen Warteraum mit glänzendem Ledersofa und Teppichboden. Nirgendwo waren Edelsteine zu sehen.

»Dürfte ich bitte den Geschäftsinhaber sprechen?«, fragte ich die Frau, die den Türöffner gedrückt hatte.

»Sicher, Madam. Haben Sie einen Termin?«

»Ich möchte etwas kaufen.«

»Ach so. Warten Sie eine Minute.«

Sie blieb für mindestens zehn verschwunden. Ich setzte mich auf das Sofa. In einer halben Stunde musste ich hier fertig sein, wenn ich zum Flughafen fahren, das Auto abgeben und den Flug erwischen wollte. Ich hatte keine Zeit, einen zweiten Händler aufzusuchen. Es war meine einzige Chance.

Endlich erschien ein magerer Mann in einem schicken Anzug, der sich als Juan vorstellte. An seinem Revers steckte ein Button: *Diamanten kaufen? Nicht zum Einzelhandelspreis!* Darunter ein zweiter Button: *Brillanten zu brillanten Preisen*.

Einfach vertrauenerweckend.

»Juan.« Ich schenkte ihm mein bezauberndstes Lächeln. »Darf ich gleich zur Sache kommen? Ich möchte Ihre besten Diamanten kaufen. *Alle* Ihre besten Diamanten, um ehrlich zu sein. Und ich habe es eilig. Ich muss in zwanzig Minuten los, mit den Diamanten. Meinen Sie, das wäre machbar?«

Er musterte mich von oben bis unten, das geschmacklose

Sweatshirt, die schlammverschmierten Stiefel, den Mietwagenschlüssel in meiner Hand.

»Zahlen Sie bar?«, fragte er.

Ich wählte einen Verlobungsring mit einem atemberaubenden Zweieinhalbkaräter aus, den ich mir gleich an den Finger steckte. Die restlichen Steine waren lose. Die Assistentin lief hin und her, um die passenden Zertifikate und Preise für jeden Diamanten zu finden.

Juan saß am Taschenrechner und rechnete mit. Als wir bei zweihundert Riesen angekommen waren, sah er mich fragend an. »Weiter?«

Ich warf einen Blick auf die Uhr. »Nein, danke. Das reicht.« Ich drehte mich zu der Frau um. »Würden Sie uns kurz allein lassen?«

Sie zögerte, sah Juan an. Er nickte.

Sobald wir allein waren, legte ich die Hand auf das Samtsäckchen, in das er die Steine gesteckt hatte. »Wie Sie sicher schon vermuten, kenne ich mich mit Diamanten nicht aus. Aber das wird sich ändern. Eines Tages, wenn ich es nicht mehr so eilig habe, werde ich sie alle schätzen lassen. Wenn Sie mich über den Tisch gezogen haben, werde ich es herausfinden. Ein seriöser Händler wird diese Steine untersuchen und mir sagen, ob sie zweihunderttausend Dollar wert sind. Wenn nicht, werde ich zurückkommen und Sie erschießen. Nur damit Sie Bescheid wissen.« Ich lächelte ihn an. »Wollen Sie noch irgendwelche Nachbesserungen vornehmen?«

Er erbleichte, griff hinter sich, nahm zwei Steine und warf sie zu den anderen.

»Wunderbar.« Ich holte den Scheck aus der Handtasche und reichte ihn Juan. »Soll ich ihn auf Tip-Top Diamonds ausstellen oder auf Sie persönlich?«

Er untersuchte den Scheck. Hielt ihn ins Licht, fuhr mit dem

Finger über das Wasserzeichen. »Caroline Cashion ist nicht Ihr richtiger Namen, oder?«

»Doch, und ob. Sie werden mir vertrauen müssen. Der Scheck ist echt. Allerdings würde ich ihn an Ihrer Stelle bald einlösen.«

Er las den Betrag und blinzelte. »Dies ist ein Scheck über zweihundertfünfzig Riesen. Ich kann nicht wechseln.«

»Behalten Sie den Rest als Provision für die gute Beratung. Und dafür, dass das Geschäft unter uns bleibt.«

Zweifelnd sah er mich an.

»Juan, ich muss jetzt wirklich los. Haben wir einen Deal?«

Er wischte sich die Stirn mit dem Handrücken ab und schob mir den Scheck zu. »Stellen Sie ihn auf meinen Freund Chuck aus. Er erledigt unsere Buchhaltung.«

Was bedeutete das in der Sprache der halbseidenen Diamantenhändler? Dass Chuck sich um die Geldwäsche kümmerte? Ich zuckte die Achseln und unterschrieb.

Es herrschte erstaunlich wenig Verkehr auf der Strecke zum Flughafen. Eine Stunde und zweiundfünfzig Minuten vor Abflug hielt ich mit quietschenden Reifen auf dem Hertz-Parkplatz. Vor dem Aussteigen löschte ich alle GPS-Daten im Navi. *Alle Ziele löschen? J/N?*, fragte das Gerät nach. Ja. Wahrscheinlich lag irgendwo auf einem Server eine Kopie der Daten, aber warum sollte ich es meinen Verfolgern leichtmachen?

Wie aus dem Nichts tauchte ein Mitarbeiter der Mietwagenfirma neben dem Auto auf. »Guten Abend, Madam. Würden Sie mir bitte den neuen Kilometerstand sagen?«

Ich sah nach und nannte ihm die Zahl.

»Haben Sie vollgetankt?«

»Dazu hatte ich leider keine Zeit mehr.«

»Tse.« Er sah mich an. »Das wird Sie etwas kosten. Nächstes Mal sollten Sie sich für die Prepaid-Variante entscheiden.«

Fast musste ich lachen. Ich konnte dem Mann unmöglich erklären, dass nicht ordnungsgemäß vollgetankt zu haben auf der Liste meiner Sünden weit, weit unten rangierte. Nach einem Mord sieht man alle anderen Verstöße aus einer anderen Perspektive.

Als ich zum Shuttle ging, musste ich lächeln. Einerseits hatte ich heute einen Menschen ermordet, der trotz all seiner Verbrechen ein Ehemann und Vater gewesen war. Ich hatte eine alte Dame zu Tode erschreckt und in eine Waschküche gesperrt. Ich hatte mutwillig Beweismittel zerstört. Ich war dabei, Diamanten im Wert von über zweihunderttausend Dollar am Zoll vorbei aus dem Land zu schmuggeln. Ich war auf der Flucht und hatte möglicherweise mit einer lebenslangen Haftstrafe zu rechnen.

Andererseits hatte ich schon lange nicht mehr so viel Spaß gehabt wie heute.

Im Atrium des Hauptterminals blieb ich vor einem Bildschirm stehen, auf dem CNN lief. Der Ton war abgestellt, aber aus den Grafiken zu schließen ging es gerade um ein neues Rekordhoch des Dow Jones bei 15 747 Punkten. Hätte ich doch nur die Zeit gehabt, mein Geld statt in Diamanten in Aktien anzulegen.

Gleich – Prominente mit Angelstreich hereingelegt, verkündete die laufende Bildunterschrift. Und: *Fünf Sachen, die Sie über den neuen Bürgermeister von New York nicht wussten.* Ich war also noch nicht in den Nachrichten. Das Hauptquartier von CNN befand sich in Atlanta; auf die Ermordung eines prominenten, wohlhabenden Anwalts würden sie sich sofort stürzen. Die nette Betsy saß wohl immer noch in der Waschküche.

Delta Airlines war gerade dabei, alle Passagiere der ersten Klasse zum Boarding aufzurufen, als ich das Gate erreichte. Mir blieben noch etwa zehn Minuten. Ich ging zurück zu den Duty-free-Geschäften, an denen ich eben vorbeigelaufen war.

Bei Emporio Armani wählte ich den schlichtesten Pullover aus, den ich finden konnte. Dazu zwei völlig überteuerte weiße T-Shirts und eine schwarze Jeans, die mir hoffentlich passen würde. Bei Coach lief ich schnurstracks auf ein Paar mahagonibraune Stiefel mit Gummisohle zu. Keine Stilettos mehr für mich. Nichts, was die Aufmerksamkeit auf mich lenken könnte.

Auf den Monitoren stand *Letzter Aufruf* hinter meinem Flug. Ich sprang zu DKNY hinein, schnappte mir eine große Sonnenbrille, warf ein paar Scheine auf die Theke und lief hinaus, ohne auf das Wechselgeld zu warten.

Als ich das Gate erreichte, waren die Flugbegleiter schon dabei, die Gangway zu schließen. Ein schlecht gelaunter Mitarbeiter überprüfte meine Bordkarte und meinen Reisepass. Keine roten Lämpchen blinkten, kein Alarmsignal ertönte. Keine Agenten der Homeland Security kamen angerannt, um mich zu verhaften.

Ich fand meinen Platz. Schloss den Gurt. Machte die Augen zu.

Neun Stunden und vier Minuten bis Zürich.

Siebter Teil

Europa

Zweiundfünfzig

Donnerstag, 7. November 2013

Als das Flugzeug über Zürich Warteschleifen flog, fing ich an zu schwitzen. Unter den Achseln des *Hotlanta*-Sweatshirts bildeten sich dunkle Flecke. Muss ich erwähnen, dass ich keine Minute geschlafen und mir den ganzen Flug über Sorgen gemacht hatte? Am schlimmsten war der quälende Gedanke an meine Eltern, die erfahren würden, was ich getan hatte. Ich hasste mich selbst dafür, ihnen so viel Kummer zu bereiten. Ich konnte nichts erklären und sie nicht anrufen, um sie zu trösten. In meinem ganzen Leben waren keine zwei Tage vergangen, ohne dass ich mit ihnen telefoniert hatte. Und nun würde es Monate, wenn nicht gar Jahre dauern, bis ich sie wieder sprechen konnte.

Wir sollten um kurz nach zwölf Uhr mittags in der Schweiz landen. In Atlanta war es jetzt sechs Uhr morgens. Ich wusste nicht, was in den neun Stunden passiert war, die ich in der Luft verbracht hatte. Die Putzfrau der Argenbrights war sicher noch nicht im Haus, es sei denn, sie war eine extreme Frühaufsteherin. Doch vielleicht hatte Betsy sich irgendwie befreit, oder vielleicht war ein Bekannter vorbeigekommen und hatte Argenbrights Leiche entdeckt. Es war nicht auszuschließen, dass die Schweizer Polizei mich abführen würde, sobald ich ausgestiegen war.

Ich hatte überlegt, ob ich meine neuen Kleider während des Fluges oder nach der Landung anziehen sollte, und mich für Letzteres entschieden. Bis ich in die Schweiz eingereist war, musste ich aussehen wie Caroline Cashion. Ich musste so aussehen wie in meinem Reisepass. Hinter der Grenze standen mir alle Möglichkeiten offen.

Das Flugzeug setzte mit einem Hopser auf der Landebahn auf und rollte zum Gate. Alles schien normal. Ich stieg mit gesenktem Kopf aus dem Flugzeug, mied jeden Blickkontakt. Eine Menschentraube schob sich auf die Passkontrolle zu. Ich reihte mich in die lange Warteschlange ein. Ringsum warfen meine Mitreisenden, allesamt hatten sie Augenringe und einen Jetlag, verstohlene Blicke auf ihre Smartphones; in diesem Teil des Flughafens waren Handys verboten. Ich bewunderte ihren Mut. Zur Fahndung ausgeschriebene Schwerverbrecherinnen wie ich konnten es sich nicht leisten, das Personal zu verärgern.

Als ich an der Reihe war, trat ich mit klopfendem Herzen vor. Ich hatte auf die großmütterliche Beamtin an Schalter 7 gehofft, stattdessen lotste man mich zur 5, an dem ein blonder Mann mit Schweinsäuglein und Dreifachkinn saß. In aller Ruhe blätterte er in meinem Pass.

»Was ist der Zweck Ihres Besuchs?«

»Ich bin Touristin.« Das war immer die richtige Antwort. Andernfalls gab es Probleme mit dem Visum oder mit der Arbeitserlaubnis, die man nicht rechtzeitig beantragt hatte, oder mit irgendeinem Dokument, auf dem ein Stempel fehlte.

»Wie lange bleiben Sie in der Schweiz?«

»Ich bin auf dem Weg nach Italien«, log ich.

Als er meinen Reisepass einscannte, hielt ich den Atem an. Er musterte die erste Seite, auf der sich mein Foto und die persönlichen Angaben befanden. Langsam hob er den Kopf und sah mir in die Augen. »Alles Gute zum Geburtstag«, sagte er ernst.

Wie Sie wissen, bin ich Sprachwissenschaftlerin. Mein Französisch ist fließend und praktisch akzentfrei. Mein Spanisch und mein Italienisch sind gut. Aus Gründen, die ich vergessen habe, habe ich am College sogar ein Jahr lang Mandarin gelernt, ich könnte bis heute in Beijing etwas zu essen bestellen oder dem Taxifahrer eine Adresse nennen, ohne auf Zeichensprache zurückgreifen zu müssen. Aber Deutsch? Nein. Kaum ein Wort. Ich weiß nicht einmal, ob ich bis zehn zählen könnte.

Ich lächelte unsicher und hob die Hände, um ihm zu signalisieren, dass ich nicht verstanden hatte.

Er lächelte nicht zurück. »Alles Gute zum Geburtstag«, sagte er ein bisschen lauter. Die Beamtin an Schalter 6 hielt inne und drehte sich zu uns um.

War es das jetzt? Hatten sie mich erwischt? Hatte der Scan einen Alarm ausgelöst?

»Sie verstehen mich nicht? Ich sagte, alles Gute zum Geburtstag. Sie werden bald achtunddreißig. Wie sagt man auf Englisch? *Thirty-eight?*«

Er hob die Hand und knallte einen eckigen roten Stempel in meinen Pass.

Ich hatte so weiche Knie, dass ich mich beim Weitergehen auf jeden Schritt konzentrieren musste.

In der Damentoilette des Busbahnhofs am Flughafen zog ich erst meinen Rock aus, dann den *Hotlanta*-Hoodie mit dem Strassbesatz. Halleluja.

Dann musste ich all meinen Mut zusammennehmen. Ich hatte in der Ankunftshalle keinen Laden finden können, der Scheren verkaufte, dafür aber einen Automaten mit Reisebedarf, von Einmalsocken über Regenponchos bis hin zu kleinen Nähsets. In Letzterem fand sich eine winzige Schere.

Ich zog mir die Haare ins Gesicht. Ich hätte in den Spiegel schauen sollen, aber ich konnte den Anblick nicht ertragen. Kurz darauf hielt ich meine dunkle, glänzende Mähne in der Hand. Ich betrachtete sie und musste an Will denken, wie er eine Strähne um seinen Finger gewickelt hatte, vor einem anderen Flughafen, in einem anderen Leben. Ich schüttelte die Erinnerung ab und ließ die Haare auf die abgelegte Kleidung fallen. *Schnipp schnipp schnipp*. Die Schere war hoffnungslos zu klein; ich brauchte Ewigkeiten, meine Locken auf drei Zentimeter zu kürzen.

Als ich fertig war, fühlte ich mich nackt, und das hatte nichts damit zu tun, dass ich in Unterwäsche in einem Busbahnhofsklo stand. Ich raffte meine alte Kleidung und meine alten Haare zusammen und verließ die Damentoilette, ohne einen Blick in den Spiegel zu werfen.

Zehn Minuten später bestieg ein Mauerblümchen in dicken Boots und beigem Pullover den Bus nach Freiburg.

Ich musste in nordwestlicher Richtung weiter, doch ich hielt es für klüger, nicht auf direktem Wege zu reisen. Nur aus diesem Grund war ich nach Zürich geflogen; ich wollte in einem anderen Land, in einer anderen Stadt ankommen als in der, in der ich vorhatte zu bleiben.

Deswegen der Umweg über Deutschland.

Angeblich ist Freiburg mit der mittelalterlichen Universität, den belebten Marktplätzen und den gewundenen Straßen, die in den umliegenden Schwarzwald führen, eine wunderschöne Stadt. Davon habe ich nichts gesehen. Ich stieg aus dem Bus, lief absichtlich in die falsche Richtung und verschwand mit gesenktem Kopf in einer dunklen Gasse voller Müllcontainer, bevor ich im Zickzack zum Hauptbahnhof ging. Hoffentlich verwischte ich geschickt meine Spuren. Ich bin ausgebildete Dozentin für französische Literatur, nicht für Spionageabwehr. Aber wie alle anderen habe auch ich die *Bourne*-Filme gesehen, und Matt Damon schien sich darin an eine simple Regel zu halten: Wenn man gejagt wird, sucht man sich entweder ein verdammt gutes Versteck oder bleibt ständig in Bewegung.

Am Bahnhof kaufte ich eine billige schwarze Wollmütze und ein Ticket nach Frankfurt. Ich spielte mit dem Gedanken, noch weiter gen Norden zu fahren, bis nach Antwerpen, belgische Hafenstadt und Weltzentrum des Diamantenhandels. Ich hatte Antwerpen schon einmal besucht und das Diamantenviertel bestaunt, wo sich jüdisch-orthodoxe Händler unter Israelis, Russen, Libanesen und Inder mischten und wo jedes Jahr Milliarden von Dollar verschoben wurden. Sobald ich einen Abnehmer gefunden hätte, könnte ich meine Steine dort nach und nach verkaufen. Wenn sie so viel Geld wert waren, wie ich in Atlanta dafür bezahlt hatte, würde ich von dem Erlös jahrelang leben können.

Doch Antwerpen konnte warten. Schließlich fuhr ich über Frankfurt, und mehr Umwege wollte ich nicht machen. Frankfurt ist ein Drehkreuz, von dort gelangte ich per Direktverbindung an mein Endziel.

Als der Zug zwei Stunden und zwölf Minuten später in Frankfurt einfuhr, hatte ich einen Entschluss gefasst. Ich musste mir einen Computer suchen und die Schlagzeilen lesen. Ich hätte das gleich nach der Ankunft in Zürich tun sollen, aber ich hatte keine Zeit in einem Internetcafé vertrödeln wollen. Ich musste so viele Kilometer wie möglich zwischen mich und meine Verfolger bringen. Außerdem wollte ich keine elektronischen Spuren hinterlassen. Die Polizei würde sowieso herausfinden, dass ich mich nach Zürich abgesetzt hatte, bestimmt waren sie mir schon auf den Fersen. Der gesunde Menschenverstand sagte mir, dass sie jedes elektronische Fahndungsmittel einsetzen würden. Von nun an durfte ich keine Spuren mehr hinterlassen.

Dennoch fragte ich mich, ob Ethans Leiche schon gefunden worden war, und machte mir Gedanken um seine Frau. Vierundzwanzig Stunden waren verstrichen, seit ich sie in der Waschküche gefesselt hatte. Sie hatte mich angespuckt und Sadie Rawson eine Hure genannt, sicher würde sie alles tun, um mich hinter Gitter zu bringen. Aber ich konnte sie nicht ewig dort sitzen lassen. Ich musste herausbekommen, ob sie gefunden worden war.

An einem Kiosk gegenüber vom Hauptbahnhof kaufte ich zwei Prepaid-Handys. Eins steckte ich ein. Das andere nutzte ich für eine schnelle Internetsuche nach Ethan Argenbright. Als Erstes stieß ich auf seinen Lebenslauf auf der Website der Kanzlei, gefolgt von einer Rede, die er in Miami gehalten hatte, und auf eine kurze Meldung über einen Spendenball zugunsten des Botanischen Gartens von Atlanta, den er und Betsy organisiert hatte. Sonst nichts.

Verwirrt rief ich die Homepage der *Journal-Constitution* auf. Ich hätte die Meldung fast übersehen. Es war die siebte von oben, nur wenige Zeilen lang. In einem Haus an der Tuxedo Road war eine Leiche gefunden worden. Der Tote wies Schusswunden auf und war am Donnerstagmorgen entdeckt worden. Die Polizei ermittelte wegen Mord. Die Detectives hatten eine wichtige Zeugin zur Fahndung ausgeschrieben. Der Name des Opfers wurde nicht genannt, solange die Familie nicht informiert war. Bislang gab es noch keine Verdächtigen.

Ich lief einmal im Uhrzeigersinn um den Bahnhof herum, warf die Wollmütze in einen Müllcontainer und setzte mir flaschengrüne Ohrschützer auf, die jemand im Zug vergessen hatte. Ich betrat den Hauptbahnhof durch einen Nebeneingang. An einem Fahrkartenautomaten kaufte eine Frau eine Hinfahrt nach München in der ersten Klasse. Als sie nicht hinsah, ließ ich das Handy in ihre Einkaufstasche fallen. Falls man mich während der kurzen Onlinesuche geortet hatte, würde das Handy die Ermittler direkt nach Bayern führen.

Als der Zug die französische Grenze überquerte, war ich unfassbar erleichtert. Ich sprach französisch und kannte die Sitten und Gebräuche. Hier konnte ich mich anpassen. Meine Finger hielten die Schlüssel zu Madame Aubuchons Wohnung fest umklammert. Als ich sie gestern in meiner Handtasche gefunden hatte, wusste ich, dass ich an diesen Ort flüchten würde. Hélène hatte mir praktisch befohlen, nach Paris zu reisen. Um gesund zu werden und um mich zu verstecken. Das waren ihre Worte gewesen. Natürlich hatte sie nicht wissen können, dass man mich wegen Mord suchen würde. Wenn die Polizei sie befragte – den Arbeitgeber zu verhören gehörte bestimmt zum Prozedere –, würde sie möglicherweise erzählen, dass ich die Schlüssel zu ihrer Pariser Wohnung hatte.

Doch irgendwie ahnte ich, dass sie den Mund halten würde. Ich wusste nicht genau, warum, doch Madame Aubuchon war ein Mensch, der die Privatsphäre der anderen achtete und darüber hinaus die Ansicht vertrat, dass sie ihre Wohnungsschlüssel verleihen konnte, an wen sie wollte. Zudem war sie hochintelligent und würde zwischen den Zeilen lesen und erkennen, dass Ethan Argenbright meine Familie ausgelöscht hatte; sie verstand, was ich getan hatte und warum. Madame Aubuchon hatte mit gewalttätigen Männern Erfahrung. Ich glaubte, ich hoffte, dass sie einer Frau in Not helfen würde.

Erst gegen Mitternacht fuhr der Frankfurter Zug in den Gare de l'Est ein. Bis zu Hélènes Haus würde ich mit der Metro noch mindestens eine Stunde brauchen. Ich nahm einen dunkelblauen Herrenschal aus meiner Tasche – ein weiteres Fundstück aus der Gepäckablage im Zug – und wickelte ihn mir um Kopf und Schultern. Mir war kalt, und der beigefarbene Pullover war schon von zu vielen Sicherheitskameras erfasst worden. Ich holte tief Luft und machte mich für den letzten Abschnitt meiner Reise bereit. Ich war so erschöpft, dass es mir fast egal gewesen wäre, wenn mich vor Madame Aubuchons Haus Streifenwagen mit heulenden Sirenen erwartet hätten.

Dreiundfünfzig

Freitag, 8. November 2013

Paris est un véritable océan, schrieb Balzac 1834. *Paris ist ein wahrer Ozean. Man kann ihn ausloten und wird doch niemals herausbekommen, wie tief er ist.*

Ja, es gibt größere Städte. In Paris selbst leben zwei Millionen Menschen, das ist nichts im Vergleich zu Metropolen wie Mumbai oder Mexiko City, São Paulo oder Shanghai. Aber ich besaß keinen Schlüssel zu einer Wohnung in einer dieser Städte. Außerdem war Paris groß genug. Manche Straßen dort kenne ich wie meine Westentasche. Die Rue Jeanne d'Arc im 13. Arrondissement zum Beispiel, in der sich meine Lieblingsmetzgerei befindet. Die heruntergekommene Straße im Marais, in der ich zwei Jahre lang wohnte, als ich meine Doktorarbeit schrieb. Dennoch habe ich in manche Viertel nie einen Fuß gesetzt. Man würde mich nicht erkennen.

Man kann Paris säubern, schrieb Balzac, *doch es wird immer ein Urwald bleiben*. Er nannte es *lieu de vierge*. Einen jungfräulichen Ort. Einen Ort ohne Geschichte, zumindest was die eigene Person betrifft, ein Ort, an dem man eine andere Identität annehmen kann.

Die wenigsten Menschen bekommen die Gelegenheit, sich neu zu erfinden. Ich spreche von einem wirklichen Neuanfang: neuer Name, neuer Wohnort, neues Leben. Ich hatte bereits ein Mal eine Verwandlung durchlaufen. Ich war Caroline Smith, und dann, mit einer einzigen Unterschrift, wurde ich zu Caroline Cashion. Damals war ich noch ein Kind; ich hatte mir mein neues Zuhause und meine neue Identität nicht ausgesucht. Aber diesmal konnte ich selbst über mich bestimmen. Zu wem sollte ich werden, nun, da ich nicht länger als Caroline Cashion durch die Welt gehen konnte? Nun, da die Frau, die den Namen vierunddreißig Jahre lang getragen hatte, ganz offiziell nicht mehr existieren durfte?

Den Namen Simone habe ich immer schon gemocht. Simone Moreau klang nett. Oder Simone Guerin vielleicht. Dubois? Durand? Der Name müsste gewöhnlich sein. Ein unauffälliger Name, ein Name, den man schnell vergisst. Ich wusste nicht, wie man sich gefälschte Papiere beschaffte. Vermutlich brauchte es dazu eine Mischung aus List, Entschlossenheit und Bargeld.

Doch diese Aufgabe konnte ich auch morgen erledigen, vielleicht sogar erst nächste Woche. Jetzt schlief ich bis in den späten Nachmittag, und als ich aufwachte, hatte ich schrecklichen Hunger. Madame Aubuchons Speisekammer war leer. Ich fand ein Glas Himbeermarmelade, die ich auf Kekse schmierte, die so alt waren, dass sie quasi zu Staub zerfielen. Ich gab auf und aß die Marmelade direkt aus dem Glas. Ich fand Teebeutel, aber keine Milch, Thunfisch in Dosen, aber kein Brot. Eine seltsame Mahlzeit.

Danach legte ich mich wieder ins Bett und schaute zu, wie die Sterne am Himmel erschienen.

Paris ist ein wahrer Ozean. Man kann es säubern, doch es wird immer ein Urwald bleiben, immer wird man auf einen verborgenen Unterschlupf, Blumen, Perlen, Ungeheuer stoßen. In der Tat, Ungeheuer gab es überall. Meine Verfolger würden nicht aufgeben, sie würden zuschlagen, sobald ich nicht aufpasste, sobald ich unvorsichtig wurde. Was den Unterschlupf, die Blumen und die Perlen betraf … nun ja. Ich würde abwarten müssen.

Vierundfünfzig

Samstag, 9. November 2013

Ich verfügte nicht über dasselbe Durchhaltevermögen wie Madame Aubuchon. Während ihrer schlimmsten Krise hatte Hélène sieben Wochen in der Wohnung ausgeharrt. Ich schaffte es keine zwei Tage.

Ich zwang mich, auf die Dämmerung zu warten, bevor ich das Haus verließ. Unter normalen Umständen wäre das gar kein Problem gewesen. Die Wohnung war geräumig und geschmackvoll eingerichtet, die Möbel erstaunlich modern für eine Dame über siebzig. Vielleicht hatte der junge Ehemann hier seine Finger im Spiel gehabt. In den Regalen reihten sich die Bücher aneinander, die meisten auf Französisch. Weiter oben fanden sich wenige, doch ausgesuchte Ausgaben in Englisch, Italienisch und Russisch. Große Werke der Weltliteratur, aber auch erstaunlich viele Thriller und Mystery-Romane. Auch die hätte ich Jean-Pierre zugeschrieben, hätte ich nicht gewusst, dass Madame Aubuchon ein strenges Ordnungssystem verfolgte, auch für ihre privaten Bestände. In jedes Buch waren ihr vollständiger Name und das Jahr mit Bleistift eingetragen. Ich erkannte ihre Handschrift wieder. Das Jahr gab wahrscheinlich an, wann sie das Buch gelesen hatte. Madame Aubuchon kannte alle Werke von P. D. James und Ian Rankin und auch Lee Childs komplette Jack-Reacher-Serie. Mein Gott, es war zu schön. Die spröde Leiterin der französischen Fakultät an der Georgetown, führende Koryphäe der Molière- und Racine-Forschung, war insgeheim süchtig nach den testosterontriefenden Schinken eines Exsoldaten und Cops. Zu gern hätte ich das bei einem Empfang der Fakultät ins Gespräch einfließen lassen.

Doch nicht die Langeweile trieb mich aus dem Haus, sondern der Hunger. Die Himbeermarmelade hatte ich satt. Ich konnte die Quelle nicht orten, aber den ganzen Nachmittag lang war der köstliche Duft von warmem Brot von der Straße heraufgeweht. Irgendwo an der Ecke musste sich eine *boulangerie* befinden. Als der Himmel sich endlich blaurot färbte, holte ich einen Regenmantel und einen Hut aus der Garderobe und schlich hinaus. Der Mantel spannte an Brust und Hüfte; die Frau war ein Hänfling.

Die Bäckerei hatte schon geschlossen, aber im Laden an der Ecke fand ich alles, was mein Herz begehrte. Käse, Salami, *saucisson sec* genannt, Äpfel, eine Dose Tomatensuppe, einen Liter Milch und eine Flasche Wein. In einem Korb am Ausgang waren Baguettes. Sie waren nicht mehr ganz frisch, aber ich klemmte mir zwei unter den Arm, brach eine Spitze ab und knabberte daran, während der Verkäufer meinen Einkauf abrechnete.

Zehn Minuten später war ich wieder oben in der Wohnung. Ich verstaute Milch und Käse im Kühlschrank und kaute auf einer Scheibe *saucisson* herum, während ich meine übrigen Einkäufe begutachtete: eine Zahnbürste, ein Stück Seife und eine Packung L'Oréal Prodigy Nr. 10, *Blond très très clair.*

Fünfundfünfzig

Sonntag, 10. November 2013

L'Oréal Nr. 10 war eine Katastrophe.

Wie sich herausstellte, war es unmöglich, einfach so von Dunkelbraun auf *Blond très très clair* umzusteigen, es ging nicht ohne einen Umweg über ein entsetzliches Orange. Die Frau, die mir aus Madame Aubuchons Badezimmerspiegel entgegenstarrte, trug etwas auf dem Kopf, das sich nur als Karottenvokuhila beschreiben ließ, inklusive der schiefen Stufen vorn und der längeren Matte hinten im Nacken, wo ich das Haar nicht ganz so weit gekürzt hatte, damit es die Narbe verdeckte.

Ich würde mir professionelle Hilfe suchen müssen. Ganz abgesehen von meiner Eitelkeit, wollte ich unauffällig aussehen, aber mit diesen Haaren hätte ich kleine Kinder erschrecken können.

Ich kannte einen Salon auf dem Boulevard Saint-Michel. Doch vielleicht würde man sich dort an mich erinnern, außerdem war er sonntags bestimmt geschlossen. Ich schnappte mir noch einmal Madames Regenmantel und den Hut, setzte meine Sonnenbrille auf und fuhr mit der Metro nach Château Rouge im 18. Arrondissement.

Den Marché Dejean konnte man riechen, noch bevor man ihn sah. Das inoffizielle Herz der afrikanischen Gemeinde von Paris schlug an diesem Sonntagmorgen mit aller Kraft. Schon wenn man die Treppe von der Metro hochstieg, schlug einem aus der Boucherie Amar Frères der Gestank von Fleisch entgegen. Um die Ecke feilschten hübsche Hausfrauen aus dem Senegal um Yams. Straßenhändler boten gefälschte Louis-Vuitton-Taschen an, aus einer algerischen Bäckerei strömten Kinder, die sich ein paar klebrige Süßigkeiten erbettelt hatten.

Vor einem tunesischen Restaurant blieb ich stehen und sammelte mich. Sicher gab es hier irgendwo einen arabischen Friseur. Ich setzte darauf, dass die Friseure in diesem Viertel sich nicht an die Gepflogenheiten des überwiegend katholischen Landes hielten, wo die Leute am Sonntagmorgen entweder im Bett oder in der Kirche waren. Aus der Menschenmenge zu schließen, standen meine Chancen gut. Sicher würde ich jemanden finden, der sich mit dunklem Haar auskannte und einer Brünetten bei einem außer Kontrolle geratenen Blondierungsselbstversuch helfen konnte.

Eine schöne Schwarze mit platinblondem Haar überholte mich auf dem Gehweg. Ich holte sie ein, machte ihr ein Kompliment und fragte nach ihrem Friseur. Sie sagte einen Namen und beschrieb mir den Weg. Ein paar Mal bog ich falsch ab und musste mich durchfragen, bis ich einen bunt gekachelten Laden mit zwei kunstledernen Frisierstühlen entdeckte. Verwundert sah der Besitzer mich an. Er schaute noch verwunderter drein, als ich den Hut vom Kopf nahm und er sah, was ich angerichtet hatte. Er hob den Finger und bedeutete mir zu warten und verschwand im hinteren Teil des Ladens. Einen Augenblick später kehrte er mit einer Frau zurück. Sie hatte ein Baby auf dem Arm und hielt ein etwa vierjähriges Mädchen an der Hand. Der Mann und sie unterhielten sich in einer mir unbekannten Sprache, Hindi vielleicht oder Urdu. Sie waren keine Afrikaner.

Mit einem mitfühlenden Lächeln trat die Frau auf mich zu. »Selbst gemacht?« Sie zeigte auf meinen Kopf.

Ich nickte hilflos.

»Hundert Euro. Ich mache das wieder gut. Dauert Stunden.«

Ich gab ihr das Geld und ein großzügiges Trinkgeld im Voraus. Wenn jemand sich einem mit einer Schere und Bleiche nähert, sollte man dafür sorgen, dass er gute Laune hat.

Ich setzte mich auf einen Frisierstuhl. Das kleine Mädchen bot mir einen Tee und Zuckerwürfel an, die sie mit einer winzigen Pinzette und einem so andächtigen Gesicht in meine Tasse fallen ließ, dass ich drei davon nahm. Sie verschwand wieder, und ihre Mutter rührte die Bleichpaste in einer Edelstahlschüssel an.

»Woher kommt Ihre Familie?«, fragte ich die Frau, um irgendetwas zu sagen.

»Pakistan. Lahore. Und Sie?«

»Lyon.« Frankreichs drittgrößte Stadt. Ich kannte mich dort gut aus, sollte sie Fragen stellen. Doch sie nickte nur. Das Mädchen kam mit einem Stapel Comics zurück und reichte mir lächelnd ein Heft. Ich lächelte zurück. Sie zeigte mir ein zweites und tippte kichernd auf das Cover.

Ihre Mutter sprach in strengem Tonfall mit ihr. Dann musste auch sie lachen. »Sie sagt, Sie sehen aus wie Tim.«

Ich betrachtete den Comic. Der belgische Junge auf dem Cover hatte sich das orangegelbe Haar zu einer Mischung aus Schmalztolle und Irokese zurückfrisiert. Ich protestierte, aber wozu? Das Kind hatte ins Schwarze getroffen. Es kletterte auf meinen Schoß und wollte, dass ich ihm die Abenteuer von Tim und Struppi vorlas, während seine Mutter die weiße, nach Zitronen duftende Paste auf meinem Kopf verteilte.

Als ich am frühen Nachmittag ins Sonnenlicht hinaustrat, erinnerte ich weniger an Tim als an die junge Mia Farrow. Die Pakistanerin hatte ganze Arbeit geleistet. Mein Haar leuchtete in einem satten Goldblond und war zu einem modischen Pixie geschnitten, mit ein paar aufgezwirbelten Strähnen und nur so weit im Nacken gekürzt, dass es knapp meine Narbe bedeckte. Sie hatte die Stelle umsichtig gemieden und keine Fragen gestellt.

Ich ging ins nächste Café und bestellte einen Tee. Das zweite deutsche Handy lag immer noch in meiner Handtasche. Nun war es wohl an der Zeit. Seit drei Tagen hatte ich keine Nachrichten mehr gehört oder gelesen. Ich machte mich darauf gefasst zu erfahren, dass nach mir gefahndet wurde. Wahrscheinlich belagerten die Medien meine Familie in Washington. Wenn ich daran dachte, wie sehr ich die Cashions beschämt hatte, brach es mir fast das Herz.

Auf der Website der *Journal-Constitution* war der Mord an die erste Stelle gerückt. Ethan Argenbrights Name wurde genannt. Seine Familie war schockiert und in tiefer Trauer. Der Anwaltsverein von Atlanta plante ein Dinner zu seinen Ehren. Es gab nähere Angaben zu seinen tödlichen Verletzungen; zwei Schüsse in den Bauch, abgegeben aus nächster Nähe. Die Polizei suchte immer noch nach der Zeugin. Die Bevölkerung wurde gebeten, alle Hinweise bei der anonymen Crime-Stoppers-Hotline zu melden oder eine SMS an C-R-I-M-E-S zu schicken.

Mein Name wurde nirgendwo erwähnt. Niemand sprach von einem möglichen Motiv. Ich verstand es nicht. Ich saß da, bis mein Tee kalt wurde, dann nahm ich die SIM-Karte heraus und zertrat sie.

Der Marché Dejean hatte geschlossen, nur am Kopf der Treppe zur Metro stand noch ein einsamer Händler. Er hatte ein schmutzig-grünes Laken auf dem Boden ausgebreitet, auf dem Duftbäumchen, Feuerzeuge, gefälschte Designer-Sonnenbrillen und Prepaid-Handys ausgebreitet lagen.

»*Combien?*«, fragte ich und zeigte auf ein Handy. Wie viel?

Er zuckte die Achseln. »*Trente-cinq.*« Fünfunddreißig.

Ich schnaubte, wollte weitergehen. Aber dann blieb mein

Blick an seiner Kette hängen beziehungsweise an dem kleinen Lederbeutel, der um seinen Hals hing.

»*Et pour ça?*«

»*Ça? Non. C'est le dent de mon fils.*« Der Zahn seines Sohnes.

Nicht den Zahn, Dummkopf, nur den Beutel.

Er sah mich fragend an.

»*Cinquante.*« Ich hielt ihm einen Fünfzig-Euro-Schein hin. »Für beides.«

Er schüttelte einen kleinen bräunlichen Zahn heraus, löste das Lederband mit dem Beutel vom Hals und reichte es mir zusammen mit dem Handy.

»SIM-Code steht hinten drauf«, murmelte er.

Sobald ich einen freien Platz in der U-Bahn gefunden hatte, holte ich die Kugel aus meiner Geldbörse und wickelte sie aus dem Papier. Ich tat sie in den Beutel und hängte ihn mir um den Hals. Das Lederband war noch warm von der Haut des Mannes.

An dem Abend merkte ich, dass ich beobachtet wurde.

In der Wohnung war ich nicht zur Ruhe gekommen. Der Abend war ungewöhnlich warm. Bestimmt waren alle Cafés im Viertel überfüllt. Die Dose mit der Tomatensuppe lockte mich nicht. Ich tigerte auf dem Parkett auf und ab, während ich die Risiken abwägte. Eigentlich sollte ich zu Hause bleiben, die Vorhänge schließen und die Nase in ein Buch stecken. Aber ich war anscheinend nicht mehr in der Lage, die alte, introvertierte, risikoscheue Caroline heraufzubeschwören. Sie langweilte mich. Nach Einbruch der Dunkelheit verließ ich das Haus durch den Hintereingang und trat in die warme Abendluft hinaus, lief nach Osten, überquerte die Seine, spazierte durch kleine Gassen und am Ufer entlang.

Am Odéon gab es eine italienische Weinbar, die abends lange geöffnet hatte. An einem Tag wie heute war dort viel los, die Leute standen auf der Straße und tranken Sangiovese, während sie auf einen Platz an der Bar oder an einem der roten Resopaltische warteten. Ich überflog die Weinkarte und bestellte den weißen Hauswein, einen Vermentino von den Hügeln zwischen Ligurien und der Toskana. Dann setzte ich mich auf den Bordstein und wartete. Die Gäste waren jung, Einheimische in teuren Jeans und Lederjacken, die einander Feuer gaben und angeregt plauderten. Ich trug meine festen Stiefel und schwarze Leggings, kein Make-up, keinen Schmuck oder andere Accessoires. Das neuerdings blonde, kurze Haar klebte mir am Kopf. Ich fühlte mich unsichtbar.

Nur einer, der drinnen saß, beobachtete mich pausenlos. Er saß an einem Zweiertisch im Fenster und unterhielt sich mit einem anderen Mann, der mir den Rücken zukehrte. Ich konnte sein Gesicht im Kerzenlicht nicht gut erkennen, bloß seine dunkel blitzenden Augen. Er wandte sie nicht ab, als ich zurückstarrte. Plötzlich erhob er sich, bahnte sich einen Weg an die Bar, sprach mit dem Barmann und zeigte auf mich. Das Blut gefror mir in den Adern. Ich wollte aufspringen und wegrennen.

Doch da tauchte er mit zwei Gläsern in der Tür auf. *»Je me suis demandé si vous aimeriez un autre.«* Vielleicht wollte ich noch ein Glas? Er nickte zur Bar hinüber. »Er hat gesagt, Sie trinken den Vermentino?«

Ich wich zurück. Schaute mich um. Womöglich saß ich in der Falle, und bewaffnete Interpol-Agenten lauerten in der Küche der Weinbar? Der Mann quittierte meine angespannte Haltung mit einer hochgezogenen Augenbraue. »Sie wollen doch nicht etwa weglaufen? Ich beiße nicht.«

Vielleicht irrte ich mich, aber der Blick aus seinen schwarzen Augen hatte nichts von einem Polizisten, der eine Verdächtige mustert. Er sah mich an, wie ein Mann die Frau ansieht, die er begehrt. Wir standen vor einer Weinbar in Paris, die Luft war wie Samt und der Abend noch jung, alles konnte passieren.

Ich nahm den Wein.

»Wie heißen Sie?«

»Simone.« Zum ersten Mal hatte ich den Namen laut ausgesprochen. »Simone Guerin. Und Sie?«

»François.« Er lächelte, holte seine Zigaretten heraus, schüttelte zwei aus der Schachtel. Ich wollte gerade sagen, dass ich nicht rauchte, überlegte es mir anders. Caroline rauchte nicht, hatte nie geraucht. Simone hingegen hatte sich zu dem Thema noch keine Meinung gebildet.

»*Alors*, Simone, erzählen Sie von sich.«

»Ich schreibe.« Das war nicht ganz gelogen. Ich dachte an das Buch, das ich noch vor drei Wochen unbedingt hatte schreiben wollen. Tony hatte mich damit geärgert, in meiner Küche in Georgetown. Die Einführung der Ehescheidung in der Arbeiterklasse im post-napoleonischen Frankreich. Auf einmal war es, als hätte eine andere Person diesen Einfall gehabt. Das Thema interessierte mich überhaupt nicht. Stattdessen erzählte ich von Reiseberichten und dicken Historienwälzern, schmalen Gedichtbänden und Romanen mit düsterem Ende, das einen in die Verzweiflung trieb. Ich redete über die Bücher, die ich gern gelesen hatte, und über die, die ich gern schreiben wollte. Manches davon stimmte, manches erfand ich. Der Mann ließ mich währenddessen nicht aus den Augen.

Soll ich ihn näher beschreiben? Er war blass und hatte volles schwarzes Haar, das gut zu seinen Augen passte. Er war groß, aber feingliedrig. Er trug einen schwarzen Rollkragenpullover und schmal geschnittene Jeans. Aber das haben Sie sich bestimmt schon gedacht. Er beugte sich herunter, um mich zu küssen, ich ließ es geschehen. Der Rauch von unseren Zigaretten kräuselte sich über unseren Köpfen. Er entsprach so sehr meinem Typ, dass mir seine Lippen fast vertraut vorkamen. Ich hatte Dutzende Männer wie ihn geküsst, an unzähligen Abenden wie diesem. *Paris ist ein wahrer Ozean*, schrieb Balzac, *aber auch eine unmoralische Gosse. Un égout moral*. Das kann gut sein oder schlecht, je nachdem, ob man bereit ist, die Gewissensbisse am nächsten Morgen in Kauf zu nehmen.

Falls mein Name aufgerufen wurde, weil drinnen ein Platz frei geworden war, hörte ich es nicht. Um Mitternacht waren die Kerzen auf den Tischen niedergebrannt und alle Stühle immer noch besetzt. Der Gehweg summte von Gesprächen, heiterem Lachen und verführerischem Flüstern. Irgendwann reichte der Barmann uns die Vermentinoflasche durchs geöffnete Fenster, und wir blieben draußen stehen und redeten und rauchten und knutschten, bis sie leer war.

Aber als er flüsterte, er wohne ganz in der Nähe, wachte ich auf. Ich hatte meine Erfahrungen gemacht, aber noch nie hatte ich einen Fremden in einer Bar kennengelernt und sofort mit ihm geschlafen. Nicht dass ich prüde wäre, aber ich finde, dass ein Mann sich ein bisschen mehr ins Zeug legen sollte. Erobert zu werden ist das halbe Vergnügen.

Ich küsste ihn auf die Wange und verabschiedete mich.

»Attends«, sagte er. Warte. Er kritzelte seinen Namen und seine Telefonnummer auf einen Zettel. Ich faltete den Zettel, bemerkte, dass ich keine Taschen hatte, und schob ihn in den Lederbeutel an meinem Hals.

Als ich nach Hause lief, stieg Nebel von der Seine auf. Ich blieb immer wieder stehen, sah mich um und lauschte, um sicherzugehen, dass weder François noch irgendwer sonst mir folgte.

Sechsundfünfzig

Montag, 11. November 2013

Ob man einen bedeutenden Tag vor sich hat, weiß man beim Aufwachen fast nie.

Der Morgen dämmert wie jeder andere. Man streckt sich, setzt Teewasser auf, füttert die Katze, tappt glücklich unwissend durchs Haus. Erst später, wenn man den schicksalhaften Brief öffnet oder es an der Tür klopft, weiß man, dass das Leben unabänderlich eine andere Bahn eingeschlagen hat.

In meinem Fall war es eine Website.

Um kurz nach acht fuhr ich im Bett hoch, aus dem Schlaf gerissen von der plärrenden Hupe eines Busses. In den vergangenen zwei Tagen hatte der Autoverkehr sich in Grenzen gehalten, aber heute toste und rauschte ganz Paris im herrlichsten Berufsverkehr. Madame Aubuchons Wohnung befand sich in einem eleganten Haus mit Blick auf den Bois de Boulogne, doch gleich um die Ecke lag eine wichtige Verkehrsader. Man spürte förmlich den Frust der Berufspendler unten auf der Straße zum Balkon aufsteigen.

Ich ging in die Küche und setzte Teewasser auf. Dann röstete ich einen Rest Baguette und bestrich es mit der gefürchteten Himbeermarmelade. Während ich aß, machte ich mir Vorwürfe, weil ich am Vorabend so leichtsinnig gewesen war. Ich sollte klüger sein. Kein Herumgeknutsche mit fremden Männern mehr. Von nun an würde ich mich nur noch mit Kräutertee und Hélènes eselsohrigen Jack-Reacher-Taschenbüchern ablenken.

Es gab noch viel zu erledigen. Ich musste mir einen falschen

Ausweis besorgen und brauchte ein paar Klamotten, je langweiliger, desto besser. Außerdem sollte ich mir dringend eine neue Bleibe suchen. Selbst wenn Madame Aubuchon der polizeilichen Befragung standhielt, war diese Wohnung kein sicherer Ort. Hierzubleiben hieße das Schicksal herausfordern. Ich brauchte eine Wohnung, die sich nicht mehr mit Caroline Cashion in Verbindung bringen ließe.

Unter der Dusche benutzte ich die gewohnte Menge Shampoo, was viel zu viel für meinen neuen Pixie war. Ich nahm mir vor, Rasierklingen zu kaufen. Bald würde ich an den Beinen mehr Haare haben als auf dem Kopf. Nachdem ich mich abgetrocknet hatte, holte ich das Handy heraus, das ich gestern auf der Straße gekauft hatte. Ich würde die Schlagzeilen lesen, die SIM-Karte wie gewohnt zerstören und mir ein neues Handy kaufen.

Nach dem ersten Absatz wurde ich bleich. Nach dem dritten klammerte ich mich am Badewannenrand fest. Meine Augenlider flatterten, und ich atmete flach.

Betsy Argenbright hatte der *Atlanta Journal-Constitution* ein exklusives Interview gegeben. Auf dem Foto sah sie zerbrechlich aus und trug Trauer. Die Schlagzeile lautete: *Eine Witwe packt aus – Tragik und Todesangst*. Die Geschichte – geschrieben von einem Reporter, den ich nicht kannte – hatte nichts mehr mit dem zu tun, was ich erlebt hatte.

Mr und Mrs Argenbright hatten sich gerade in ihrer Villa in Buckhead zum Essen hinsetzen wollen, als ihr Leben zerbrach. Früher am Tag war Mr Argenbright zu Henri's Bakery gefahren, um das Lieblingssandwich seiner Frau zu kaufen. Er war Stammkunde dort.

»Wir mochten am liebsten die Pastrami«, erzählt Mrs Argenbright mit brüchiger Stimme. »Ethan fährt manchmal einen Umweg, nur um mir welche mitzubringen. Und an dem Tag wollte er sich besondere Mühe geben, weil er auf Geschäftsreise gewesen war. Als ich vom Tennis zurückkam, sah ich, dass er den Tisch mit unserem besten Porzellan und den Hochzeitsgläsern gedeckt hatte. Nach vierzig Jahren Ehe konnte er immer noch so ein Schatz sein.«

Noch bevor die Eheleute sich zum romantischen Lunch an den Tisch setzen konnten, stürmte laut Mrs Argenbright ein bewaffneter Mann in das Haus.

Mir wurde schwindlig, und ich sank zu Boden.

»Er kam aus dem Nichts«, sagt sie. »Er trug Handschuhe und eine Skimaske, wie man sie in Aspen trägt, und er hatte blutunterlaufene Augen. Er schrie herum und verlangte Geld, wedelte mit der Waffe, Ethan wollte ihn aufhalten. Sie rangen miteinander, und dann hörte ich ein Geräusch wie ein Donnergrollen.«

Das Geräusch waren die zwei Kugeln, die sich in Mr Argenbrights Unterleib bohrten. Wie Lieutenant Jeff Packard von der Atlanta Police sagte, war das Opfer sofort tot.

Mrs Argenbright versuchte zu entkommen, doch der Eindringling überwältigte sie, fesselte sie an Händen und Füßen und sperrte sie in einen Waschraum neben der Küche. Am nächsten Morgen wurde sie dort von der langjährigen Haushälterin der Familie entdeckt. Aufgrund der Personenbeschreibung, die Betsy Argenbright machen konnte, fahndet die Polizei nun nach einem Mann, der zuletzt eine schwarzrote Jacke und eine graue Hose trug.

Ich las es immer wieder. Nirgendwo stand mein Name.

Was zum Teufel sollte das? Da gab es nichts falsch zu verstehen. Da waren keine Zwischentöne. Betsy Argenbright hatte gelogen. Sie hatte nicht nur den Reporter angelogen, sondern auch die Detectives, die den Mord an ihrem Mann aufklären sollten.

Die Frage war nur: Warum?

Wahrscheinlich war die Veröffentlichung dieser Story eine Falle.

Sie wollten mich glauben machen, ich wäre in Sicherheit, und mich so aus meinem Versteck locken. Zugegeben, diese Theorie hatte Löcher. Die Polizei würde ihre Glaubwürdigkeit verlieren, wenn herauskam, dass sie sich so eine Geschichte ausgedacht und einem Journalisten untergeschoben hatte. Die Zeitung würde ihre Glaubwürdigkeit verlieren, wenn herauskam, dass sie wissentlich eine Lüge abgedruckt hatte. Keiner würde so etwas riskieren.

Dennoch gab es keine andere Erklärung.

Frustriert pfefferte ich das Prepaid-Handy in die Ecke. Das Guthaben war praktisch aufgebraucht, dabei war ich keine zehn Minuten im Internet gewesen. Ich zog mich an, holte mir einen Mantel aus der Garderobe (nicht den Regenmantel, sondern ein Cape mit Pelzbesatz, der Abwechslung halber) und machte mich auf den Weg zum Renaissance Hotel. Auf dem Rückweg gestern Abend hatte ich es auf der Avenue Poincaré entdeckt. Daneben befand sich ein Taxistand, zwei Türsteher mit Zylinder langweilten sich vor dem Eingang. Manchmal ist nichts so tröstlich wie die luxuriöse Anonymität eines großen amerikanischen Hotels. Meistens wenn ich in einer fremden Stadt unterwegs bin und dringend zur Toilette muss. Heute hatte ich ein anderes Ziel: das Business-Center.

Es lag im Keller. Während der Computer hochfuhr, betrachtete ich verstohlen meine Sitznachbarn. Hatte mich die Frau am Eingang – sie trug ein furchtbares gestreiftes Kostüm und Hotel-Hausschuhe aus Frottee – länger angesehen als nötig? Und warum war der Mann neben mir so plötzlich aufgestanden und hinausgegangen? Ich stützte den Kopf in die Hände in dem Versuch, meine Paranoia zu bezwingen, und fing an zu tippen.

Auf CNN.com fand ich ein paar Details, die der Artikel in der *Journal-Constitution* verschwieg. Eine Nachbarin hatte ausgesagt, sie habe am Tag der Schießerei einen lila Minivan beobachtet, der sich mit quietschenden Reifen vom Tatort entfernt habe. Der Täter war angeblich Afroamerikaner, stämmig, einen Meter achtzig oder neunzig groß. Ethans Beerdigung finde am kommenden Mittwoch in der Episcopal Cathedral of St. Philip statt.

Der Tenor war jedoch derselbe. Betsy Argenbright schwor, sie und ihr Mann seien von einem Irren mit einer Skimaske angegriffen worden (»wie man sie in Aspen trägt«, hatte sie gesagt. Köstlich). Ich surfte weiter, suchte andere Artikel. Alexandra James hatte nichts dazu geschrieben, wozu auch? Ethan Argenbright mochte in Atlanta bekannt gewesen sein, doch auf nationaler Ebene hatte er keine Rolle gespielt. Kein Reporter außerhalb von Georgia hatte einen Grund, sich auf die Sache zu stürzen. Ich las alles, was ich finden konnte, dann lehnte ich mich verblüfft zurück. Nach einer Weile löschte ich den Seitenverlauf, schaltete den Computer aus und ging hinauf an die Rezeption. Die Prepaid-Handys konnten mir gestohlen bleiben. Ich wusste nicht, wo ich hier in der Gegend eines kaufen konnte, außerdem hatte ich keine Zeit. Ich fragte, ob ich irgendwo ungestört telefonieren könne.

Daraufhin wurde ich zu einer schlichten hölzernen Telefonkabine in einem mit Teppich ausgelegten Flur abseits der

Lobby dirigiert. Seit Atlanta hatte ich meine Familie nicht mehr kontaktiert. Ich konnte sie nicht anrufen, ohne meine Sicherheit zu gefährden, aber ich musste unbedingt mit jemandem reden, der zu mir halten würde, der mir bestätigen konnte, dass Betsy Argenbright tatsächlich den Mund hielt.

Zwei Minuten später hatte Martin das R-Gespräch angenommen. »Schwesterherz! Dir ist klar, dass es hier sechs Uhr morgens ist?«

Als ich seine Stimme hörte, überkam mich große Erleichterung. »Martin, ich weiß, es tut mir leid …«

»Ist okay. Ich war schon wach. Ich hätte nicht gedacht, dass du anrufst. Du hast gesagt, du wolltest eine Weile abtauchen?«

Ich runzelte die Stirn. Wie tief sollte ich denn noch abtauchen? Ich war auf einen anderen Kontinent geflohen, hatte meine Kreditkarten zurückgelassen und mir die Haare abgeschnitten und meinen Namen in Simone geändert. Ich hatte mein Geld in Diamanten umgetauscht und mich darauf verlegt, jedes Telefon nach Gebrauch zu zerstören, dieses hier natürlich ausgenommen. Davon wusste Martin natürlich nichts. Er wusste ja nicht einmal, dass ich in Frankreich war.

»Sis? Bist du noch da?«

»Ich bin hier. Die Verbindung ist schlecht.«

»Und, wie ist es in Mexiko? Wie gefällt dir der Strand?«

»Ach weißt du, es ist heiß hier«, sagte ich ausweichend, »und, äh … ist zu Hause alles in Ordnung?«

»Hier? Klar. Ich war am Wochenende in deinem Haus. Ich habe den Müll rausgebracht, ansonsten war alles in Ordnung. Mom und Dad habe ich seit Tagen nicht gesehen. Auf der Arbeit spielen alle verrückt, dieser Deal mit Abu Dhabi macht mich noch fertig. Aber, warte mal … Dad trainiert für ein neues Straßenrennen. Keine Ahnung, was Mom gemacht hat. Ich glaube, sie war in der Kirche, im Frauenverein, du weißt schon.«

Alles klang so aufregend normal. Die Polizei war nicht da gewesen. Meine Familie wusste noch nicht, was ich getan hatte. Es war unglaublich.

»Das muss seltsam für dich sein, so abgeschnitten zu sein. Normalerweise telefonierst du doch siebzehn Mal täglich mit Mom.«

»Das ist leicht übertrieben.«

»Kaum. Ich habe darüber nachgedacht. Ich an deiner Stelle würde Mom und Dad auch nicht aus den Augen lassen, nach allem, was du durchgemacht hast. Ich weiß ja, dass du dich an nichts erinnern kannst, aber irgendwo tief drinnen steckt vielleicht doch eine Erinnerung an deine ersten Eltern und wie du sie verloren hast, und vielleicht … vielleicht ist das der Grund, dass du so sehr an Mom und Dad hängst.«

Ich zuckte zusammen. »Keine Ahnung. Vielleicht. Ich habe so oft versucht, mich zu erinnern, aber da ist nichts.«

Wir schwiegen.

»Ach, übrigens, hast du mit Tony geredet?«, fragte Martin plötzlich. »Du solltest ihn anrufen.«

»Okay. Warum? Ist alles in Ordnung?«

»Ja, ja. Dein verheirateter Arzt hat ihn angerufen.«

Ich hatte mich wohl verhört. »Will?«

»Genau der. Tony hat ihm gedroht, seinen, äh, wie sage ich das jetzt am besten? Er hat gesagt, er würde Will den Schwanz abschneiden und an die Schlangenkopffische im Potomac verfüttern, falls er sich dir noch mal nähert.«

Sicher hatte Tony es ernst gemeint. »Und warum hat er Tony angerufen?«

»Frag ihn doch selbst. Tony, meine ich. Ich erzähle es nur weiter. Ich glaube, Will wollte unbedingt mit dir reden, aber du bist nicht ans Telefon gegangen. Also wollte er bei Tony eine Nachricht für dich hinterlassen.«

Ich überlegte. Natürlich war ich nicht an mein Handy gegangen. Es lag irgendwo im Schlamm des Chattahoochee River.

»Will ist ausgezogen. Aus dem Haus in der Lorcom Lane, an dem wir vorbeigefahren sind. Jedenfalls hat er Tony das erzählt.«

»Oh verdammt. Scheiße.«

»Wow, du machst wohl richtig Urlaub. Ich habe dich noch nie fluchen gehört.« Martin klang belustigt. »Jedenfalls steht mein Angebot noch, seine Kniescheiben zu zertrümmern. Wie dem auch sei, ich muss jetzt Schluss machen. Trink eine Margarita auf mich. Ach, hör mal, bist du an deinem Geburtstag wieder da? Oder an Thanksgiving? Mom will das wissen.«

»Ich weiß es nicht.« Es war die Wahrheit. In fünfzehn Tagen hatte ich Geburtstag. Zwei Tage später war Thanksgiving. Falls die nächsten Wochen sich so abwechslungsreich gestalteten wie die vergangenen, hatte ich absolut keine Ahnung, wo ich sein würde.

Nur ein Mensch wusste mit Sicherheit, warum Betsy Argenbright log.

Sie anzurufen war eine unglaublich hirnrissige Idee, aber mir fiel keine Alternative ein. Ich wartete bis zum Nachmittag, dann war es in Atlanta neun Uhr morgens. In der Zwischenzeit kaufte ich mir ein weiteres Prepaid-Handy, diesmal eines aus einem richtigen Handyladen mit hundert Euro Guthaben. Falls sie tatsächlich ans Telefon ging, wollte ich nicht riskieren, unterbrochen zu werden.

Am Telefon der Argenbrights meldete sich eine Frau mit gedämpfter Stimme. Mrs Argenbright liege im Bett und nehme keine Anrufe an, erklärte sie. Die Familie bedanke sich jedoch für mein Mitgefühl und meine Mühe in dieser schwierigen Zeit.

»Ich glaube, sie will mit mir sprechen«, sagte ich. »Könnten Sie bitte mal nachsehen? Sagen Sie ihr, Caroline ruft an.«

Die Frau zögerte. »Ich weiß nicht. Worum geht es denn?«

»Ich warte«, sagte ich nur. »Wenn Sie ihr bitte sagen würden, dass Caroline … Smith am Telefon ist.« Das müsste sie aus dem Bett holen.

Ich hörte nichts, nur dann und wann ein Klicken, als hätte jemand einen zweiten Hörer abgenommen. Jemand atmete in die Leitung.

»Mrs Argenbright? Sind Sie da?«

Atmen, heiseres Lachen. »Willst du wissen, wo ich gerade stehe? In der Waschküche. In meiner verdammten Waschküche. Der einzige Raum im ganzen Haus, in dem ich vor den anderen sicher bin. Und du bist der einzige Mensch auf der Welt, der die Ironie versteht. Jetzt stehe ich hier neben dem Trockner, um mit dir zu telefonieren.«

»Es tut mir leid. Ich wollte nicht …«

»Halt den Mund, du Flittchen«, fuhr sie mich an. »Ich rede. Wir werden noch ein einziges Mal miteinander sprechen und dann nie wieder, verstanden?«

Ich war sprachlos.

»Inzwischen hast du ja bestimmt Zeitung gelesen und weißt, wie ich den Hergang geschildert habe, wie mein Mann starb.« Ihre Stimme klang heiser, als hätte sie viel geweint. »Sicher hast du gesehen, dass nirgendwo von dir die Rede ist. Von dir wird nie die Rede sein, nicht in Zusammenhang mit meinem Ehemann, hast du verstanden?«

Nein, hatte ich nicht. »Warum haben Sie gelogen?«

Sie holte zittrig Luft. »Vor dreißig Jahren hat deine Hurenmutter versucht, meine Familie zu zerstören.«

»Ihr Ehemann *hat* vor dreißig Jahren meine Familie zerstört«, rief ich. »Sie sind hier nicht das Opfer!«

»Das alles war … vorbei. Es liegt Jahrzehnte zurück. Du hattest keinen Grund, hier aufzutauchen und alte Wunden aufzureißen. Nichts, nichts würde mir mehr Vergnügen machen, als dich ins Gefängnis zu bringen.«

»Warum haben Sie dann …«

»Halt den Mund!«, zischte sie. »Ich hatte viel Zeit zum Nachdenken, als ich gefesselt und geknebelt in meiner Waschküche saß. Dafür hast du gesorgt. Wenn ich dich verraten hätte, wenn ich erzählt hätte, dass du Ethans Mörderin bist, hätten alle sich gefragt, was für ein Motiv du hattest. Verstehst du nicht? Warum sollte eine nicht vorbestrafte Akademikerin von einer Etepetete-Uni meinen Mann erschießen? Die Polizei hätte nach einem Motiv gesucht.« Sie weinte. »Dann wäre alles rausgekommen. Ethans Affären, alles über ihn und Sadie Rawson. Und dass damals etwas Schreckliches passiert ist und zwei Menschen starben und ihr kleines Mädchen aus Versehen angeschossen wurde.«

»Sie meinen mich.«

»Ich meine dich«, flüsterte sie. Dann fügte sie hinzu: »Wenn ich der Polizei alles sage und dein Leben ruiniere, ruiniere ich meins gleich mit. Ich wäre eine Geächtete. Für ganz Atlanta wäre ich nur noch die Frau eines … Mörders und Schürzenjägers. Die Frau des Mannes, der ein Kleinkind angeschossen und liegen gelassen hat. Du warst noch so klein«, stöhnte sie. »Du mit deinen kleinen rosa Zöpfen, wie du dich hinter dem Rock deiner Mutter versteckt hast. Kannst du dir den Skandal vorstellen, wenn das herauskommt? So was vergessen die Leute nie wieder.«

»Und deswegen haben Sie den Verrückten mit der Waffe erfunden?«

»Mir ist nichts anderes eingefallen. Die Leute werden es glauben. Sie glauben es jetzt schon.«

Sie war clever, und sie hatte recht. Die Leute würden der netten Betsy Argenbright glauben. Ich war beeindruckt und ein bisschen angewidert.

»Ich werde nicht zulassen, dass meine Familie zerstört und Ethans Name in den Dreck gezogen wird. Ich schwöre bei Gott, wenn du das willst, musst du herkommen und auch mich erschießen.«

»Das ist nicht nötig«, sagte ich sanft.

Nach einer Weile räusperte sie sich und schniefte: »Wer weiß noch Bescheid? Hast du mit irgendwem gesprochen?«

»Ich wollte Sie eben dasselbe fragen.«

Wieder das heisere Lachen. Es klang traurig. »Ich habe lange unter der Heimlichtuerei meines Mannes gelitten. Ich werde auch das hier überstehen. Aber bitte, ruf mich nicht wieder an, Caroline. Ich bitte dich, ich flehe dich an, den Mund zu halten. Lass meine Familie in Ruhe.«

Dann legte sie auf.

Ich wischte mir die Tränen aus den Augen und dachte darüber nach, wie die Menschen einander verletzen und wie lange die alten Wunden schmerzen. Wie hat Faulkner es ausgedrückt? *Die Vergangenheit ist niemals tot. Sie ist nicht einmal vergangen.*

Siebenundfünfzig

Die Polizei hatte mich nicht gesucht – zu keinem Zeitpunkt.

Ich hatte mich so sehr an den Gedanken gewöhnt, auf der Flucht zu sein, dass ich Zeit brauchen würde, die Information zu verarbeiten. Ich wollte es nicht so recht glauben, sah mich immer wieder argwöhnisch um. Auf meinem Handy hatte ich noch ein Guthaben von 79 Euro und 18 Cent. Ich beschloss, ein letztes Mal in Atlanta anzurufen.

»Caroline. Wie schön, dass Sie anrufen«, sagte Beamer Beasley. »Sind Sie immer noch in Frankreich?«

Ich setzte mich auf eine niedrige Steinmauer und betrachtete die Seine. Die Touristenboote glitten unter mir vorbei, auf den offenen Decks drängten sich die Leute. Am linken Seineufer erhob sich der Eiffelturm. Es war spät am Nachmittag, und die Sonne, ein orangegelber Ball, stand tief am Himmel, wärmte mir Arme und Gesicht. Mir war trotzdem kalt. Er hatte *noch* gesagt. Jeder mit einem neueren Telefon konnte die 33 auf dem Display sehen und sich denken, dass ich in Frankreich war. Aber anscheinend war das für ihn nichts Neues. *Noch* bedeutete, dass Beasley gewusst hatte, wo ich steckte.

»Ja. Immer noch.« Wozu hätte ich es abstreiten sollen? »Woher wussten Sie das?«

»Ich habe mir erlaubt, ein bisschen herumzutelefonieren. Zunächst einmal habe ich erfahren, dass Sie den Flug nach Mexiko nicht angetreten haben.«

»Und warum wollten Sie wissen, wo ich bin?«

»Nun, ich wollte Sie über den Tod von Ethan Argenbright

informieren. Aber Sie haben die Berichte inzwischen bestimmt gelesen.«

»Ja.« Mein Bein fing an zu zittern. »Was für ein … Schock.«

»Ja, sicher. Seine arme Witwe hat es nicht leicht. Sie haben sie nie kennengelernt, oder? Betsy Argenbright?«

Ich schwieg, wartete ab.

»Ein paar Sachen«, sagte er, »standen nämlich nicht in der Zeitung. Ein paar Ungereimtheiten, könnte man sagen.«

»Ach wirklich?« Mein Bein zitterte unkontrolliert. Ich drückte die Hand auf das Knie und versuchte, mein Bein gegen die Steinmauer zu drücken und nicht in Panik auszubrechen.

»Na ja, ich bearbeite den Fall Argenbright gar nicht. Ich habe das nur zufällig draußen auf dem Flur gehört. Am Wasserspender.«

»Beamer, nun sagen Sie schon.«

»Nun, Mr Argenbright war ein altmodischer Mensch. Er besaß ein Handy, das übrigens verschwunden ist. Seinen Terminkalender führte er noch auf Papier. Er hat sich alle Termine in ein kleines Buch mit violettem Ledereinband eingetragen. Wir haben es in seiner Hosentasche gefunden.«

»Aha.«

»Und am Tag seiner Ermordung, als er seine Frau mit dem Pastrami-Lunch auf dem guten Geschirr überraschen wollte, gab es einen Eintrag: *Lunch mit C.* Der Termin entspricht dem Todeszeitpunkt, den der Gerichtsmediziner ermittelt hat. Ist das nicht interessant?«

»Nein«, sagte ich zögerlich. »Vielleicht hat er den Termin abgesagt, um mit seiner Frau zu essen.«

»Betsy Argenbright sagt, sie selbst sei C. Seit den Flitterwochen in Rom habe ihr Mann sie *Carissima* genannt. Ist das nicht süß?«

Ich wartete. War auf der Hut.

»Ich sage das nur so. Nun, außerdem ist interessant, dass zwei lange braune Haare von einer weißen Person auf Mr Argenbrights Ärmel gefunden wurden. Es gab keinen Datenbanktreffer.«

Ich schloss die Augen und sah wieder vor mir, wie Ethan Argenbright seine Hände um meinen Hals legte. Meine Haare vor meinem Gesicht, auf seinen Armen. Zwei Haare, meine komplette DNA, am Tatort. Auf der Leiche. Wie sollte ich das erklären?

»Betsy Argenbright ist blond, wie Sie vielleicht wissen. Der Räuber war angeblich Afroamerikaner, die Haare stammen also unmöglich von ihm. Die Haushälterin können wir ebenfalls ausschließen.«

»Was ist mit Ethans Enkelkindern?«, fragte ich schwach. »Seine Sekretärin?«

»Haben wir alle überprüft. Aber wissen Sie was, Caroline? Wollen Sie meine Theorie hören? Meine Theorie ist: einmal Schürzenjäger, immer Schürzenjäger.«

»Wovon reden Sie?«

Beasley seufzte. »Die Forensiker, mit denen ich am Wasserspender stand, haben die Haare untersucht und keinen Treffer in der Datenbank erzielt. Habe ich erwähnt, dass Mr Argenbright den Ruf hatte, manchmal auf Abwege zu geraten? Ich habe ihnen also vorgeschlagen, wegen so ein paar Frauenhaaren an seinem Ärmel nicht einen solchen Wirbel zu veranstalten, aus Rücksicht auf die Witwe. Vielleicht habe ich meinen Kollegen sogar empfohlen, Mitgefühl zu zeigen und den Kummer der Familie nicht noch zu vergrößern.«

»Aber … aber Ihre Kollegen sollen kein Mitgefühl zeigen, sondern Ethan Argenbrights Mörder finden!«

»Hm-hmm. Aber wir haben eine Zeugin, eine gottesfürchtige, brave Großmutter, die auf die Bibel schwören würde, dass ihr

Mann von einem riesigen schwarzen Einbrecher ermordet wurde. Und den suchen wir jetzt. Meine Kollegen werden keine Zeit damit verplempern, irgendwelche brünetten Damen zu jagen.«

Ich überlegte.

»Was natürlich nicht bedeutet, dass die Haare niemals analysiert werden. Die Technik macht jedes Jahr Fortschritte. Wie in dem Fall von dem vermeintlichen Handwerker, von dem ich Ihnen erzählt habe. Die Haare an Mr Argenbrights Ärmel ... wer immer sie verloren hat, sollte seine DNA nicht preisgeben. Auf gar keinen Fall sollte sie in die nationale Datenbank gelangen.«

»Danke«, flüsterte ich.

»Warum?«

»Einfach nur so. Danke.«

»Wissen Sie, ich habe eine Weile gebraucht, es zu verstehen. Aber manchmal stellt sich Gerechtigkeit wie von selbst ein, und unser Rechtssystem hat herzlich wenig damit zu tun.«

Am Abend saß ich im Schneidersitz auf Madame Aubuchons weißen Bettlaken und legte das Prepaid-Handy vor mich hin, dessen Guthaben auf magere 43 Cent geschrumpft war. Ich hatte es benutzt, um meine Voicemail abzuhören, und erfahren, dass Will Zartman mir nicht weniger als neun Nachrichten hinterlassen hatte. Die ersten acht waren kurz, sie dauerten jeweils nur ein paar Sekunden. Vermutlich sagte er so etwas wie *Ruf mich an, würdest du mich bitte zurückrufen*. Ich löschte sie. Doch die letzte war drei Minuten lang. Ich brachte es nicht übers Herz, sie einfach so zu löschen, geschweige denn, sie anzuhören.

Neben dem Handy lag der Zettel aus meinem Lederbeutel. Ich strich ihn glatt. Kantige Handschrift, schwarze Tinte, der Name *François* und eine Telefonnummer.

Meine Hand schwebte darüber. Ich zögerte. Dann griff ich zum Telefon und wählte.

»Hey«, sagte ich und lehnte mich in die Kissen zurück.

»Hallo?«, fragte er ungläubig zurück. »Caroline, bist du das?«

»Ja.«

Will holte tief Luft. »Gott sei Dank. Ist alles in Ordnung? Wo steckst du?«

»In Paris. Lange Geschichte.«

»Was macht dein Nacken? Und dein Handgelenk?«

»Mir geht es jeden Tag besser.«

»Gott sei Dank«, wiederholte er. »Marshall Gellert hat gesagt, du wärst nicht zu den letzten beiden Nachuntersuchungen erschienen. Und Schmerztabletten hast du dir auch keine mehr geholt. Ich wusste nicht, ob du …«

»Mein Bruder sagt, du wärst ausgezogen?« Ich hatte nicht die Geduld, um den heißen Brei herumzureden.

»Oh«, sagte Will leise. »Ja. Wir haben uns getrennt. Ich und meine Frau. Caroline, es war ein Fehler, es dir nicht zu sagen, ich weiß. Es gab …«

»Es gab keinen passenden Moment? Willst du mir das sagen? Denn, weißt du, ich würde sagen, der Moment, kurz bevor du mich in Atlanta geküsst hast, wäre passend gewesen.«

»Ich weiß. Ich weiß. Ich dachte, du würdest schreiend wegrennen.«

»Nun, das stimmt. Ich habe mich nicht unbedingt danach gesehnt, mich auf einen verheirateten Familienvater mit einer Schwäche für Garth Brooks einzulassen.«

»Klingt, als wäre ich ein echter Hauptgewinn.«

»Sagen wir es anders, ein verheirateter Familienvater mittleren Alters, fanatischer Baseballfan und Besitzer eines Hauses in der Vorstadt …«

»Und doch hast du angerufen«, sagte er sanft. »Warum?«

Ja, warum eigentlich? Warum sollte ich mein Herz an einen Mann mit Altlasten hängen, der mich noch dazu angelogen hatte, an einen Mann, der vielleicht log und sich gar nicht getrennt hatte?

»Ich vermisse dich«, sagte ich. Aber es steckte mehr dahinter. Will hatte mich tiefer berührt als je ein Mann zuvor. Tiefer, als es je zuvor möglich gewesen wäre. Er hatte Altlasten? Und wenn schon. Ich war selbst belastet, was meine Vergangenheit anging.

»Ich dich auch, Caroline. Komm nach Hause.«

Erst nach Mitternacht wachte ich auf, öffnete die Augen und begriff, dass Betsy Argenbright mir nicht die ganze Wahrheit gesagt hatte.

Ich hatte von einem kleinen Mädchen mit rosa Bändern im dunklen Haar geträumt. *Du mit deinen kleinen rosa Zöpfen,* hatte Betsy gesagt, *wie du dich hinter dem Rock deiner Mutter versteckt hast.* Rosa Zöpfe. Davon hatte ich in den alten Presseberichten nichts gelesen. Meines Wissens war damals kein Foto von mir erschienen. Möglicherweise hatte Ethan ihr mein Aussehen beschrieben, aber das Detail erschien zu seltsam. Woher hatte sie es also gewusst? Woher wusste sie, welche Farbe meine Zopfgummis hatten? Es sei denn, sie war dabei gewesen und hatte mich gesehen.

Ich setzte mich im Bett auf und fuhr mir mit den Fingern durch das kurze blondierte Haar. Ein Auto, das unten auf der Straße vorüberfuhr, scheuchte Schatten über die Schlafzimmerwände. Ob Betsy ebenfalls wach war?

Das Telefon in Atlanta klingelte und klingelte. Ich wollte schon auflegen und ein zweites Mal wählen, als sie sich meldete. Sie klang müde. »Ich hatte dir doch gesagt, du sollst mich nie wieder anrufen«, krächzte sie. »Ich lege jetzt auf, und wenn du nur einen Funken Anstand hast, tust du das auch.«

»Betsy, woher wussten Sie, dass ich mich hinter dem Rock meiner Mutter versteckt habe, als sie starb? Oder dass meine Zopfgummis rosa waren?«

Sie schwieg sekundenlang, dann antwortete sie: »Ich habe keine Ahnung, was mit deinen Haaren war. Ich weiß nicht, was ich gesagt habe. Was sollen überhaupt diese verrückten Fragen? Caroline, wenn du mich weiter belästigst … dann gehe ich zur Polizei, das schwöre ich bei Gott. Dann erzähle ich denen, wer Ethan erschossen hat. Hast du verstanden? Ich rufe sie an.«

»Ich glaube, Sie waren dabei, damals in der Eulalia Road. Sie haben mich gesehen.«

»Du bist doch verrückt.«

»Nein. Sie waren da. Sie haben alles gesehen. Erzählen Sie es mir.«

Sie keuchte, ich hörte ihre schnellen, pfeifenden Atemzüge.

»Sie sind tot, Betsy. Jeder, der damals in der Küche war. Alle außer Ihnen und mir. Wen wollen Sie denn jetzt noch schützen?«

Sie schaffte es, noch für ein paar Sekunden zu schweigen, bevor sie mich angiftete: »Deine Mutter wusste, wie man provoziert. Du hast ja keine Ahnung. Sadie Rawson stand da in ihrem zu kurzen Rock und den zu hohen Schuhen und bildete sich sonst was ein und wackelte mit ihrem Hintern. Sie hat es mir richtig unter die Nase gerieben, dieses Flittchen. Ich wollte nur, dass sie mir die Kette gab. Sie sollte sie nicht in ganz Buckhead spazieren tragen.«

»Welche Kette?«

»Die Ethan ihr geschenkt hatte. Ein Saphir an einer Goldkette. Maier and Berkele haben die Rechnung zu uns nach Hause geschickt. Ich musste den Scheck unterzeichnen. Hast du eine Ahnung, wie ich mich dabei gefühlt habe?« Ihre Stimme war zu einem Kreischen angeschwollen.

»Dann sind Sie und Ethan zu den Smiths rübergefahren? Um

sich die Kette zu holen?« Aber das ergab keinen Sinn. Vor Entsetzen krampfte sich mein Magen zusammen.

»Ich bin allein hin. Ich wollte mir die Kette holen und ihr sagen, dass sie es nicht wagen sollte, sich meiner Familie auch nur auf hundert Meter zu nähern. Sie meinte, ich soll mich zum Teufel scheren. Sie hat mich provoziert und gesagt, mein Mann hätte mich nie geliebt und die Kette würde sie auch behalten.«

Und tief in mir regte sich etwas. Ein Saphir. Ein blauer Funke. Ich konnte ihn sehen. Ich erinnerte mich. Der dunkelblaue Stein auf weißer Haut, ihre schwarzen Haare, ihre warmen, starken Arme. Aufgeregte, laute, wütende Frauenstimmen.

»Ich bin nicht hingefahren, um sie zu ermorden. Ich bin kein Monster. Ich wollte ihr nur Angst einjagen. Ich hatte Ethans Revolver, er lag im Nachtschrank, und ich holte ihn aus meiner Handtasche und zeigte ihn ihr, um zu beweisen, wie ernst ich es meinte. Und dann kam plötzlich dein Daddy herein! Mitten am Nachmittag! Ich hatte vergessen, dass er Pilot war und zu den unmöglichsten Zeiten arbeitete. Boone redete auf mich ein, ich solle mit dem Geschrei aufhören, aber ich sagte ihm, seine Frau sei der letzte Dreck, und er kam auf mich zu und wollte mir den Revolver wegnehmen, und da … und da …«

»*Sie* haben ihn erschossen?«

»Alles ging so schnell. Er fiel, ich wollte ihm helfen, aber da hat deine Mutter sich auf mich gestürzt. Sie hat mich geschlagen, sie hat gesagt, jetzt würde ich für immer ins Gefängnis gehen, meine Kinder wären Waisen, dafür würde sie schon sorgen. Ich konnte … das konnte ich nicht zulassen.«

Ich schloss die Augen. Sah wieder den blau schimmernden Stein. Ich hörte Lärm. Einen lauten Knall, ich spürte ein Stechen in meinem Nacken und den schweren Körper meiner Mutter über, den roten Fliesenboden unter mir. War das tatsächlich eine Erinnerung? Oder hatte ich es nur erfunden? War es nicht egal?

»Ich wusste nicht, dass ich dich angeschossen hatte. Ich dachte gar nicht an dich. Ich stand unter Schock und rief Ethan an. Er war zehn Minuten später da. Die eine Kugel holte er aus dem Türrahmen, die zweite konnten wir nicht finden. Und erst da haben wir gesehen … wir haben gesehen …« Betsy schnappte nach Luft. »Wir dachten, du wärst tot. Du hast nicht mehr geatmet, wenigstens sah es so aus. Ich hätte dich nie zurückgelassen. Du warst ein Kind.«

»Warum hat er Ihnen geholfen?«, flüsterte ich. »Sie hatten die Frau erschossen, die er geliebt hat.«

»Eine von vielen Frauen, die er im Laufe der Jahre zu lieben glaubte«, sagte sie verbittert. »Ich war seine Ehefrau. Die Mutter seiner Kinder. Er konnte nicht zulassen, dass ich ins Gefängnis musste, oder?«

Meine Zunge in meinem Mund fühlte sich an wie ein dicker, schwerer Klumpen, und ich musste mich konzentrieren, sie bewegen, um die Worte formen zu können. »Dann war er unschuldig. Ethan hat meine Eltern nicht ermordet. Sie waren das. Er hat Sie geschützt, all die Jahre.«

»Ja«, sagte sie.

»Sadie Rawsons Kette. Der Saphir. Sie haben ihn an sich genommen.«

»Er wird nie wieder auftauchen, wenn es das ist, was Sie meinen.«

Im Kopf ging ich die letzten Wochen durch, versuchte, mich zu sortieren. »Wer ist in mein Haus in Georgetown eingebrochen? Wer hat meine Akte aus dem Krankenhaus gestohlen?«

»Ich habe keine Ahnung, wovon Sie sprechen. Aber wenn man genug Geld investiert, findet man immer willige Helfer, die einem die Arbeit abnehmen.«

Wir schwiegen beide, es war fast ein friedliches Schweigen. Wir waren nur zwei Frauen, die einander das Schlimmste angetan hatten, und nun saßen wir allein im Dunkeln, wenn auch tausende Kilometer voneinander getrennt.

Schließlich räusperte Betsy Argenbright sich. »Ich lege jetzt auf, Caroline. Aber vergiss nicht, du hast einen Unschuldigen erschossen, und du wirst nicht dafür bestraft werden. Sei nicht dumm. Halt den Mund. Fang ein neues Leben an.«

Achtundfünfzig

Dienstag, 12. November 2013

In der Rue de Grenelle gibt es ein Café, in dem man sich einen Café crème bestellen und den ganzen Tag die anderen Gäste beobachten kann. Es ist ein bescheidenes Café, hat mit den berühmten Pariser Cafés nichts zu tun. Sartre kam nie hierher und auch nicht Hemingway oder Picasso. Sie gingen lieber ins Deux Magots ein paar Straßen weiter.

Aus genau diesem Grund habe ich das Café in der Rue de Grenelle immer gemocht. Es ist für die Anwohner da, nicht für Prominente und Touristen. Die alten Männer grüßen, eine Dame zerkleinert ihr Croissant und verfüttert es an den Hund. Ein elegantes Paar Mitte zwanzig trägt noch die schicken Ausgehklamotten vom Vorabend und sitzt rauchend an einem Tisch an der Straße. Er küsst sie, sie hebt den Kopf, und man kann sehen, sie ist müde, aber so schön, dass es fast weh tut.

Ich trinke Kaffee und beobachte sie. Eigentlich mag ich Kaffee nicht, früher habe ich das Zeug nie angerührt. Wie seltsam, dass ich ausgerechnet heute Morgen Kaffee trinken möchte. Und noch seltsamer, wie köstlich er schmeckt, samtig und nussig. Man denkt, man wüsste, wer man ist. Man glaubt zu wissen, ob man Kaffee mag und Zigaretten, ob man flucht, ob man zum Mörder werden könnte. Man glaubt zu wissen, wozu man imstande ist. Und dann eines Tages entdeckt man, dass man nicht der Mensch ist, für den man sich immer gehalten hat.

Ich schüttele die Kugel aus dem Lederbeutel auf die Tischplatte. Sie kullert bis an den Chromrand des Tischchens. Ethan Argenbright hatte nicht die Hand am Abzug gehabt, vielleicht hatte er nie im Leben einen Schuss abgegeben. Ich hatte mir eingeredet, ich könnte für Gerechtigkeit sorgen, für biblische Gerechtigkeit. Auge um Auge. Stattdessen hatte ich einen Mann umgebracht, der zwar kein Heiliger gewesen war, aber auch kein Mörder. Die wahre Mörderin läuft frei herum. Sie hat sich in ihr Haus in Buckhead zurückgezogen, vermutlich wird sie uralt werden und sich noch lange an ihren Kindern und Enkeln erfreuen. Wut steigt in mir auf. Keine Gerechtigkeit hat sich eingestellt. Nichts wurde wiedergutgemacht. Meine Tat hat den sich anhäufenden Fehlern nur einen weiteren Fehler hinzugefügt, aber sie hat kein altes Unrecht ausradiert. Das sagt mir mein Bauchgefühl. Die Waage ist immer noch nicht im Gleichgewicht. Ich muss mich entscheiden: Soll ich Betsys Rat beherzigen und ein neues Leben anfangen? Oder soll ich zurückfliegen und alles aufklären? Ich allein entscheide, wann die Geschichte zu Ende ist.

Fürs Erste stehe ich einfach nur von meinem Platz auf. Ich gehe nach Norden, zum Fluss. Mitten auf der Pont Royal, mit dem Louvre vor mir und dem Musée d'Orsay hinter mir, bleibe ich stehen. Tauben flattern um meinen Kopf, landen neben einem Brotrest auf dem Kopfsteinpflaster. Die Brückenmauer ist an dieser Stelle niedrig, sie reicht mir kaum bis an die Taille. Ich beuge mich vor, betrachte das jadegrüne Wasser und strecke die Faust aus.

Eine Kugel braucht nur eine Sekunde, um die Luft zu zerteilen und ein Leben zu nehmen. Nur eine Sekunde, und Chaos bricht aus. Das Herz reißt und kann nicht geflickt werden, bekommt nie die alte Gestalt zurück.

Doch heute wird diese Kugel fallen wie ein harmloser Kieselstein. Wie eine Eichel vom Baum. Sie wird im Wasser verschwinden, ohne Wellen zu schlagen, vielleicht sogar ohne dass ein Plätschern zu hören ist.

Ich stehe unter einem endlosen, fahlen Himmel, öffne die Faust und lasse los.

Danksagung

In diesem Buch geht es unter anderem um Geschwisterliebe.

C. J. Kelly hat mich fast alles gelehrt, was ich über Brüder weiß. Wir stehen uns unglaublich nah, obwohl uns acht Jahre trennen und wir einen Großteil unserer Kindheit damit verbracht haben, uns darüber zu streiten, wen Mom und Dad lieber haben (komm schon, C. J., gib es endlich zu). Mein Bruder ist ohne jeden Zweifel der Mensch, neben dem ich mich in einer Kneipenschlägerei wiederfinden möchte. Ich bin wahnsinnig stolz auf ihn, seine wunderschöne Frau Jenn und seinen Sohn Cache. Von all meinen ersten Lesern war er derjenige, dessen Kommentar mich zum Weinen gebracht hat. Es gibt in meinem Buch eine Szene, in der Caroline ihren Bruder anschreit, und C. J. hat an den Rand daneben gekritzelt: »Das klingt so glaubhaft. Ich liebe dich.«

Das erste Eigenheim unserer Eltern war ein renovierungsbedürftiges Haus in der Eulalia Road in Atlanta. Ich habe nur glückliche Erinnerungen an dieses Haus, dennoch habe ich mir den Mord an Boone und Sadie Rawson Smith in eben jener weiß gekachelten Küche vorgestellt. Als ich ankündigte, die Handlung in Atlanta spielen zu lassen, haben meine Eltern sich so gefreut, dass ich keine andere Wahl hatte, als ihnen dieses Buch zu widmen. Meine Mutter hat die Eulalia Road erkundet und sich – zu reinen Recherchezwecken, versteht sich – mehreren Selbstversuchen mit Margaritas und Cowboy Shrimps im Georgia Grille unterzogen. Mein Dad … sagen wir es so, er hat mich mit solcher Begeisterung unterstützt, dass er nun der stolze Besitzer einer original .38er Spezial aus den siebziger Jahren ist.

Meine schottische Familie war ebenso hilfsbereit. Marie und James Boyle haben unsere Jungs mehr als einmal nach Edinburgh eingeladen, damit ich in Ruhe schreiben konnte. Die Brüder meines Mannes, Anthony und Martin, haben Carolines Geschwistern ihre Namen geliehen. Täglich haben Dot Doyle und Hilary Wilson mich über die Entwicklung ihrer kleinen Töchter auf dem Laufenden gehalten, was bei der Entwicklung der Gedankenwelt der dreijährigen Caroline sehr hilfreich war. Von meinen Freundinnen bin ich besonders Sasha Foster dankbar, deren Kenntnisse des Strafrechts aus Beamer Beasley eine tiefgründigere Figur gemacht haben. Kate Gellert hat es sich nicht nehmen lassen, mein erstes Buch zu kaufen, täglich, *monatelang*, um mich in die Bestsellerlisten zu hieven. Muss ich noch erklären, welchen Platz sie in meinem Herzen einnimmt? Mein herzlichster Dank geht an Kate und all meine anderen Freunde, die Cocktails gemixt, Einladungen geschrieben und auf mich angestoßen haben – Marilyn Baker, Nancy Taylor Bubes, Heather Florance, Heather Hanks, Maggie Hedges, Hannah Isles, Susie King, Val LoCascio, Colleen Markham, Leslie Maysak, Anne Mitchell, Lan Nguyen, Shannon Pryor, Becky Relic, Megan Rupp, Jonathan Samuels, Casey Seidenberg, Linda Willard und Tammy Mank Wincup. Leute, ihr wisst, wie man eine anständige Buchparty schmeißt.

Während ich in Italien war und der Abgabetermin nahte, steigerte sich meine Panik, und ich saß achtzehn Stunden täglich in meinem Gartenhäuschen im Wohnzimmer und schrieb (es handelt sich tatsächlich um einen Gartenschuppen, gelbgrün gestrichen und mitten im Wohnzimmer – lange Geschichte). In dieser Zeit übernahmen Kerstin Jacot, Christina Petochi und Charles und Christina Hellawell die Betreuung meiner Kinder. Sie brachten die Jungs zur Schule und kochten ihnen das Mittagessen, und einmal haben sie, glaube ich, sogar den Müll rausgebracht. Mein Buchclub in Florenz hat mich vor dem Durchdrehen gerettet, indem er mich vom Laptop wegzerrte und mich zwang, alles Mögliche zu lesen, von Hemingway bis hin zu russischer Politikgeschichte. Man kennt uns auch als Trinkerclub mit Bücherproblem, doch an die Gründe können wir uns am nächsten Morgen meistens nicht erinnern. Auf keinen Fall hängt es mit Alison Gilligan und Diana Richman zusammen, die unsere Truppe mit einer Eleganz und Effizienz zusammenhalten, auf die selbst ein Militärkommandeur neidisch wäre.

Ich bedanke mich bei Bita Honarvar und Sandra Murray, die mir Zutritt zum Archiv der *Journal-Constitution* verschafft haben. Bei Carolyn Atkinson von der National Association of Unclaimed Property Administrators, die mir geholfen hat herauszufinden, wie Caroline ihrem Erbe auf die Spur kommen könnte. Bei Marc Vinciguerra, der meinen Pariser Slang korrigiert hat. Bei Brian Martin, der mir nicht nur seinen Lehrplan zur Verfügung gestellt hat, sondern nach der Lektüre meines Romans eine psychoanalytische Deutung von Wills maskulinischer Betrachtung von Carolines verschiedenen *boules* vorschlug. (Kritiker vom *New York Review of Books* aufgepasst!) Der größte Glücksfall war für mich vielleicht, Victoria Skurnick von der Levine-Greenberg Literary Agency kennenzulernen. Sie ist eine Naturgewalt, und ich kann allen, die ihr noch begegnen werden, nur raten, den Mund zu halten und zu tun, was sie sagt. Glaubt mir, ihr spart eine Menge Zeit. Karen Kosztolnyik ist eine traumhafte Lektorin. Sie hat es geschafft, dieses Buch von Anfang an zu lieben und es gleichzeitig eine Million Mal besser zu machen. Mein Dank geht an Karen, Louise Burke, Jen

Bergstrom, Jean Anne Rose und das gesamte Team von Gallery/Simon & Schuster.

Mit meiner Hauptfigur teile ich die Schwäche für den europäischen Look. Glücklicherweise zieht mein europäischer Ehemann italienische Anzüge und Scotch Skinny Jeans und Zigaretten vor. Nick hat Fahrdienste übernommen, Einkäufe erledigt und ein herrliches Hühnchencurry gekocht, um mir Zeit zum Schreiben zu verschaffen. Er hat sich meine endlosen Vorträge über überraschende Wendungen im Plot angehört, nur um am Ende selbst die besten Einfälle zu haben. Peach, ohne dich an meiner Seite hätte ich mein Leben und dieses Buch nicht geschafft.

Unser Sohn James hat einen großen Teil des vergangenen Winters damit verbracht, neben mir zu sitzen und seinen Debütroman zu schreiben. Im zarten Alter von zehn Jahren beweist er ein gutes Gespür für Worte und für die Herausforderungen, mit denen alle Autoren zu kämpfen haben. (»Mom«, seufzte er eines Abends, »es ist viel Arbeit, wenn man sich alle Figuren und die ganze Handlung und ein Ende und alles ausdenken muss, oder?«) Unser Jüngster, Alexander, wurde monatelang verdächtig früh zu Bett gebracht, weil ich abends noch heimlich weiterschreiben wollte. Morgens öffnete er verschlafen die Augen, schlang seine Arme um meinen Hals und flüsterte: »Hast du das Kapitel zu Ende geschrieben?« Ja, mein lieber Schatz, das habe ich. Endlich.

Mary Louise Kelly

wurde in Georgia geboren und hat in Harvard und Cambridge studiert. Als Reporterin für das Hörfunknetzwerk NPR und für die BBC hat sie die ganze Welt bereist. Zusammen mit ihrem Mann und ihren zwei Kindern lebt sie abwechselnd in Washington, D.C. und Florenz.

GOLDMANN
Lesen erleben

Unsere Leseempfehlung

440 Seiten
Auch als E-Book
und Hörbuch
erhältlich

Ein abgelegenes Bauernhaus in Somerset wird zum Schauplatz eines brutalen Mordes: Zwei Frauen, Mutter und Tochter, werden eines Nachts von einem skrupellosen Mörder hingerichtet. Chief Superintendent Ronnie Cray bittet den erfahrenen Psychologen Joe O'Loughlin um Hilfe, der gleich mit mehreren verdächtigen Personen konfrontiert ist, die alle ein Motiv hätten. Spätestens aber, als eine weitere Leiche gefunden wird, auf deren Stirn der Buchstabe „A" eingeritzt ist, weiß O'Loughlin, dass er es mit einem verstörten und gefährlichen Täter zu tun hat. Jemand, der sich rächen will, für etwas, das ihm einst angetan wurde. Jemand, der vor niemandem haltmacht, auch nicht vor O'Loughlins Familie …

www.goldmann-verlag.de
www.facebook.com/goldmannverlag

GOLDMANN
Lesen erleben